Christoph Spielberg
Die russische Spend

Zu diesem Buch

Berlin, ein warmer Sommerabend, Fußballeuropameisterschaft. Stationsarzt Dr. Felix Hoffmann will es sich gerade vor dem Fernseher gemütlich machen, als er zum Nachtdienst in die Klinik gerufen wird. Und um seine Laune vollends zu verderben, liefern die Sanitäter einen Notfall ein, für den Dr. Hoffmann nur noch den Totenschein ausstellen kann. Er kannte den Mann, er hatte ihn schon einmal behandelt, und außerdem gehörte Mischa zur Putzkolonne des Krankenhauses. Am nächsten Morgen ist der Totenschein verschwunden, und einige Tage später wird der Verwaltungsdirektor der Klinik, Dr. Bredow, erhängt aufgefunden, ausgerechnet von Dr. Hoffmann und seiner Freundin Celine, und das mitten in der Nacht … Kostendämpfung, Bettenabbau und Privatisierung der Krankenhäuser bilden den Hintergrund dieses Krimis und der mörderischen Machenschaften, bei denen die Russenmafia mehr als nur ihre Finger im Spiel hat. Geschrieben von einem Insider, gibt diese spannende Skandalchronik Einblick in ein deutsches »House of God«.

Christoph Spielberg, 1947 in Berlin geboren, ist Facharzt für Innere Medizin und Herzspezialist. Er war lange Jahre Oberarzt in einem Berliner Klinikum, dann niedergelassener Kardiologe in Potsdam. Heute ist er freiberuflich tätig und lebt in Berlin. »Die russische Spende« wurde mit dem Friedrich-Glauser-Preis, Krimi-Preis der Autoren, für das beste Debüt ausgezeichnet. 2002 veröffentlichte er seinen zweiten Krimi mit Dr. Felix Hoffmann »Denn wer zuletzt stirbt«.

Christoph Spielberg
Die russische Spende

Roman

Piper München Zürich

Bis auf eine Ausnahme sind alle Personen frei erfunden.

Von Christoph Spielberg liegen in der Serie Piper vor:
Die russische Spende (3438, 6067)
Denn wer zuletzt stirbt (3718)

Originalausgabe
November 2001 (SP 3438)
Juli 2003

Umschlaggestaltung: ZERO, München
Foto Umschlagvorderseite: Kuhnle & Knödler/Mauritius
Foto Umschlagrückseite: Cordula Groth
Satz: Verlagsservice G. Pfeifer, Germering
Druck und Bindung: Clausen & Bosse, Leck
Printed in Germany ISBN 3-492-26067-5

www.piper.de

1

Deutschland, Pfingstmontag, achtzehn Uhr Sommerzeit. Der Abend, an dem mein Patient Mischa starb, verdiente endlich die Bezeichnung warmer Sommerabend. Durch die offenen Balkontüren schlich sich ein appetitlicher Grillgeruch in mein Wohnzimmer ein, allerdings nicht so kräftig wie am vergangenen Wochenende. Am Abend des 12. Juni gab es für Deutschlands Männer etwas weitaus Wichtigeres als Grillen: unser erstes Spiel in Holland. Und wenn Deutschland spielt und die Sportart nicht weiter benannt wird, geht es natürlich um Fußball. Ich jedenfalls hatte mich ordentlich vorbereitet. Mein Bier war auf Temperatur, meine Kräcker mit Frischegarantie griffbereit und mein Lieblingsdip in ausreichender Menge vorrätig. Ich konnte nur hoffen, daß unsere Jungs ebenso gründlich vorbereitet waren. Sie sollten zwar nur gegen Rumänien spielen, aber, wie die Kommentatoren drohend wiederholten, auch so ein Spiel muß erst einmal gewonnen werden.

Ich bin weder besonders fußballbegeistert und erst recht kein Experte. Aber wenn Millionen meiner Landsleute so einen Abend gemütlich finden, muß doch was dran sein. Es ist zudem deutlich weniger anstrengend als ein gepflegter Abend mit Wein und dem Feuilleton oder sich etwa intelligent zu unterhalten. Außerdem – mit wem unterhalten? Eben mal ein Bier nebenan und die Erfolgsmenschen aus der Nachbarschaft treffen? Das führt unweigerlich zu tiefen Depressionen und zu der Frage, ob es wirklich so viel Dummheit braucht, um wirtschaftlich erfolgreich zu sein.

Als Klinikdoktor war es für mich nichts Besonderes, daß ich den größten Teil des Pfingstwochenendes in der Klinik verbracht hatte. Trotzdem, nach acht Jahren als Klinikarzt habe ich immer noch Schwierigkeiten mit meinem Platz in diesem System. Das Krankenhaus ist ein Aufbewahrungsort für Patienten, die durch ihr Dortsein den Apparat unterhalten. Sie sollen Ärzten, Schwestern, Küchenpersonal, Verwaltungsangestellten,

Putzfrauen, Zulieferfirmen, Pharmamultis und Hunderten von Angehörigen die Existenz sichern. Darüber hinaus ist es ihre Aufgabe, uns Ärzten unsere Fortbildung und unser Weiterkommen zu ermöglichen. Mit anderen Worten, ich habe immer noch nicht begriffen, wer im Krankenhaus für wen da ist. Begriffen vielleicht schon, aber nicht umgesetzt. Ich bin immer noch ein Don Quichotte im Arztkittel, der zwar gelernt hat, daß er die Krankheiten nicht ausrotten kann, sich aber wenigstens bemüht, der Natur nicht dazwischenzupfuschen, wenn sie einen Patienten heilen will. Was sie manchmal entgegen den vereinigten Energien aller am Medizingeschäft Beteiligten und gegen alle Lehrbuchmeinung tatsächlich schafft.

Jedenfalls hatte ich zum heiligen Pfingstfest meinen Teil zum Überleben der Menschheit beigetragen und war bereit für meinen deutschen Abend: Bier mit Fernsehen, Fernsehen mit Bier. Erst vorgestern hatte ich Nachtdienst gehabt und war gestern abend entsprechend tot ins Bett gefallen. Ich hatte mir meinen deutschen Abend verdient. Ein Abend, wie ihn nur wir Singles richtig genießen können: kein Streit über das Fernsehprogramm, keine Gute-Nacht-Geschichte für die Kinder, keine Gefahr, ausgerechnet heute abend in eine Beziehungsdiskussion verwickelt zu werden.

Ich überlegte noch, ob ich zur Sicherheit das Telefon ausstellen sollte. Aber das Risiko, heute als Ersatzmann zum Nachtdienst gerufen zu werden, war fast null, Abramschik war dran, und wenn der plötzlich krank sein sollte, wäre Adam dran, der nächste im Alphabet. Der Abstand zu »H« wie Hoffmann war ausreichend groß, auch wenn sich während der Ferienzeit die Abstände überraschend schnell verkürzen können. Ich stellte das Telefon nicht ab, weil an Fußballabenden gelegentlich Celine vorbeikommt. Und – das ist eine ihrer vorteilhaften Eigenschaften – sie ruft immer vorher an, als Co-Single teilt sie meinen hohen Respekt vor der Privatsphäre. Außerdem bringt sie oft noch eine Pizza mit oder was vom Chinesen.

Im Gegensatz zu mir ist Celine ein echter Fußballfan, springt bei jedem Tor, Fast-Tor oder Foul auf und braucht mich als Auditorium für ihre fachlichen Kommentare. Sie kommt dabei ganz selbstvergessen in die eigenartigsten Stellungen. Ihr kurzer Rock würde sich hochschieben, und ich könnte mich an ihrem appetitlichen Hintern erfreuen, oder ihre Bluse würde verrutschen mit freier Sicht auf ihre niedlichen kleinen Brüste. Diese Spannerei ist ziemlich albern, weil wir uns nach diesen gemeinsamen Fernsehabenden in der Regel sowieso ausführlich auf dem Teppich oder im Bett vergnügen, und trotzdem macht es mir Spaß, noch ein anderes optisches Programm als das auf dem Bildschirm zu haben. »Der Ball ist rund«, hat Sepp Herberger einmal in unübertroffen tiefer Analyse des Fußballs gesagt. Celines Po ist es auch, aber darüber hinaus noch knackig.

Die Nationalhymnen waren abgespielt, die Seitenauslosung war vorbei – und nach nur fünf Minuten hatten unsere Jungs das erste Tor kassiert. Großer Gott! Wir hatten doch sogar den Teamchef ausgewechselt!

Als genau drei Minuten nach dem Tor das Telefon klingelte, überlegte ich schon beim Abheben, ob ich lieber Pizza Salami oder Schweinefleisch mit Bambussprossen bestellen wollte – doch es war nicht Celine. Es war die Klinik, sie brauchte mich zum Nachtdienst. Wie waren sie so schnell bis zu »H« gekommen? Aha, Abramschik hatte sich krank gemeldet, und die anderen waren im Urlaub oder hatten einfach nicht abgehoben. Welcher Dummkopf geht schon bei Deutschlands erstem Spiel in der Endrunde ans Telefon?

»Mein Bruder ist nicht zu Hause«, damit hatte ich solche Situationen am Anfang meiner Krankenhauskarriere geregelt, doch inzwischen sind meine familiären Verhältnisse in der Klinik bekannt. »Gerne, ich komme gleich, aber ich habe schon drei Bier getrunken«, war vor zwei Jahren noch ein unschlagbares Argument und hatte mich ziemlich stolz auf meine Geistesgegenwart gemacht, mir aber auch den Ruf eingebracht, ich sei zumindest Feierabend-Alkoholiker. Würde ich es jetzt noch einmal benutzen, bekäme ich wahrscheinlich nie wieder einen Akut-Nachtdienst aufgebrummt, wäre aber endgültig als Alki abgestempelt. Also ade Pizza Salami oder Schweinefleisch mit Bambussprossen und Celine mit knackigem Hintern und niedlichen Brüsten und Verlängerung auf dem Teppich!

Als stummen Protest gegen mein Schicksal und meine Dummheit, ans Telefon gegangen zu sein, putzte ich mir nicht die Zähne, rasierte mich nicht und bummelte noch etwas herum. Als das Telefon wieder klingelte, nahm ich nicht ab. Was immer Celine jetzt sagen würde, es würde mich nur wütender machen.

Gegen Viertel vor sieben betrat ich unsere Aufnahmestation. Und ich war kaum fünf Minuten im Dienst, da schleppte die Feuerwehr den ersten Fall herein. Es war Mischa, der Russe. Mischa war ziemlich gelb. Und Mischa war mausetot.

Die Aufnahmestation eines akademischen Lehrkrankenhauses wie das, in dem zu arbeiten ich seit acht Jahren die Ehre hatte, ist das Nadelöhr, durch das sich der Patient zwängen muß, wenn er akut in unsere Beste-aller-Kliniken aufgenommen werden will. Egal, ob er aus eigenem Antrieb kommt oder von seinem Hausarzt eingewiesen worden ist. Im ersten Fall hat er fast bessere Chancen. Niedergelassene Ärzte, das weiß der Klinikarzt, sind Spezialisten für Immobilienfonds mit hoher Verlustzuweisung, Steuersparmodelle in Liechtenstein oder für die Entscheidung Rein-in-den-Dollar oder Raus-aus-dem-Dollar, nie jedoch für medizinische Fragen wie Rein-in-die-Klinik oder Raus-aus-der-Klinik. Sie weisen entweder viel zu spät ein, da sie tagelang an einer falschen Diagnose herumgedoktert haben, bis der Patient so gut wie klinisch tot ist, oder sie schicken vollkommen Gesunde, weil »das EKG schlecht« oder »sein Labor vollkommen durcheinander« ist. Oder weil ein Golfturnier ruft.

Es gibt natürlich auch Leute, die wollen gar nicht in unserer Besten-aller-Kliniken aufgenommen werden. Es sind die mit dem Geheimtip, daß du auf der Aufnahmestation nachts nicht lange warten mußt, im Zweifel von fünf verschiedenen Spezialisten gesehen wirst, ein aktuelles EKG und einen Haufen Laborwerte bekommst und als Zugabe noch ein Röntgenbild, alles innerhalb von ein, zwei Stunden. Ein Programm, das in der niedergelassenen Medizin im günstigsten Fall vier Wochen Dauerstreß mit zwanzig entnervenden Telefonaten zur Terminvereinbarung und insgesamt zehn Stunden Wartezimmer bedeutet.

Im Arztzimmer der Aufnahmestation hatte ich mit meinen Klamotten auch meine Hoffnungen auf einen gemütlichen Abend abgelegt. In meinem Arztkittel, komplett mit Stethoskop und meiner Dosierungskladde für Notfälle, stand ich bereit für die Herausforderungen der kommenden Nacht. Zum Glück übernahm ich die Aufnahmestation von Marlies. Bei anderen Berufsgenossen kann es dir passieren, daß sie dir ein fröhliches »alles unter Kontrolle« zuwerfen und verschwunden sind, noch bevor du dir den Arztkittel übergezogen hast. Wenn du dich dann umschaust, liegen die Betten voll mit Patienten ohne Krankengeschichte, ohne Untersuchungsbefund und ohne Konzept, und aus den Untersuchungszimmern rufen Leute, die seit Stunden auf einen Arzt warten. Bei Marlies war man vor solchen Überraschungen sicher.

Heute würde es sowieso bis zum Ende des Spiels ruhig bleiben. Mit einem Auge verfolgten wir die Aufholjagd unserer Mannschaft in Liège, mit dem anderen Auge studierten wir die Speisekarte von der Pizzeria um die Ecke. Wir wollten uns etwas kommen lassen, bevor nach dem Fußball der Trubel losgehen würde. Eine der ersten Sachen, die du im Krankenhaus lernst: Esse und schlafe, sobald sich die Möglichkeit dazu ergibt. Es könnte für viele Stunden die letzte sein.

Ich stritt mich gerade mit Schwester Sophie, ob ich das letztemal Lasagne al forno oder Spaghetti alla Chef genommen hatte, als die automatischen Türen aufflogen und Kollege Schreiber hereinstürmte. Hinter ihm seine Notarztwagen-Rettungssanitäter mit einer Trage und auf der Trage ein Patient mit unserem Rundum-Sorglos-Paket: Er oder sie war intubiert, das tragbare Beatmungsgerät führte zu einem rhythmischen Auf- und Abschwellen des Brustkorbs, mehrere Perfusoren drückten irgendwelche Medikamente wohldosiert in den Körper, und ein EKG-Monitor piepte schön regelmäßig sechzigmal in der Minute.

Schreiber schrie: »Intensiv, Intensiv, den Schlüssel!«

Die Rettungssanitäter fragten nach dem Spielstand.

Patienten, die mit dem Notarztwagen hereinkommen, werden in der Regel direkt auf die Intensivstation »durchgefahren«. Zur Intensivstation fährt ein eigener Fahrstuhl, für den wir auf der Aufnahmestation den Schlüssel haben. Hat ein jüngerer Kollege Dienst auf dem Notarztwagen, entscheidet der Aufnahmedoktor, ob die Intensivstation wirklich nötig ist, bevor er den Fahrstuhlschlüssel herausrückt.

»Was bringst du uns denn da Schönes, Schreiber?« fragte ich betont lässig, jeder Zoll der erfahrene Altassistent, der durch nichts aus der Ruhe zu bringen ist. Schließlich war das auf der Trage nicht mein Patient.

»Gib uns den Schlüssel, Hoffmann! Was willst du? Der Mann ist beatmet, braucht volle Kanne Katecholamine und hängt am Schrittmacher. Wollt ihr das hier unten versorgen?«

Ganz schön keck für einen Doktor, der erst ein knappes Jahr Vollassistent ist, aber sicher stand Schreiber selbst auch unter volle Kanne Streßhormonen. Und darüber hinaus war er sicher auch stolz, daß er das Rundum-Sorglos-Paket ganz alleine geschafft hatte. Wenigstens dafür durfte er ein Lob erwarten.

»Gut gemacht, Schreiber. Nun laß mich mal gucken.«

Ich konnte allerdings nur Gesicht und Oberkörper von Schreibers Patienten sehen, der übrige Körper war unter medizinischer Hightech vergraben. Reglose Pupillen saßen in quittegelben Augäpfeln, und der Oberkörper erinnerte an eine große Landkarte, auf der die schmutziggelben Kontinente der Brüste und Schultern die großen dunkelblau-roten Meere auf Brustbein und Oberbauch umspülten. Wir hatten es mit einem Fall von ausgeprägter Gelbsucht mit massiven Einblutungen unter der Haut zu tun, am ehesten mit einem totalen Leberversagen, Prognose äußerst schlecht. Ein Fest für die Intensivstation, allerdings ein Fest mit fast sicher tödlichem Ausgang. Trotz seiner schmutziggelben Farbe kam mir das Gesicht bekannt vor.

»Du hast recht, Schreiber. Sieht nicht so gut aus.« Ich gönnte mir einen Blick auf die Apparate. »Hast du in letzter Zeit mal auf den EKG-Monitor geguckt?«

Unbeeindruckt blinkte und piepste der EKG-Monitor vor sich hin. Ein beruhigendes Geräusch, solange man nicht auf den Monitor schaute. Dort war zu sehen, daß zwar das von Schreiber gelegte Schrittmacherkabel sechzigmal in der Minute dem Herzen des quittegelben Patienten einen gutgemeinten kleinen

Stromstoß verpaßte, dieses Herz sich aber beim besten Willen nicht mehr zur Arbeit überreden ließ. Patienten haben oft Angst, sie könnten mit einem Herzschrittmacher nicht sterben. Falsch, wie dieser Fall demonstrierte. Dieser Patient war mausetot.

Schreiber sah es jetzt auch, und ebenso erkannten seine Rettungssanitäter sofort das Problem.

»Bis eben hatta noch geschnauft«, riefen sie im Chor.

Welche Mängel die Ausbildung auch haben mag, diesen einen Satz bringt die Feuerwehr ihren Leuten wirklich gut bei. Ich guckte dem Patienten in die starren Pupillen, dann Schreiber in seine unschuldsvollen nordisch blauen Augen.

»Intubiert, maschinell beatmet und trotzdem selbst geschnauft. Erstaunlich!«

»Na ja«, schränkte Schreiber ein, »also mindestens an der Kaisereiche hatte er noch einen Druck.«

Von der Kaisereiche sind es zirka drei Kilometer bis zum Krankenhaus.

»Wie war er denn, der Druck?«

»Na, so vierzig, fünfzig systolisch.«

»Zeig mir doch mal das Protokoll, Schreiber.«

Jetzt hatte ich ihn, und das wußte er. Natürlich hatte er kein Protokoll, ein Notarztwagendoktor hat während des Einsatzes Besseres zu tun. Die Protokolle von der Nacht schreibt man frühesten am nächsten Morgen beim Frühstück, wenn man dazu kommt. Aber Vorschrift ist, bei jedem Einsatz laufend Protokoll zu führen, und was immer er auch gelogen hätte – hätte er schriftlich gelogen und mir ein schönes Protokoll mit ein paar getürkten Werten zu Druck und Atmung des Patienten vorgelegt, ich hätte keine Chance gehabt.

»Was machen wir jetzt?« fragte Schreiber etwas kleinlauter als vorher, nun wieder Schreiber mit weniger als einem Jahr Klinikerfahrung.

Die Entscheidung war leicht – ab in die Pathologie. Das hört sich ziemlich einfach an, ist es aber nicht. Die Frage war nämlich, ist dieser Patient tot eingeliefert worden, oder hat er ausgerechnet einen Zentimeter hinter der Schwelle der Aufnahmestation seinen letzten Seufzer gemacht. Das entscheidet die eigentliche Frage, wer nämlich den Papierkram macht und sich um den Transport in die Pathologie kümmern muß, der Notarztwagen oder die Aufnahmestation. Und genau das hatten die Rettungssanitäter mit ihrem »bis eben hatta noch geschnauft« gemeint.

»Nimm dir einen Kaffee, Schreiber. Dichte ein schönes Protokoll, und dann machen wir zusammen einen wunderschönen Totenschein.«

Ein bißchen tat mir Schreiber leid. Der Nachtdienst auf dem Notarztwagen ist nicht sehr beliebt, weil arbeitsintensiv, und wird deshalb in der Regel den jüngeren Kollegen aufgedrückt – mit dem Argument, was man da für tolle Erfahrungen sammeln könne. Und richtig, Schreiber hatte heute etwas gelernt: Auch unser Rundum-Sorglos-Paket schützt den Doktor nicht davor, daß ihm der Patient trotz aller Hightech-Apparate einfach wegstirbt.

Für die Rettungssanitäter war der Fall abgehakt, sie tranken Kaffee mit den Aufnahmeschwestern und guckten sich das Ende der zweiten Halbzeit Deutschland-Rumänien an. Solange Schreiber mit seinem Protokoll beschäftigt war, brauchten sie sich nicht wieder einsatzbereit zu melden.

Wir hatten den Toten inzwischen in einen der Untersuchungsräume geschoben. Schreiber feilte an seinem Einsatzprotokoll, ich schaute mir die Leiche noch einmal genau an. Das Gesicht kam mir weiterhin bekannt vor, es fiel mir aber nicht ein, wohin ich es stecken sollte.

»Wo habt ihr den eigentlich aufgelesen?«

»In der Uhlandstraße«, Schreiber sah von seinem Papier hoch, »in so einem Asylantenhotel. Einsatzstichwort war ›plötzliche Bewußtlosigkeit‹. Bei den Wodkaflaschen, die da überall herumstanden, kein großes Wunder. Aber für nur besoffen war er einfach ein bißchen zu gelb. Wenn du mich fragst, alkoholtoxische Leberzirrhose, oder der Wodka war alle, und er hat es sich mit Brennspiritus gemütlich gemacht. Ich konnte nichts weiter herausbekommen. War zwar ein Haufen anderer Leute da, aber die konnten kein Deutsch oder wollten kein Deutsch können.«

»Habt ihr irgendwelche Papiere gefunden?«

»Hier, er hatte einen Paß in seiner Hose.«

Ein Paß aus der Ukraine, in kyrillischer Schrift. Aber auf einer der hinteren Seiten gab es ein Touristenvisum von der deutschen Botschaft in Kiew. Es berechtigte Tschenkow, Mischa, geboren am 20. April 1971, zu einem Besuch der Bundesrepublik Deutschland, gültig für drei Monate. Diese drei Monate waren vor einem guten Jahr abgelaufen.

Mit dem Paßfoto und dem Namen fiel mir endlich ein, woher ich ihn kannte: Mischa hatte in unserer Klinik saubergemacht, das Reinigungswesen hier ist voll in russich-ukrainischer Hand. Im Oktober letzten Jahres war er Patient auf meiner Station gewesen, aber eines Tages verschwunden und nie wieder aufgetaucht. Nicht als Reinigungskraft, nicht als Patient. Er hatte damals keinen Hausarzt angegeben, also brauchte ich keinen Arztbrief zu schreiben und mir auch keine Diagnose aus den Fingern zu saugen. Und nun lag er quittegelb und mausetot vor mir.

»Was soll ich schreiben, wann er gestorben ist?«

Schreiber war offensichtlich beim kritischen Teil seines Einsatzprotokolls angelangt. Wir mußten uns entscheiden: Toteinlieferung oder Tod in der Klinik?

»Ich brauche jetzt erst einmal einen Kaffee. Laß uns den Leichenschauschein fertig machen, dann ergibt sich dein Protokoll von selbst.«

Wir gingen hinaus zu den Schwestern und den Rettungssanitätern.

»Es geht langsam los, Dr. Hoffmann. Du mußt dir einen Bauch im Untersuchungszimmer eins und eine Tablettenvergiftung in zwei anschauen.«

»Was für Tabletten?«

»Ist 'ne Achtzehnjährige, nur 'ne zwanziger Packung Valium 5. Bißchen müde, voll ansprechbar, guter Druck.«

Dienst mit Schwester Sophie und ihrer Mannschaft ist ein Glücksfall. Dieser Mannschaft kann man ziemlich blind vertrauen, und hinter »bißchen müde, voll ansprechbar, guter Druck« würde sich nicht ein komatöses, halbtotes Mädchen verbergen.

»Macht schon mal Programm 3, ich muß noch eben mit Schreiber den Toten fertig machen.«

Programm 3 ist eine kräftige Magenspülung, beim wachen Patienten voll an die Schwestern delegierbar. Sie wird ebenso aus therapeutischer wie aus erzieherischer Indikation eingesetzt in der Hoffnung, daß uns der Patient nach dieser Erfahrung nicht so bald wieder belästigt.

Ich goß Kaffee ein, und wir machten uns an die Formalien. An Leichenschauscheinen mangelte es Schreiber in seinem Notarztwagenkoffer nicht, sie nahmen fast so viel Platz ein wie seine Notfallmedikamente.

»a) Unmittelbare Todesursache ... b) als Folge von ... c) als Folge von (Grundleiden) ...« Und wehe dem Tod, der sich nicht an diese vorgegebene Reihenfolge des deutschen Totenscheins gehalten hätte! Wo sich der frustrierte Arzt, der den Totenschein ausfüllen muß, rächen kann, sind allerdings die Fragen »natürlicher Tod«, »nicht-natürlicher Tod«, »Todesursache nicht aufgeklärt«. Die Antwort »Todesursache nicht aufgeklärt« setzt eine nicht mehr aufzuhaltende Maschinerie in Gang. Die Leiche wird beschlagnahmt, die Kripo muß sich darum kümmern, sie muß eventuell vom Gerichtsmediziner seziert werden.

»Was meinst du, sollen wir ›natürlicher Tod‹ ankreuzen?« fragte Schreiber.

»Wie wäre es mit ›Tod bei medizinischer Behandlung?‹«

Sofort bereute ich meinen kleinen Scherz. Schreiber war müde und sah ziemlich schlecht aus. Posttraumatischer Streß. Er würde sich daran gewöhnen müssen.

»Ich war sicher, ich hatte alles unter Kontrolle. Er hatte kaum noch einen Druck, als wir in diese Pension kamen, und einen vernünftigen Rhythmus hatte er auch nicht. Aber es lief wirklich gut. Eine schnelle, saubere Subklavia, eine saubere Jugularis für den Schrittmacher, keine Fehlpunktion, keine Ösophagus-Intubation. Wir hatten ihn ziemlich stabil, als wir abfuhren.«

»Ich glaube, er hatte keine Chance, Schreiber. Niemand hätte ihn lebend bis hierher bringen können. Du nicht, ich nicht, der Papst nicht. Du hast deine Sache gut gemacht, mach dir keine Vorwürfe.«

Wir nahmen unseren Kaffee mit zurück in den Untersuchungsraum, in dem Mischa auf seinen Transport in die Pathologie wartete. Früher bekamen die Leichen so einen Kofferanhänger an die Zehen gebunden, und irgendwie machten diese Anhänger den Eben-noch-Menschen endgültig zu einem Ding. Inzwischen gibt es spezielle Armbänder, und Mischa war schon mit seinem Armband versorgt: »Tschenkow, Mischa, 20. April 1971.« Diese Schwesternschicht war wirklich fleißig.

»Weißt du, Schreiber, der war mal Patient bei mir.«

Mischa schien uns aus seinen gelben Augen anzuschauen – etwas apathisch vielleicht, aber doch, als höre er gespannt zu, warum er sterben mußte.

»Er war mal dein Patient? Weshalb?«

»Wir haben damals nichts Ernsthaftes gefunden. Deshalb würde es mich schon sehr interessieren, woran er jetzt sterben mußte. Ich denke, wir machen ›Todesursache ungeklärt‹. Dann bekommen wir es schön ausführlich, und andere haben auch was zu tun.«

Durch die dünne Wand des Untersuchungszimmers drang das typische Husten und Würgen zu uns – die Achtzehnjährige würde sich wenigstens für ein paar Wochen an ihre Magenspülung erinnern. Und ich mußte mich langsam um die Lebenden kümmern.

»Hast du Mischa schon das Blut für die Studie abgenommen, Schreiber?«

Hatte er. Schließlich sind wir ein akademisches Lehrkrankenhaus, und ein Teil unserer Existenzberechtigung besteht in der Durchführung von Studien, für Wissenschaft und für Industrie. In der Studie, für die wir Mischas Blut brauchten, wurde von allen Patienten im Notarztwagen eine Blutprobe genommen, zentrifugiert und eingefroren. Später würden fleißige Doktoranden daraus verschiedenste Laborwerte bestimmen und zu den Daten des Notarztwagen-Protokolls und zum weiteren Schicksal dieses Patienten korrelieren. Eine typische Erbsenzählstudie mit vorhersagbarem Ergebnis: Wir würden finden, daß kranke Patienten mit kaum mehr meßbarem Blutdruck und zum Beispiel hoher Atemfrequenz hochsignifikant häufiger dieses Krankenhaus nicht lebend verlassen als gesunde Leute mit gutem Blutdruck und normaler Atmung. In einem akademischen Lehrkrankenhaus muß man schon mindestens eine Studie pro Jahr abliefern. Wir konnten nichts mehr für Mischa tun, aber mit einer kleinen Blutprobe konnte Mischa noch was für mich beziehungsweise für meine Karriere tun.

Schreiber starrte weiter auf den Leichenschauschein, er hatte immer noch Schwierigkeiten mit der Stelle »Eintritt des Todes – Feststellung des Todes – Tag, Monat, Jahr, Uhrzeit«.

»Schreiber, gib mir den Schein.« Er schaute mich fragend an. »Paß auf, Doktor. Der Mann ist hier gestorben. Du hast ihn lebend bis hierher gebracht.« Schreiber seufzte erleichtert. »Aber du kannst dich revanchieren. Sei so nett, und jag seine Blutprobe noch eben durch die Zentrifuge, und stell es in die Tiefkühltruhe. Dann wird es Zeit, daß du dich wieder einsatzbereit meldest. Berlin braucht dich, das Leben geht weiter!«

Also füllte ich den Leichenschauschein aus und unterschrieb ihn. Als Todeszeit trug ich »19 Uhr 10« ein, fünf Minuten nach Einlieferung in die Klinik. Daß ich damit fast meinen eigenen Leichenschauschein unterschrieben hatte, jedenfalls ein Freilos für eine Menge Ärger, davon ahnte ich zu diesem Zeitpunkt nichts. Und, wie das so mit Ärger ist, man hat ihn sich meistens selbst zuzuschreiben.

2

In der Nacht kam dann die übliche Mischung von Kranken, Hypochondern und Leuten, die für morgen früh einen Flug nach Asien, in die Karibik oder wer weiß wohin gebucht hatten und sich eben noch einmal unverbindlich über ihren Gesundheitszustand informieren wollten oder bitte pronto gegen Typhus, Pest und Cholera geimpft zu werden wünschten. Wirklich Kranke sind das kleinste Nachtdienstproblem, man stellt eine Diagnose und beginnt die Behandlung, oder man stellt eine andere Diagnose und verlegt sie in die zuständige Abteilung. Hingelegt hatte ich mich auch ein paarmal, aber immer nur so lange, um nicht zu vergessen, wie schön es eigentlich ist, in der Nacht im Bett zu liegen.

Beim Frühstück traf ich Heinz Valenta von der Intensivstation und Hartmut von der Chirurgie in unserer gemütlichen Krankenhaus-Cafeteria, einer gelungenen Kreuzung aus DDR-Restaurant und Autobahnraststätte. Wie die beiden graublaß und übermüdet an ihren belegten Brötchen nagten und dazu ihren Kaffee schlurften, bekam ich einen guten Eindruck von meinem aktuellen Aussehen. (Ich mache schon lange nicht mehr den Fehler, nach einem Nachtdienst in den Spiegel zu sehen – wie sollte ich mich dann noch zu meinen Patienten trauen?) Im Frühstücksfernsehen liefen Bilder von weit über die afrikanische Hochebene verstreuten Flugzeugteilen, es hatte einen Airbus kurz nach dem Start erwischt. Unsere kleinen Erfolgsgeschichten aus der vergangenen Nacht erschienen uns plötzlich recht relativ.

Wir mußten uns beeilen mit unseren leckeren Cafeteria-Brötchen, die seit der Privatisierung unserer Krankenhausküche, jetzt als »Hospital Catering Service« firmierend, auch nicht frischer geworden waren. Frühstück nach dem Nachtdienst ist im Dienstplan nicht vorgesehen, da um diese Zeit die Bettenkonferenz läuft. Vorher sollte man das Blutabnehmen auf der Station erledigt haben, um die Laborwerte möglichst früh zu bekommen, und den Rausschmiß der mehr oder weniger gesundeten

Patienten, um Platz für neue zu schaffen. Die morgendliche Bettenkonferenz zu schwänzen ist ein schwerer taktischer Fehler, hier werden die neuen Patienten auf die Stationen verteilt, und dabei wird geschachert wie auf einem orientalischen Basar.

Als ich mit Heinz Valenta in den Besprechungsraum der Inneren Abteilung gehetzt kam, mit dem Nachgeschmack von hartgekochten Eiern im Mund und einem neuen Kaffeefleck auf dem Kittel, war das Feilschen schon voll im Gang. Ich hatte in der Nacht noch zwei ältere Patienten mit Schlaganfall aufgenommen, und jetzt mußte die Tagschicht der Aufnahmestation die beiden irgendwie loswerden.

»Bringt mir bloß keinen Schlaganfall mit!« Diese Mahnung wird den Stationsärzten jeden Morgen erneut von ihrer Stationsschwester auf die Bettenkonferenz mitgegeben, und sie ist verständlich. Viel Arbeit für ohnehin überlastete Schwestern, und nur selten, wenn überhaupt, kleine Erfolge. Es traf wie immer die Stationen, die nur durch ihren AIPler, ihren Arzt-im-Praktikum, vertreten waren, weil der Stationsarzt lieber mit seinen Schwestern Kaffee trank.

Die Bettenkonferenz hieß ursprünglich Morgenkonferenz und war gedacht, um Problemfälle auf den Stationen oder aus den Nachtdiensten zu diskutieren. Aus diesem historischen Grund nahm fast immer das gesamte Zentralkomitee teil: die Chefärzte unserer drei Inneren Abteilungen und Professor Dohmke, der Herr über ein vollautomatisiertes – und inzwischen auch privatisiertes – Labor und gegenwärtig ärztlicher Leiter der Klinik.

Die Herren Chefärzte und Professor Dohmke hatten seit Jahren keinen Nachtdienst mehr gemacht. Vorzüglich ausgeschlafen, waren sie schon morgens voller guter Ratschläge. Deshalb haben die Doktors nach einem Nachtdienst wenig Lust, von ihren kleinen und großen Kämpfen gegen eigene Unwissenheit, Uneinsichtigkeit von Patienten oder technische Unzulänglichkeiten zu berichten und sich die klugen Kommentare des Zentralkomitees anzuhören. Glaubte man den eintönigen Kurzberichten der Nachtdiensthabenden, schien in unserem Besten-aller-Krankenhäuser jede Nacht himmlische Ruhe zu herrschen.

»Und wer hatte Aufnahmedienst?«

Ich war eingedöst, die Runde der Berichte aus der Nacht wurde traditionell vom Diensthabenden der Aufnahmestation abgeschlossen.

»Nichts Besonderes auf der Aufnahmestation«, meldete ich mich etwas verspätet zu Wort. »Wir hatten einen Todesfall. Ein Russe aus der CareClean-Putzkolonne, der letzten Oktober Patient bei uns war. Sah aus wie akutes Leberversagen. Er wird seziert.«

»So, so, ein Russe.«

Das war einer der bekannten tiefgründigen Kommentare von Professor Kindel, Chefarzt der Kardiologie und mein direkter Vorgesetzter.

»Genaugenommen war er kein Russe. Er kam aus der Ukraine. Aber, wie gesagt, er wird seziert.«

»Interessant, Herr Hoffmann. Berichten Sie uns dann.«

Ich befand mich offensichtlich im Zustand fortgeschrittener Morgenblödigkeit nach Nachtdienst. Kein Mensch hier interessierte sich für meinen gelben Mischa, und erst recht nicht dafür, ob er aus Rußland oder der Ukraine kam. Er hätte vom Mars kommen können, mit einem die Menschheit bedrohenden außerirdischen Lebervirus, für meine Kollegen war die Bettenkonferenz gelaufen.

Nachdem die Hauptschlacht, die Verteilung der neuen Patienten, geschlagen war, wollten alle Doktors nur noch möglichst schnell auf ihre Stationen, um das tägliche Hamsterrad auf Touren zu bringen. Natürlich würde ich nie von der Sektion berichten, und es würde auch nie jemand danach fragen. Wenigstens hatte ich nicht erwähnt, daß ich »Todesursache ungeklärt« angekreuzt hatte. Dies hätte mit Sicherheit zu einer ausführlichen Belehrung über das richtige Ausfüllen von Leichenschauscheinen geführt, und auch ich wollte schnell den Stationsalltag ins Laufen bringen.

»Gut, wenn weiter nichts ist ...«

Noch bevor Professor Kindel die Bettenkonferenz offiziell beendet hatte, waren die Stationsärzte auf dem Weg zu ihren Patienten.

Der Tag lief dann auch nicht chaotischer als jeder andere Tag auf meiner Station IIIb, ich stand ihn irgendwie durch wie alle Tage nach Nachtdienst. Gleich nach der Visite rief ich im Patientenarchiv an, sie sollten mir die alte Krankengeschichte vom toten Mischa Tschenkow raussuchen, aber das Telefon im Archiv war wie immer besetzt. Also füllte ich einen Anforderungsschein für die Akte aus und warf ihn in den Ausgangskorb.

Am frühen Nachmittag hatte ich die Station weitgehend unter Kontrolle und konnte ans Heimgehen denken – die entlassungsfähigen Patienten waren entlassen, die zu verlegenden Patienten waren verlegt, und die Neuaufnahmen waren aufgenommen. Ich hatte Glück, daß der mir zugeteilte Arzt im praktischen Jahr zur Zeit im Urlaub war, so konnte er mich nicht durch schlaue Fragen oder Lehrbuchbesserwisserei aufhalten. Ich bat Marlies, die zusammen mit Schreiber die Station IIIc nebenan managte, im Notfall nach meinen Patienten zu schauen, und meine Stationsschwester Elke bat ich, Marlies die Angehörigen vom Leib zu halten und den Patienten alle Ärzte außer Marlies. Ich hatte die Schnauze voll und wollte nach Hause. Heim in mein Bett und schlafen.

Müde war ich, aber neugierig auch. Es war unwahrscheinlich, daß Mischa schon obduziert war, denn man hätte mir als dem Doktor, der den Leichenschauschein unterschrieben hat, Bescheid gegeben. Trotzdem rief ich noch schnell in der Pathologie an und erwischte Karl, den Oberpfleger.

»Karl, hier ist Hoffmann. Habt ihr den gelben Russen schon obduziert?«

»Der war aus der Ukraine, Doktor.«

»Mach mich nicht an, Karl. Habt ihr oder habt ihr nicht?«

»Dein gelber Ukrainer ist schon längst weg. In einem Stück und ohne Holzwolle im Bauch.«

»Keine Sektion?«

»Keine Sektion.«

»Hat ihn die Staatsanwaltschaft beschlagnahmt?«

»Wieso denn das, Doktor? Was soll denn der Staatsanwalt mit dem? Die Jungs vom Bestattungsunternehmen haben ihn gleich mitgenommen. Ich bin froh, wenn ich die Gelben schnell los bin. Kann immer mal was Infektiöses sein.«

»Wieso ist er nicht obduziert worden, Karl?«

»Wieso sollte er, Doktor? Natürlicher Tod, Sektion verweigert. Kurze saubere Sache, war keine zehn Stunden unser Gast. Dem können wir kaum unsere Vollpension für hier unten berechnen.«

»Karl, warte bitte auf mich. Ich bin gleich bei dir.«

Obgleich ich schon acht Jahre an unserem Besten-aller-Krankenhäuser arbeitete, hatte ich immer noch Schwierigkeiten, den Weg zur Pathologie zu finden. Man muß durch die Cafeteria im Erdgeschoß und dann den Fahrstuhl ins Untergeschoß finden. Ab hinterer Ausgang Cafeteria kann man sich von der Nase leiten lassen, der zunehmend stärker werdende Formaldehydgeruch weist die Richtung. Eventuellen Hinterbliebenen wird ein anderer Weg gewiesen, die kürzeste Verbindung von dem Büro für Personenstandswesen, wo sie mit einer kurzen Floskel des Bedauerns die Unterlagen für Standesamt und Bestattungsinstitut bekommen.

Dieser Weg führt über eine kleine Treppe ins Untergeschoß direkt in den Bauch der Klinik, vorbei an der Warenannahme, der Bettenwaschanlage und der zentralen Müllbeseitigung. Ich weiß nicht, ob die Nähe der Pathologie zur zentralen Müllbeseitigung von den Trauernden überhaupt bemerkt wird. Aber neben der Tatsache, daß dieser Weg nicht besonders pietätvoll ist, hat er einen weiteren Nachteil. Der unvermeidbare Geruch von der zentralen Abfallverwertung und Müllbeseitigung nimmt den Trauernden die Möglichkeit, sich bei ihrer Wanderung am Formaldehydgeruch aus der Pathologie zu orientieren. Unsere Warenannehmer, Bettenwäscher und Müllbeseitiger kennen das Problem und weisen den Hinterbliebenen in stummer Anteilnahme den Weg.

Ich kenne Pathologie-Oberpfleger Karl gut. Das Wort Pfleger mag im Zusammenhang mit seiner Klientel nicht ganz passend erscheinen, aber tatsächlich erfahren die Toten von ihm oft mehr Pflege, als ihnen zu Lebzeiten auf der Station zuteil geworden war. Und im Gegensatz zu den Damen im Personenstandswesen ist Karl mit seinem nicht sehr subtilen, aber ehrlichen Beileid vielen Hinterbliebenen ein wirklicher Tröster. Unsere Beziehung reicht Jahre zurück, in die Zeit meines Staatsexamens. Für eine nicht übertriebene Gratifikation (eine Flasche Meisterbrand von Aldi) hatte er mir damals am Tag vorher die Leichen gezeigt, die in der Prüfung drankommen würden.

Karl mochte ein kleines Alkoholproblem haben, aber daß er einen Leichenschauschein nicht lesen konnte oder Leiche und zugehörigen Leichenschauschein verwechseln sollte, schien mir ausgeschlossen.

Als ich die Pathologie endlich gefunden hatte, sortierte er gerade Sektionsberichte und histologische Befunde ein.

»Du siehst toll aus, Doktor! Hast du Nachtdienst gehabt?«

Wir duzten uns noch aus der Zeit der Prüfungsleichen.

»Habe ich, Karl. Aber als der gelbe Mischa kam, war ich noch relativ frisch und durchaus imstand, den Leichenschauschein ordentlich auszufüllen. Also – warum keine Sektion? Ich habe ›Todesursache nicht aufgeklärt‹ angekreuzt.«

»Du? Ich habe keinen Leichenschauschein von dir, Doktor.«

»Du hast keinen Leichenschauschein von der gelben Leiche?«

»Natürlich habe ich. Wie, denkst du, kann ich die Leiche sonst herausgeben!«

»Kann ich den Leichenschauschein mal sehen, Karl?«

Karl wurde jetzt zwar nicht unsicher, aber doch genau.

»Du kannst unsere Kopie sehen. Das Original haben die Leute vom Bestattungsinstitut. Wie sollen sie sonst die Leiche unter die Erde bringen!«

Karl holte den Ordner »Leichenschauscheine« aus seinem Regal und gab mir den obersten. Es war der richtige. »Tschenkow, Mischa. Geboren 20. April 1971. Verstorben gestern, 19 Uhr 10.« Aber – es war nicht meine Schrift. Ich blätterte weiter. »Todesursache: Natürlicher Tod. Sektion: verweigert.« Unterschrieben war er mit »Dr. Klaus Schreiber, Assistenzarzt«.

Ich gab Karl den Leichenschauschein zurück.

»Stimmt was nicht, Doktor?«

»Wer hat die Sektion verweigert, Karl?«

»Was weiß ich. Die Angehörigen wahrscheinlich, wer denn sonst. Mußt du Schreiber fragen.«

Genau das würde ich tun.

Von der Patho stürmte ich direkt in das Arztzimmer der IIIc und traf dort auf Marlies und Schreiber. Marlies diktierte Arztbriefe und entschädigte sich für diese ungeliebte Arbeit mit einem Stück Streuselkuchen, den feinen Puderzucker ziemlich gleichmäßig über ihre Lippen, das Diktiergerät und die Krankenakten verteilt. Schreiber war am Zusammenpacken, als junger Vater versuchte er, pünktlich nach Hause zu kommen.

»Was ist passiert, Schreiber?«

»Was soll passiert sein, Doktor? Ich habe einen beschissenen Nachtdienst gehabt auf unserem tollen Notarztwagen, habe heute sechs Patienten entlassen und sieben neue aufgenommen, und ich habe mich in der Röntgenbesprechung von Kindel anmachen lassen. Außerdem habe ich eine Frau und ein Kind und gehe jetzt nach Hause.«

»Ich komme gerade aus der Patho. Den gelben Russen von gestern abend haben sie schon abgeholt.«

»Na und?«

»Er ist nicht von der Gerichtsmedizin abgeholt worden. Er ist noch nicht einmal obduziert worden. Es gibt plötzlich einen neuen Leichenschauschein, von dir ausgefüllt und unterschrieben. Todesursache ›Finales Herz-Kreislauf-Versagen. Sektion verweigert‹.«

Ich meinte, ein leichtes Zittern seiner Hände beim Umpacken seiner Sachen in seinen Pilotenkoffer zu sehen. Aber immerhin war der Mann seit zweiunddreißig Stunden auf den Beinen.

»Meinst du nicht, Felix, ›finales Herz- und Kreislaufversagen‹ trifft den Tod eines Menschen in der Regel recht genau?« mischte sich Marlies mit einem Bissen Streuselkuchen zwischen den Zähnen ein.

»Ich will wissen, Schreiber, warum du einen neuen Leichenschauschein ausgefüllt hast.«

»Weil es so einfacher ist.«

»Was soll denn an dem neuen Leichenschauschein einfacher sein?«

»›Todesursache nicht aufgeklärt‹ hattest du mir aufgeschwatzt. Und das bedeutet ein langes Protokoll, Rückfragen von der Kripo und weiß ich was sonst noch.«

»Wer hat dir denn das erzählt?«

»Leute, die es offensichtlich besser mit mir meinen als du.«

»Das ist der größte Blödsinn, den ich je gehört habe. Das einzige, was bei ›Todesursache nicht aufgeklärt‹ passiert, ist, daß du irgendwann einmal eine Kopie des Obduktionsbefundes bekommst, und dann weißt du Bescheid. Und außerdem – alle eventuellen Rückfragen wären sowieso bei mir gelandet, ich hatte den Schein unterschrieben.«

»Paß mal auf, Dr. Hoffmann. Ich habe heute nacht noch drei Leichenschauscheine auf dem NAW geschrieben, gingen wirklich gut weg die Dinger. Einer war ein Mann um fünfzig, den wir fast eine Stunde lang reanimiert hatten, voll in seiner eigenen Scheiße. Dann habe ich eine alte Frau von ihrer Wäscheleine abgeschnitten heute morgen, sie war schon seit Stunden kalt und roch auch nicht mehr ganz frisch. Und als letztes kam eine halbe Stunde vor dem Schichtwechsel ein Säugling von acht Monaten, der tot in seinem Heiabettchen lag. Das Geschrei seiner Eltern hallt mir jetzt noch in den Ohren. Aber wenn du möchtest, Herr Altassistent, werde ich dir in Zukunft morgens alle Leichenschauscheine vorlegen. Oder ich kann dich auch in der Nacht anrufen, wenn es dir lieber ist.«

Er hatte seinen Pilotenkoffer fertig gepackt, zog sein Sommerjacket über und ging wütend hinaus.

»Was war denn das für eine Vorstellung?« fragte Marlies, während sie die letzten Streusel aus der Tüte fischte. Die Tür flog noch einmal auf, Schreiber stand im Türrahmen.

»Übrigens, falls du mich im Zentralkomitee melden willst, nur zu!«

Die Tür flog wieder zu.

»Genau weiß ich auch nicht, worum es eigentlich geht. Schreiber hat gestern nacht mit dem Notarztwagen einen ehemaligen Patienten von mir angeschleift. Als Rundum-Sorglos-

Paket, aber dead upon arrival. Als der bei mir vor ein paar Monaten auf Station lag, hatte er ein paar Prellungen und Schnittwunden, aber nichts von Bedeutung. Jedenfalls ist uns nichts aufgefallen. Und gestern nacht war er quittegelb und tot. Ich möchte wenigstens wissen, woran er jetzt erkrankt und gestorben ist. Und nun wird er nicht seziert, weil Schreiber eventuell bei seinem Einsatz irgendwas versaut hat.«

Marlies stand auf und legte mir ihre Hände auf die Schultern.

»Wir wären Millionäre, wenn wir nur eine Mark für jeden Patienten bekämen, von dem wir nicht genau wissen, was er eigentlich hat oder warum er uns weggestorben ist. Was ist bloß in dich gefahren, deshalb den kleinen Schreiber so anzumachen?«

Sie hatte recht – warum ließ ich meine Müdigkeit und Frustration an dem jungen Schreiber aus? Wahrscheinlich aus schlechtem Gewissen, weil ich Mischas Behandlung seinerzeit weitgehend meinem Arzt im praktischen Jahr überlassen hatte. Damals schien das in Ordnung, lag Mischa doch lediglich zur Beobachtung bei uns.

»Weißt du, er war einer von den Reinigungsleuten, die wir kaum wahrnehmen und mit denen wir nie sprechen. Vielleicht habe ich mir damals nicht genug Mühe mit ihm gegeben, etwas Wichtiges übersehen.«

»Felix, natürlich verstehe ich dich. Ein Patient, den du als gesund eingestuft hast, ist plötzlich tot! Unser schlimmster Alptraum! Aber ich kenne keinen Arzt, der sich auch nur halb soviel Mühe mit seinen Patienten gibt wie du. Geh nach Hause, und schließ den toten Mischa in dein Abendgebet ein. Mehr kannst du nicht tun. Und laß den kleinen Schreiber in Ruhe. Du willst ihm doch nicht sein USA-Stipendium vermasseln, oder?«

Wollte ich nicht. Sie hatte recht. Ich brauchte einen schönen Metaxa und mein Bett. Morgen wäre auch noch ein Tag, um mir den Kopf über den Tod eines ehemaligen Patienten zu zerbrechen.

3

Ich hatte Mischa Tschenkow im Oktober letzten Jahres kennengelernt, als er für dreizehn Tage mein Patient gewesen war. Von der Polizei im Klo vom Bahnhof Zoo aufgelesen, sah er ziemlich böse zusammengeschlagen aus, behauptete allerdings, gestürzt zu sein. Ein eindeutig chirurgischer Fall – Versorgung von Schnittwunden, Frakturausschluß, stationäre Beobachtung auf eventuelle innere Blutungen –, aber kein besonders interessanter Fall für die Chirurgen. Ein zusammengeschlagener Asylant, der kaum ein Wort Deutsch sprach oder verstand und wahrscheinlich nicht einmal versichert war, was auch noch das Ausfüllen jeder Menge von Formularen wegen der Kostenübernahme bedeuten würde.

So wurde Mischa zum »Konsilschein-Patienten«: Der erfahrende Aufnahmearzt wird seine Behandlung bei dieser Art von Patienten immer auf dem grünen Konsilschein dokumentieren, nie auf dem roten Aufnahmeschein, denn damit würde er Patient seiner Abteilung. Das gilt es so lange wie möglich zu vermeiden, in der Hoffnung, daß sich im Rahmen weiterer Untersuchungen ein Befund herausstellen würde, durch den eine andere Abteilung zur Aufnahme des Patienten gezwungen wäre.

Diensthabender Chirurg war damals Hartmut. Er hatte Mischa ordentlich zusammengenäht und es zuerst mit den Augenärzten versucht (»drohende Erblindung nach Augentrauma«), dann mit den Neurochirurgen (»Verdacht auf subdurales Hämatom«). Erfolglos, er hatte sich lediglich zwei weitere Konsilscheine eingehandelt. Einen Volltreffer aber landete er mit dem routinemäßigen Röntgen-Thorax.

»Streifige Zeichnungsvermehrung in Projektion auf den linken Oberlappen. Wahrscheinlich alte Narbe. Frische, auch spezifische Veränderungen sind jedoch nicht auszuschließen, Vergleich mit Voraufnahmen erforderlich.« Bingo! Absichern ist das Gesetz Nr. 1 des Krankenhausarztes, also auch schriftlich festhalten, was nicht auszuschließen ist. Hartmut wußte, daß sein Problem mit dem Zauberwort »spezifische Veränderungen« gelöst war. Unschuldig lächelnd schob er mir damals einen Konsilschein für Mischa zu, »spezifische Veränderungen im Röntgen-Thorax nicht auszuschließen, erbitte Ausschluß Tbc«.

Hartmut wußte natürlich genau, daß ich nachts um eins nicht eine frische Lungentuberkulose ausschließen konnte, schon gar nicht bei einem Russen, der noch nicht einmal seine alten Röntgenaufnahmen auf das Klo im Bahnhof Zoo mitgenommen hatte. Die Masche mit der Tbc war allerdings besonders unangenehm, weil Mischa vorerst isoliert werden mußte. Und da auf der Isolierstation natürlich kein Zimmer frei war, mußte ich ein ganzes Zimmer auf meiner Station räumen und mir das Gezeter der davon betroffenen Patienten anhören. Ich rächte mich an Hartmut, indem ich ihn stündlich bestellte, um eine inzwischen vielleicht aufgetretene innere Blutung auszuschließen. Wenn er mir schon Mischa angedreht hatte, sollte er auch etwas von der Nacht haben.

In Mitteleuropa längst in die gesellschaftlichen Randgruppen verdrängt, hatten beim Fall der Mauer in Berlin und des eisernen Vorhangs in Europa sicher auch die Tuberkelbakterien einige Sektkorken knallen lassen. Sie profitierten ebenso von der neugewonnenen Reisefreiheit wie albanische Waffenhändler, russische Diamantenschieber oder Drogenbosse aus der Ukraine. Und wir Ärzte mußten wieder nach dem Lehrbuch der Infektionskrankheiten greifen. Die besten Chancen, die Tierchen zu finden, hat man im Magensaft oder im Lungensekret direkt aus den Bronchien.

Um das entsprechende Material zu gewinnen, mußte Mischa gleich am nächsten Morgen, quasi zum Frühstück, einen Magenschlauch schlucken, und zum Nachtisch eine Bronchoskopie über sich ergehen lassen, bei der ein nur relativ flexibler Schlauch über die Luftröhre in die Bronchien vorgeschoben wird. Beides nicht sehr angenehme Prozeduren, aber Mischa leistete beim Magenschlauch keinen und bei der Bronchoskopie nur schwachen Widerstand. Mir fehlten die Russischkenntnisse, um ihn vorher ordnungsgemäß aufzuklären, und er sprach nicht genug Deutsch, um eine etwaige Ablehnung präzise genug zu formulieren. Außerdem ist es ziemlich schwierig, mit einem Magenschlauch oder einem Bronchoskop zwischen den Zähnen Protest zu erheben.

Interessierter Zuschauer bei diesen Aktionen war Harald gewesen, mein AIPler. A-I-P steht für »Arzt im Praktikum« und ist die Antwort der Arztausbildung auf die Finanznöte der Krankenhäuser. Ein Arzt-im-Praktikum hat sein volles Medizinstudium absolviert und keine Ahnung von der wirklichen Medizin. Also kommt der unterbeschäftigte Krankenhausdoktor zu der Ehre, sich neben seinen Verpflichtungen hinsichtlich der Versorgung seiner Patienten, die Schwestern auf der Station bei Laune zu halten und der Jagd nach verschwundenen Untersuchungsergebnissen auch um die Ausbildung dieser AIPler zu kümmern. Der Trick ist, daß ein AIPler mit wenigen Einschränkungen in der Besetzungsliste des Krankenhauses als Arzt geführt wird, mit weniger als der Hälfte eines normalen Arztgehaltes. Zwei für den Preis von einem, welcher Verwaltungsdirektor welchen Krankenhauses ließe sich das entgehen!

Natürlich hätte AIPler Harald gerne selbst den Magenschlauch und das Bronchoskop in Mischa hineingeschoben. Daß er beides noch nie gemacht hatte, war kein Argument, auch ich hatte es irgendwann das erstemal gemacht, vielleicht mit einer etwas besseren Vorstellung von der Anatomie des Rachenraumes als Harald. Seine Begründung, daß Mischa aufgrund mangelnder Deutschkenntnisse doch ein idealer Kandidat für seine medizinische Ausbildung sei, fand ich voll daneben, aber typisch für Harald. Ich versicherte ihm, daß sein Tag und sein Patient noch kommen würden, denn an Arschlöchern besteht, wie im richtigen Leben, auch unter Patienten kein Mangel.

»Kein direkter Nachweis säurefester Stäbchen«, meldete die Bakteriologie schon am nächsten Tag über das Computernetzwerk der Klinik direkt an den Terminal in meinem Arztzimmer, »Kultur angelegt«. Endgültig negativ hinsichtlich Tbc wäre Mischa erst, sollten auch auf den Kulturen keine Tuberkelbakterien wachsen. Dies würden wir erst in gut zwei Monaten wissen, aber wenigstens seine Isolierung konnten wir jetzt aufheben.

Um die chirurgische Betreuung seiner Verletzungen kümmerte ich mich selbst, es brauchte nicht mehr als ab und zu ein bißchen Jod und ein neuer Verband. Bei der großen, etwas infizierten Fleischwunde am Oberschenkel benutzte ich das alte Geheimrezept von meiner Mutter – Wunde nicht verschließen, ordentlich Zucker reinschütten und in Ruhe aus der Tiefe zugranulieren lassen. Das führte zu ernsthaften Auseinandersetzungen mit AIPler Harald, der sich unter anderem auch als Experten für Wundversorgung betrachtete und auf lokaler wie systemischer Abdeckung mit Antibiotika bestand. Ich versprach ihm für den Fall, daß er bei Mischa Antibiotika zum Einsatz bringen würde, mich in der dann bei ihm fälligen Wundversorgung streng an seine Verordnungen zu halten. Er trollte sich und suchte nach einem neuen Opfer für seine medizinische Kunst.

Nach fünf Tagen hätten wir uns eigentlich von Mischa verabschieden können. Die Wunden waren weitgehend verheilt, andere Erkrankungen waren trotz Hunderter von Harald abgenommener Blutwerte nicht zutage getreten. AIPler lieben es, Blut abzunehmen und es in vielen kleinen Röhrchen zu schier unbegrenzten Labortests zu schicken. Staunend liest der typische AIPler im Handbuch für Labordiagnostik, auf wie viele verschiedene, ihm kaum dem Namen nach bekannte Erkrankungen man Patientenblut untersuchen kann. Und alles, was man tun muß, ist eine schöne Vene zu finden, ein bedeutendes Gesicht zu machen und einige Kreuzchen auf dem Laborzettel. Nun kann man sich natürlich fragen, warum unsinnige Laboruntersuchungen, die natürlich auch ein Kostenfaktor sind, nicht unterbunden werden. Keine gute Frage an einem Krankenhaus mit privatisiertem Laborbereich, dessen Chef und sicher auch Teilhaber der ärztliche Direktor der Klinik ist. Professor Dohmke.

Wie gesagt, nach rein medizinischen Gesichtspunkten hätte Mischa entlassen werden können. Doch ich fürchtete, ihn dann schon am nächsten Tag wieder bei uns putzen zu sehen, und fand, daß er sich noch ein paar Tage Urlaub verdient hätte. Außerdem wußte ich zwar nicht, aus welchem Grund er zusammengeschlagen worden war (er selbst bestand weiterhin auf der Version vom unglücklichen Sturz), hielt es aber für wahrscheinlich, daß seine persönliche Bedrohung mit Abstand von diesem Ereignis abnehmen würde. Natürlich würde schon bald ein Formular der Krankenkasse auf meinen Schreibtisch flattern mit der Anfrage, warum der Patient Tschenkow noch nicht entlassen werden könne, aber es war so gut wie sicher, daß mindestens eine der hundert von Harald veranlaßten Laboruntersuchungen wenigstes grenzwertig pathologisch ausfallen würde, oder sogar hochpathologisch, durch eine Fehlbestimmung oder eine Verwechslung der Proben im Labor. Das ist ein Gesetz der Statistik und würde mir beim Ausfüllen der Anfrage nützlich sein.

Ich sollte recht behalten. Mischa war knapp zwei Wochen unser dankbarer und für mich unaufwendiger Patient gewesen, als ich am Nachmittag aus dem Herzkatheterlabor kam und den nach allen bisherigen Untersuchungsergebnissen vollkommen gesunden Mischa als Empfänger einer Bluttransfusion fand, die er genauso wie Haralds sonstige Aktivitäten frag- und klaglos über sich ergehen ließ. Harald studierte derweil im Arztzimmer die weiteren Ergebnisse seines täglichen Laborrundschlages.

»Wir hatten recht, den Russen noch hier zu behalten. Uns ist da fast eine schwere Anämie durch die Lappen gegangen. Ich habe gleich Kreuzblut abgenommen, die erste Konserve läuft schon.«

»Habe ich gesehen.«

Harald strahlte stolz wie Oskar, endlich ein Menschenleben, das er gerettet hatte.

»Nur gut, daß ich heute noch mal ein Blutbild abgenommen habe. Wir hätten ihn sonst womöglich mit einem Hb von 5,5 auf die Straße gesetzt.«

»5,5 Hb?«

»Ja. Ziemlich niedrig, was?«

»Wann, Harald, hatten Sie bei Mischa das letzte Blutbild gemacht?«

Mischas Blutbild war zwei Tage zuvor genauso normal gewesen wie vor vier Tagen, vor sechs Tagen, vor acht Tagen und wann immer sonst Harald »Blutbild« auf dem Laborzettel angekreuzt hatte. Es war am Computer ziemlich leicht, den Hb von 5,5 seinem rechtmäßigen Besitzer zuzuordnen, einem Patienten mit Magenkrebs, der wirklich dringend eine Blutkonserve brauchte. Offensichtlich hatten Harald oder das Labor für alle Untersuchungen des Tages die Proben von Mischa und dem Patienten mit Magenkrebs verwechselt, und Mischa hatte Glück gehabt, daß die Blutbilder vor den übrigen Laborergebnissen fertig geworden waren. Hätte Harald eine Chance gehabt, auch diese Laborwerte zu sehen – ich wagte mir nicht auszumalen, mit welcher Form von Akuttherapie Harald unseren armen Ukrainer noch beglückt haben könnte. Für mich nun keine Frage, Mischa schleunigst zu entlassen, bevor er ernsthaft Schaden durch unser Krankenhaus nehmen würde.

Dazu kam es allerdings nicht mehr. Am nächsten Morgen war Mischa von meiner Station verschwunden und tauchte auch nicht wieder auf. Nicht als Patient und auch nicht als fleißige Kraft des Reinigungsdiensts CareClean.

Ich sah ihn erst wieder als tote Leiche auf der Aufnahmestation, am Abend des Spieles Deutschland–Rumänien. Und da konnte er mir nicht mehr erzählen, wer ihn damals auf dem Bahnhof zusammengeschlagen hatte und weshalb. Und warum er sich ohne Abschied aus der freundlichen Obhut unserer Klinik entfernt hatte. Ich fühlte mich nicht wohl. Vielleicht hatte Schreiber unserem Mischa mit einem Kunstfehler bei der Notfallversorgung den endgültigen Schubs versetzt und deshalb mit einem neuen Leichenschauschein die Sektion verhindert, aber ohne Zweifel war Mischa zu diesem Zeitpunkt bereits todkrank gewesen.

Hatte ich damals geschlafen, etwas Entscheidendes übersehen? Oder hatte er sich etwas in der Klinik eingefangen? Hatte ich ihn der medizinischen Kompetenz von Harald anvertraut, weil er nur eine Putzhilfe aus Kiew war? Vielleicht ist meine Beunruhigung für den Nicht-Arzt schwer zu verstehen. Es geht um schlechtes Gewissen, aber es geht auch um ärztliche Neugierde. Und um meine medizinische Ehre. Eine beginnende, sogar noch lebensbedrohliche Erkrankung zu übersehen ist inakzeptabel.

Hatte ich damals tatsächlich etwas übersehen, könnte das heute wieder passieren, und weitere Patienten könnten sterben. Unmöglich, die Sache auf sich beruhen zu lassen.

Durch eine Sektion war der Fall nicht mehr zu klären. Aber der Königsweg zur richtigen Diagnose ist die Erhebung der Krankengeschichte. Also mußte ich mir so viele Informationen wie möglich über die letzten Monate im Leben des Mischa Tschenkow verschaffen.

4

Seit Mischas Gastspiel als Tbc-Verdacht auf meiner Station waren fast acht Monate vergangen, inzwischen war Sommer und Europameisterschaft in Holland. Celine hatte die Pizza von neulich abend eingefroren und Deutschland–Rumänien auf Video aufgenommen. Ich bin kein wirklicher Fußballfan, und außerdem wußte ich, daß das Spiel eins zu eins ausgegangen war. Also aßen wir mit viel Vergnügen und viel Ketchup unsere Pizza und liebten uns dann mit ebenso viel Vergnügen, einmal während der ersten Halbzeit (Celine auf mir) und erneut während der zweiten Halbzeit (ich auf Celine). Weniger erfreulich war, daß zwei Tage nach Mischas Tod Harald, nun auch schon neun lange Monate mein Arzt-im-Praktikum, aus seinem Griechenlandurlaub zurückgekehrt war, was die Stationsarbeit wieder deutlich verlangsamte.

Schreiber ging mir aus dem Weg. Ich hatte ihn noch einmal auf den neuen Totenschein angesprochen, bekam aber nur irgendeine patzige Antwort. Allerdings war Schreiber auch ziemlich beschäftigt. Er hatte ein Fortbildungsjahr im Mount-Sinai-Hospital in New York beantragt, ziemlich große Sache für die Karriere, und die Entscheidung, ob er fahren dürfte oder nicht, war in diesen Wochen fällig. Entschieden werden solche Dinge im Zentralkomitee, also konnte seine Parole nur sein, nicht aufzufallen, höchstens durch großen Fleiß, geringen Verbrauch teurer Medikamente und kurze Liegezeiten auf seiner Station.

Seit einem guten Jahr waren wir nicht mehr Angestellte im öffentlichen Dienst. Wie viele andere war auch unsere Klinik in eine GmbH umgewandelt worden, und der Druck zu Einsparungen hatte deutlich zugenommen. Man durfte am Ende eines jeden Monats auf einem Computerausdruck studieren, wie sich die Liegezeiten und der Medikamentenverbrauch im Vergleich zum Vormonat, zum Vergleichsmonat des Vorjahres und, besonders wichtig, im Vergleich zu den anderen Stationen verhielten. Überschreitungen von mehr als fünf Prozent führten unweigerlich zu einer Einladung vor das Zentralkomitee, im Wiederholungsfall durfte man sich auch gegenüber Dr. Bredow, dem kaufmännischen Direktor unserer Besten-aller-Kliniken, rechtfertigen.

Zwar war Mischa dank seines Ablebens nicht erneut zu einem Kostenfaktor für die Klinik geworden, dennoch ging er mir nicht aus dem Sinn. Letztlich war es die Patientin Gertrud Schön, Einweisungsdiagnose »unklare Gelbsucht«, deren gelbes Hautkolorit zwar nur schwach an den tiefgelben Mischa erinnerte, aber den letzten Anstoß gab, mich endlich an die Aufklärung seines Todes zu machen. Frau Schön schien mir nicht akut bedroht, und die diagnostischen Schritte bei Gelbsucht sind auch in dem kürzesten Lehrbuch nachzulesen. AIPler Harald auf Frau Schön anzusetzen sollte ihn nicht überfordern, mir aber Zeit für Mischa geben. Allerdings hatte ich die Situation falsch eingeschätzt. Als ich Frau Schön am nächsten Tag sah, war sie inzwischen fast so gelb wie neulich Mischa, und es ging ihr schlecht.

AIPler Harald war unverändert überzeugt, daß der Beweis, sich fleißig um einen Patienten zu kümmern, direkt proportional zur Menge der angeforderten Laboruntersuchungen ist. Er hatte literweise Blut ins Labor geschickt, auf Hepatitis A, B und C, auf hämolytische Anämie, auf Leptospiren, Typhus, Toxoplasmose, Trypanosomen, Rickettsien, Amöben, Gelbfieber und Fleckfieber und natürlich auch auf Syphilis und AIDS. Unbeeindruckt von Haralds Meinung, man müsse in der Zeit des Massentourismus auch bei uns mit Gelbfieber und Fleckfieber rechnen, erlaubte ich mir den Bauch von Frau Schön anzuschauen. Die Bauchdecken waren gespannt, aber noch eindrückbar. Im rechten Oberbauch, direkt über der Galle, ließ sich ein deutlicher Druckschmerz auslösen.

»Das ist die Kapselspannung der Leber, normal bei Gelbsucht«, informierte mich AIPler Harald.

»Haben Sie Ihre Patientin nach Gallensteinen gefragt, Herr Kollege?«

»Herr Kollege« ist im Medizinerdeutsch die wörtliche Übersetzung für »Blödmann«. Frau Schön konnte das nicht wissen, hilfreich sprang sie ein.

»Gallensteine habe ich schon immer, Herr Doktor. Die müssen aber nicht raus, hat mein Hausarzt gesagt.«

Harald schaltete für seine Verhältnisse ziemlich schnell.

»Den Schein für ein Oberbauchsono habe ich am Freitag abgeschickt.«

Mag sein, er hatte wirklich den Auftragsschein für eine Ultraschalluntersuchung des Bauches von Frau Schön ausgefüllt und sogar abgeschickt. Dieser Schein würde jetzt auf einem großen Stapel ähnlicher Anforderungsscheine in unserer gastroenterologischen Abteilung liegen und warten müssen, bis er dran war. Frau Schöns Bauch konnte aber nicht so lange warten. Ich ließ Harald das schwere Ultraschallgerät von Marlies' Station ankarren, einen unhandlichen alten Kasten mit den Ausmaßen einer kleineren Gefriertruhe.

Ein dicker fetter Gallenstein saß direkt im Ductus choledochus, kein Tröpfchen Galle würde an ihm vorbeikommen in den Darm, wohin es gehörte. Also hatte die Galle einen anderen Ausweg gefunden und den direkten Weg ins Blut genommen, die Ursache für die »Gelbsucht« in diesem Fall. Drei Stunden später war Frau Schön dank unserer Chirurgen ihren Gallenstein los, und am nächsten Tag, als ich sie mit AIPler Harald auf der Chirurgie besuchte, kaum noch gelb. Sie bedankte sich überschwenglich bei Harald, daß er sich so aufopferungsvoll um sie gekümmert habe. Harald strahlte.

Wie gesagt, durch Frau Schön und ihre Gelbsucht hatte sich mein schlechtes Gewissen wieder gemeldet. Das Patientenarchiv hatte mir noch immer nicht Mischa Tschenkows stationäre Akte vom vergangenen Oktober geschickt. Ich rief an – und erreichte sogar jemanden.

»Sie müssen mir einen Anforderungsschein runterschicken, Herr Doktor, sonst kann ich gar nichts tun. Das wissen Sie doch«, antwortete eine wenig enthusiastische Stimme.

»Na klar weiß ich das. Habe ich vor drei Tagen gemacht.«

»Dann müßte er ja hier sein.«

»Hören Sie, ich schicke Ihnen einen neuen. Können Sie bitte trotzdem die Unterlagen schon einmal heraussuchen?«

»Wie eilig ist das, Herr Doktor? Es ist Urlaubszeit, und wir sind schlecht besetzt.«

»Ich brauche die Unterlagen trotzdem.«

»Ist der Patient wieder stationär?«

»Nein, er ist tot.«

»Dann werden Sie ein paar Tage Geduld haben müssen. Sie können gerne runterkommen und sich den Stapel Anforderungen angucken, der hier liegt. Wir sind im Moment nur zwei Leute im Archiv, da haben wir mehr als genug mit den akuten Wiederaufnahmen zu tun. Das müssen Sie verstehen, Herr Doktor.«

Im Rahmen seiner Sparmaßnahmen hatte Dr. Bredow, unser kaufmännischer Direktor, die Stellen im Archiv mehr als halbiert. Ich konnte der Tante am anderen Ende der Leitung keinen Vorwurf machen und füllte brav einen zweiten Anforderungsschein aus.

Die Organisation der OP für Frau Schön hatte meinen Zeitplan ziemlich durcheinandergebracht. Als ich schließlich meine Patienten mit halbwegs ruhigem Gewissen ihrem Schicksal für die Nacht überlassen konnte, hatten die Leute von der Putzkolonne schon ihre Arbeit aufgenommen. Auf meiner IIIb putzte wie immer Jurek, soviel ich wußte, auch aus Rußland oder aus der Ukraine.

Jurek sprach ein paar Brocken Deutsch, und wenn immer ich ihn sah, fragte ich ihn wenigstens, wie es ihm gehe, und wünschte ihm einen guten Tag. Ich hatte aber keine Vorstellung über sein Leben vor Deutschland. Hatte er zu Hause sein Geld auch mit Putzen verdient? Oder war er dort ein wichtiger, aber jetzt nicht mehr benötigter Fachmann für die Flugbahnen von Interkontinentalraketen gewesen oder ein hochdekorierter Physiker aus ihrem Atombombenprogramm?

Er trug eine einteilige blaue Montur mit dem gelben Logo auf dem Rücken: »CareClean: Sauberkeit ist unser Job«. Verwaltungsleiter Bredow hatte, wie für die Küche, auch für das Putzen ein Fremdunternehmen unter Vertrag genommen. Kostenersparnis.

»Wie geht's, Jurek?«

Schon, daß wir diese Menschen, wenn überhaupt, nur bei ihrem Vornamen kennen, ist nicht in Ordnung.

»Danke, Herr Doktor. Gut. Gut. Muß gehen.«

Seine Aussprache war deutlich besser geworden seit unserem letzten Gespräch. Aber das war sicher auch schon Monate her.

»Kannten Sie den Mischa aus Kiew?«

»Der Mischa, ja. Der Mischa tot. Sie wissen, Doktor?«

»Ja, der Mischa ist tot, weiß ich. Kannten Sie ihn?«

»Wir zusammen gearbeitet, hier, der Mischa und ich. Und dann er krank. Er hier in Krankenhaus.«

»Und danach, haben Sie ihn danach gesehen?«

»Mischa krank, nix arbeiten. Viel krank zum Schluß. Viel gelb.«

Mehr über Mischas Krankheitsverlauf in den letzten Monaten herauszubekommen scheiterte an den gegenseitigen Sprachschwierigkeiten.

»Hatte er einen Arzt?«

»Einen Arzt?«

»Hatte er einen Doktor?«

»Nein, nein. Mischa nix Doktor. Aufenthaltsgenehmigung nix mehr gut. Aber Sie nix sagen, Doktor!«

»Keine Angst, Jurek, ich bin nicht die Ausländerbehörde. Wissen Sie, wo Mischa gewohnt hat?«

»Uhlandstraße. In Pension. Dort viele von uns.«

Ich hatte für den Abend nichts vor, und Celine war bei ihrem Karatekurs. Vielleicht würde ich mir noch einen Wein in einem der Straßencafés in der Fasanenstraße gönnen. Oder einfach über den abendlichen Kurfürstendamm spazieren, die Beine der jungen Mädchen in den kurzen Röcken bewundern oder den unerschütterlichen Optimismus, mit dem junge und nicht mehr ganz junge Männer diese Mädchen ansprechen. Auf jeden Fall aber würde ich in dieser Pension in der Uhlandstraße vorbeischauen. Vielleicht konnte mir dort jemand etwas über Mischas Krankheitsverlauf nach seinem Verschwinden von meiner Station im letzten Oktober sagen. Ich brauchte nur noch die genaue Adresse. Aber das war kein Problem.

Niemand lungerte im Aufenthaltsraum für die Notarztwagenmannschaft herum, die Jungens waren offensichtlich unterwegs zu einem Einsatz, vielleicht auch nur zur nächsten

Currywurstbude. Der Aktenordner, in dem die Einsatzprotokolle vom Notarztwagen abgeheftet werden, ist nach Tagen sortiert. Als Einsatzort für den Einsatz Nr. 1726/00 am 12. Juni war eine Pension Elvira in der Uhlandstraße 141 angegeben. Ich zog mich fertig um und fuhr in die Stadt.

Es schien, als hätte ganz Berlin die Idee gehabt, an diesem Abend auf einen Schluck in die Stadt zu fahren. Ab Hohenzollerndamm ging es nur noch im Schrittempo voran, an Parkplätze gar nicht zu denken. Die Möchtegern-Schickis mit ihren Zweite-Hand-BMWs fanden es besonders schick, in zweiter Reihe zu parken, und Berlins Polizei war offensichtlich zu einem sommerlichen Betriebsausflug an den Wannsee gefahren.

Am Ludwigkirchplatz hatte ich Glück – es war zwar ein illegaler Parkplatz auf dem Bürgersteig, aber bei meinem vierzehn Jahre alten Golf würde ich es kaum merken, wenn ein erboster Passant meinen Lack einer Behandlung mit seinen Wohnungsschlüsseln unterzog.

Das Haus Uhlandstraße 141 hatte den Zweiten Weltkrieg überstanden, nicht aber den Modernisierungseifer der fünfziger Jahre. Man hatte damals den Stuck von der Fassade abgeklopft und die Balkone gleich mit, dann das ganze Haus mit einem grauen Strukturputz beworfen. In der Umgebung war in den letzten Jahren der Stuck wieder angeklebt worden, der Eigentümer von Uhlandstraße 141 hatte offensichtlich andere Ideen über die sinnvolle Reinvestition von Mieteinnahmen. Das Haus machte einen ähnlich deprimierenden Eindruck wie die beiden jungen Männer im Trainingsanzug, die vor dem Eingang herumlungerten.

Die Pension Elvira hatte sich im zweiten und dritten Stock breitgemacht und war ebenso heruntergekommen wie das Gebäude. Fleckige Tapeten, nackte oder fehlende Glühbirnen, abgeblätterte Farbe an den Türen. Im zweiten Stock gab es eine Art Rezeption, eingerahmt von handgeschriebenen Zetteln in kyrillischer Schrift. Wahrscheinlich wurde den werten Gästen mitgeteilt, daß sie höchstens einmal pro Woche baden dürften und auf ihre Wertsachen gefälligst selbst aufpassen sollten. Einer der Zettel war auch auf deutsch: »Die Zimmermiete ist täglich im voraus zu zahlen.« Der Besitzer der Pension Elvira hatte offensichtlich erkannt, daß eine Klientel von illegalen Arbeitern anspruchslos und finanziell ergiebig ist.

Auch der Mann hinter der Rezeption trug einen Trainingsanzug und blätterte in einer russischen Illustrierten. Ich hatte mir auf der Hinfahrt überlegt, ob ich vielleicht als Amtsarzt auftreten, ihm meinen Arztausweis unter die Nase halten und was über Seuchengefahr und drohende Schließung der Pension murmeln sollte. Das schien mir jetzt albern, ich wählte den halbdirekten Weg.

»Guten Tag. Ich suche nach Mischa Tschenkow. Er ist ein Freund von mir.«

Der Mann hinter der Rezeption schaute mich nicht sonderlich interessiert an.

»Ja was nje ponimaju. Ja nje goworju po-nemjezki.«

Einer der wenigen Nachteile, daß ich auf der westlichen Seite der Mauer aufgewachsen bin – ich spreche kein Russisch. Automatisch verfiel ich in dieses alberne »ich nix verstehen«, mit dem wir es Ausländern bei uns unmöglich machen, Deutsch zu lernen.

»Ich – suchen – Mischa Tschenkow. Er Towarisch von mir.«

Der Russe hob andeutungsweise die Schultern.

»Ja was nje ponimaju. Ja nje goworju po-nemjezki.«

»Welches Zimmer Mischa? Können Sie mir Zimmer zeigen von Mischa?«

Keine Reaktion. Mein Ich-nix-verstehen-Deutsch ging mir langsam selbst auf die Nerven.

»Hören Sie, mein Freund. Ich bin nicht von der Polizei und auch nicht von der Ausländerbehörde. Ich bin Arzt. Mischa Tschenkow war mein Patient. Im Krankenhaus. Letzten Oktober. Und jetzt ist er tot. Ich möchte herausfinden, warum er tot ist. Wann hat er angefangen, gelb zu werden? Hatte er Fieber? War er zwischendurch zu Hause, in der Ukraine? Hatte er Besuch? Freunde?«

Ich bekam keine Antwort, es war sinnlos. Der Mann im Trainingsanzug wollte mich nicht verstehen. Wahrscheinlich hatte er seine Erfahrungen mit deutschen Behörden. Oder aber strikte

Anweisungen, wie er sich Fremden gegenüber zu verhalten habe. Ich überlegte, ob ich vielleicht ein paar Scheine über den Tresen schieben sollte, aber meine Brieftasche war im Wagen. Oder inzwischen geklaut.

»Einen schönen Tag noch, Towarisch, und vielen Dank. Sie waren eine große Hilfe.«

Als ich aus dem Haus trat, wo noch immer die beiden jungen Männer standen, war es noch fast so warm wie am Mittag. Die Türen meines Golfs hatte ich wie üblich nicht abgeschlossen, meine Brieftasche lag unberührt auf dem Beifahrersitz. Und selbst die reichlich vorhandenen Kratzer hatten sich nicht vermehrt. In einem kleinen Bistro in der Fasanenstraße bestellte ich einen Cappuccino. Der Kaffee kam aus Italien, die Bedienung aus Polen, das Publikum weitgehend aus Rußland.

Die Fasanenstraße, schon immer eine elegante Seitenstraße des Kurfürstendamms, ist ein schönes Beispiel für das konstante Element in der Geschichte. Vor dem Krieg weitgehend von reichen Exilrussen bewohnt, ist sie nach dem Fall der Mauer erneut zu einer russischen Straße geworden. In ihren exklusiven Modeboutiquen und bei noch exklusiveren Juwelieren werden täglich Hunderttausende an Mark und Rubel umgesetzt mit Russen, die im Gegensatz zu ihren Landsleuten in der Pension Elvira den Wechsel zum Kapitalismus als Gewinner erlebt haben.

Um mich herum saßen die russischen Muttis mit ihren grell geschminkten Gesichtern und zeigten einander die Beute des Tages, während ihre Kinder derweil laut kreischend in Armani-Klamotten quer durch das Bistro tobten. Unauffällig stellte ich einem besonders lauten Krakeeler ein Bein. Er fiel ganz wunderbar auf die Nase, schrie aber noch lauter als vorher. Ich zahlte und fuhr nach Hause. Mein total asoziales Verhalten, einem dieser unschuldigen Menschenkinder erfolgreich ein Bein gestellt zu haben und das auch noch unbemerkt von seinen Eltern, hatte mich für meinen Mißerfolg in der Pension Elvira vorerst voll entschädigt.

5

Ich wartete immer noch auf die alte Krankenakte von Mischa, inzwischen hatte ich drei oder vier Anforderungsscheine an das Patientenarchiv geschickt. Es wurde Zeit, den ABM-Sparkräften dort etwas Dampf zu machen. Die hatten allerdings gegen lästige Störungen vorgesorgt und offenbar den Hörer neben das Telefon gelegt, den ganzen Vormittag bekam ich nur ein Besetztzeichen.

Die Stimmung unter den Kollegen war nervös, am Nachmittag war eine große Konferenz für alle Ärzte und Chefärzte mit Verwaltungsdirektor Dr. Bredow angesetzt. Das konnte nichts Gutes bedeuten. Die Gerüchteküche hatte sich weitgehend auf das Konferenzthema »neue Sparmaßnahmen« geeinigt, nur über die Art der drohenden Einsparungen gab es die verschiedensten Vermutungen. Wahrscheinlich, so meinten die meisten, würde man uns das Budget für Medikamente und Verbrauchsmaterial pro Station weiter kürzen.

Es sollte schlimmer kommen.

Die Konferenz fand in der Cafeteria statt, dem einzigen Raum mit genug Sitzkapazität. Das bedeutete allerdings nicht, daß uns Verwaltungsleiter Dr. Bredow Brötchen oder Kuchen spendierte.

Professor Dohmke, wie gesagt Chefarzt des Labors und derzeitiger ärztlicher Direktor unserer heilsamen Einrichtung, faßte sich kurz. Sollte doch der Herr Verwaltungsleiter uns die unangenehmen Neuigkeiten beibringen. Was nicht hieß, daß Dohmke damit ein Problem gehabt hätte.

»Meine Damen und Herren, Sie alle wissen um die prekäre Finanzsituation unserer Klinik. Wie prekär sie wirklich ist, mögen Sie der Tatsache entnehmen, daß Verwaltungsleiter Dr. Bredow Ihnen heute persönlich die aktuelle Lage und die Konsequenzen daraus schildern wird.«

Die Kollegen von der Chirurgie hatten seine Anwesenheit bisher gar nicht bemerkt, ein Raunen ging durch die Reihen. Dr.

Bredow war ein ziemlich unauffälliger Typ. Eher klein, immer korrekt, aber unauffällig gekleidet, sah er eher wie ein Oberbuchhalter aus – der er letztlich auch war. Es hieß, er habe seine Führungsstelle bei uns bekommen, nachdem er sich in einer kleineren Klinik als erfolgreicher Sparkommissar bewiesen hatte. Daneben mußte er auch einen Rhethorikkurs mitgemacht haben, seine Beiträge zeigten immer den gleichen Aufbau: Lob, Tadel, die Bombe platzen lassen und die Kurve zu einem versöhnlichen Bla-bla-Abschluß finden. Er hätte sich diesen Aufbau, insbesondere den Teil mit dem Lob, allerdings sparen können, denn eines war allen klar: Bredow mochte uns Ärzte nicht besonders, und wir mochten Bredow nicht.

Er begann also erwartungsgemäß mit dem Abschnitt Lob: »Ich weiß, meine Damen und Herren, wie fleißig und engagiert Sie alle arbeiten. Ich darf Ihnen auch danken für Ihre bisherigen Bemühungen zur Kostenreduktion. Seit unserer Verständigung über einige Punkte im letzten Herbst sind so die Arzneimittelkosten auf fast allen Stationen erheblich gesunken. Auf der Intensivstation um sechzehn Prozent, auf der Nephrologie um elf Prozent, in der Gynäkologie um achtzehn Prozent. Da sehen Sie, welche Einsparpotentiale vorhanden sind, wenn man sich nur die Mühe macht, sie zu finden. Leider gibt es ein paar Abteilungen, die das Ziel noch nicht erreicht haben.«

Mein Chef, Professor Kindel, schien gerade ein ihm bisher vollkommen entgangenes Detail auf dem Gemälde »Heide im Frühsommer« entdeckt zu haben, wir Kardiologen hatten in den letzten sechs Monaten unser Arzneimittelbudget um sieben Prozent überschritten.

»Aber ich bin sicher, daß auch diese Abteilungen nun kräftig nachziehen werden.«

Pause, neues Thema. Noch Lob, in diesem Fall aber Eigenlob.

»Auch unser Outsourcingkonzept war sehr erfolgreich.«

Man erzählte sich, daß Dr. Bredow vor Antritt seines ersten Klinikjobs einen Schnellkurs in medizinischem Latein gemacht hätte, um zu verstehen, wovon die Ärzte reden, und wie groß seine Enttäuschung gewesen war, als er feststellen mußte, daß die moderne Medizin in Amerikanismen stattfindet. Jetzt hatte er wohl einen Schnellkurs in Managementenglisch gemacht und zahlte es uns heim. Aber er übersetzte gleich für uns.

»Outsourcing, die Vergabe gewisser Leistungen an Fremdfirmen, hat ebenfalls zu ganz erheblichen Einsparungen geführt, zum Beispiel haben wir letztes Jahr dreiundzwanzig Prozent weniger für die Reinigung ausgeben und im Cateringbereich über dreißig Prozent gespart.«

Ich fragte mich, welchen Bereich Bredow wohl als nächsten outsourcen würde. Vielleicht würde er uns alle entlassen und Ärzte bei einer Leasingfirma bestellen?

»Leider, meine Damen und Herren, haben alle diese Maßnahmen uns nicht aus den roten Zahlen gebracht. Sie wissen, wie die Situation aussieht: Über tausend Krankenhausbetten sollen in Berlin abgebaut werden. Wir stehen im Wettbewerb, auch in der Medizin. Nur günstige Anbieter werden überleben. Wo haben wir also noch Einsparpotentiale?«

»Nicht in meiner Abteilung«, wäre die Antwort eines jeden auf diese rhetorische Frage gewesen.

»Ich darf Ihnen jedenfalls sagen, in welchem Bereich wir die höchsten Ausgaben haben: im Personalbereich.«

Nun war auch die letzte private Unterhaltung verstummt. Es ging nicht um das Budget für Medikamente oder Verbrauchsmaterial, es ging um uns.

»Ich darf Sie daran erinnern, daß bei weitgehend konstanter Bettenkapazität die Zahl der Arztstellen seit 1985 um fast fünfzig Prozent zugenommen hat. Immer wieder wurde mir von Ihnen versichert, daß neue Arztstellen zu einem Abbau von Überstunden führen würden. Leider, das Gegenteil war der Fall. Sie rechnen im Moment mehr Überstunden als je ab.«

Das war eine der für Dr. Bredow typischen kleinen Gemeinheiten. Wir »rechnen Überstunden ab« – das heißt für ihn noch lange nicht, daß wir sie auch wirklich erbringen. Er könnte das, so verstand ich seine Drohung, ja mal überprüfen. Aber ich hatte mich getäuscht, um solche Peanuts ging es ihm heute nicht.

»Ich will ganz ehrlich sein, meine Damen und Herren.« (»Hört, hört« aus den hinteren Reihen.) »Ich fürchte, wenn wir uns nicht auf einschneidende Maßnahmen einigen können, müssen wir auch im ärztlichen Bereich über Entlassungen reden.«

Totenstille im Raum. Zauberkünstler Bredow hatte uns kurz in den Zylinder schauen lassen. Und was wird dort sahen, war kein Kaninchen, sondern das Vorzimmer zu einer ungeheizten Hölle. Aber ich kannte inzwischen Bredows Methode. Die große Drohung würde nur taktisch sein, um ein anderes Ziel zu erreichen.

»Niemand, und ich gewiß als allerletzter, das darf ich Ihnen versichern, ist an Entlassungen im ärztlichen Bereich interessiert. Entlassungen führen immer zu schlimmen Härten. Entlassungen zu vermeiden allerdings bedingt Solidarität. Solidarität unter Ihnen. Nach Berechnungen meiner Abteilung könnten wir – wenigstens vorerst – Entlassungen im ärztlichen Bereich vermeiden, wenn wir auf die Bezahlung von Überstunden verzichten.«

Die Stille im Raum bekam eine neue Qualität. Finanzierungspläne für Eigentumswohnungen, Urlaubspläne, Alimentzahlungen, der neue Wagen – jeder von uns stellte seine eigene ernüchternde Berechnung an.

Heinz Valenta von der Intensivstation quälte seine gesamten hundertsechs Kilo aus dem engen Stuhl und strebte in Richtung Tür.

»Da kann ich gleich bis Weihnachten in Urlaub gehen, bis alle Überstunden abgebummelt sind, die ich noch nicht eingereicht habe.«

»Bitte setzen Sie sich wieder, Dr. Valenta.«

Es war immer wieder erstaunlich für mich, daß Dr. Bredow uns alle mit Namen kannte, immerhin sind wir fast fünfzig Ärzte.

»Sie haben die Situation nicht richtig verstanden. Ich rede nicht von Freizeitausgleich. Überstunden können in der Zukunft in keiner Form mehr vergütet werden, weder finanziell noch durch Freizeitausgleich. Dieser Klinik fehlt einfach das Geld.«

»Vielleicht machen nicht wir zu viele Überstunden, sondern Ihre Abteilung zu wenige. Vielleicht wird hier einfach falsch gewirtschaftet.«

Heinz Valenta konnte sich eine solche Bemerkung erlauben. Einmal hatte er reich geheiratet, außerdem gehörte er mit mir und Marlies zu den wenigen Ärzten mit einer unbefristeten Dauerstelle aus der Zeit vor der Privatisierung. Sollte es zu Kündigungen kommen, würde es ihn kaum treffen.

Professor Dohmke vom Labor sprang seinem Freund Dr. Bredow zur Seite. Seine Leute waren nicht bedroht, im Labor fallen praktisch keine Überstunden an. Fast alle Untersuchungen werden von Analyseautomaten durchgeführt, und um den Rest kümmern sich fleißige MTAs. Die Laborärzte haben eher das Problem, die Zeit bis zum Feierabend totzuschlagen, um dann ausgeruht bei einer Praxisvertretung die Differenz vom zweitürigen Opel Corsa zum Saab Cabrio zu erwirtschaften.

»Ich weiß auch nicht, wie es zu den vielen Überstunden kommen kann. Als junger Arzt habe ich ganz alleine eine Station mit über vierzig Patienten betreut. Heute haben unsere Stationen rund zwanzig Betten und sind mit zwei Ärzten besetzt.«

Nun war auch ich sauer.

»Das liegt einfach daran, Herr Dohmke, daß zu Ihrer Zeit zum Beispiel ein Patient mit Herzinfarkt erst einmal vier Wochen still im Bettchen lag, und dann haben Sie noch einmal vier Wochen gebraucht, ihm das Aufstehen wieder beizubringen. Mehr lief doch damals nicht. Inzwischen bleiben die Infarktpatienten im Schnitt neun Tage bei uns, und in dieser Zeit werden sie lysiert, herzkathetert, und im Zweifel dehnen wir ihnen die engen Kranzgefäße auf, auch nachts. Wenn es sein muß, bekommen sie noch einen Schrittmacher oder einen Defibrilator eingebaut. Und das gilt für die anderen Fächer genauso.«

Allgemeine Zustimmung, die anderen Fächer erzählten, wie auch sie von Jahr zu Jahr die Taktfrequenz für das Patientenfließband erhöht hatten. Hartmut von der Chirurgie benutzte den Begriff der Patienten-Turnover-Rate, wahrscheinlich, damit Bredow ihn besser verstand.

Professor Kindel war der einzige, der den Überblick behalten hatte.

»Liebe Kollegen! Ich denke nicht, daß Ihr Fleiß und die Notwendigkeit von Überstunden in Frage gestellt werden. Der

Punkt scheint mir zu sein, daß dem Krankenhaus Geld fehlt. Also müssen wir Personal abbauen, oder Sie verzichten auf die Bezahlung der Überstunden. Und ich denke, schon aus Solidarität können wir uns nur für die Überstundenlösung entscheiden.«

Professor Kindel hatte recht, aber es roch ziemlich nach einem abgesprochenen Vorgehen zwischen ihm, Bredow und Dohmke. Bredow jedenfalls war noch nicht fertig mit uns.

»Ich sehe das genauso. Leider, meine Damen und Herren, wird der Verzicht auf die Bezahlung von Überstunden alleine nicht ausreichen, die gegenwärtige Ist-Zahl an ärztlichen Mitarbeitern zu halten. Es wird, so leid mir das tut, dieses Jahr auch kein Weihnachtsgeld geben. Und wir werden freiwerdende Stellen in Zukunft frühestens nach sechs Monaten wieder besetzen können.«

Nun war es nicht mehr still. »Dritte-Welt-Krankenhaus«, »Verwaltung in die Produktion« war zu hören. Nur Marlies von der IIIc hatte den Mut zu einem offiziellen Beitrag.

»Wie steht es mit Einsparungen in der Verwaltung, Herr Bredow?«

Unter Promovierten ist das Weglassen des »Doktors« zwar allgemein üblich, Bredow allerdings legte großen Wert auf seinen Doktor.

»Seien Sie versichert, Frau *Doktor*, daß wir auch im nichtärztlichen Bereich jedes Einsparpotential nutzen.«

»Das kann ich bestätigen«, meldete ich mich zu Wort, »wenigstens, was das Patientenarchiv betrifft. Es ist praktisch nicht möglich, alte Patientenakten zu bekommen.«

Typisch, daß sich jetzt Professor Dohmke einmischte. Er hatte einfach schon zu lange nichts mehr gesagt.

»Das kann ich mir nicht vorstellen, Herr Hoffmann. Sprechen Sie von einem bestimmten Vorgang?«

»Ich spreche davon, daß ich seit Tagen auf die Akte eines Patienten warte, der im Oktober bei uns lag. Und versuchen Sie mal, im Patientenarchiv anzurufen. Keine Chance.«

Marlies kam mir zu Hilfe.

»Es ist so, daß die Patienten in der Regel schon entlassen sind, wenn wir die alte Akte auf die Station bekommen.«

Es war Bredows Kunst, solche kleinen Attacken in Vorteile für sich umzumünzen.

»Ich werde mich darum kümmern. Aber Sie sehen an diesen Schwierigkeiten, wie sehr wir schon in anderen Bereichen zu einem harten Personalabbau gezwungen waren. Ich danke Ihnen für Ihre Aufmerksamkeit und Ihr Verständnis.«

Ausgesprochen schlechte Stimmung auf der Bettenkonferenz am nächsten Morgen, die meisten von uns hatten wahrscheinlich gestern abend zu Hause die netten Neuigkeiten verkündet. Auch meine Stimmung war schlecht. Ich machte mir weniger Sorgen um die Finanzen, schließlich habe ich keine Familie zu versorgen und keine teuren Hobbys. Aber ich hatte wieder Nachdienst gehabt, diesmal dienstplanmäßig, und die ganze Nacht durchgeackert. Mit fünfundvierzig Jahren steckt man zwei Nachtdienste in einer Woche nicht mehr so weg wie als junger Assistenzarzt. Die Nachtdienste waren bisher das eindeutigste Zeichen, daß ich mein bestes Alter überschritten hatte.

Ich döste vor mich hin und kontrollierte meine Hände auf etwaige Altersflecken. Neben mir saß Professor Kindel. Fasziniert hatte ich in den letzten Jahren Auftreten und Zunahme von Altersflecken auf seinen Händen beobachtet. Er hatte an diesem Morgen noch eine unangenehme Neuigkeit für uns.

»Die Maßnahmen, die Dr. Bredow gestern bekanntgegeben hat, betreffen unsere Abteilung insofern aktuell, als daß die Klinikleitung Herrn Dr. Schreiber seine Gasttätigkeit in den USA genehmigt hat. Das ist für ihn natürlich eine erfreuliche Mitteilung. Angesichts der notwendigen Sparmaßnahmen bedeutet das aber, daß wir die durch die Abwesenheit von Herrn Schreiber anfallende Mehrarbeit vernünftig auffangen müssen.«

Mir fiel auf, daß Schreiber nicht da war. Gestern hatte ich ihn auf der Wir-müssen-alle-sparen-und-den-Gürtel-enger-schnallen-Konferenz noch gesehen. Als unmittelbar Betroffene meldete sich Marlies zu Wort.

»Das kommt ziemlich plötzlich. Wie stellen Sie sich das vor, Herr Kindel?«

Professor Kindel hatte – ganz entgegen seiner Art – tatsächlich schon Vorstellungen.

»Herr Hoffmann hat zweiundzwanzig Betten auf der IIIb, Sie haben neunundzwanzig Betten. Ich dachte mir, Sie übernehmen diesen Herrn, äh, den AIPler von Herrn Hoffmann. Ich bin sicher, Herr Hoffmann kommt mit seinen zweiundzwanzig Betten auch alleine zurecht.«

Ich fürchtete, Marlies fiele ihn Ohnmacht. Tat sie aber nicht. Sie ist eine zähe Frau.

Die Ärzteschaft schien in einen unabgesprochenen Bummelstreik getreten, jedenfalls war ich nicht der einzige, der nach der Bettenkonferenz nicht wie üblich sofort auf seine Station jagte, sondern zum Frühstück in die Cafeteria ging. Marlies setzte sich zu mir.

»Wie ist der so, dein AIPler?«

»Herzlichen Glückwunsch, Marlies! Ein ausgesprochen engagierter Kollege mit vielen unkonventionellen Ideen.«

»Das habe ich mir gedacht. So eine Scheiße.«

Natürlich war ich froh, AIPler Harald losgeworden zu sein. Aber es tat mir leid, daß es ausgerechnet Marlies erwischt hatte.

»So schlecht ist er auch nicht. Er kann wenigstens schon Blut abnehmen, und du kannst ihn beliebig oft auf die Suche nach verschwundenen Röntgenbildern schicken. Er braucht einfach deine mütterliche Führung, glaube ich.«

»Schönen Dank.«

So wie sie das sagte, war zu befürchten, daß AIPler Harald keine tolle Zeit bei Marlies haben würde.

»Mal ehrlich, Marlies. Wie alt sehe ich eigentlich aus, mal ganz objektiv.«

Marlies gab sich den Anschein, mich objektiv zu betrachten.

»So Mitte Fünfzig vielleicht?«

»Könnte hinkommen, so fühle ich mich auch. Besonders, wenn wir hier die Knochenarbeit machen, während unsere jungen aufstrebenden Kollegen in die weite Welt fahren. Ich sage dir, in ein paar Jahren ist Schreiber irgendwo Chef, und wir müssen uns bei ihm um eine Stelle bewerben. Wann ist seine USA-Reise eigentlich genehmigt worden?«

Marlies hob die Schultern.

»Montag abend jedenfalls wußte er selbst noch nichts Konkretes. Als du ihn da wegen irgendeinem blöden Totenschein angemacht hast, hatte er sich gerade bei mir beschwert, daß er vollkommen in der Luft hänge.«

Wir kauten auf den leckeren Cafeteria-Brötchen herum. Es würde für immer das Geheimnis der Cafeteria sein, warum wir zu keiner Tageszeit frische Brötchen bekamen. Wahrscheinlich kaufte Bredow irgendwo Brötchen vom Vortag auf. Sparmaßnahmen.

»Glaube ich nicht«, sagte Marlies und spülte den Rest ihres Brötchens mit Kaffee herunter, »die backen selbst. Aber weißt du, was die da alles mit reinbacken? Mach dir einen schönen Tag, du siehst wirklich beschissen aus.«

Mir war der Appetit vergangen, und ich trottete auf meine Station.

Der einzige erfreuliche Aspekt des Tages war, wieder ohne Behinderungen und medizinische Ratschläge von AIPler Harald zu arbeiten. Das bedeutete zwar, daß ich selbst Blut abnehmen und nach verschwundenen Röntgenbildern suchen mußte, trotzdem war um drei Uhr nachmittags die Arbeit für den Tag getan. Offizieller Dienstschluß ist 16 Uhr 30, aber schließlich hatte ich Nachtdienst gehabt, und Bredows neue Überstundenregelung lud nicht gerade zu übertriebenem Aktionismus ein.

Den Weg von der Klinik zu meinem Single-Appartement in Zehlendorf findet mein Auto weitgehend selbst. Oft kann ich mich nach einem Nachtdienst und folgendem Arbeitstag nicht mehr erinnern, wie und auf welchem Weg ich eigentlich nach Hause gekommen bin. Es war erst vier Uhr nachmittags, und ich beschloß, daß mir ein kleines Schläfchen nichts schaden könnte. Würde ich erst morgen früh aufwachen, auch gut. Andernfalls könnte ich nachher bei Celine anrufen, ob wir irgendwo gemeinsam den Sommerabend genießen wollten.

Ich war ausreichend müde, bin aber nicht einer jener beneidenswerten Schlafexperten, die auch ein heiteres Wettschießen verschiedener Flakverbände nicht wecken kann. Langsam kamen meine Nachbarn nach Hause, schlugen Wagentüren zu, stellten Bierkisten ab, hielten ein kleines Schwätzchen. Ich habe Watte in den Ohren versucht, Watte und Wachs, eine Schlafmaske, alles zwecklos. Ich wurde nur immer wacher und immer saurer. Mischa ging mir wieder durch den Kopf, die verhinderte Sektion, der zweite Leichenschauschein, seine Akte, die ich immer noch nicht bekommen hatte. Gegen sechs sah ich ein, daß weitere Bemühungen um ein Schläfchen zwecklos waren, und stand auf.

Es wäre nicht fair gewesen, jetzt den Abend mit Celine zu verbringen. Ich würde zumindest muffig sein oder sogar Streit suchen. Mir fiel ein, daß Schreiber noch ein paar Medizinbücher von mir hatte, und vielleicht würde er außerhalb der Klinik und schon fast in den USA doch noch verraten, wie es zu dem zweiten Leichenschauschein gekommen war. Ein kleiner Fahrradausflug nach Lichterfelde würde mir sicher guttun. Ich würde etwas Sauerstoff bekommen und könnte vielleicht danach besser schlafen. Marlies hatte nicht gewußt, ob Schreiber vor seinem Abflug nach USA noch in die Klinik kommen würde. Ich könnte ihn ja mal selbst fragen.

Schreiber wohnte mit seiner Familie in einer dieser zu mehreren Appartements umgebauten Gründerzeitvillen in Lichterfelde. Nichts Extravagantes, aber ein erheblicher Aufstieg im Vergleich zu seiner Einzimmerwohnung in Neukölln, als Schreiber noch AIPler bei uns war.

Ich hatte nicht vorher angerufen, aber es war auch erst acht Uhr abends.

Erst einmal geschah nach meinem Klingeln gar nichts. Ich klingelte noch einmal, etwas länger. Schreibers Frau Astrid öffnete die Tür, einen Spalt jedenfalls. Kaum mehr als für einen Zeitschriftenvertreter.

»Klaus ist nicht zu Hause.«

»Und da darfst du keine fremden Männer in die Wohnung lassen?«

Immerhin hatte ich mich dafür eingesetzt, daß ihr Mann die Vollassistentenstelle bei uns bekommen hatte.

»Komm rein. Entschuldige das Chaos. Ich bin schon am Sortieren, was mit nach USA kommt. Der Rest kommt zu meinen Eltern. Mäuschen, nicht in den Mund nehmen!«

Auf dem Boden krabbelte Schreiber junior durch verschiedene Haufen von Kleidern und Akten. Astrid war mit Mitte Zwanzig etwa so alt wie ihr Mann. Gemeinsam hatten sie Medizin studiert, ihre Doktorarbeit geschrieben und Staatsexamen gemacht. Im Moment war sie Hausfrau, sorgte für das Kind und erwartete ein zweites. Siebenter oder achter Monat, schien mir. War ihr klar, daß sie wahrscheinlich nie wieder als Ärztin arbeiten würde? Ihr Gesicht war durch die Schwangerschaft leicht aufgedunsen, dadurch vollkommen faltenlos. In einigen Jahren, nach einem Haufen von Kindergeburtstagen, für Schreiber warmgestellter Essen und alberner Diskussionen auf Elternsprechstunden würde sie anders aussehen.

»Nimm dir was zu trinken, falls du was findest. Hoffentlich hast du mehr Glück als ich – ich finde im Moment überhaupt nichts mehr.«

Der Kühlschrank war überfüllt mit Babynahrung und irgendwelchen Gemüsesäften. Schließlich fand ich eine Cola und setzte mich auf den Naturholztisch.

»Freust du dich auf Amerika?«

»Natürlich freuen wir uns. Es kam einfach nur ein bißchen plötzlich.«

Einen rundum glücklichen Eindruck machte sie nicht. Ich schaute mich um. Auch einrichtungsmäßig hatten die beiden sich stark verändert. Die aus Backsteinen und Preßspanplatten konstruierten Bücherregale hatten geölten Naturholzregalen weichen müssen, garantiert ohne Holzschutzmittel. Das Türblatt auf zwei Holmen war durch einen richtigen Schreibtisch ersetzt worden, ebenfalls geöltes Naturholz. Die Sessel aus Chromstahl und Leder in Corbusierform waren preisgünstige Imitate aus Italien.

»Es kam auch für uns in der Klinik sehr plötzlich. Wir haben erst heute morgen in der Bettenkonferenz davon gehört.«

»Ist das nicht immer so? Die ganzen Monate war vollkommen unsicher, ob es überhaupt klappen würde, und jetzt muß alles hoppla-hopp gehen. Klaus ist schon zu seinen Eltern nach München geflogen. Von da aus geht es nächste Woche direkt nach New York.«

»Klaus ist gar nicht mehr in Berlin?« Nun war ich wirklich überrascht. »Gestern war er doch noch in der Klinik!«

»Die Amis haben ein Telegramm geschickt. Klaus muß schon am 1. Juli anfangen.«

»Kann ich das mal sehen, das Telegramm?«

»Wieso?«

Mir fiel keine Antwort ein. Es war mir so rausgerutscht, und ich war selbst erstaunt. Astrid schaute mich irritiert an.

»Sie haben es ihm in die Klinik geschickt, ist wohl direkt an Dohmke gegangen. Und der hat dann endlich seinen Segen gegeben.«

Schreiber junior ließ Astrid ihre Irritation vergessen. Er war gerade dabei, die von Astrid sorgsam sortierten Häufchen auf dem Boden neu zu sortieren.

»Bist du nicht zu schwanger zum Fliegen?«

»Klaus sagt, gefährlich seien nur die ersten Monate, wegen der Höhenstrahlung, und natürlich direkt am Termin. Klaus wird nächste Woche sowieso alleine fliegen. Er soll sich dort erst einmal zurechtfinden, eine Wohnung suchen, und so weiter. Ich komme dann mit dem Jungen und dem Baby nach.«

»Klaus wird nicht hier sein zur Geburt?«

»Man kann nicht alles haben. Außerdem, wer sagt mir, daß ihr ihn nicht genau zur Geburt zum Dienst eingeteilt hättet?«

Astrid hatte recht. Solche Sachen sind eine Spezialität unseres Hauses. Jedenfalls wußte sie nichts oder würde mir nichts sagen. Vielleicht gab es tatsächlich das Telegramm aus den USA, und die zeitliche Nähe zu seinem zweiten Leichenschauschein war nur zufällig. Langsam holte mich mein Schlafdefizit ein, und ich wollte nach Hause. Ich trank meine Cola aus und erhob mich.

»Es ist schade, daß du Klaus nicht mehr sprechen kannst. Du weißt sicher, daß du in der Klinik sein großes Vorbild bist. Kann ich etwas für dich tun?«

Es stimmte. Ich hatte ihr bist jetzt noch nicht gesagt, was ich eigentlich wollte.

»Ich hatte deinem Mann ein paar Medizinbücher für seinen Vortrag neulich geborgt. Die hat er bestimmt nicht in die USA mitgenommen. Weißt du, wo die sein könnten?«

»Du siehst das Chaos hier. Aber wir können in seinem Arbeitszimmer nachschauen.«

Das Arbeitszimmer war ziemlich aufgeräumt, und wir hatten meine Bücher bald gefunden. Astrid brachte mich zur Tür. Sie schien nicht besonders traurig, mich zu verabschieden. Ich startete noch einen Versuch.

»Trotzdem, in Ordnung finde ich das nicht von Klaus, dich hier Knall auf Fall mit der ganzen Arbeit allein zu lassen. Ein paar Tage hätte er doch sicher noch gehabt.«

Astrid antwortete nicht, schweigend standen wir einen Moment in der offenen Wohnungstür.

»Wirst du uns Schwierigkeiten machen, Felix?«

»Wie kommst du darauf?«

»Klaus hat mir erzählt, daß ihr neulich Streit hattet. Bist du neidisch, daß er nach Amerika fährt?«

»Bin ich nicht, Astrid. Und ich bin auch nicht gekommen, um Klaus irgendwelche Schwierigkeiten zu machen. Ich wollte mich nur von ihm verabschieden.«

»Es ist nett. Ich werde nachher mit ihm telefonieren und ihn von dir grüßen.«

»Ja, tu das bitte. Und vielen Dank für die Cola.«

Ich war schon fast auf der Treppe, als Astrid mir noch nachrief.

»Felix, du solltest nicht vergessen, das es ein Unterschied ist, ob man ein Single mit unkündbarem Vertrag ist oder ein junger Arzt mit Familie und einem Zeitvertrag.«

»Nein, das ist mir klar. Gute Nacht, Astrid.«

Sie schloß die Tür, hinter ihr hatte Schreiber junior angefangen zu schreien.

6

Mein Fahrradausflug Zehlendorf-Lichterfelde-Zehlendorf hatte mich nicht viel schlauer gemacht, aber tatsächlich für einen guten Nachtschlaf gesorgt. Wirklich erholt fühlte ich mich allerdings nicht, und auf der morgendlichen Bettenkonferenz folgte ich den Kurzberichten aus den verschiedenen Nachtdiensten mit nur mühsam unterdrücktem Gähnen.

Es ist erstaunlich, wie schnell sich die menschliche Natur mit neuen Gegebenheiten abfindet. Sonst würden Kriege höchstens drei Tage dauern, die meisten Ehen nicht viel länger. Die Kollegen machten schon wieder Scherze, der spontane Bummelstreik von gestern war bereits beendet, und nach der Konferenz eilten alle ohne Umweg über die Cafeteria auf ihre Station.

Gegen Mittag wollte ich mich persönlich nach der alten Akte von Mischa im Patientenarchiv erkundigen. Wie ich eigentlich hätte wissen müssen, erwarteten mich dort eine fast sakrale Stille und das Schild »Mittagspause«. Bei meinem nächsten Besuch störte ich die Mitarbeiter im Patientenarchiv zwar bei Kaffee und Kuchen, aber immerhin, sie waren da.

»Ach ja, die Akte von dem Russen. Genug Anforderungsscheine haben Sie uns ja geschickt. Einer hätte gereicht, wissen Sie.«

Mit Mühe verzichtete ich auf einen Kommentar.

»Schön. Kann ich die Akte nun haben?«

»Also die, die ist hier nicht zu finden. Ist es wichtig?«

Trotz Sparmaßnahmen gibt es auch für das Patientenarchiv einen Chef, beziehungsweise eine Chefin. »Frau Tönnig, Leiterin Patientenarchiv« steht auf der Tür. Ich ging hinein, ohne anzuklopfen.

Frau Tönnig hatte ihrer vorwiegend sitzenden Tätigkeit in Form von mindestens hundert Kilo Tribut gezollt. Und sie arbeitete weiter daran, im Gegensatz zu ihren Mitarbeitern hatte sie ihr Stück Sahnetorte schon komplett vertilgt.

»Ja, bitte, Sie wünschen?«

»Ich warte seit fünf Tagen auf eine Patientenakte aus Ihrem Archiv. Heute wird mir mitgeteilt, sie sei verschwunden.«

»Bei mir verschwinden keine Akten, Herr Doktor.«

»Jedenfalls sagen Ihre Mitarbeiter, die Akte sei nicht zu finden.«

»Dann haben wir sie auch nicht. Ich erlebe das doch ständig. Sie machen uns die Hölle heiß, und wir suchen Tag und Nacht. Und wo ist die Akte zum Schluß? Bei Ihnen auf Station. Irgendwo verkramt in einem Ihrer Schränke oder ganz unten in Ihrem Schreibtisch. Oder einer Ihrer Kollegen hat sie mit nach Hause genommen, wegen eines Gutachtens oder so.«

Selbstverständlich war dies nicht die erste unauffindbare Akte in unserer Klinik, und sicher auch nicht die erste solche Diskussion für Frau Tönnig.

»Wie war denn das vor zwei Jahren, als dieser Kollege von Ihnen aus der Neurologie gekündigt hatte? Wie viele unerledigte Akten hat man damals in seinem Schrank gefunden?«

Die Rede war von über zweihundert gewesen, aber ich fuhr unbeirrt fort.

»Ich bin sicher, daß ich die Akte ordentlich abgeschlossen und zu Ihnen runtergegeben habe. Führen Sie Buch über ein- und ausgehende Akten?«

Frau Tönnig verlor die Geduld: »Wann, meinen Sie, würden Sie Ihre Akten bekommen, wenn wir hier auch noch Buch führen würden? Ich arbeite mit zwei ABM-Kräften. Wenn ich Glück habe, bekomme ich sogar welche, die das Alphabet können. Sonst lernen sie es hier, und wenn sie es endlich halbwegs beherrschen, muß ich sie schon wieder abgeben, und die Sache geht von vorne los. Sie können sich gerne bei der Klinikleitung beschweren, am besten gleich bei Dr. Bredow. Ja, tatsächlich, Sie würden mir einen Gefallen damit tun. Müssen Sie denn auf der Station mit ABM-Kräften arbeiten?«

Nicht mit ABM-Kräften, aber mit AIPlern, und das ist mindestens genauso schlimm, aber ich sagte nichts.

»Also bitte, gehen Sie zu Dr. Bredow. Aber ich gebe Ihnen einen Rat: Durchforsten Sie vorher ihren Schreibtisch und Ihre Schränke. Da werden Sie Ihre Akte finden. Guten Tag.«

Wenigstens im Krankenhaus waren die Zeiten vorbei, als man nur aus der Tatsache, Doktor zu sein, Autorität bezog. Meine Akte hatte ich jedenfalls nicht.

Ich war zwar sicher, daß ich die Akte von Mischa damals ins Archiv gegeben hatte, aber vielleicht zu einer Zeit, als ihre ABM-Mitarbeiter noch nicht ganz firm mit dem Alphabet waren. Trotzdem, immerhin war auch mein Leichenschauschein für Mischa verschwunden. Ich sollte langsam die noch vorhandenen Unterlagen sichern. Zum Beispiel Schreibers Bericht von seinem Einsatz bei Mischa kopieren. Also stattete ich dem Notarztwagenaufenthaltsraum einen erneuten Besuch ab.

Zu spät. Den Einsatzbogen vom Notarztwageneinsatz Nr. 1726/00 am 12. Juni in der Pension Elvira, Uhlandstraße, gab es in dem Ordner nicht mehr. Natürlich, auch Einsatzprotokolle können verschwinden, aber die Verlustrate von Unterlagen im Fall Mischa schien mir erstaunlich hoch.

Ich rief Celine an. Hatte sie noch Lust auf einen Wein in der Stadt? Ja, hatte sie. Schön, sagte ich, treffen wir uns gegen acht am Steinplatz. Das gab mir noch eine gute Stunde Zeit.

Das Haus Uhlandstraße 141 machte einen unverändert tristen Eindruck, auch mein Empfang in der Pension Elvira war unverändert herzlich.

»Guten Abend. Ich komme noch einmal wegen Mischa Tschenkow. Es ist wirklich wichtig.«

Tatsächlich legte der Kerl an der Theke seine russische Zeitschrift beiseite. Allerdings nicht, um mir seine Aufmerksamkeit zu widmen. Er verschwand durch eine Tür hinter der Rezeption.

Vielleicht sollte ich erwähnen, daß ich ziemlich stur sein kann. Also nahm ich mir seine Illustrierte und setzte mich vor seinen Tresen. Vollbusige Blondinen warben für die unverzichtbaren Grundlagen des Überlebens: Autos aus Korea und Japan, Fernsehgeräte, Videorecorder, Handys, auch alles aus Asien. Russische Produkte schienen kaum eine Rolle zu spielen. Oder sie warben ohne Abbildungen, dann konnte ich sie nicht von einer Traueranzeige unterscheiden.

Ich hatte mich etwa durch die Hälfte seiner Zeitschrift gearbeitet, als Mister Empfangschef wieder seine Position hinter dem Tresen einnahm, jetzt in Begleitung von zwei jungen Kerlen. Es schienen mir die beiden zu sein, die neulich vor dem Hauseingang herumgelungert hatten.

»Und – wie lange hat Mischa Tschenkow hier gewohnt? Wann ist er krank geworden?«

Ich glaube immer erst einmal an das Gute im Menschen. Kann ja wirklich sein, der Kerl spricht kein Deutsch, deshalb hat er die jungen Männer geholt.

»Ich komme wegen Mischa Tschenkow, der hat doch hier gewohnt? Sie werden sich an ihn erinnern – er hat die letzte Zeit ziemlich gelb ausgesehen.«

Die beiden jungen Männer schauten mich kaum an. Eigentlich schauten sie mehr auf meinen Freund, den Empfangschef, als erwarteten sie eine Order von ihm.

»Ich bin nicht hier, um Ihnen oder sonst wem Schwierigkeiten zu machen. Ich muß einfach wissen, wann Mischa Tschenkow krank geworden ist und warum.«

Keine Reaktion. Ich baute weiter darauf, daß wenigstens einer meiner drei Gegenüber Deutsch verstand.

»Es kann sehr gut eine Infektion gewesen sein. Bakterien. Er könnte Sie angesteckt haben. Vielleicht müssen Sie geimpft werden. Vielleicht sind Sie auch schon krank!«

Wozu auch immer der Empfangschef die jungen Männer mitgebracht hatte, zum Übersetzen war es nicht. Sie reagierten auf meine Fragen ebensowenig wie er selbst. Und auch eine mögliche Infektion schien sie wenig zu beeindrucken.

Ich lehnte mich auf den Tresen.

»Ihr Gästebuch! Wo ist Ihr Gästebuch?«

Es gab tatsächlich ein Oktavheft, das der Empfangschef jetzt zuschlug. Er hatte mich sehr wohl verstanden. Aber er dachte nicht daran, mich in sein Gästebuch sehen zu lassen. Hinter der Rezeption standen zwei zerschlissene Koffer. Ich zeigte auf sie.

»Sind das die Koffer von Mischa? Dann will ich sie haben.«

»Njet, eto nje tje tschemodany, kotoryje wy ischtschetje.«

»Wenn Sie diese Koffer nicht herausgeben, machen Sie sich des Diebstahls schuldig.« Ich konnte noch eins draufsetzen: »Wir sind hier schließlich in Deutschland!«

Die beiden jungen Männer kamen hinter der Rezeption hervor und gaben mir stumm, aber unmißverständlich zu verstehen, daß ich jetzt besser gehen solle.

Sie hatten recht, es war Zeit zum Rückzug. Ich war schon seit Monaten nicht mehr in den Karatekurs gegangen, zu dem mich Celine einmal mitgeschleppt hatte. Vielleicht hätte ich Celine mitbringen sollen. Aber wenigstens einen halben Punkt wollte ich noch machen.

»Schön. Aber ich komme wieder. Und zwar nicht alleine.«

Die beiden jungen Männer geleiteten mich bis vor das Haus.

Außer weichen Knien hatte auch mein zweiter Besuch in der Pension Elvira nichts ergeben. Ganz nutzlos schien er mir trotzdem nicht gewesen zu sein. Ich war mir sicher, daß der Portier sein Ich-nur-russisch-ich-nix-Verstehen auf Anweisung gespielt hatte. Anweisung von wem? Jedenfalls hatte er einen Fehler gemacht. Er hätte einräumen sollen, daß Mischa hier gewohnt, aber keine Freunde gehabt habe, immer allein gewesen sei und daß ich die Koffer gerne mitnehmen könne. Dann hätte er mir irgendeinen Koffer mit ein paar schmuddeligen Unterhosen und zerrissenen Socken geben können und ich wäre damit nicht schlauer gewesen.

Ich lief vor zur Ecke Kurfürstendamm und setzte mich auf eine Bank. Die Dinge hatten sich geändert. Aus schlechtem Gewissen und medizinischem Interesse hatte ich meine Nachforschung zu Mischas letzten Tagen begonnen, aber nun wurde klar, daß jemand aktiv Hinweise und Unterlagen zu Mischa Tschenkow verschwinden ließ.

Ich hatte seine Leiche gesehen. Kein Messer im Rücken, kein Einschußloch im Kopf. Er war sehr wahrscheinlich an Leberversagen verstorben, natürlicher Tod – wenn man mal von der Möglichkeit absieht, daß ihn jemand mit einer schönen Portion Knollenblätterpilz umgebracht hatte. Einfach nur Leberversagen! Wer könnte ein Interesse haben, die Ursachen dafür zu vertuschen? Mir fiel ein, daß ich noch eine Möglichkeit hatte, das herauszubekommen.

Ich fand meinen Golf fast auf Anhieb und fuhr zurück in die Klinik. Meine Verabredung mit Celine war vergessen.

Schreiber hatte meinen Totenschein für Mischa durch einen neuen ersetzt und so die Sektion verhindert. Wie mir jetzt schien, eher auf Weisung, als daß er einen eigenen Kunstfehler unter den Teppich kehren wollte. War inzwischen auch Mischas Serum, das wir für unsere Studie eingefroren hatten, verschwunden?

Die Blutproben in der Tiefkühltruhe sind mit fortlaufenden Nummern gekennzeichnet. Das Oktavheft mit den entsprechenden Nummern lag selbstverständlich nicht an seinem Platz. Hatte man es nur wegen Mischa beiseite geschafft? Quatsch, es hätte genügt, Mischas Probe zu vernichten. Ich stellte das Forschungslabor auf den Kopf und fand das Heft schließlich unter einem Stapel von Fachzeitschriften, die sich einer unserer genialen Doktoranden zur Seite gelegt hatte. Er würde noch lernen, daß Forschung gelegentlich etwas mit Genialität zu tun hat, immer aber mit penibler Ordnung.

Mischas Proben hatten die Nummern 958 bis 962, sie waren weder im Kontrollheft gestrichen noch aus der Tiefkühltruhe entfernt worden. Hatte man sie eventuell durch andere Proben ersetzt? Wenn, dann hatte ich keine Möglichkeit, das festzustellen. Ich packte die Proben in eine Kühltasche und rief noch vom Forschungslabor aus meinen Freund Michael Thiel an. Er sagte, ich könne sofort kommen.

Michael hat lange als Oberarzt bei uns im Labor gearbeitet. Bei einigen gemeinsamen Forschungsprojekten hatten wir der Klinik einen Haufen Fremdmittel von der Industrie eingespielt, für uns waren ein paar Veröffentlichungen, schöne Kongreßreisen und ab und zu eine hübsche Doktorandin herausgesprungen. Michael war nie gut mit seinem Chef, Professor Dohmke, zurechtgekommen und deshalb vor ein paar Jahren in die Pharmaindustrie abgewandert. Inzwischen betrieb er sein eigenes Labor und lebte nicht schlecht davon.

Es überraschte mich nicht, Michael um diese Zeit noch in seinem Labor ans Telefon zu bekommen. Er ist ein Arbeitstier, und außerdem muß er den Unterhalt für zwei geschiedene Frauen und einige Kinder erarbeiten. Nach gut zwanzig Minuten war ich bei ihm.

»Was gibt's Neues, Felix?«

Michaels Was-gibt's-Neues gehörte ebenso zu ihm wie seine teuren Hemden und schicken Krawatten. Er mußte mir die Tür selbst aufmachen, seine MTAs waren längst zu Hause. Schade, denn Michael hat schon immer sowohl nach Qualifikation wie auch nach Aussehen eingestellt.

»Was macht mein Freund, Oberarschloch Dohmke?«

Unsere gemeinsame Abneigung gegenüber Professor Dohmke war nichts Besonderes, ich kenne niemanden in der Klinik, der ihn leiden kann. Zum Teil mag das auch Neid sein, denn es hieß, daß Dohmke schon vor der Privatisierung des Kliniklabors an jeder Untersuchung finanziell beteiligt war. Es hatte jedenfalls zu einer Villa in Dahlem gereicht und einem Ferienhaus am Lago Maggiore. Neuerdings gab es Gerüchte über ein Sportflugzeug und ein Haus in Florida. Das war vielleicht übertrieben, sicher jedoch hatte er sich durch die Privatisierung des Kliniklabors finanziell nicht verschlechtert. Jetzt waren Michael und Dohmke mit ihren Labors auch noch Konkurrenten bei Aufträgen aus der Pharmaindustrie und Michael nach wie vor ganz heiß darauf, Dohmke beziehungsweise dessen Labor irgendeinen schlimmen Fehler nachzuweisen. Da mußte ich ihn auch heute abend enttäuschen, einen wirklich dicken Hund hatte sich das Labor bisher nicht geleistet, und ich paßte wirklich auf.

»Na gut. Dann laß uns einfach losfahren und dem Schwein ein bißchen Schwefelwasserstoff in seinen Swimmingpool schütten. Ist ein schöner warmer Abend, genau richtig für einen Ausflug in die edleren Wohngegenden.«

»Gerne, Michael, ein andermal. Ich habe dir Arbeit mitgebracht.«

Ich gab ihm das Röhrchen mit Mischas Serum.

»Woher hast du das Material?«

»Das möchtest du nicht wissen, glaub's mir.«

Es konnte nichts schaden, es etwas geheimnisvoll zu machen. Schließlich sollte Michael kostenlos für mich arbeiten. Es funktionierte, ein gewisses Leuchten trat in seine Augen.

»Und – können wir damit Dohmke was anhängen?«

»Ich weiß nicht, ob wir irgend jemandem damit etwas anhängen können. Aber wenn, ist Dohmke ein guter Kandidat.«

Jedem die Motivation, die er braucht. Ich schämte mich nicht für meine kleine Notlüge.

»Wonach sollen wir suchen?«

»Gute Frage. Ich denke, laß erst einmal das Gilbprogramm laufen. Die Hepatitis-Latte, Alkohol, Methanol, Leptospiren und den Kram. Du weißt schon, alles, was gelb macht.«

»Kostet dich mindestens ein Essen, Felix. Es sei denn, wir kriegen Dohmke damit. Dann zahle ich.«

Michael stellte die Röhrchen mit Mischas Serum in eine Kühltruhe und besorgte ein paar Bier. Wir erwischten noch die zweite Halbzeit Deutschland-Portugal. Am Ende stand es drei zu null für Portugal. Deutschland war raus aus der EM. Erst nachdem wir diese nationale Schande ausreichend betrauert hatten, fiel mir meine Verabredung mit Celine ein. Da war es zu spät, sie noch anzurufen.

7

Falls in den Blutproben Hinweise oder gar eine Erklärung für Mischas Tod schlummerten, so würde Michael sie finden. Ich wollte mich inzwischen um die anderen Spuren kümmern, die Mischas Existenz in Berlin hinterlassen haben mußte. Nach meinem Mißerfolg in der Pension Elvira versuchte ich mein Glück in der Personalabteilung unserer Klinik.

Von den rigorosen Stellenstreichungen war unsere Personalabteilung gottlob noch nicht betroffen. Sie war räumlich genauso großzügig geblieben und personell genauso gut besetzt wie bei meiner Einstellung vor acht Jahren, und in ihren Fluren lag unverändert der Duft von immer frischem Kaffee.

Die meisten Patientenzimmer schauen auf den OP- und Labortrakt, die Mitarbeiter der Personalabteilung hingegen haben einen herrlichen Blick über den Kanal und den Park. Mit dem Argument »die Patienten sind hier für ein paar Tage oder Wochen, wir für immer« hatte sich die Personalabteilung beim großen Umbau im letzten Jahr erfolgreich gegen ihre Umquartierung gewehrt. Offiziell waren damals die hohen Kosten einer Neuverlegung der Druckluft-, Sauerstoff- und sonstigen Leitungen die Begründung dafür, die Patientenzimmer dort zu lassen, wo sie waren. Allerdings wurden im Patiententrakt trotzdem alle Versorgungsleitungen herausgerissen und neu verlegt, und fast eine ganze Woche konnte man auf unserer Station nicht telefonieren.

Ich ging durch die hellen Flure und identifizierte ein »Frl. Moser, Sachbearbeiterin« als für meine Fragen zuständig, »andere Dienstkräfte, S-Z«. Fräulein Moser telefonierte gerade.

»Ganz unmögliche Frau, glaub's mir, hast du's auch in der letzten Brigitte gelesen?«

Im Gegensatz zu den gelegentlich erfolgreichen Krankenschwestern, Physiotherapeutinnen und MTAs wurde den Mitarbeiterinnen der Personalabteilung spätestens vier Wochen nach ihrer Einstellung klar, das dies der falsche Job war, um sich einen Arzt zu angeln, und Ärzte wurden schnell zu ihren erklärten Feinden. Entsprechend ließ mich »Frl. Moser, Sachbearbeiterin« erst einmal an ihrem interessanten Telefonat teilhaben. Irgendwann fühlte sie sich doch ein wenig gestört und hielt kurz die Hand auf die Sprechmuschel.

»Ärzte drittes Zimmer links!«

Erst nach weiteren zwei, drei Minuten, in denen man sich telefonisch einig geworden war, daß »diese ganzen Partnerschaftstests doch Quatsch« sind, schien es sie zu irritieren, daß ich einfach geblieben war. Sie legte wieder die Hand auf die Muschel.

»Was gibt es denn?«

»Es geht um einen Mitarbeiter von uns. Nachname Tschenkow. Vorname Mischa. Andere Dienstkräfte.«

»Über andere Dienstkräfte darf ich Ihnen keine Auskunft geben. Tatsächlich über keinen Angestellten des Hauses, außer über Sie selbst. Aber das macht die Abteilung Ärzte.«

»Herr Tschenkow ist Patient auf meiner Station. Er kann aber im Moment nicht viel erzählen. Und selbst wenn er könnte, würden wir ihn wahrscheinlich nicht verstehen. Wir brauchen seine Daten, Geburtsdatum, Krankenversicherung und so. Ohne seine Daten können wir uns kein Geld von seiner Krankenkasse holen.«

Eine etwas gewagte Bemerkung, denn seit wann, so hätte Fräulein Moser zu Recht fragen können, kümmern sich die Ärzte um die Krankenversicherung der Patienten? Das war Sache der Verwaltung, Abteilung Personenstandswesen. Doch die Sache mit der Krankenversicherung schien ihr einzuleuchten. Sie arbeitete auf der gleichen Etage wie unser Verwaltungsdirektor Dr. Bredow und kannte sicher seine Ausführungen: »Wir sitzen alle in einem Boot. Die Patienten sind unsere Passagiere, aber der Kraftstoff, der unser Boot voranbringt, heißt Krankenkasse«.

»Ich ruf dich gleich zurück.« Sie legte auf. »Wie war der Name?«

»Tschenkow. Vorname Mischa.«

Es war bewunderungswürdig, wie geschickt sie trotz ihrer langen Fingernägel über die Computertastatur flog.

»Tschenkow ... haben wir nicht.«

»Er arbeitet aber bei uns. Jedenfalls bis letzten Oktober hat er hier gearbeitet.«

»Dann müßte er auf jeden Fall noch im Computer sein.« Ihr Ehrgeiz war geweckt. »Diese Ausländer wissen doch oft selbst kaum, wie sie geschrieben werden. Ich gehe jetzt mal alle Ts durch ...«

Sie fand auch unter allen Ts nichts, was sich wie Tschenkow anhörte. Auch nicht unter allen Schs.

»Als was arbeitet der denn bei uns, Ihr Tschenkow?«

»Er macht sauber.«

»In der Sterilisation?«

»Nein, er wischt die Flure und die Treppen und so.«

»Das hätten Sie mir gleich sagen können, das hätte uns beiden eine Menge Zeit gespart. Aber Sie denken wahrscheinlich auch, wir im Personalbüro haben nichts anderes zu tun, als unsere Fingernägel zu pflegen und in der Gegend herumzutelefonieren.«

Sie kam der Wahrheit ziemlich nahe.

»Der Reinigungsdienst ist Sache der Firma CareClean, damit haben wir nichts zu tun.«

»Sie haben keine Unterlagen über die Mitarbeiter von CareClean, die hier arbeiten?«

»Das sagte ich Ihnen gerade. Und außerdem geht alles, was Fremdfirmen betrifft, direkt über Dr. Bredow. Der wird Ihnen bestimmt gerne weiterhelfen.«

Das war, wie Fräulein Moser sicher fand, eine ziemlich gemeine Bemerkung. Und trotzdem würde ich es genau dort versuchen. Als ich die Tür von Fräulein Mosers Büro schloß, war sie bereits wieder am Telefon.

Am späten Vormittag schaffte ich es, bei Verwaltungsdirektor Dr. Bredow vorbeizuschauen, zumindest bei Frau Krüger, seiner Sekretärin. Frau Krüger hatte er von seiner letzten Stelle mitgebracht, sie ist der mütterliche nette Typ und pflegt keine grundsätzliche Abneigung gegen Ärzte, im Gegenteil. Sie ist alleinerziehende Mutter, und ihr Sohn studiert Medizin. Sie betrachtet uns als »ihre Doktors« und ist mit der Zeit so etwas wie eine inoffizielle Mittlerin zwischen uns Ärzten und ihrem Chef geworden.

»Dr. Hoffmann, kommen Sie rein!«

Frau Krüger kennt mich aus meiner Zeit als Sprecher der Assistenzärzte, mindestens seitdem haben wir ein ausgesprochen gutes Verhältnis. Zwei weitere Damen aus der Verwaltung standen mit einem Glas Sekt in der Gegend herum, und das Sekretariat glich einem Blumenladen vor Muttertag.

»Was wird denn hier gefeiert?«

»Nehmen Sie sich auch ein Glas, Doktor! Der Chef hat doch heute Geburtstag. Er nullt! Der große Empfang ist erst heute abend, aber wir haben schon mal angefangen zu feiern.«

Dr. Bredow wurde also fünfzig. Was er wohl in den nächsten zehn Jahren vorhatte? Seit drei Jahren war er jetzt Verwaltungsdirektor bei uns. Unter seiner Regie hatte das »Outsourcing« begonnen, und ebenfalls nach seinen Vorstellungen waren wir von einer Einrichtung der öffentlichen Hand in eine GmbH mit privatem Träger umgewandelt worden. Damit waren wir nicht mehr im öffentlichen Dienst, und er mußte sich bei Neueinstellungen nicht um die entsprechenden Tarifverträge kümmern. Was das heißt, hatte er uns spätestens letzten Dienstag klargemacht. Es wurde allgemein angenommen, daß Bredow seine gegenwärtige Position nur als Durchgangsstation betrachtet. Er fühlt sich als Manager im Gesundheitssystem und führt unser Krankenhaus als Dienstleistungsunternehmen. Natürlich muß dieses Unternehmen ein gutes Produkt anbieten, in unserem Fall die Wiederherstellung von Gesundheit, eigentliches Unternehmensziel aber ist der Profit.

Wir waren wahrscheinlich nur eine Sprosse auf seiner privaten Karriereleiter, auf der er beweisen würde, daß man aus einem jahrelang hoch subventionierten akademischen Lehrkrankenhaus ein profitables Unternehmen mit schwarzen Zahlen machen kann. Die nächste Sprosse wäre Geschäftsführer einer großen Krankenkasse, oder er würde die Lager wechseln und Chef bei der kassenärztlichen Vereinigung werden, auch kein schlecht bezahlter Posten. Heinz Valenta war der Meinung, Bredows eigentliches Ziel wäre der Staatssekretärsposten im Gesundheitsministerium.

Heute jedenfalls wurde er fünfzig, kein guter Tag, um ihm mit einem toten Russen aus der Reinigungskolonne zu kommen. Den Sekt lehnte ich höflich ab, ich hatte noch einiges auf der Station zu tun.

»Schade, Doktor, das ist ein wirklich gutes Gesöff. Es ist schon so viel für den Chef abgegeben worden, wir könnten in Sekt baden. Was kann ich für Sie tun?«

»Ich hätte gern kurz etwas mit Dr. Bredow besprochen. Ist aber nicht so dringend, daß es ausgerechnet an seinem Geburtstag sein muß.«

»Das ginge auch beim besten Willen nicht, Dr. Hoffmann. Hier ist heute der reinste Taubenschlag. Ich könnte Sie morgen gegen nachmittag einschieben. Worum geht es denn? Sind Sie wieder Assistentensprecher?«

»Nein, das bleibt Valenta. Es geht um einen Patienten von mir.«

»Ich hoffe, Sie brauchen keinen medizinischen Rat vom Chef.«

Das war eine kleine Aufmerksamkeit für Dr. Bredow, der sich als studierter Betriebswirt auf unseren Konferenzen mit Begeisterung in medizinische Fragen einzumischen pflegte.

»Nein, so verzweifelt ist der Fall noch nicht. Es ist mehr ein juristisches Problem.«

»Gut, ich merke sie für morgen fünfzehn Uhr vor. Aber rufen Sie mich gegen Mittag noch mal an, ob es auch klappt.«

Ich dankte Frau Krüger und wünschte allen ein schönes Fest mit Dr. Bredow. Erst beim Hinausgehen fiel mir ein, daß sie eventuell gar nicht zu seinem großen Empfang geladen waren. Ich jedenfalls war es nicht.

Am nächsten Tag bekamen wir Frau Schön von den Chirurgen zurück, und meine Stationsschwester Elke machte sich zu Recht Sorgen. Wir hatten sie den Chirurgen zwar gelb und mit einem eingeklemmten Gallenstein, aber in operationsfähigem Zustand übergeben. Jetzt war Frau Schön tatsächlich nicht mehr gelb, dafür aber kaum ansprechbar und ausgetrocknet wie eine Backpflaume. Die Chirurgen hatten ihr brav zwei Liter Flüssigkeit pro Tag und die entsprechenden Kalorien in Form von Zucker infundiert, so machen sie das immer, aber nicht bemerkt, daß dabei der Blutzucker kontinuierlich angestiegen war und Frau Schön dementsprechend mindestens drei Liter am Tag ausgeschieden hatte. Dann konnte sie nichts mehr ausscheiden und rutschte langsam ins Nierenversagen.

Die natürliche Reaktion von Chirurgen auf pathologische Laborwerte ist das Ausfüllen eines Konsilscheins. Das heißt, ein Internist soll vorbeikommen und das Problem lösen. Tatsächlich hatte sich gestern abend jemand dieses Konsilscheins erbarmt und nach Frau Schön gesehen. Und ehe er sich lange Gedanken gemacht hat oder einen vernünftigen Infusionsplan, mit der Verpflichtung, nun täglich zu Frau Schön auf die Chirurgie zu latschen, hatte er den Knoten mit einer kurzen Notiz elegant und wenig zeitaufwendig durchgehauen: »Morgen früh Rückübernahme auf Innere IIIb.« Und da hatte ich sie wieder, die Frau Schön.

Mit der effizienten Hilfe von Schwester Elke gab es bald einen vernünftigen Behandlungsplan. Wir würden sie mit ein paar Litern Flüssigkeit aus ihrem Trockenpflaumenzustand herausholen und ihr mit ein bißchen Insulin den Blutzucker senken, das Natrium und die Nierenwerte würden sich dann von selbst regeln. Harald hätte ihr wahrscheinlich erst einmal ein paar Stunden an der künstlichen Niere verpaßt, er ist vernarrt in blinkende Lämpchen und chromblitzende Schalter.

Kurz vor zwei rief mich Frau Krüger an, Dr. Bredow habe jetzt Zeit für mich. Ich machte mich auf den Weg.

Im Vergleich zu den Besenkammern, die er uns nach dem Umbau als Arztzimmer zugeteilt hatte, erinnerte mich Bredows Büro immer an Fotos von Hitlers Arbeitszimmer in Albert Speers »Neuer Reichskanzlei«. Es war wahrscheinlich der größte Raum im gesamten Krankenhaus nach der Cafeteria und der Zentralsterilisation.

Aber der Verwaltungsdirektor einer großen Klinik ist heutzutage auch ein wichtiger Mann. Und immer ist die Macht da, wo sie hingehört: Wo das Geld liegt und wo es verteilt wird – beim

Verwaltungsdirektor. Auch die einst so mächtigen Chefärzte müssen heute ihre Verträge mit dem Verwaltungsdirektor aushandeln: ihr Gehalt, wie viele Betten für Privatpatienten sie bekommen, wieviel sie vom Honorar ihrer Privatpatienten an die Klinik abführen müssen, wie viele Betten ihre Abteilung hat, wie viele Ärzte und Schwestern und wieviel Laborkapazität ihnen zusteht.

Ohne daß sie es wissen, ist der Verwaltungsdirektor auch für die Patienten enorm wichtig geworden. Letztlich genehmigt er, ob zum Beispiel eine neue künstliche Niere gekauft wird, ob sie sich rechnet – und entscheidet dadurch eventuell über Patientenleben. Dr. Bredow hat nie einen Hehl daraus gemacht, daß er wichtig ist und gewillt, seine Macht einzusetzen.

»Gehen Sie nur gleich rein. Der Chef erwartet Sie«, empfing mich Frau Krüger.

Auch die Einrichtung seines Arbeitszimmers war vom Stil »Neue Reichskanzlei« nicht weit entfernt. Eine schwere Polstergarnitur um einen Rauchtisch, ein riesiger neogotischer Schreibtisch. Während Besprechungen mit Dr. Bredow suchte ich immer nach diskret in die Schnitzerei eingearbeiteten Hakenkreuzen oder wenigstens noch sichtbaren Spuren davon.

»Ich bin gleich bei Ihnen, Dr. Hoffmann!«

Wahrscheinlich war Dr. Bredow der einzige im Haus, der direkt neben seinem Arbeitszimmer ein eigenes Bad hatte. Als er herauskam, trocknete er sich noch die Hände.

»Schön Sie zu sehen, Doktor!«

Dr. Bredow, der in seinem immensen Arbeitszimmer noch kleiner wirkte, plazierte uns beide in seine übergroßen Ohrensessel – seine Sitzordnung für Gespräche mit inoffiziellem Charakter.

Ich war mir nicht sicher, ob ich ihm nachträglich zum Geburtstag gratulieren sollte, schließlich hatte es keine Geburtstagsfeier in der Klinik gegeben, zu der ich eingeladen worden wäre. Dr. Bredow ersparte mir weitere Überlegungen.

»Frau Krüger hat mir gesagt, es gehe um einen Patienten?«

»Ja, das ist richtig. Und es sind ein paar Dinge geschehen, über die Sie informiert sein sollten.«

Ich berichtete Dr. Bredow von Mischa. Ich erzählte ihm, daß er in der Klinik gearbeitet hatte und daß er dann mein Patient gewesen war.

»Er war eines Tages plötzlich von der Station verschwunden. Soweit ich weiß, ist er danach auch nicht mehr zur Arbeit erschienen, ich jedenfalls habe ihn erst wieder Pfingstmontag auf der Aufnahmestation gesehen. Toteinlieferung, wahrscheinlich innerlich verblutet.«

Ich erzählte ihm nicht von meinen Besuchen in der Pension Elvira und auch nicht von den zwei Leichenschauscheinen. Wie gesagt, vielleicht hatte Schreiber auf Weisung gehandelt. Auf wessen Weisung? Der Verwaltungsdirektor kam dafür kaum in Frage, aber ich sah keinen Grund, Details vor ihm auszubreiten.

»Und Sie meinen, Dr. Hoffmann, daß da ein Zusammenhang besteht zwischen der Tatsache, daß dieser ...«

»Tschenkow, Mischa Tschenkow ...«

»... daß dieser Tschenkow im Oktober bei uns stationär behandelt wurde und daß er jetzt tot ist? Ist er denn bei uns falsch behandelt worden?«

»Ich kann es nicht ausschließen. Es kann sein, daß wir damals eine beginnende Erkrankung übersehen haben und daß wir zumindest mitverantwortlich für seinen Tod gemacht werden könnten.«

»Befürchten Sie Schwierigkeiten?«

»Regreßforderungen, berechtigt oder nicht, sind nie gut für eine Klinik.«

Ich machte mir nicht wirklich Sorgen über irgendwelche Regreßforderungen, zumal bei einem Ukrainer mit abgelaufener Aufenthaltsgenehmigung. Aber Dr. Bredows Aufgabe ist nicht nur, das Geld für die Klinik anzuschaffen, sondern es auch zusammenzuhalten. Kunstfehlerprozesse sind inzwischen auch in Deutschland eine beliebte Beschäftigung darauf spezialisierter Anwälte. Dr. Bredow hatte den Köder geschluckt.

»Gibt es Angehörige oder so was?«

»Keine Ahnung. Ich habe nie welche gesehen, als er bei mir auf Station lag.«

Ich ließ unerwähnt, daß laut Schreibers Totenschein die Sektion angeblich verweigert worden war. Von wem, wenn nicht von Angehörigen?

»Hatte er denn viel Besuch auf der Station?«

»Das weiß ich nicht. Aber ich kann mich nicht erinnern, daß damals irgend jemand bei mir nachgefragt hätte, nach der Prognose oder wann er entlassen würde.«

Dr. Bredow schien einen Moment selbst mit dem Studium der Schnitzereien in seinem Schreibtisch beschäftigt zu sein.

»Haben Sie in seiner stationären Akte von damals was gefunden, was uns Schwierigkeiten machen könnte?«

»Das ist einer der Gründe, weshalb ich Sie informieren wollte. Die stationäre Akte ist verschwunden.«

»Verschwunden?«

»Jedenfalls ist sie im Patientenarchiv nicht zu finden.«

»Das Patientenarchiv! Mir scheint, da müssen wir wirklich mal was unternehmen. Frau Tönnig schafft es einfach nicht mehr. Andererseits – Sie wissen, daß sich überall im Hause alte Akten herumtreiben.«

»Ich bin mir sicher, daß ich die Akte von Tschenkow damals ins Archiv gegeben habe. Außerdem ist auch das Protokoll von seinem Notarztwageneinsatz nicht mehr im Einsatzordner zu finden.«

»Also, Doktor, das ist nun wirklich nicht das Problem der Verwaltung. Es sind eure Einsatzordner! Aber bei der Kostenerfassung werden sie zu unserem Problem. Ihr Doktors müßt endlich mal Ordnung in eure Sachen bekommen. Die Protokolle des Notarztwagens sind für die Kostenstelle die Grundlage der Abrechnungen mit Feuerwehr und Rotem Kreuz. Unbrauchbar! Letztes Jahr gab es über zweihundert Einsätze mehr bei der Feuerwehr als Protokolle in eurem Ordner. Sie werden sich vielleicht an mein Rundschreiben dazu erinnern.«

Memos und Rundschreiben sind Dr. Bredows Hobby, wir bekommen ein bis zwei davon pro Woche. Und immer wenn es zu einem Streit zwischen Ärzten und Verwaltung kommt, kann die Verwaltung auf irgendein Rundschreiben verweisen, das natürlich niemand gelesen hat.

Zu dem Punkt verschwundenes Einsatzprotokoll existierte ein Rundschreiben, damit war das Problem für ihn erledigt. Man meinte fast zu hören, wie in seinem Juristenhirn das Rädchen einen Zahn weitersprang, zum nächsten Punkt, der dem Krankenhaus eventuell Schwierigkeiten machen könnte.

»Und Sie sagen, dieser Tschenkow hätte bei uns gearbeitet?«

»Ja, er war hier im Haus beschäftigt.«

»Was hat er denn bei uns gearbeitet?«

»Er war hier als Reinigungskraft.«

Bredow entspannte sich.

»Das sind nicht unsere Angestellten, das sind Angestellte der Firma CareClean. Mit deren Leuten haben wir praktisch nichts zu tun.«

»Das hat man mir im Personalbüro auch schon gesagt.«

»Da waren Sie schon? Woher nehmen Sie dafür die Zeit?« Eine kurze Ungehaltenheit war nicht zu überhören. »Sehen Sie, wir haben doch gerade letzte Woche über die wirtschaftlichen Schwierigkeiten gesprochen, in der die Klinik mit dem neuen Gesundheitsstrukturgesetz steckt. Es ist doch nicht so, daß ich Ihnen Ihre Überstundenbezahlung nicht gönne. Ich gönne Ihnen jeden Pfennig davon. Aber wir haben das Geld nicht. Wenn wir nicht einige Aufgaben an Fremdfirmen vergeben hätten, stünden wir noch schlechter da. Wenigstens brauchten wir bisher keinen Arzt zu entlassen.«

Freundlich grinsend war es ihm gelungen, auch in dieses Gespräch die Möglichkeit von Entlassungen im ärztlichen Bereich einzuflechten. Und, schien mir, daß ich einer der Betroffenen sein könnte, falls aus dem Fall Mischa Schwierigkeiten für die Klinik entstehen würden.

»Außer mit dem Personalbüro und dem Patientenarchiv, mit wem haben Sie sonst noch über die Angelegenheit gesprochen?«

Ich beschloß, einer direkten Antwort aus dem Weg zu gehen. Seine Überlegung war klar: Keine schlafenden Hunde wecken. Aber ich verschwieg weiterhin meine Ausflüge in die Pension Elvira.

»Es macht mir Sorgen, Herr Dr. Bredow, daß ich keine Ahnung habe, was dieser Patient getrieben hat, nachdem er von meiner Station verschwunden ist. Hat er weiter hier saubergemacht, nur in einer anderen Abteilung? Hat er woanders für CareClean gearbeitet? Oder war er die ganze Zeit krank? Eventuell war seine Gelbsucht infektiös, und er könnte andere infiziert haben. Gibt es bei uns denn keine Personallisten von den Leuten, die hier für CareClean arbeiten?«

Dr. Bredow schüttelte den Kopf.

»Brauchen wir nicht. Macht alles CareClean.«

»Und was zahlen wir diesen Leuten? Haben die zum Beispiel eine Lohnfortzahlung bei Krankheit?«

»Dr. Hoffmann, wie in alten Tagen als Assistentenvertreter! Das ist doch der Sinn der Sache, wir zahlen diesen Leuten gar nichts. Wir zahlen der jeweiligen Fremdfirma einen festen Satz und brauchen uns um nichts zu kümmern. Keine Lohnbuchhaltung, keine Kosten für Weihnachts- und Urlaubsgeld. Wir brauchen keinen Stellenschlüssel, der Krankheit und Urlaube berücksichtigt, alles nicht mehr unser Problem. Was meinen Sie, was uns das an Geld spart. Nicht zuletzt Geld, das wir auch für Ihr Gehalt bitter benötigen.«

»Sind Sie sicher, daß diese Leute vernünftig krankenversichert sind?«

»Sie haben doch selbst gesagt, daß dieser Tschenkow bei uns sogar stationär versorgt worden ist. Das haben wir sicher nicht kostenlos gemacht, hoffe ich jedenfalls. Ich bin sicher, daß diese Firmen die gesetzlichen Bestimmungen einhalten. Wir sind dafür nicht zuständig.«

»Ich finde schon, daß wir eine gewisse Mitverantwortung haben bei Leuten, die hier arbeiten, auch wenn sie von Fremdfirmen kommen.«

»Dr. Hoffmann, bei aller Wertschätzung, das wird jetzt eine sehr allgemeine Diskussion über die Struktur des Arbeitsmarktes in Deutschland, meinen Sie nicht?«

Dr. Bredow konsultierte seine Armbanduhr und erhob sich. Mir blieb nichts anderes übrig, als auch aufzustehen. Er legte mir seine Hand auf die Schulter und schob mich sanft in Richtung Tür.

»Machen Sie sich keine Sorgen, Doktor. Wenn ich das richtig verstanden habe, haben Sie diesen Mann damals nicht entlassen, er hat sich doch selbst entlassen. Schon deshalb kann uns niemand einen Vorwurf machen. Sie sind ein guter Arzt, das weiß ich, tatsächlich einer unserer besten. Sie haben sich bestimmt nichts vorzuwerfen.«

Er hatte mich inzwischen fast an der Tür.

»Wenn es Sie beruhigt, werde ich mich selbst darum kümmern, ob uns da irgendwelche Schwierigkeiten drohen. Machen Sie mal weiter Ihre Medizin, und spielen Sie nicht Detektiv. Als Arzt sind Sie uns wertvoller. Ich melde mich bei Ihnen, wenn ich Fakten habe.«

Die Audienz war beendet, Dr. Bredow verabschiedete mich mit Handschlag. Im Vorzimmer saß schon Schwester Luise, die Oberschwester des Hauses und Chefin des Krankenpflegepersonals. Es stimmte, Dr. Bredow war ein vielbeschäftigter Mann.

8

Das Gespräch mit Dr. Bredow begleitete mich den restlichen Tag und auch die nächsten Tage. Nichts war besonders auffällig, aber einige Kleinigkeiten ließen bei mir ein seltsames Gefühl zurück.

Bemerkenswert, daß Dr. Bredow sich überhaupt Zeit für mich genommen hatte, obgleich ich weder Sprecher der Assistenzärzte noch einer seiner Chefärzte war, die auch nicht jederzeit einen Termin bei ihm bekamen. Hatte ich das meinem guten Verhältnis zu Frau Krüger zu verdanken? Vielleicht, aber üblicherweise hätte er mich gebeten, mein Anliegen schriftlich bei Frau Krüger einzureichen, er würde sich dann melden. Auch über die verschwundenen Akten war er für seine Verhältnisse relativ schnell hinweggegangen, er, der schriftliche Unterlagen so liebte. Normalerweise hätte er gleich zum Telefon gegriffen und Frau Tönnig die Hölle heiß gemacht.

Am meisten irritierte mich, daß Dr. Bredow überhaupt nicht zum medizinischen Hintergrund nachgebohrt und keine Frage zur Sektion gestellt hatte. Natürlich sind wir alle haftpflichtversichert, aber Kunstfehler sind einfach schlecht für den Ruf des Hauses. Außerdem geben Behandlungsfehler Dr. Bredow zusätzliche Macht über uns Ärzte.

Das ganze Gespräch über hatte er mir zugehört und auch vernünftige Fragen gestellt. Irgendwie jedoch war er mir nicht ganz bei der Sache erschienen, als beschäftigten ihn ganz andere Sorgen als mein toter Ukrainer.

Ich wartete bis Freitag mittag auf einen Rückruf von Dr. Bredow, dann rief ich Frau Krüger an. Sie wußte von nichts, wollte aber nachfragen. Danach traf ich Marlies beim Mittagessen.

Freitag ist Fischtag, daran hat auch das Hospital Catering nichts geändert. Es wurden weiterhin jene viereckigen panierten Stücke serviert, ohne Gräten und ohne den geringsten Hinweis, welches Lebewesen als Rohmaterial für die perfekte geometrische Form gedient hatte.

Marlies hatte ihre erste Woche mit AIPler Harald hinter sich. Ihre Erwartungen waren offensichtlich voll bestätigt worden.

»Ich glaube, gleich Montag bringe ich ihn um.«

»Strick oder Nagelfeile?«

»Weiß ich noch nicht genau. Es muß was sein, was lange dauert und richtig weh tut.«

Ihrem eindeutigen Blick nach zu urteilen, hatte Marlies sich schon für eine ganz bestimmte Technik entschieden.

»Warum schickst du ihn nicht häufiger in unsere Klinikbibliothek?«

»Habe ich gestern gemacht. Volltreffer. Er hat wohl irgendeinen Artikel über Hochdruck gelesen und am Nachmittag sofort bei allen Patienten die Hochdruckmedikation umgestellt. Ich werde wahnsinnig!«

»Sag mir Bescheid, wenn du ihn umbringst. Ich halte ihn fest.«

»Mach ich. Und wenn du heute gehst, vergiß nicht, deine Station fest abzuschließen. Er hat Wochenenddienst.«

Ich beeilte mich mit meinem Stück Preßfisch und verzichtete auf den Nachtisch. Wenn AIPler Harald für das Wochenende eingeteilt war, gab es noch viel zu tun.

Patienten nehmen gemeinhin keine Rücksicht darauf, ob es Werktag oder Wochenende ist, Tag oder Nacht. Am Freitagnachmittag ist es die Aufgabe des Stationsarztes, die Patienten möglichst in ihrem aktuellen Status zu konservieren. Am Montag nehmen wir dann gerne wieder den Kampf gegen die Krankheit auf, aber für das Wochenende sollten Patienten nicht riskieren, daß sich der diensthabende Arzt um sie kümmert. Denn der ist schon sauer genug, daß er das Wochenende in der Klinik verbringen muß, und er will die Zeit wenigstens nutzen, seit Wochen fällige Arztbriefe abzuarbeiten.

Seine Reaktion auf Störungen durch Patienten, die sowieso nicht seine sind, läuft grob auf zwei Varianten hinaus: Die für den Patienten im Regelfall günstigere ist die, daß er nur das Notwendigste veranlaßt und das Weitere dem Stationsarzt am Montag überläßt. Gefährlicher wird es, wenn der Diensthabende schon immer davon überzeugt war, daß der Kollege Stationsarzt keine Ahnung von Medizin hat, und mal eben ein Exempel statuiert, wie Medizin zu laufen hat. AIPler Harald würde am Wochenende wirklich alles daransetzen zu beweisen, was für ein tüchtiger Doktor er ist. Dazu wollte ich ihm keine Gelegenheit geben.

Kurz vor Feierabend rief mich Frau Krüger an. Sie habe mit Dr. Bredow gesprochen, und der ließe mir bestellen, ich solle mir wegen der Angelegenheit keine Sorgen machen, es sei alles in Ordnung.

»Und was ist mit der stationären Akte?« fragte ich.

»Von einer Akte hat Dr. Bredow nichts gesagt.«

Ich dankte für den Anruf und wünschte ihr ein schönes Wochenende.

»Danke, Dr. Hoffmann. Und Ihnen viel Spaß bei Professor Kindel.«

Richtig. Dies war die letzte Woche von Professor Kindel als Chef unserer Abteilung gewesen. Er hatte uns für heute abend zu einem Abschiedsfest in sein Haus eingeladen. Ich mußte mich auf den Heimweg machen: duschen, umziehen, den Krankenhausgeruch loswerden. Vorher schaute ich noch kurz nach Frau Schön. Sie sah schon viel besser aus, hatte wieder Glanz in den Augen und eine feuchte Zunge. Die Ausscheidung war in Gang gekommen, der Zucker lag nur noch um zweihundert, und bis auf das Kalium waren die Elektrolyte ziemlich in Ordnung. Auch sonst schien auf der Station alles weitgehend unter Kontrolle fürs Wochenende.

Verständlich, daß Celine nicht zu Kindels Abschiedsfest mitkommen wollte, auf einen Abend mit Klinikanekdoten verzichtete sie gerne. Ich war etwas spät dran, die Bürgersteige und Ausfahrten der näheren Umgebung fand ich schon durch meine Kollegen blockiert. An einen Parkplatz kürzer als einen Tagesmarsch Entfernung war nicht zu denken. Schließlich fand ich noch eine Lücke im absoluten Parkverbot einer Wendeschleife und erreichte Kindels Domizil nach einer gesunden Abendwanderung durch Lichterfelde.

Das Fest war bereits in vollem Gang. Es strahlte den Charme jener Nur-wir-Jungens-Partys aus, die wir als pubertierende

Schüler veranstaltet hatten, sobald die Eltern verreist waren. Eigentlich war es nur die Fortsetzung der täglichen Morgenkonferenz – nun mit Schnittchen und Getränken, Teilnehmer und Gesprächsthemen waren weitgehend dieselben. Es ging unverändert um neueste Labor- oder sonstige Ergebnisse zu irgendwelchen Patienten, letzte Angebote, einen Nachtdienst wegzutauschen oder Versuche, endlich die Urlaubstermine abzustimmen.

Wie immer hatte Familie Kindel auf einen Partyservice verzichtet, es gab mit Zahnstocher zusammengehaltene Schnittchen mit Aldi-Lachs, Käsewürfel und Weintraube obendrauf. Wir kannten das Gesteck von den jährlichen Einladungen, Frau Kindel hatte es wahrscheinlich schon zur Taufe ihrer zwei Söhne serviert. Sie hielt sich im Hintergrund, sorgte für den Nachschub an Schnittchen und Getränken.

In dem Gedränge stachen drei Gruppen hervor. Aus der Gruppe um Heinz Valenta von der Intensivstation klang viel Lachen herüber, hier ging es um die neueste Fehldiagnose oder Verwechslung von Unterlagen in der eigenen oder in anderen Abteilungen, die letzte irrwitzige Anordnung aus der Personalverwaltung oder das jüngste Rundschreiben von Dr. Bredow. Den Mittelpunkt der zweiten Gruppe bildete Professor Kindel, immerhin war es sein Abschied. Die größte Gruppe hatte sich um Professor Dohmke geschart, die Gruppe der Opportunisten und der Verzweifelten. Es hing letztlich von diesem Mann ab, ob Verträge verlängert würden. Im Bewußtsein seiner Macht als ärztlicher Direktor hielt er gleich neben dem Büfett Hof.

Unser aller Problem war ein passendes Abschiedsgeschenk gewesen. Nach einem langen und nicht schlecht bezahlten Arbeitsleben besaß unser Chef eigentlich alles – bis auf irgendwelche Interessen. Drei Vorschläge hatten es in die Endausscheidung geschafft: eine Saisonkarte für alle Heimspiele der Hertha, eine Sieben-Tage-Pauschalreise nach Mallorca oder eine Golfausrüstung. Mit dem Argument, daß es was für länger sei und nach was aussähe, hatte die Golfausrüstung gewonnen.

Marlies hatte sich bereit erklärt, sich um den Kauf zu kümmern, so daß sie als letzte und ziemlich erledigt mit dem Golfsack angeschleppt kam. Sicher stand ihr Wagen noch weiter entfernt als meiner. Ich tröstete sie mit der Vorstellung, daß sich in Zukunft Professor Kindel mit dem Zeug abmühen dürfe. Sie meinte, wahrscheinlich würde Kindel Golf als Partnersport betreiben – er würde die Bälle schlagen und seine Frau die Ausrüstung buckeln.

Heinz Valenta hatte sich wie üblich weder um die Dienstplankoordination für dieses Fest noch um das Geschenk gekümmert, lieferte aber eine seiner herzig-launigen Reden und übergab unsere Golfschläger. Professor Kindel war überrascht über so viel Herzlichkeit, ihm fehlten die Worte, sagte er und ersparte uns eine zweite Rede.

Die hielt Professor Dohmke, und nach seinen Worten sah es für die Zukunft der kardiologischen Abteilung wirklich böse aus. Professor Kindel würde einfach nicht zu ersetzen sein, weder als Arzt für seine Patienten noch für uns als Lehrmeister oder für Dohmke als Kollegen. Wir alle kannten diese Rede, er hatte sie fast wortgleich vor gut einem Jahr bei der Verabschiedung des Chefs der Röntgenabteilung gehalten. Der durfte sich dann am folgenden Montag seine Bücher, Familienfotos und Korrespondenzordner aus einer Abstellkammer in der Pathologie abholen, Dohmke hatte sein Büro noch am Wochenende leerräumen lassen.

Als offiziellen Abschied würde auch Professor Kindel nach fünfzehn Jahren in unserer Klinik das übliche Formschreiben bekommen mit der Aufforderung, dem Hause gehörende Dienstkleidung und Schlüssel innerhalb von drei Tagen abzugeben, gezeichnet Personalabteilung.

Als Dohmke zum Ende gekommen war, bedankte sich Professor Kindel artig und wußte sicher, die schönen Worte richtig zu werten.

Er stand neben mir und meinte: »Wissen Sie, ich hatte es mir viel schwerer vorgestellt, mit der Klinik aufzuhören. Nicht daß mir die Medizin keinen Spaß gemacht hat. Es war schön, die Fortschritte in der Kardiologie und die Fortschritte junger Assistenten zu beobachten.«

Es stimmte. Für unsere Ausbildung hatte er sich immer Zeit genommen. Von ihm hatten wir gelernt, unseren Patienten zu-

zuhören und im Zweifel dem Patienten mehr zu glauben als Laborwerten oder Röntgenbildern.

»Aber«, fuhr er fort, »Chefarzt ist auch nicht mehr, was es mal war. Diesen ewigen Streit um Mittel und Stellen werde ich sicher nicht vermissen. Die Verwaltung mag uns ja einiges an Arbeit abgenommen haben, aber erleichtert hat sie unsere Arbeit nicht. Und mit dem Krankenhausfinanzierungsgesetz ist alles nur noch schlimmer geworden. Plötzlich sollen wir einen Wirtschaftsbetrieb führen, sind wir doch gar nicht für ausgebildet. Wir in der Kardiologie sind ja noch ganz gut dran, weil wir über die Herzkatheter Geld für die Klinik erwirtschaften.«

Marlies hatte sich zu uns gesellt.

»So gut sind wir in der Kardiologie auch nicht dran. Plötzlich ist Dr. Schreiber zur Fortbildung in den USA, während ich einen übermotivierten AIPler am Hals habe. Und was wird passieren, wenn Schreiber aus den USA zurückkommt? Wahrscheinlich sucht er sich irgendwo anders eine tolle Stelle. Oder er läuft bei uns nur noch als Star-Doktor herum, und die Routine bleibt wieder an uns hängen.«

Professor Kindel war seinerzeit selbst zur Ausbildung in den USA gewesen und erzählte immer gerne davon. Ich fürchtete, Marlies hätte eine Mine losgetreten.

»Das sehe ich nicht so. Mir hat mein Jahr in den USA auch nicht geschadet, und Schreiber ist nicht der Typ, der sich danach zu fein zum Blutabnehmen wäre. Beschwert euch nicht immer nur, Kinder! Ist doch eine tolle Chance für Schreiber. Was meint ihr, wie lange ich Dohmke dafür bearbeiten mußte!«

Während Professor Kindel an seinem Weinglas nippte, dachte ich an mein Gespräch mit Schreibers Frau Astrid.

»Und warum dann plötzlich diese Hektik? Schreiber hatte ja kaum Zeit, seine Koffer zu packen!«

»Sie kennen doch Dohmke. Wenn er eine Entscheidung getroffen hat, muß die doch immer noch gestern umgesetzt werden.«

Das stimmte, paßte aber nicht zu Astrids Version von dem Telegramm aus USA, daß Schreiber sofort kommen solle.

Mit den Reden von Heinz Valenta und Dohmke waren die Höhepunkte des Festes erreicht, auch Frau Kindels Lachs-Käse-

Weintraubenschnittchen waren bis auf wenige Reste vertilgt. Wie häufig bei solchen Veranstaltungen schien genau jetzt in der Klinik plötzlich der Teufel los zu sein. Fast alle meine Kollegen ließen sich so um zehn Uhr per Handy dringend in die Klinik rufen – und lagen bald danach friedlich schnarchend in ihrem bequemen Bett, während die weniger Cleveren den sattsam bekannten Geschichten aus der Steinzeit der Medizin lauschen mußten, als Professor Dohmke offensichtlich nur haarscharf am Nobelpreis vorbeigeschlittert war. Mit abnehmender Zahl an Zuhörern verabschiedete sich schließlich auch der.

So gegen elf Uhr wurde mir klar, daß ich den rechtzeitigen Absprung verpaßt hatte. Nur, ich mag Kindel, er war uns immer ein Vorbild gewesen, und es war sein letzter Abend als unser Chef. Ich fand mich auf der Sitzgarnitur neben ihm. Er hatte sich im Lauf des Abends großzügig am Getränkebüfett bedient. Der Abschied von seinem Arbeitsleben konnte ihm so leicht nicht fallen, wie er behauptete.

»Einen Cognac vielleicht, Dr. Hoffmann?«

»Vielleicht einen Grappa für die Bettschwere.«

Professor Kindel schenkte mit leichtem Zittern ein, das Glas voll bis zum Rand. Sich selbst gönnte er einen Cognac.

»Tut mir leid, Doktor. Den müssen Sie vorsichtig trinken«, seine Stimme war leicht verwaschen, »... vorsichtig ... vorsichtig vorgehen, keine übereilten Sachen, ist das A und O in der Medizin.«

Ich war geliefert. Kindel würde mir jetzt mit geschätzten eineinhalb Promille die Summe seiner medizinischen Lebenserfahrungen anvertrauen. Warum hatte ich Idiot mir keinen Anruf von der Klinik bestellt!

»Natürlich ist unsere Personaldecke angespannt. Keine Frage, ihr Doktors seid wirklich fleißig. Um so mehr müßt ihr euch auf das Wesentliche konzentrieren. Ihr müßt lernen, Wichtiges und Unwichtiges zu sortieren.«

»Die Unterscheidung ist nicht immer leicht, Professor.«

»Da haben Sie recht, Herr Hoffmann. Aber ich höre zum Beispiel, Sie nehmen sich viel Zeit, um nach einer bestimmten Akte zu suchen?«

Die Buschtrommeln in unserer Klinik sind erstaunlich. Wie hatte Kindel von meiner Suche nach Mischas Akte gehört? Immerhin, genug Wind hatte ich gemacht. Patientenarchiv, Personalabteilung, Bredow, alle persönlich besucht. Er machte eine Pause, aber ich wartete ab. Er sah mich nicht an und hatte jetzt die Stimme etwas gesenkt.

»Sie wissen, ich bin nicht mehr Ihr Chef, ich kann Ihnen keine Anweisungen geben.«

»Was ist mit dieser Akte?«

Er nickte eine Weile stumm vor sich hin. In ein paar Jahren würde er das wahrscheinlich ständig machen, im Moment schien es mehr eine Konzentrationsübung.

»Ich höre, es geht um einen Patienten, der tot ist. Das meine ich doch, Wesentliches von Unwesentlichem unterscheiden. ›Laßt die Toten die Toten begraben.‹ Und außerdem, Vorsicht ... Wir stehen unter scharfer Beobachtung. Gerade jetzt dürfen wir uns keine Fehler leisten. Der Poker, welche Krankenhäuser in Berlin geschlossen werden, ist noch lange nicht vorbei ...«

In der Ecke, wo sich eine verschworene Gemeinde von der trinkfesten Intensivstation um die flüssigen Restbestände kümmerte, wurde laut gelacht. Kindel sinnierte stumm vor sich hin. Hatte ich seinen Blutalkoholspiegel unterschätzt, oder wollte er mir etwas Bestimmtes sagen? Ich wartete, es kam aber nichts mehr. Er wollte nur noch wissen, wer jetzt Teamchef der deutschen Mannschaft werden solle. Zeit, mich zu verabschieden.

Mit etwas unsicheren Schritten brachte Kindel mich zur Tür, im Gehen hielt er mich kurz fest.

»Dr. Hoffmann, wegen dieser Akte. Ich glaube, daß Sie Ihre Arbeitszeit besser nutzen können. Aber, wenn Sie sie noch finden, sagen Sie mir auf jeden Fall Bescheid. Wir können im Moment gar nicht vorsichtig genug sein.«

Mischas Akte war im Moment nicht mein dringendstes Problem. Erst einmal mußte ich mein Auto finden.

9

Natürlich hatte ich bei Kindel zu viel getrunken, am Samstag wachte ich mit einem deutlichen Pochen unter der Schädeldecke auf, das ich bis zum Mittag nicht loswerden würde. Ich stand auf, duschte, putzte die Zähne und was man sonst morgens so macht und trabte zum Bäcker. Pünktlich um neun Uhr klingelte ich bei Celine zum Samstagsfrühstück.

Für das Wochenende haben wir ein festes Ritual: Samstag morgen besorge ich Brötchen und Zeitung zum gemeinsamen Frühstück. Wenn wir nicht etwas zusammen unternehmen, darf sich bis Sonntagabend jeder selbst so gut erholen, wie er kann. In meinem Fall heißt das viel schlafen und viel fernsehen. Sonntagabend ist dann gemeinsames Kochen angesagt. Vielmehr ich koche, und Celine kritisiert. Das ist immer noch besser als umgekehrt, denn gut zu kochen ist eine Qualität, die selbst Celine, ansonsten fast omnipotent, nicht für sich in Anspruch nimmt. An diesem Wochenende allerdings wollten wir gleich nach dem Frühstück in den Spreewald, ich hatte Celine einen Ausflug nach Schlepzig versprochen.

Da AIPler Harald Wochenenddienst hatte, ich die Patienten nicht hatte einfrieren können und vom Spreewald auch nicht mal eben in der Klinik vorbeischauen konnte, rief ich noch rasch auf der Station an.

Ich bekam die Lernschwester Sybille ans Telefon, von der das Gerücht ging, sie habe etwas mit Harald. Meine schlimmsten Befürchtungen wurden wahr.

»Es ist alles in Ordnung, Herr Doktor. Nur der Frau Schön mit der operierten Galle geht es nicht so gut, aber der Doktor hat schon Antibiotika angesetzt.«

Celine war nicht begeistert über einen Zwischenstopp in der Klinik, doch Frau Schön hatte schon entschieden genug bei uns mitgemacht. Ich hievte unsere Fahrräder auf den Dachträger, während Celine sich noch die Beine rasierte – ihre Art des stummen Protestes.

Frau Schön sah schlecht aus. Ihre Atemfrequenz war erhöht, ihre Temperatur ebenso. Für AIPler Harald war die Sache klar.

»Eine Sepsis! Ich habe sie schon breit abgedeckt.«

»Haben Sie vorher Blutkulturen abgenommen?«

»Nein. So lange wollte ich nicht warten.«

Er würde es nie kapieren. Würden die an sich nicht falschen Antibiotika versagen oder käme es zu Komplikationen, hätten wir mit den Blutkulturen wenigstens gewußt, mit welchem Erreger wir es zu tun haben. Diese Chance war vertan.

Ich schaute mir Frau Schön gründlich an. Eines der bestgehütetsten Geheimnisse in der Diagnostik bettlägeriger Patienten heißt: »Guck auch unter die Bettdecke.« Und ein zweites, ebenso streng gehütetes Geheimnis: »Guck auch unter Pflaster und Verbände.« Beides tat ich. Die Operationswunde selbst sah unschuldig aus, saß jedoch auf einem kleinen Hügel. Der Hügel war prall und zu warm. Nach einer örtlichen Betäubung war die Naht schnell geöffnet, sofort quoll uns dicker Eiter entgegen. Ich machte einen Abstrich für das Antibiogramm, spülte die Wunde mit Wasserstoff und deckte sie steril ab. Die Antibiotika reduzierte ich auf Flucloxacillin.

»Hätte man die Narbe nicht vorher mit Ultraschall untersuchen sollen?«

Ich kommentierte Haralds Expertenmeinung nicht, schließlich wollte ich in den Spreewald und nicht wegen Mordes ins Kittchen. Trotz seines Protestes ließ ich ihn genau aufschreiben, auf welche Punkte er in welchen Zeitabständen zu achten habe.

Endlich ging es bei schönstem Sonnenwetter auf nach Schlepzig im unteren Spreewald, was für den Berliner eine kaum verständliche Bezeichnung ist, liegt der untere Spreewald doch oben, das heißt nördlich des oberen Spreewaldes. Im Gegensatz zum oberen Spreewald mit seinen Großparkplätzen und vollgestopften Touristenkähnen ist Schlepzig noch sehr beliebt bei den Störchen, die hier in großer Zahl zum Sommerquartier einfallen.

Und Schlepzig hat ein ausgesprochen hübsches kleines Hotel, es heißt »Zum grünen Strand der Spree« und gehört Torsten Römer. Torsten Römer hat früher als Röntgendoktor bei uns in der Klinik gearbeitet, aber rechtzeitig die Zeichen der Zeit erkannt. Jetzt ist er Hotelbesitzer und lebt glücklich und zufrieden mit seiner Familie im Spreewald.

Torsten empfing uns herzlich und half, die Fahrräder vom Autodach herunterzuholen. Wir bekamen ein nettes Zimmer in der ehemaligen Scheune mit Blick auf das Moor. Durch etwas gemeinsame Aktivität im Bett halfen Celine und ich uns gegenseitig in einen entspannenden Spätmittagsschlaf. Am Nachmittag radelten wir durch die Landschaft.

Obwohl es seit langem mein erstes klinikfreies Wochenende war, hielt sich das Wetter erstaunlich gut. Bei den Fischteichen suchten Hunderte von riesigen Libellen durch irrwitzige Flugmanöver ihre zukünftigen Partner zu beeindrucken, nicht anders Hunderte von Fröschen durch mehr oder weniger melodisches Quaken.

Selbst das für den Abend angekündigte Regentief hatte sich irgendwo über der Oder vertrödelt. Torsten hatte im Innenhof den Grill angeworfen, Grillduft aktivierte unsere Speicheldrüsen, und trotz der vielen Mücken, die wir als Tribut an eine halbwegs intakte Umwelt akzeptierten, wurde es ein schöner Sommerabend.

Nach dem Essen setzte sich Torsten zu uns und wollte den aktuellen Klatsch aus der Klinik wissen. Es stellte sich aber schnell heraus, daß er besser informiert war als ich, sein Hotel ist ein beliebtes Wochenendziel auch bei anderen Ärzten aus der Klinik. Professor Dohmke, hört man, kommt öfter mit seinem Bridgeclub zum Wochenendturnier.

»Hast du schon eine Karte bekommen vom fleißigen Schreiber aus Amerika?«

»Ich weiß nicht einmal, ob er schon in New York ist. Ich habe mich nur gewundert, wie schnell er plötzlich verschwunden war. Wir bekommen natürlich keinen Ersatz und dürfen seine Arbeit auch noch mitmachen.«

»Man muß sich entscheiden«, Torsten zog sich einen zweiten Stuhl heran, legte seine Beine darauf und schaute in den Nachthimmel, »Karriere oder das Leben leben. Ich habe mich für Leben leben entschieden. Wie managt Marlies ihre Station ohne Schreiber?«

Auch Celine studierte jetzt intensiv den Nachthimmel. Sie hegte den chronischen Verdacht einer Affäre zwischen Marlies und mir, was nur eingeschränkt stimmte.

»Marlies ist die Hauptleidtragende von Schreibers US-Trip. Sie darf sich mit einem übereifrigen AIPler herumschlagen, mit dem ich auch schon meine Freude hatte.«

»Licensed to kill?«

Ich nickte. Torsten schenkte uns nach, der Wein war gut und von angenehmer Frische. Aus dem Hotel kam gelegentlich ein kollektives Stöhnen, im Fernsehen wurde Italien gegen Rumänien übertragen. Da stöhnten die wahren Fußballfans, während ich mich als Sportchauvinist mit der mageren Fußballkost deutscher Herkunft begnügte.

»Kassenwart Bredow«, meinte Torsten, »wird bald geschnallt haben, daß die Klinik noch mehr sparen kann, wenn er euch alle rausschmeißt und nur noch mit AIPlern arbeitet.«

»Und nach uns wird er die kostenintensiven Patienten abschaffen, die Tumorpatienten zum Beispiel oder die Kinder. Die schlucken einen Haufen teurer Medikamente zum gleichen Pflegesatz wie ein harmloser Blinddarm.«

Celine, immer bereit, an das Gute im Menschen zu glauben, hatte einen logischen Einwand.

»Warum darf Schreiber dann zur Weiterbildung nach Amerika, wenn deinen Bossen nichts an der ärztlichen Qualität eurer Klinik liegt?«

»Dafür kriegt sie einen Punkt, Felix!«

»Vielleicht hat Schreiber hochgestellte Freunde in der Klinik«, entgegnete ich.

Wieder bewies Torsten seine immer noch guten Kenntnisse über die Klinik.

»Das müßten aber ziemlich neue Freundschaften sein.«

Celine bekam bald genug von unserem Was-macht-denn-eigentlich ...? und verabschiedete sich ins Bett. Nun ging es erst richtig los mit unserem Kliniktratsch. Bredow, Dohmke, Kindel ... Die Chirurgen, die Gynäkologen, die Radiologen ... Natürlich auch Wichtigeres: Welche Schwester ist von welchem Doktor in letzter Zeit geschwängert worden, welche

MTA hat sich wen geangelt? Torsten holte eine neue Flasche Wein.

»Wie findest du es eigentlich, jetzt für eine GmbH zu arbeiten?« fragte Torsten, als er mit dem Wein zurückkam.

»Klinik ist Klinik«, meinte ich.

»Typischer Doktorstandpunkt. Natürlich, die Patienten sind die gleichen, ihre Leiden sind die gleichen, deine Nachtdienste sind die gleichen. Aber vergiß nicht – du arbeitest jetzt für ein freies Wirtschaftsunternehmen.«

»Wenn ich Bredow höre, arbeite ich für ein Unternehmen am Rand der Pleite.«

Torsten meinte, er hätte schon ein paar Ideen, wie man eine Menge Geld mit der Klinik verdienen könnte.

»Wunderbar: Die Humana-Klinik als Zentrum des internationalen Organhandels! Im Pathologiekeller verhökert Karl Hornhäute an Augenärzte und Knochen an die Unfallchirurgen, oben verscheuern die Gynäkologen Embryos und Plazentas, wir bieten Herzen und was sonst noch so an inneren Organen gefragt ist! Kommt zwar zur Zeit in jedem zweiten TV-Krimi vor, ist aber nicht so leicht zu organisieren, geschweige denn geheimzuhalten.«

Von der warmen Sommernacht und vom Alkohol beflügelt, wetteiferten wir um die beste Idee, mit dem Krankenhaus Geld zu machen. Als Torsten vorschlug, in der Nuklearmedizin kleine Atombomben für die Dritte Welt zu basteln, war auch für mich Zeit, ins Bett zu gehen.

Zuletzt stellte Torsten die interessante Frage, wem eigentlich die Humana-GmbH gehört, Bredow sei doch nur der Kassenwart. Ich hatte mich das nie gefragt.

»Weißt du es, Torsten?«

»Nicht wirklich. Ich will es auch gar nicht genau wissen. Ich kann dir nur sagen, daß mir einige der Leute in diesem Bridgeclub, mit dem Dohmke hier ab und zu anrollt, überhaupt nicht gefallen.«

Torsten ist nett, spielte aber schon in der Klinik gerne den Geheimnisvollen, und außerdem hatten wir beide genug Alkohol intus. Ich stolperte vorsichtig über das Kopfsteinpflaster hinüber zu unserer Scheune. Celine schlief schon fest.

Am Sonntag morgen stand ich ganz leise auf. Kein Problem mit Celine, die morgens erst einen weiten Weg aus dem Reich des Schlafes zurück ins Leben finden muß. Celine sammelt Muscheln. Ich hatte ihr erzählt, daß man natürlich auch im Spreewald Muscheln finden könne, und in der Stadt eine Tüte mit Südseemuscheln gekauft, die ich jetzt am Ufer, wo die Kähne angekettet sind, unter den Sand mischte.

Das Sonntagsfrühstück hatte Torsten als Überraschung arrangiert. Ein Spreewaldkahn wartete mit gedecktem Frühstückstisch, frischen Brötchen aus der hoteleigenen Bäckerei und Kaffee in Thermoskannen. Ohne uns mit Geschwätz zu belästigen, stakte der Schiffer seinen Kahn durch die ruhigen Spreearme und Wälder, die trotz der schon hoch am Himmel stehenden Sonne etwas von verzauberten Märchenwäldern hatten. Tanzende Elfen hätten nicht wirklich überrascht. Celine trug einen Strohhut, eine Wanddekoration aus dem Hotel, und schien einem Monet oder einem Renoir entsprungen. Wir fühlten uns wohl.

Zurück in unserem Zimmer konnten wir noch einen schönen Mittagsschlaf machen. Auf das Mittagessen hatten wir nach dem reichlichen Frühstück verzichtet, vor der Rückfahrt nach Berlin brachten wir uns mit einem kräftigen Espresso wieder in Schwung. Celine gönnte sich dazu einen Apfelstrudel mit heißer Vanillesauce, abends würde sie mir dafür Vorwürfe machen.

Gegen fünf hatten wir unsere Fahrräder wieder auf dem Dach und die Klamotten im Kofferraum, um halb sechs kam unsere Heimfahrt erst einmal zum Stillstand. Bereits zwischen Mittenwalde und Ragow standen wir im Stau.

Celine zog die Knie an und drehte sich zu mir, den Rücken gegen die Beifahrertür gelehnt.

»Ist irgend etwas los in der Klinik?«

»Was meinst du?«

»Weil du sonst praktisch nie über die Klinik redest, besonders nicht am Wochenende, und schon gar nicht, wenn ich dabei bin. In dieser Beziehung bist du gewöhnlich ziemlich höflich.«

»Woher willst du wissen, worüber ich rede, wenn du nicht dabei bist?«

Immerhin hat Celine Mathematik studiert, sie liebt es nicht, wenn an ihrer Logik etwas nicht stimmt.

»Lenk nicht ab. Was läuft quer in der Klinik?«

Über das Autoradio wurde jetzt erstmals vor dem Stau gewarnt, in dem wir standen, und eine Ausweichempfehlung gegeben. Schönen Dank!

Ich hatte einen Fehler gemacht. Ich hätte Celine irgendeine Geschichte aus der Klinik erzählen sollen, vielleicht von Frau Schön und ihrem Gallenstein, aber mein kleiner Ablenkungsversuch war genau die falsche Taktik gewesen. Celine kannte mich einfach zu gut. Ich konnte ihr jetzt nur noch mit der Wahrheit kommen.

Also erzählte ich ihr die Geschichte. Ich erzählte ihr vom toten Mischa und Schreibers zweitem Leichenschauschein. Von der Frage, ob die plötzliche Bewilligung für seine USA-Fortbildung etwas damit zu tun hat. Von der verschwundenen Akte aus der Zeit, als Mischa mein Patient war, und von dem ebenfalls verschwundenen Notarztwagen-Protokoll. Ich erzählte von meinem Besuch bei Schreibers Frau Astrid und ihrer Furcht, daß ich ihrem Mann Schwierigkeiten bereiten könne. Ich schilderte meine beiden Auftritte in der Pension Elvira und wie ich beim zweitenmal bedauert hatte, nicht immer brav zu ihrem Karatekurs mitgekommen zu sein. Mein Gespräch mit Dr. Bredow konnte ich fast wörtlich wiedergeben, da ich es wiederholt selbst durchgegangen war.

»Freitag hat er mir durch seine Sekretärin mitteilen lassen, es sei alles in Ordnung, ich solle mir keine Sorgen mehr machen. Kein Wort über die verschwundene Krankengeschichte. Und dann spricht mich abends auch noch Kindel auf diese Akte an. Auf seinem Abschiedsfest. Ist doch alles irgendwie seltsam, oder?«

Um uns herum fanden sich die Stauopfer in ihr Schicksal. Zwei Wagen vor uns spielten ein paar Männer Karten an einem Campingtisch, hinter uns versteckten sich Kinder zwischen den aktuell nutzlosen Blechhaufen. Die Frauen standen an die Leitplanke gelehnt, beobachteten ihre Kinder und tauschten Erziehungstips aus. Ein friedlicher Sonntagabend auf einer deutschen Autobahn.

Celine hatte mir mit leicht zur Seite gelehntem Kopf zugehört. Und sie hatte mich, für sie ungewöhnlich, nicht unterbrochen.

»Ich denke«, sagte sie nach einer Pause, »da stinkt etwas ganz gewaltig in deiner Klinik.«

Durch meine zusammenfassende Schilderung wurde auch ich immer überzeugter, daß es um mehr als nur zusammenhanglose Zufälligkeiten gehen dürfte.

»Was wirst du tun?« fragte Celine.

»Muß ich etwas tun? Ich bin nicht für diese Klinik verantwortlich, sondern für meine Patienten, und da kann ich mich über nichts beschweren. Ich bekomme die Medikamente, die ich für sie brauche, die Termine für notwendige Untersuchungen sind kein Problem, und bisher hat niemand aus der Verwaltung versucht, mir da hineinzureden. Also, warum soll mich eine tote Leiche aus der Ukraine kümmern?«

»Du hast recht, Felix. Sie braucht dich nicht zu kümmern. Aber sie kümmert dich. Trotz all deiner Sprüche über Patienten und Klinik bist du vollkommen von der Rolle, daß dieser Mischa plötzlich tot ist. Deshalb bist du selbst ins Archiv gerannt, um an die Akten zu kommen. Deshalb bist du zweimal in seine Pension gefahren und hast fast Prügel bezogen. Deshalb hast du His Majesty himself, Fürst Bredow, auf den Fall angesprochen.«

»Kann sein. Aber vielleicht ist jetzt genau der Punkt, meine verdammte Nase wieder aus der Sache herauszuziehen, ehe ich sie mir verbrenne.«

»Man verbrennt sich die Finger. Auf die Nase bekommt man was.«

»Ich kann mir verdammt noch mal verbrennen, was ich will. Auch meine Nase. Und in meiner Chirurgiezeit habe ich jede Menge verbrannter Nasen gesehen.«

Die Männer klappten ihren Campingtisch zusammen, und die spielenden Kinder wurden zurück in die Autos gescheucht. Nicht daß es weiter ging, aber von hinten kam ein riesiger Kranwagen, und die Gasse zwischen den Wagen reichte nicht. Ein älteres Ehepaar vor uns ließ vor Aufregung den Motor absaufen. Wir halfen schieben.

»Das einzige, was ziemlich klar zu sein scheint«, meinte Celine, »ist, daß irgend etwas vertuscht werden soll. Was wird denn üblicherweise in einem Krankenhaus vertuscht?«

»Falsche Behandlung, falsche Diagnose, falsches Bein abgesägt oder falscher Arm angenäht. Falsche Infusion angehängt oder richtige Infusion wegen Dienstschluß zu schnell hineingejagt. Kunstfehler eben.«

»Und dein Ukrainer? Welcher und wessen Kunstfehler soll hier vertuscht werden?«

»Keine Ahnung. Es ergibt keinen Sinn. Hätte ich damals, als Mischa mein Patient war, Mist gemacht, wüßte ich es. Und außerdem hätte dann ich die Akten verschwinden lassen, statt dessen laufe ich denen seit Tagen wie blöd hinterher.«

»Und dein Kollege Schreiber? Immerhin hat er den Russen tot bei dir abgeliefert. Vielleicht hätte der gar nicht sterben müssen? Vielleicht hat Schreiber Mist gebaut, oder vielleicht hat er sogar nachgeholfen?«

»Schreiber war auch mein Kandidat, als der zweite Leichenschauschein mit der verweigerten Sektion auftauchte, erst recht, als das Einsatzprotokoll vom Notarztwagen verschwunden war. Nur, welchen Grund sollte er haben, meine stationäre Akte vom Oktober aus dem Verkehr zu ziehen? Und eines ist sicher: Er kann sich nicht selbst plötzlich seine USA-Reise genehmigt haben.«

Celine begann, an ihren Fingernägeln zu kauen. Als Mathematikerin war sie überzeugt, daß Probleme grundsätzlich lösbar sind, findet man nur den richtigen Lösungsweg.

»Und wer steckt tatsächlich hinter der Sache?«

»Ich habe nicht die leiseste Ahnung«, antwortete ich.

Das war die reine Wahrheit. Aber letzte Nacht war mir ein beunruhigender Gedanke gekommen.

»Ich habe mich schon gefragt, ob mir jemand den toten Mischa anhängen will. Auf einmal könnten Einsatzprotokoll und die stationäre Akte wieder auftauchen, in einer leicht korrigierten Version, in der plötzlich Dr. Hoffmann einen Patienten auf dem Gewissen hat.«

»Und warum sollte jemand dir einen toten Ukrainer anhängen? Mit wessen Frau hast du es zuletzt getrieben?«

»Celine, wir haben inzwischen ziemlich amerikanische Verhältnisse an der Klinik, vorbei der gute alte Job auf Lebenszeit. Jeder meiner lieben Kollegen könnte auf meine Dauerstelle spekulieren.«

»Sogar deine Freundin Marlies?« fragte Celine mit unschuldigem Blick.

»Im Zweifel auch meine Freundin Marlies. Oder die Verwaltung, um mich gegen einen billigen AIPler auszutauschen. Im Moment ist in dieser GmbH-Klinik alles möglich.«

Ich schwieg einen Moment und betrachtete das friedliche Treiben auf der Autobahn.

»Aber ich glaube eigentlich nicht an eine Kollegenverschwörung. Zumal auch keiner von denen Schreibers Abreise hätte genehmigen können, so wenig wie Schreiber selbst.«

Celine intensivierte die Arbeit an ihren Fingernägeln.

»Also müssen wir eine Ebene höher gehen. Wenn es da einen Zusammenhang gibt, mindestens eine Ebene. Oder zwei oder drei. Ich weiß es nicht.«

Celines Jagdinstinkt war geweckt. Sie nahm ihre Ich-denke-angestrengt-nach-Position ein, die Hände um die angezogenen Knie gefaltet und die Augen streng nach vorne. Angestrengtes Nachdenken führt bei Celine fast immer zum selben Effekt.

»Ich glaube, ich muß mal dringend pinkeln.«

»Ihr Mädels könnt nicht pinkeln. Würdet ihr gerne, weiß ich, könnt ihr aber nicht. Ihr könnt puschen. Vielleicht sogar noch Pipi machen, aber nicht pinkeln.«

Celine war schon halb aus dem Wagen in Richtung Böschung.

»Schwanzchauvinist!«

Celine löste eine allgemeine Wanderung in die Büsche neben der Autobahn aus. Plötzlich schien es bei über siebzig Prozent unserer Leidensgefährten im Stau zur Wahrnehmung eines unerträglichen Drucks auf der Blase gekommen zu sein. Herren links, Damen rechts und Kinder auf dem Mittelstreifen. Es wurde kollektiv gepinkelt, gepuscht und Pipi gemacht. Im Deutschlandfunk kamen die aktuellen Staumeldungen für Deutschland. Unser Stau war mit acht Kilometern nur Mittelmaß.

Irgendwann spätabends waren wir glücklich zurück in Berlin. Celine blieb bei mir, was selten war. In der Regel schliefen wir lieber getrennt in unseren eigenen Wohnungen. Das Abendessen beschränkten wir auf Käse, Salat und Vino. Kurz vor dem Einschlafen fielen mir meine vergrabenen Muscheln ein. Wir müßten bald wieder nach Schlepzig fahren. Vielleicht würde inzwischen jemand anderes die Südseemuscheln im Spreewald finden und sich gewaltig wundern.

Mitten in der Nacht weckte mich Celine mit einem Stoß in die Rippen, als geübter Nachtdienst-Doktor war ich sofort hellwach. Celine saß im Bett und war offensichtlich zu einer Entscheidung gekommen, die sie mir ohne Rücksicht auf meinen Schlaf mitteilen mußte.

»Ich glaube nicht an einen Kunstfehler. Das reimt sich nicht zusammen. Natürlich, nach außen hin muß die Klinik Kunstfehler vertuschen oder abstreiten, aber doch nicht innerhalb der Klinik. Und wegen eines Kunstfehlers in der Klinik hätte man dich nicht aus dieser Pension geworfen. Da steckt etwas ganz anderes dahinter.«

»Und was steckt dahinter?« fragte ich Celine, »eine Verschwörung?«

Celine liebt Verschwörungen. Sie ist bis heute überzeugt, daß hinter dem AIDS-Virus die Biolabors des CIA stecken mit dem Versuch, die Schwarzen auszurotten. Die Wiedervereinigung in Deutschland war in ihren Augen ein gelungener Coup der westdeutschen Großindustrie mit viel Geld für Gorbatschow und den KGB, um an die siebzehn Millionen Auto-, Video- und CD-Käufer in der DDR heranzukommen. Und selbstverständlich war der Unfall von Lady Diana und ihrem arabischen Freund Dodi eine Inszenierung des englischen Geheimdiensts, damit die Queen nicht plötzlich mit einem arabischen Schwiegersohn unter dem Weihnachtsbaum sitzen müßte. Es war naheliegend, daß Celine auch zu meiner Geschichte die passende Verschwörungstheorie fand.

»Wenn du so willst, eine Verschwörung! Das ist es immer, wenn sich mehrere Leute zusammentun, um etwas zu verheimlichen. Und ich bin sicher, daß es um mehr als um die Vertuschung eines eurer Kunstfehler geht.«

»Da könntest du recht haben. Sonst hätten wir jeden zweiten Tag eine Verschwörung in der Klinik,« ich stand auf, »soll ich dir einen Wein mitbringen?«

Ich kenne Celine lange genug, um zu wissen, daß sie mit ihrer Theorie nicht bis morgen warten konnte, und brachte ihr ein Glas Wein mit. Sie nahm es wortlos entgegen, sie war mit Wichtigerem beschäftigt.

»Erinnerst du dich an den Film ›Die Unbestechlichen‹?«

»Na klar. Mit deinen beiden Geliebten. Robert Redford und Paul Newman«

»Nein. Robert Redford und Paul Newman, das war ›Der Clou‹. ›Die Unbestechlichen‹ war der Film über die Watergate-Verschwörung mit Robert Redford und Dustin Hoffman.«

Bei aller Beschäftigung mit einer neuen Verschwörungstheorie, in solchen Sachen nahm es Celine genau.

»Jedenfalls, weißt du, was mich an dem Watergate-Film unheimlich gestört hat?«

»Sicher nicht Robert Redford und Dustin Hoffman.«

»Wie doof diese tollen Journalisten von der Washington Post sind. Sie brauchen doch wirklich diesen geheimnisvollen Informanten aus dem Weißen Haus, um auf die Idee zu kommen, die Spur des Geldes aufzunehmen. Wenn wir beide meinen, daß es nicht um einen Kunstfehler geht, bleiben nur Liebe und Geld.«

»Und was ist mit Rache, Eifersucht, Affekt?«

»Kannst du alles subsumieren. Glaub mir das. Meistens geht's ums Geld.«

Celine ist über zehn Jahre jünger als ich. Wo war ihre Romantik geblieben? Oder sind Frauen einfach realistischer?

»Du meinst«, zitierte ich einen der Lieblingssprüche von Dr. Valenta, »it all boils down to money and cocksize.«

»Richtig. Und Liebe können wir bei deiner Geschichte wohl genauso ausschließen wie die Vertuschung eines Kunstfehlers. Bleibt also Geld.« Celine legte eine Kunstpause ein. »Und was, mein Lieber, ist das Gute am Geld?«

Eine ihrer sokratischen Fragen. Ich wußte nicht, worauf Celine mit ihrem IQ von über hundertfünfundfünfzig hinauswollte.

»Daß man sich viele Smarties kaufen kann?«

»Daß es Spuren hinterläßt. Geld ist weitgehend virtuell geworden, ein paar Bytes auf dem Computer deiner Bank. Milliarden schwirren täglich um den Globus. Niemand weiß, wo das Geld gerade ist oder ob es überhaupt wirklich existiert, aber jede Transaktion hinterläßt eine Spur. Und das in der Regel auf Jahre.«

Trotz meines niedrigeren IQs konnte ich ihr folgen. Nur, wenn es wirklich um Geld ging, um wessen Geld?

»Ich kann mir kaum vorstellen, daß Mischa ein Erbe der Romanows war. Dann hätte er bestimmt nicht den Putzmann im Krankenhaus gemacht.«

»Vielleicht hat er Drogen bei euch geklaut?«

»Glaube ich nicht. Es ist schon lange nichts mehr weggekommen, und die Drogen im Krankenhaus sind Peanuts im Vergleich zu den Tonnen, die aus Südamerika eingeschmuggelt werden.«

»Laß uns die Sache noch einmal durchgehen«, Celine verstärkte den Zug an ihrem Ohrläppchen, »jemand versucht, die Spuren von deinem Mischa zu beseitigen. Du hast den anderen Russen in der Reinigungskolonne erwähnt.«

»Jurek.«

»Ja! Der hat dir erzählt, daß Mischa nicht zum Arzt gehen konnte, weil er illegal hier war. Und du hast auch gesagt, daß Mischa nur ein Touristenvisum für Deutschland hatte, das zudem längst abgelaufen war. Also war er bei euch illegal beschäftigt. Und das wäre doch sicher herausgekommen, wenn man ihn seziert und nachgeforscht hätte, wo er sich seine Gelbsucht geholt haben könnte.«

Ein interessanter Punkt. Man müßte bei Mischas letztem Arbeitgeber nachforschen. Das war allerdings die Firma Care-Clean, »Sauberkeit ist unser Job«, und nicht mein Krankenhaus. Aber Celine hatte schon weitergedacht.

»Es muß um mehr gehen als illegale Beschäftigung«, meinte sie. »Guck dir die Baustellen auf dem Potsdamer Platz an. Die würden jetzt noch die Baugruben schaufeln, wenn sie nicht die Illegalen aus Polen, Albanien und weiß ich woher hätten. Kein Mensch würde wegen illegalen Arbeitern so einen Aufstand machen. Und außerdem, die Akte, dein Totenschein und das Notarztwagenprotokoll sind in der Klinik verschwunden, Felix, nicht bei dieser Reinigungsfirma. Ich sage es dir: Es geht um Geld, und der Schlüssel liegt in deiner Klinik.«

»Und wo in der Klinik soll ich nach diesem Schlüssel und dem Geld suchen?«

Ich war noch nicht überzeugt, aber Celine hatte sich für ihre Idee erwärmt.

»Habe ich doch gesagt. Geld liegt heute nicht mehr irgendwo in fetten Bündeln herum, aber es hinterläßt trotzdem Spuren. Wir müssen an die Buchhaltung deiner Klinik. Wenn wir uns ein bißchen Mühe geben, werden wir da das Geld finden. Da wette ich deinen Hintern drauf.«

Celine hatte ihren Kampfblick in den Augen, den kenne ich gut. Falls wirklich jemand in der Klinik krumme Geschäfte machen sollte, hatte er jetzt einen ziemlich hartnäckigen Gegner. Und außerdem gab es auch noch mich. Doch Celine kann im Gegensatz zu mir mit ihren Kräften haushalten, der Kampfblick verschwand so schnell, wie er gekommen war. Sie rollte sich auf die Seite und war binnen Minuten wieder eingeschlafen. Beneidenswert. Warum, allerdings, wollte sie meinen Hintern verwetten und nicht ihren? War sie sich doch nicht so sicher?

Während ich verzweifelt auf den Sandmann wartete, fiel mir mein trunkenes Gespräch mit Torsten Römer im Spreewald ein. Er hatte recht, meine Klinik war jetzt ein profitorientiertes Privatunternehmen. Deshalb war Celines Idee folgerichtig. Es könnte nichts schaden, sich die Buchhaltung dieses Unternehmens einmal anzuschauen. Aber dazu würden wir Hilfe brauchen, komme ich doch kaum mit meiner Steuererklärung klar. Das war das zweite Problem. Erst einmal mußten wir an die Unterlagen aus der Klinikbuchhaltung herankommen.

Beim schnellen Stehfrühstück am Morgen machten wir entsprechende Pläne. Plan A war relativ einfach, und Plan B hatten wir noch nicht. Plan A sah vor, über das Computernetz der Klinik in den Buchhaltungscomputer einzudringen. Unser Computernetz ist ein Lieblingsspielzeug von Professor Dohmke und manchmal ganz praktisch. Es gibt in jedem Arztzimmer einen Terminal, und über den bekomme ich die aktuellen Labordaten oder Untersuchungsberichte von meinen Patienten. Sofern das System gerade funktioniert.

Ich wußte, daß mit einem Paßwort zum Beispiel auch die Belegungsstatistik aus dem Computernetz abrufbar war. Früher konnte der Stationsarzt schummeln und aus taktischen Gründen ein oder zwei freie Betten unterschlagen. Seit über einem Jahr jedoch wußte Professor Dohmke bei jeder Morgenkonferenz präzise über die aktuelle Bettenbelegung Bescheid.

Unser Plan A ging von der Annahme aus, daß über die Erfassung der Bettenbelegung und die Erfassung der am Patienten erbrachten Leistungen eine direkte Verbindung zur Abrechnung der Patienten besteht und über diese Patientenabrechnung wiederum eine Verbindung zur Gesamtbuchhaltung.

Gleich am Montag nachmittag kam Celine in die Klinik und setzte sich vor den Terminal in meinem Arztzimmer. Endlich sollte sich ihr Mathematikstudium über ihre Halbtags-Lehrerinnenstelle hinaus nützlich machen.

»Wie ist dein Codewort?«

»Celine.«

»Ja, was ist? Du mußt mir schon dein Paßwort sagen, damit ich in das System hineinkomme!«

»Sag ich doch. Es ist Celine.«

Celine lächelte. Sie konnte nicht wissen, daß ich erst heute mittag mein Paßwort geändert hatte. Vielleicht würde es sie freuen. Tat es.

Celine konnte zwar mit meiner Zugriffsberechtigung nicht nur Labordaten, Röntgenbefunde oder OP-Berichte abrufen, sondern auch die aktuelle Belegung meiner Station und die einbestellten Patienten für die nächsten acht Wochen, aber schon für die Belegungsdaten von der Chirurgie meldete der Bildschirm »keine Zugriffsberechtigung«. Ich sah schwarz für unseren Plan.

»Wenn wir noch nicht einmal die Daten von den anderen Stationen abrufen können, werden wir kaum an die Buchhaltung kommen.«

»Zugriffsberechtigung in einem Computernetz bedeutet Macht, mein Lieber. Und wenn ihr simplen Stationsärzte dieselbe Zugriffsberechtigung hättet wie zum Beispiel euer geliebter Professor Dohmke, hättet ihr auch dieselbe Macht wie er. Das habt ihr aber nicht, und das will der auch nicht. Es ist wie die soziale Organisation einer Orang-Utan-Herde. Es gibt den Chef, der ist das Alpha-Tier. Und dann gibt es die Beta-Tiere und die Gamma-Tiere. So sind auch diese Netze organisiert. Ihr Stationsärzte habt bestimmt nur einen Gamma-Status im System. Wir brauchen Dohmkes Zugriffsberechtigung.«

»Seine Frau heißt, glaube ich, Karin.«

»Männer sind zwar nicht sonderlich einfallsreich, aber das wird nicht reichen, schätze ich.«

Es stimmte, Karin reichte nicht. Karin war auch der Name der Frau oder Tochter oder Geliebten eines anderen unserer Stationsärzte und eröffnete uns ebenfalls nur eine Gamma-Berechtigung im System.

»Und was machen wir nun?«

»Du jedenfalls könntest uns einen Kaffee besorgen.«

Als ich mit dem Kaffee zurückkam, war Celine bereits als Alpha-User im System unterwegs. Als Frau ersparte sie mir die ausführliche Schilderung, wie pfiffig sie die Systemsicherung ausgetrickst hatte, sie hatte mich im entscheidenden Moment zum Kaffeeholen geschickt. Celine hat fraglos ausgesprochene Alpha-Qualitäten.

Wir konnten uns nun die aktuelle und geplante Belegung der Chirurgie, der Gynäkologie und aller anderen Abteilungen unseres Hauses anschauen. Wir kannten die Planung für die Operationssäle und die verfügbaren Medikamente in unserer Zentralapotheke. Wir konnten uns Statistiken als Balkendiagramm oder als Tabelle ausdrucken lassen, in Farbe oder in Schwarzweiß, aber weiter kamen wir nicht.

»Sind wir doch keine Alpha-User?«

»Doch, sind wir. Aber an die Buchhaltung kommen wir über diesen Terminal nicht heran.«

»Und warum nicht?«

»Es gibt zwei Möglichkeiten. Sie könnten eine sogenannte

Firewall im System haben, eine Brandschutzmauer oder besser Einbahnstraße. Die läßt bestimmte Daten in den Zentralrechner hinein, aber nicht wieder hinaus. Oder sie haben die zentrale Buchführung gar nicht mit dem Kliniksystem gekoppelt. Sie könnten die gewünschten Daten einfach auf eine CD überspielen und auf dem Rechner für die Buchhaltung neu einlesen. Dann besteht überhaupt keine physikalische Verbindung zum Kliniksystem. So würde ich es machen, zum Schutz meiner Buchhaltung, falls einer von euch Ärzten mit seiner E-mail einen Virus einfängt.«

Wir waren voll auf den flimmernden Bildschirm konzentriert und hatten nicht gehört, daß jemand mein Arztzimmer betreten hatte. Immerhin nicht Professor Dohmke oder Dr. Bredow, es war meine Kollegin Marlies.

Marlies und Celine hatten sich bisher nicht persönlich kennengelernt. Ich hasse es, Leute einander vorzustellen, weil mir dann grundsätzlich nicht die Namen einfallen wollen. In diesem Fall hatte ich mehr das Problem, wem ich wen zuerst vorstellen sollte. Bürgerliche Erziehung.

Die beiden machten sich schließlich selbst miteinander bekannt. Mein Zögern würde wahrscheinlich zu einem späteren Verhör durch Celine führen. Ich versuchte, ihre Anwesenheit zu erklären.

»Celine gibt mir eine Nachhilfestunde mit unserem Computersystem. Ich wollte euch gegenüber nie zugeben, daß ich im Einführungskurs nichts verstanden habe.«

Marlies studierte den Bildschirm und war beeindruckt.

»He, wie seid ihr denn da rangekommen? Die Belegungsstatistik! Dohmkes großes Geheimnis!«

Celine meinte lächelnd, daß ich Marlies den Trick sicher gerne mal zeigen würde. Celine kann ganz schön gemein sein.

Wir mußten uns nun ernsthaft Gedanken zu Plan B machen und kamen zu dem Ergebnis, daß der unerreichbare Computer in der Zentralbuchhaltung wahrscheinlich überhaupt nicht weiterhelfen würde. Wenn irgendeine größere Sache – Verschieben von Gewinnen, getürkte Buchhaltung oder was auch immer –

laufen sollte, wäre es unwahrscheinlich, daß die Daten in der Buchhaltung selbst manipuliert würden. Vernünftigerweise würde man der Buchhaltung die bereits manipulierten Daten geben.

Celine, wer sonst, stellte die richtige Frage.

»Wer ist der wahrscheinlichste Kandidat dafür, die Buchhaltung mit getürkten Daten zu beliefern?«

»Eindeutig unser Herr Verwaltungsdirektor Dr. Bredow!«

Er ist für die wirtschaftliche Führung der Klinik verantwortlich, er ist von Hause aus Betriebswirt, und er war der Verantwortliche für die Umwandlung der Klinik in eine GmbH und die Vergabe von Klinikdienstleistungen an Fremdfirmen. Und ich erinnerte mich, wie ich vor ein paar Monaten in der Gehaltsstelle wegen meiner Überstundenabrechnung auf später vertröstet wurde, da der gesamte Datensatz im Augenblick bei Dr. Bredow sei.

Also mußte sich Plan B auf den Computer von Dr. Bredow konzentrieren. Blieb die Frage, wie Plan B realisiert werden sollte.

Celine meinte, ich könne mich doch meiner guten Beziehungen zu Bredows Sekretärin, Frau Krüger, bedienen.

»Welche Art Beziehung habe ich denn zu Frau Krüger?«

»Ich weiß nicht, welche Art Beziehung du zu den Frauen in deiner Klinik hast.«

»Frau Krüger könnte meine Mutter sein. Und außerdem, wenn Bredow irgendwelchen Schmu mit der Buchhaltung macht, würde er Frau Krüger einweihen?«

»Also, was schlägst du dann vor?« fragte Celine leicht beleidigt.

Ich hatte eine Idee. Ein Vorteil meines Berufes ist, daß man Menschen mit den verschiedensten Berufen und Fertigkeiten kennenlernt. Manche Patienten verlassen die Klinik tatsächlich in einem besseren Zustand als dem, in dem sie eingeliefert worden sind, und wenigstens einige sind dem Doktor sogar dafür dankbar.

Ich dachte an Franz. Franz betreibt einen kleinen Schlüsselnotdienst und ist im Nebenberuf Einbrecher alter Schule, der sich ohne Wagenheber oder Brechstange Zugang zu lohnenden Objekten verschafft. In der Regel in Absprache mit den angeblich Geschädigten, mit denen dann die Versicherungssumme geteilt wird. Ich hatte Franz vor einiger Zeit von einer bösen Salmonelleninfektion geheilt und ihm später, als seine Frau schwanger war, mit einem medizinischen Gutachten Haftverschonung verschafft. Und Franz ist der Typ, der es ernst meint, wenn er dir sagt, daß er dir einen Gefallen schulde.

Tatsächlich übergab er mir nach wenigen Tagen einen Schlüssel, der garantiert zu Bredows Büro passen sollte, und ein halbes Blech selbstgebackenen Pflaumenkuchen mit Grüßen von seiner Frau. Eine Bezahlung lehnte er ab.

Bei Frau Krüger hatte ich in Erfahrung gebracht, daß Dr. Bredow über das Wochenende zu einer Konferenz der Deutschen Krankenhausgesellschaft nach Dresden fahren würde, also reservierten wir Freitag nacht für unseren Einbruch in seinem Büro.

Es wäre die Unwahrheit zu behaupten, wir wären nicht aufgeregt gewesen. Vor unserem Coup wollten Celine und ich uns noch bei McDonald's mit einem Burger stärken, bekamen aber beide nur eine Cola hinunter.

Für unseren Pförtner ist es nichts Ungewöhnliches, daß nachts ein Doktor in die Klinik kommt. Ein Notfall bei einem seiner Patienten oder weil ihm eingefallen ist, daß er auf einem Infusionsplan bei der Dosierung das Komma an die falsche Stelle gesetzt hatte. Vielleicht auch hat seine Lieblingskrankenschwester Nachtschicht, und in einem Krankenhaus ist immer irgendwo ein Zimmerchen frei.

Wir hatten also kein Problem, gegen elf Uhr nachts in das Krankenhaus zu kommen. An der Pforte saß der dicke Meyer, der sich den langweiligen Nachtdienst mit Telefonieren verkürzte. Ohne sein Telefonat zu unterbrechen, nickte er mir zu und drückte den elektrischen Türöffner.

Obgleich ich mindestens einmal pro Woche im Nachtdienst durch unsere Klinik schleiche, war es heute etwas anderes. Gleich würde irgendwo eine Alarmglocke klingeln, alle Türen würden automatisch schließen (wir haben keine automatisch schließenden Türen), Professor Dohmke würde mit ein paar kräftigen Pflegern um die Ecke kommen, und in Bredows Büro würde die Polizei auf uns lauern. Natürlich trafen wir bis auf ein paar heimlich rauchende Patienten niemanden.

Der Verwaltungstrakt war vollkommen ausgestorben. Der Schlüssel von Franz glitt ohne jeden Widerstand in das Schloß zu Bredows Büro, und als wir die Tür öffneten, ging kein Alarm los. Wir waren drin.

Als aufmerksamer Krimi-Leser und -Zuschauer wußte ich, was als nächstes zu tun war. Ich ließ die Tür zum Flur einen kleinen Spalt weit offen, bis ich sorgfältig die Vorhänge zugezogen hatte. Erst dann schloß ich die Tür, sperrte sie von innen ab und schaltete das Licht an. Celine hatte sich währenddessen in Bredows Reichskanzlei umgesehen.

»Ziemlich eindrucksvoll«, meinte sie, »was macht der Mann mit so viel Platz?«

»Keine Ahnung. Vielleicht verbessert er hier sein Golfhandikap oder läßt ferngesteuerte Modellautos durch die Gegend flitzen.«

Bei meinen Besuchen in Bredows Büro war mir bisher ein unangenehmes Detail entgangen: Auf einem Extratisch neben seinem neogotischen Schreibtisch stand nicht ein Computer, sondern zwei. Ich hatte weder eine Vorstellung, wozu Bredow zwei Computer brauchte, noch, woran wir den für unseren Datendiebstahl richtigen erkennen könnten.

Celine unterzog insbesondere die Verkabelung an der Rückseite einer genaueren Inspektion. Ich sah angestrengt zu, wußte allerdings nicht, worauf ich achten sollte. Bei zwei Computern standen meine Chancen fünfzig zu fünfzig. Mutig spielte ich meine Karte aus.

»Ich denke, der hier ist unser Kandidat«, versuchte ich mein Glück vielleicht als fast gleichwertiger Fachmann akzeptiert zu werden.

»Warum meinst du?«

Ich konnte weder mit der Gehäusefarbe noch der Bildschirmgröße argumentieren. Aber ich hatte doch etwas gesehen.

»Er hat ein Kabel mehr.«

»Genau!« sagte Celine.

Ich war in den Expertenclub aufgenommen! Aber mein Triumph war verfrüht.

»Genau deshalb glaube ich nicht, daß er unser Kandidat ist«, fuhr sie fort. »Das eine Kabel mehr ist wahrscheinlich der Anschluß an euer hausinternes EDV-Netz, wie du ihn auch in deinem Zimmer hast. Also, wenn hier Schmu läuft und dieser Bredow will auf Nummer Sicher gehen, dann sollte er die Daten in dem Computer manipulieren, in den sich niemand über das Netz einloggen kann, mit welchem Trick auch immer. Einfach, weil keine Verbindung besteht.«

Das klang logisch und plausibel. Warum war ich nicht darauf gekommen? Vermutlich die späte Abendstunde.

»Habe ich mir auch gedacht. Aber Bredow ist schlau. Bestimmt steckt er jeden Abend das Netzwerkkabel in die andere Kiste, um Computerpiraten wie uns zu täuschen.«

Celine lächelte mich an.

»Meinst du wirklich?«

Ich tröstete meinen gekränkten Stolz damit, daß immerhin der Nachschlüssel mir zu verdanken war.

Celine setzte sich an den Computer ohne Netzwerkverbindung und schaltete ihn an. Leise begann das Kühlgebläse zu schnurren.

»Na, dann wollen wir mal sehen, mein Freund ...«

Der Bildschirm erwachte und begrüßte uns mit einem unfreundlichen Bitte-geben-Sie-Ihr-Paßwort-ein. Das sah mir nicht gut aus, aber schließlich hatte ich erst vor ein paar Tagen eine Kostprobe von Celines Kunst erlebt.

»Dein Freund ist wirklich ein mißtrauischer Zeitgenosse. Er hat sein Bios mit einem Paßwort geschützt.«

Ich nickte verständig und machte mir eine mentale Notiz, demnächst an geeigneter Stelle unter »Bios« nachzuschlagen.

»Und nun?«

Aber Celine tippte schon, sie tippte die für mich rätselhafte Buchstabenkombination AWARD?SW in den Computer – nichts geschah. Dann versuchte sie es mit dem launigen Wort

»ikepeter« – auch erfolglos. Diese Schritte brauchte ich mir offensichtlich nicht zu merken. Gespannt wartete ich auf ihren dritten Versuch, doch Celine schaltete nun den Computer ab, zauberte einen kleinen Schraubenzieher aus ihrem Rucksack und löste die Deckplatte von dem Computergehäuse.

»Was hast du jetzt vor? Willst du die ganze Festplatte ausbauen?«

Ein wenig verstehe ich schließlich auch von Computern.

»Auch keine schlechte Idee«, antwortete Celine mit dem Schraubenzieher zwischen den Zähnen, »aber ich glaube, es reicht, wenn wir dem Scheißerchen hier mal kurz sein Gedächtnis lahmlegen.«

Sie nahm den Schraubenzieher aus dem Mund und fummelte mit seiner Hilfe eine kleine Batterie aus dem Gehäuse. Als sie jetzt den Computer neu startete, baute er ohne Frage nach dem Paßwort oder anderen Gemeinheiten den Bildschirm auf. Ich war beeindruckt.

Als erstes verschafften wir uns einen Überblick über die installierten Programme. Wir suchten letztlich nach numerischen Daten, nach einer Buchhaltung, und die würden wir am wahrscheinlichsten in einem Datenbankprogramm finden. Bredow arbeitete mit Excel als Datenbankprogramm, also holten wir uns alle Excel-Dateien auf den Bildschirm. Und schon hatten wir gefunden, was wir wollten. Celine las vor.

»Buchhaltung 1. Quartal, Buchhaltung 2. Quartal ... Sehr ordentlich, dein Dr. Bredow, alles schön übersichtlich geordnet.«

Celine klickte »Datei öffnen« an. Prompt erschien auf dem Bildschirm: »Bitte Paßwort eingeben.«

»Ist aber wirklich ein Schlingel, dein Freund. Er hat doch schon sein Bios geschützt.«

»Aber er hat offensichtlich auch mit bösen Mädchen wie dir gerechnet.«

Ein spitzbübisches Lächeln erschien auf Celines Gesicht.

»Mit mir? Das glaube ich nicht.«

Diesmal würde ich genau aufpassen, wie Celine sich ihre Zugriffsberechtigung verschaffte, aber ich wurde enttäuscht, genauer gesagt, erneut überrascht. Aus ihrem Rucksack zog sie jetzt ein kleines Metallkästchen, das sie über ein Kabel an Bredows Computer anschloß. Auf dem Bildschirm erschien die Meldung: »Externe Festplatte erkannt.« Celine aktivierte das Programm »Datei kopieren«. Ihr Gesichtsausdruck wurde sichtbar abschätzig.

»Kein Kopierschutz, mein Freund? Das ist aber sehr unvorsichtig.«

Brav kopierte das Programm Bredows Dateien »Buchhaltung 1. und 2. Quartal« auf ihre transportable Festplatte.

Während Celine mit dem Kopieren der Dateien beschäftigt war, fühlte ich mich ziemlich überflüssig und schaute mich auf Bredow Schreibtisch um, fand aber nichts sonderlich Interessantes. Celines Kopierprogramm war weiter an der Arbeit, ich widmete mich den Schreibtischschubladen. Sie waren unverschlossen – und meine Mühe wurde belohnt. Warum, fragte ich mich, sichert ein Mensch seine Computerdaten mehrfach, schließt aber nicht seinen Schreibtisch ab?

Celines Festplatte meldete, daß der Kopiervorgang erfolgreich beendet sei.

»Dann sind wir ja fertig hier«, meinte ich.

»Noch nicht ganz«, entgegnete Celine. »Wir sollten noch unsere Spuren verwischen.«

»Richtig«, ich sah eine zweite Chance, doch einen gewissen Durchblick in EDV-Dingen anzudeuten, »wir sollten nach dem Wiedereinbau der Pufferbatterie nicht vergessen, das aktuelle Datum und die Uhrzeit neu einzustellen.«

»Würde nicht viel helfen«, antwortete Celine. »Bredow würde trotzdem merken, daß beim Booten kein Paßwort abgefragt wird.«

Celine setzte nicht die herausgenommene Batterie ein, sondern eine neue, beziehungsweise eine alte, eine leere Batterie nämlich. Sie erklärte es mir später, aber wirklich begriffen habe ich es auch dann nicht. Nur so viel wurde mir klar, daß Bredow auftretende Seltsamkeiten seines Computers auf eine leere Pufferbatterie zurückführen würde.

»Also, wenn wir jetzt nicht die Festplatte vergessen oder seine Blumentöpfe umschmeißen, sind wir ziemlich sicher.«

Wir packten ein und überprüften, daß wir nichts hatten liegen lassen. Celine ist nicht der Schmucktyp, so daß uns auch kein verlorener Ohrring zwischen Rücken- und Sitzpolster auf Bredows Sessel verraten würde. Ich löschte das Licht, zog die Vorhänge wieder auf, und es gelang uns, im Dunklen zur Tür zu kommen, ohne seine Yukkapalme umzurennen.

Beim Verlassen von Bredows Büro war ich in ein vorsichtiges Schleichen verfallen, und Celine machte mich darauf aufmerksam, daß ein Stationsarzt des Hauses normal durch die Gänge geht. Mir schien dennoch ein Alibi eventuell nützlich, außerdem hatte ich jetzt eine Kleinigkeit bei mir, die ich nicht in die Klinik mitgebracht hatte und auch nicht zu mir nach Hause nehmen wollte. Also erkundigte ich mich auf der Intensivstation nach zwei Patienten, die ich am Vormittag dort abgeliefert hatte. Entgegen anders lautender Gerüchte ist es selbst heutzutage nicht ganz ungewöhnlich, daß der Stationsarzt gelegentlich bei seinen Patienten auf der Intensivstation vorbeischaut.

Meinen beiden Patienten ging es ganz gut, aber es gibt immer etwas zu verbessern, und so änderte ich ein paar Details an ihrem Infusionsplan. Damit war meine Handschrift mit Datum und Uhrzeit dokumentiert für den unwahrscheinlichen Fall, daß jemand meinen Nachtbesuch in der Klinik überprüfen sollte.

Celine war inzwischen auf der Toilette, ihre normale Streßreaktion. Erstaunt hatte mich nur, daß sie davon nicht schon in Bredows Büro erwischt worden war. Als sie von der Toilette zurückkam, hatte ich mein Mitbringsel aus Bredows Schreibtisch in einem der Schränke auf der Intensivstation verstaut.

An der Pforte trank Meyer inzwischen Kaffee mit Schwester Gudrun von der chirurgischen Ersten Hilfe und drückte ebenso kommentarlos den Türöffner wie vor einer guten halben Stunde. Beide würden sich die gleichen Vorstellungen davon machen, was Dr. Hoffmann von der Kardiologie mit der ihnen nicht bekannten jungen Frau am späten Abend in der Klinik getrieben hatte.

Ich fuhr Celine mit ihrer Festplatte nach Hause und fiel wenig später zufrieden in mein Bett. Gewiß, Celine war die Heldin des Tages oder würde es sein, wenn sie den Zugangscode zu

Bredows Buchhaltungsdatei entschlüsseln konnte. Aber auch ich hatte mich in Bredows Büro nützlich gemacht.

Eigentlich war die Inspektion seines Schreibtisches nur Zeitvertreib gewesen, aber, wer hätte das gedacht, links, zweite Schublade von oben lag die Akte »Tschenkow, Mischa, geboren am 20. April 1971, stationärer Aufenthalt vom 2. Oktober bis 14. Oktober 1999«. Jetzt nicht mehr. Jetzt lag sie in dem großen Stapel unerledigter Akten auf der Intensivstation. Zu Recht, denn ich würde mich sehr intensiv um diese Akte kümmern. Und dort lag sie vorerst sicherer als etwa in meinem Arztzimmer oder bei mir zu Hause.

10

Es war wieder einmal Samstag, und es war der Morgen nach dem ersten Einbruch meines Lebens. Auch nach meinem ersten Diebstahl, wenn ich mal von der Flasche Chablis bei Lafayette im letzten Sommer und der Schraube im Baumarkt letzten Herbst absehe. Mit dem Chablis hatte ich über zehn Minuten auf den Verkäufer gewartet, und die Entnahme einer einzelnen 5x60-Schraube aus der Fünfzig-Stück Packung im Baumarkt zähle ich nicht als Diebstahl. Diebstahl ist, 5x60-Schrauben, von denen jeder normale Mensch maximal zwei Stück braucht, nur in Großpackungen zu verkaufen.

Es war also der Morgen danach, und kein mobiles Einsatzkommando hatte meine Wohnung gestürmt. Ich fuhr mit dem Fahrrad zum Bäcker und besorgte wie üblich Brötchen für das Samstagsfrühstück, diesmal bei Celine. Samstags macht Aldi schon um acht auf, also besorgte ich gleich noch den Wochenvorrat für meinen Single-Haushalt, einen Karton »Villa Alberti«, die Flasche zu 2 Mark 95 und ausgesprochen süffig. Und da Celine und mir als Folge unseres Verbrechens ein wahrscheinlich arbeitsintensives Wochenende bevorstand, sofern wir nicht verhaftet wurden, nahm ich zur Sicherheit zwei Kartons mit, zwölf Flaschen. Herbert, früher Mathematiklehrer und jetzt einziger Alki in der näheren Umgebung, nickte mir freundlich zu.

Als ich, beladen mit Brötchen und Weinkartons, Celines Wohnungstür aufschloß, wurde mir erneut bewußt, in wie vielem wir uns unterscheiden. Ich wäre sicher die ganze Nacht am Computer gesessen, um das Paßwort für Bredows Dateien herauszubekommen. Celine hingegen pflegte sich noch unter der Dusche, und ihr Rucksack mit der Festplatte lag unberührt im Flur. Immerhin hatte sie schon die Kaffeemaschine angestellt. Ich goß mir einen Kaffee ein und begann nachzudenken, während Celine halbnackt in der Gegend herumlief und ihre Klamotten suchte.

Was hatte Mischas Akte in Dr. Bredows Schreibtischschublade zu bedeuten? Klar war mir im Augenblick nur, daß sie jetzt nicht mehr in seinem Schreibtisch war. Und sicher war außerdem, daß sie dort nicht zufällig gelegen hatte oder gar ohne Bredows Wissen. Hatte Bredow dem Patientenarchiv Dampf gemacht, und Frau Tönnig und ihre ABM-Kräfte hatten doch noch die Akte gefunden? Oder lag sie da schon länger, spätestens seit Mischas Einlieferung am 12. Juni? Lag sie schon in seiner Schublade, als ich Bredow wegen Mischas Tod in seinem Büro gesprochen hatte?

Wenn alles mit rechten Dingen zuging und ein Klinikkomplott nur Celines Lust an Verschwörungstheorien zuzuschreiben war, dann wäre zu erwarten, daß Bredow mich in den nächsten Tagen anrufen und vom Auftauchen der Akte berichten würde. Doch er würde sie ja jetzt nicht mehr finden, also würde er mich nicht anrufen. Die Akte mußte schleunigst wieder in seine Schublade! Im Moment aber lag sie sicher unter den Stapeln von Akten der auf der Intensivstation verstorbenen Patienten vergraben. Es war nicht damit zu rechnen, daß einer meiner Kollegen plötzlich auf die Idee kommen würde, diese Stapel abzuarbeiten.

Nach dem Frühstück machten wir uns an die Arbeit. Für das zu findende Paßwort war ich gerüstet. Bredows Geburtsdatum wußte ich ja seit neulich. Unauffällig, wie ich hoffte, hatte ich von Frau Krüger auch die Vornamen und Geburtstage seiner Frau und seiner beiden Söhne herausbekommen.

»Wir können es«, sagte ich zu Celine, »auch mit ›Margret‹ versuchen. Das ist seine Geliebte, sie ist am 14. August 1968 geboren.«

Celine warf mir einen kurzen Blick zu und versuchte es mit den von mir gelieferten Namen und Daten. Aber weder seine Familie noch seine Geliebte Margret öffneten uns den Zugang zu den Dateien.

»Laß mich mal versuchen.«

Celine ließ mich. Ich versuchte es mit den Namen und Geburtsdaten rückwärts, kein Glück. Danach probierte ich es mit »Big Boss«, »Mastermind«, »Imperator« und verschiedenen anderen Begriffen, die mir zu dem Bild, das Bredow meiner Meinung nach von sich hat, zu passen schienen.

»Versetze dich in den Täter hinein, denke wie er.«

Eine weitere Lehre aus meinem Fersehkrimi-Fernstudium. Aber Bredow hatte wohl ein anderes Bild von sich, als ich dachte.

»Nun laß mal Tante Celine ran!«

»Ich wollte schon immer eine echte Kryptologin bei der Arbeit sehen.«

»Na, so richtige Kryptologie ist das nicht. Das hieße, daß der ganze Text verschlüsselt ist. Dann hätten wir wirklich Probleme. Erst einmal brauchen wir ein Paßwort mit acht Zahlen oder Buchstaben oder, was etwas gemeiner wäre, einer Kombination aus Zahlen und Buchstaben.«

»Woher weißt du, daß es acht sein müssen?«

»Hier«, Celine hackte auf der Tastatur herum, »an der Speicherbelegung für das Paßwort. Das ist ein Nachteil dieses Systems, daß man das relativ leicht herausfinden kann. Jede Zahl beziehungsweise jeder Buchstabe belegt eine bestimmte Anzahl von Bytes.«

»Und wie bekommen wir nun diese acht Zahlen oder Buchstaben heraus?«

»Wenn wir wirklich gut wären, würden wir den Rechner dazu bekommen, sie uns zu sagen. Denn der Rechner kennt die acht Zeichen – er muß sie schließlich vergleichen mit den acht Zeichen, die als Paßwort eingegeben werden.«

»Und wie bekommen wir den Rechner dazu, uns das Paßwort zu sagen?«

»Weiß ich nicht genau. Ich könnte es versuchen, aber wahrscheinlich müßte ich Manfred bitten, mir zu helfen.«

»Wer ist Manfred?«

»Kenne ich noch aus dem Mathestudium. Ein Computergenie. Ein Hacker. Und ein Freund«, Celine sah mich mit unschuldigem Lächeln an. »Ein bißchen nett müßte ich natürlich schon zu ihm sein, damit er uns hilft.«

Wir waren lange genug zusammen, um die kleinen Schwachpunkte des anderen zu kennen.

»Wahrscheinlich Typ Stubenhocker mit eingefallenem Brustkorb, blaß und pickelig.«

»Stimmt. Ein bißchen ähnlich sieht er dir schon.«

»Danke! Aber was machen wir jetzt ohne das Genie?«

Celine zog eine CD aus ihrer Diskettenbox und legte sie in das CD-Laufwerk ein.

»Wie neulich an deinem Computer in der Klinik – wir lassen dieses kleine Programm für uns arbeiten.«

Auf dem Bildschirm erschien »Decrypt III – the ultimate hacker« und fragte, ob es mit seiner Arbeit beginnen sollte. Celine bestätigte mit Enter. Decrypt III fragte als nächstes nach der Sprache. Celine gab »Deutsch« und »Englisch« ein.

Jetzt fragte Decrypt III, ob bekannt wäre, ob es sich um einen Buchstaben- oder Zahlencode handele. Celine tippte »no«. Und noch einmal »no« bei der Frage, ob ein Teil des Codes bekannt sei.

»Und was macht dieses Programm?«

»Bekommt das Paßwort heraus, hoffe ich. Es arbeitet in verschiedenen Stufen beziehungsweise unter verschiedenen Annahmen. Es ist also kein wirkliches Dechiffrierungsprogramm, findet aber, sagt Manfred, etwa achtzig Prozent aller Paßwörter. Es nutzt einfach Geduld und Schnelligkeit des Computers. Es kann dauern, vielleicht viele Stunden.«

Wir wollten den Computer nicht weiter mit unserer Anwesenheit stören, außerdem gab es nichts zu sehen, während das Programm arbeitete. Der Tag wurde zunehmend wärmer. Celine packte ihre Badesachen zusammen, und wir fuhren über meine Wohnung, wo ich meine Badehose holte, ins Strandbad Wannsee. Marlies hatte mir versprochen, heute bei meinen Patienten die Samstagvisite zu übernehmen, am nächsten Samstag würde ich dann für sie einspringen.

Im Strandbad herrschte die übliche Wochenend-und-Sonnenschein-Hölle. Familienväter bauten mit ernster Miene und künstlerischem Anspruch Strandburgen, die ihre Kleinen natürlich nur mit größter Vorsicht betreten durften. Wohlgeformte junge Mädchen ignorierten demonstrativ die lüsternen Blicke pubertierender

Jungs und älterer Männer und träumten von der Chance, am Ufer der Havel als Model entdeckt zu werden. Die zahlenmäßig deutlich überlegenen Mädchen mit den üppigen Formen trugen die knappsten Bikinis und ignorierten ebenso demonstrativ das Fehlen lüsterner Blicke. Die Jungs demonstrierten ihren muskulösen Körperbau beim Strandvolleyball und versuchten, durch einen gezielten Fehlwurf in Richtung der Schönen Kontakt herzustellen, während Männer meines Alters hinter einer Zeitung geduldig auf ihre wahrscheinlich nie kommende Chance warteten.

Kurz, ein typischer Sommertag am Strand wie an tausend Stränden dieser Welt. Nur daß in Berlin solche warmen Sommertage, und dann noch am Wochenende, selten sind. Das gibt ihnen eine ganz besondere Intensität und uns die Verpflichtung, keinen Sonnenstrahl und keine mögliche Sommerromanze zu versäumen.

Mit einiger Ausdauer hatten wir noch ein freies Plätzchen ohne unmittelbare Nachbarschaft zu plärrenden Kindern oder streitenden Eltern gefunden. Es war ein richtig schönes Plätzchen, soweit es mich anging. Gleich neben uns diskutierten drei Schönheiten ihre Chancen in der bevorstehenden Biologieprüfung. Aus dem Augenwinkel gönnte ich mir den optischen Genuß dieser Nachbarschaft, Celine blätterte ohne großen Enthusiasmus in einer Zeitschrift.

»Kann es sein, daß du eigentlich in eine Kinderschänderkartei gehörst, mein Lieber?«

Ich versuchte erst gar nicht, mich blöd zu stellen.

»Was heißt Kinderschänder? Was denkst du, wie alt die drei sind?«

»Na, so sechzehn, siebzehn, höchstens achtzehn.«

»Und als du siebzehn warst, oder meinetwegen sechzehn, da hast du noch mit deinen Puppen gespielt und gemeint, daß die Kinder vom Storch gebracht werden? Oder in der Tiefkühltruhe bei Aldi liegen, gleich neben den Hähnchenteilen?«

»Nein. In meinem Jahrhundert gab es schon Sexualkundeunterricht.«

Ab und zu beliebt Celine, unseren Altersunterschied zu betonen.

»Und – das war alles? Ich meine, nur Theorie?«

»Das geht dich gar nichts an. Vielleicht war ich schon mit vierzehn Nymphomanin. Du wirst es nie erfahren.«

»Heißt das, du bist es heute noch?«

Celine lachte, gab mir einen Klaps auf meinen, wie ich finde, immer noch ganz knackigen Hintern und lief Richtung Wasser. Scheinbar immun gegen die Plötzlichkeit der feuchten Kühle sprang sie in den Wannsee und zog mit kräftigen Schwimmstößen davon. Ich zögerte mit der wohlbekannten Zwei-vor-eins-zurück-Technik und immer schön auf den Zehenspitzen den plötzlichen Herztod durch unvorbereiteten Kontakt mit kaltem Wasser hinaus, endlich aber planschten wir gemeinsam im Wannsee, schwammen ein bißchen, bespritzten uns gegenseitig mit seinem trüben Wasser und bewarfen uns mit Tang und Modder.

Celine ist ziemlich ausdauernd im Wasser, ich lag schon lange wieder schlaff in der Sonne – nicht ganz schlaff, da sich die drei Schönheiten nebenan gerade gegenseitig mit Sonnenschutzfaktor 20 eincremten, als sie meine träumenden Beobachtungen mit einer Badekappe voll kaltem Wannseewasser brutal beendete.

»Päderast!«

»Noch so eine Bemerkung, und du mußt dich selbst eincremen.«

Sie legte sich auf den Bauch und hielt mir ihr Sonnenöl hin.

»Da bekomme ich lieber Hautkrebs, als mich von einem alten Spanner wie dir eincremen zu lassen. Würde ich sicher Hautpilz von bekommen. Oder Ausschlag. Oder Zellulitis. Und bitte nicht so grob, ich bin eine zart gebaute Frau.«

»Zellulitis hast du schon.«

»Habe ich nicht.«

»Hast du doch.«

Natürlich hat sie keine Zellulitis, aber schließlich bin ich auch kein alter Spanner, oder nur ein bißchen einer, beziehungsweise nur manchmal, und ein bißchen Zellulitis hat sie sicher auch, irgendwo.

Celine zog spätestens jetzt, da sie sich ihres Bikinioberteils entledigt hatte, die Blicke meiner Spannerkollegen auf sich. Mit männlichem Besitzerstolz beugte ich mich über sie und verteilte das Sonnenöl auf ihrem attraktiven Rücken und ihren schlanken Schenkeln.

»Du hast hoffentlich keine Erektion?«

»Eine Erektion? Woher sollte ich die wohl haben? Meinst du, ich bin Zellulitis-Fetischist?«

Es herrschte die zeitlose Stimmung eines heißen Sommertages im Strandbad. Die Geräusche addierten sich zu einem Lautgemisch von fast konstanter Phonstärke und hatten auf mich die gleiche Wirkung wie eine Fernsehdiskussion im späten Abendprogramm. In wenigen Minuten war ich eingeschlafen.

Mit dem Gefühl, daß die Haut auf dem Rücken geschrumpft ist, wachte ich auf. Ich hatte mich nicht eingecremt und nun die Aussicht auf eine unruhige Nacht vor mir. Geweckt hatte mich der Lärm halbwüchsiger Türken, der offensichtlich den drei Schönen neben uns galt. Celine schlief noch. Mich in Ruhe an dem Anblick der Nachbarinnen zu erfreuen war mir durch die Jungs verdorben, mit einem Grashalm kitzelte ich Celines Nase. Ich mußte meine neueste Theorie zu unserem nun gemeinsamen Fall loswerden.

Celine war aktuell nicht nach neuen Theorien, ihr war nach Kaffee. Wir schleppten uns in das Strandbadcafé und bestellten zwei Cappuccinos. Unsere Erwartung an die Wannseegastronomie war nicht hoch, um so größer die Überraschung, daß unsere Cappuccinos prompt, heiß, ohne Fußbad und wirklich mit geschäumter Milch statt mit Schlagsahne serviert wurden.

Meine Theorie versuchte, Bredow und Mischa zu verknüpfen: Dr. Bredow hatte unter anderem die Reinigung der Klinik an die Firma CareClean abgegeben, und CareClean beschäftigt fast nur Ausländer. Wenn zum Beispiel ein großer Teil dieser Ausländer illegal beschäftigt ist, zu Hungerlöhnen und ohne Sozialabgaben, ist das ein schönes Geschäft für die Eigner von CareClean. Und wenn zum Beispiel Dr. Bredow einer der Eigner von CareClean wäre, hätte er Teil an diesem guten Geschäft und sicher kein Interesse daran, daß durch eine Untersuchung zum Tod eines illegal Beschäftigten diese schöne Einnahmequelle bedroht wird. Ich hatte gleich noch eine zweite Theorie, nämlich daß Bredow die eventuelle Verbindung Klinik-CareClean dazu benutzen könnte, Gewinne und Verluste steuergünstig hin- und herzuschieben.

Celine trank ihren Cappuccino, an ihrer Oberlippe hing etwas von der geschäumten Milch.

»Möglich. Mal sehen, ob wir dazu etwas in Bredows Buchhaltung finden.«

Celine hatte natürlich recht, warum spekulieren, wenn uns auf der Festplatte hoffentlich Fakten erwarteten. Trotzdem würde ich dieser Firma CareClean bald einen Besuch abstatten.

Zurück an unserem Plätzchen, wo es den jungen Türken inzwischen tatsächlich gelungen war, mit den drei Schönen in Kontakt zu kommen, packten wir unsere Sachen zusammen, holten unsere Fahrräder und machten uns auf den Heimweg zu Celine. Mal sehen, wie weit ihr Hackerprogramm gekommen war.

Der Bildschirm strahlte uns Bredows Paßwort entgegen: »Minister«! Interessant – hatte Bredow dem Rechner sein eigentliches Karriereziel anvertraut? Nicht Staatssekretär für Gesundheit oder Senator, sondern wenn schon, denn schon? Oder war »Minister« ein Zeichen überraschender Selbstironie? Schade, daß ich Bredow nicht fragen konnte.

Wir gaben »Minister« ein, und nach wenigen Augenblicken erschien Bredows Buchhaltung für das erste und zweite Quartal diesen Jahres auf dem Bildschirm. Alles war wohl geordnet: Einnahmen von den Primärkassen, Einnahmen von den Ersatzkassen. Einnahmen getrennt nach Abteilungen und Stationen. Einnahmen Sonderentgelte. Einnahmen Privatpatienten, ambulante und stationäre Leistungen.

Bei »Einnahmen Privatpatienten« gönnten wir uns einen tieferen Einblick. Nicht uninteressant, immerhin hatten die Privatpatienten in diesem Jahr schon mit über viereinhalb Millionen Mark zum Wohle unserer Klinik und damit auch zu meinem Lebensunterhalt beigetragen. Vorausgesetzt, sie bezahlen ihre Rechnungen – wofür Dr. Bredow durch Einschaltung eines Inkassounternehmens gesorgt hatte.

Danach forsteten wir die Einnahmen von den Kassenpatienten durch. Hier kassiert die Klinik bestimmte Tagessätze und zusätzlich sogenannte Sonderentgelte für einmalige Leistungen wie Operationen und dergleichen. Machte rund sechs Millionen Einnahmen im Quartal. Auch ein schöner Batzen.

Aber wir suchten eine Verbindung zu CareClean, also mußten wir uns mit den Ausgaben der Klinik beschäftigen. Celine gab CareClean als Suchbegriff ein, erfolglos. Wir wurden fündig unter »Kosten Gebäudereinigung« – das waren im Mai immerhin 145 833,20 Mark gewesen. Doch was sagte uns das? Mit Sicherheit gelangte diese Summe nicht in voller Höhe in die Hände von Mischas Kollegen, aber woran sollten wir sehen, ob eventuell ein Teil der Verdienstspanne in die Klinik oder direkt an Bredow zurückfloß?

»Kennst du vielleicht jemanden, der sich mit diesem Kram auskennt?«

»Du meinst einen Buchhalter oder so was?« Celine setzte ihr kleines Lächeln auf. »Kann sein.«

»Und wie nett müßtest du zu dem sein, daß er uns hilft?«

Sie strich mir über den Kopf.

»Weiß nicht. Außerdem, wer sagt dir, daß es ein Mann ist?«

Ich ließ das Thema vorerst ruhen und studierte die Ausgaben im Abschnitt »Personalkosten«. Zugegeben, das war nicht direkt zum Thema, aber wen interessiert nicht, was die Chefs verdienen oder wie hoch sich Dr. Bredow seine Bemühungen um unser aller Wohlergehen vergüten läßt? Aber auch hier wurden wir enttäuscht, es gab lediglich die Unterscheidung in »Personalkosten, ärztliche Mitarbeiter«, »Personalkosten, Pflegedienst«, »Personalkosten, technisches Personal« und »Personalkosten, Verwaltung«. Immerhin tröstlich, daß die Personalkosten in der Verwaltung inklusive Bredows Gehalt unter den Ausgaben für uns Ärzte lagen.

Allerdings sind wir, mit unseren Chefs, Oberärzten und AIPlern über fünfundvierzig Ärzte, und in der Verwaltung arbeiten zirka zwanzig Leute, die also im Schnitt auch nicht schlechter bezahlt werden. Verdienen wir Ärzte zu schlecht oder die Leute in der Verwaltung zu gut? Warum eigentlich soll ein Arzt mehr verdienen als ein Angestellter in der Verwaltung? Weil der Arzt lange studiert hat und später als der Verwaltungsangestellte beginnt, Geld zu verdienen? Aber hat uns Ärzten nicht die Gesellschaft, also auch der Verwaltungsangestellte, letztlich dieses Studium finanziert? Wie auch immer, ich komme mit meinem Gehalt ganz gut hin.

Gegen Abend war klar, das die Aktion »Buchhaltung 1. und 2. Quartal« ein Schlag ins Wasser war. Celines »Spur des Geldes« hatten wir jedenfalls nicht gefunden. Vielleicht würden Celines Freund oder Freundin mit Buchhaltungskompetenz noch ein paar Sachen auffallen, die wir übersehen hatten, aber ich bezweifelte, das dies den Durchbruch bringen würde.

»Ich habe einen mörderischen Hunger.«

Celines plötzliche Erkenntnis signalisierte, daß wir auch ihrer Meinung nach in einer Sackgasse gelandet waren. Ich bot an, uns eine Pizza zu bestellen. Den Vino hatte ich schon morgens gebracht. Die Pizza kam, und nach Pizza und »Villa Alberti« überfiel uns beide eine instantane Müdigkeit. Ich war einfach zu schlapp, um nach Hause zu gehen.

Celine, wegen der warmen Nacht nackend und nur mit einem Lacken bedeckt, schlief schnell ein, ermüdet vom Wein und einem Tag des Nichtstuns in der Sonne. Für mich war an Schlaf nicht zu denken. Die Haut auf meinem Rücken schien seit dem Nachmittag noch eine Konfektionsgröße geschrumpft, am besten hielt ich es noch im Sitzen aus. Ich nahm mir einen Stuhl auf den Balkon, ließ den kühlenden Nachtwind an meine Haut und hatte genug Zeit, über unsere nächsten Schritte nachzudenken. Ergebnis: Wir würden wohl noch einen zweiten Einbruch in Bredows Büro machen müssen. Und ich würde der Firma CareClean einen Besuch abstatten.

Sonntag morgen paßte mir meine Haut noch immer nicht, und geschlafen hatte ich kaum. Celine hingegen war voller Elan und bestand darauf, noch einmal gründlich alle Zahlungen der Klinik durchzugehen – die Überweisungen an die privatisierten Bereiche, an die Lieferanten von Medikamenten und Büromaterial, an die Bau- und Reparaturfirmen und alle übrigen, die sonst noch an unseren Patienten und deren Leiden mitverdienen. Bis zum Mittag wußten wir, daß Dr. Bredow fast fünfzigtausend Mark für den Einbau des Badezimmers in sein Büro ausgegeben hatte, und über zweihundertsiebzigtausend Mark für die Nachrüstung der Verwaltungsbüros, nicht etwa der Patientenzimmer, mit einer Klimaanlage. Aber wir fanden weiterhin keine Überweisungen auf Nummernkonten in Liechtenstein oder auf den Cayman Islands, keine Zahlungen für zum Beispiel eine neue Röntgenanlage, die gar nicht installiert worden war, oder einen Klinikanbau, den es nicht gab.

Celine kam bald auf die gleiche Idee, die mir während der vergangenen Nacht gekommen war: Um etwaige Unregelmäßigkeiten aufzuspüren, müßten wir die uns vorliegenden Daten mit den Vorjahren vergleichen, vor Umwandlung der Klinik in eine GmbH. Ich persönlich war nicht besonders wild auf einen zweiten Einbruch, Celine hingegen wäre am liebsten gleich losmarschiert. Sie gab zu, daß ihr das unbefugte Eindringen in ein fremdes Büro eine fast körperliche Lust verschafft hatte.

»Ich glaube«, sagte sie, »viele Einbrecher machen es nur, weil es ihnen Spaß macht, weil sie dieses Gefühl des Verbotenen brauchen wie eine Droge.«

»Es heißt aber«, meinte ich, »viele Verbrecher würden ihre Verbrechen aus dem unbewußten Wunsch, erwischt zu werden, immer wieder begehen.«

»Typisches Psychologengeschwätz. Das gilt vielleicht für Frauenmörder und Triebtäter, aber nicht für seriöse Diebe und Einbrecher wie uns. Und – wer soll uns schon erwischen? Außerdem, wir klauen ja nichts, jedenfalls nicht wirklich.«

Ich verkniff mir zu vertiefen, daß Celines Lustgefühle der Definition des Triebtäters ziemlich nahe kamen. Ihre Reserviertheit gegenüber Psychologen teilte ich allerdings, soweit ich wußte, war mein Vorgänger und ehemaliger Rivale Psychologe.

Celine war wirklich kaum zu bremsen.

»Heute ist Sonntag, da arbeitet doch kein Mensch bei euch in der Verwaltung, ist doch ideal. Du bist feige.«

Jedenfalls hatten sich bei mir die Katecholamine von unserem letzten Einbruch noch nicht abgebaut, und ich würde noch ein paar Tage brauchen, um nicht bei jedem Telefonklingeln einen halben epileptischen Anfall zu bekommen. Aber mir fiel auch ein vernünftiges Argument ein.

»Kein Mensch in der Verwaltung bedeutet aber auch für unseren Freund Dr. Bredow, sich eventuell ungestört mit seiner Buchführung zu beschäftigen. Wochenendtagungen sind spätestens Sonntagmittag zu Ende.«

Celine mochte mich weiterhin für einen Feigling halten, kam aber an meiner Argumentation nicht vorbei. Glück gehabt. Wir einigten uns, daß ich bei Frau Krüger wieder einen günstigen Tag beziehungsweise eine günstige Nacht ausbaldowern würde.

»Na schön, dann eben nicht. Aber ich will heute noch mal raus«, meinte Celine und schlug einen erneuten Ausflug an den Wannsee vor, »das Wasser wird deinem verbrannten Rücken guttun.«

Ich mißtraute ihrer Fürsorge, mir schien eher, daß sie meinen verbrannten Rücken nicht ernst nahm. Ich jedenfalls konnte mir nicht vorstellen, mich überhaupt jemals wieder in die Sonne zu legen. Celine packte ihre Badesachen zusammen.

»Übrigens, mir ist inzwischen klar, warum du das machst.«

»Was?«

»Warum du dich so engagierst. Warum du sogar bereit bist, ein zweitesmal bei Bredow einzubrechen.«

Sie hatte mich schon neulich auf der Autobahn nach meinen Motiven gefragt, ich hatte mir allerdings keine Gedanken dazu gemacht.

»Dir geht es doch nicht mehr nur um den Tod eines ehemaligen Patienten!«

»Den man vielleicht mir anhängen will!«

»Das ist es nicht, glaube ich, jedenfalls nicht hauptsächlich. Vielleicht ist dir selbst gar nicht klar, wie sehr du dich mit deiner Klinik identifizierst. Genau das ist es, für dich ist es *deine* Klinik. Und du nimmst es ganz persönlich, wenn an dieser Klinik etwas faul sein sollte.«

Ich glaube, Celine lag mit ihrer Analyse ziemlich richtig.

Sie schob ab in Richtung Wannsee, ich fuhr in die Klinik und erkundigte mich bereits zum zweitenmal an diesem Wochenende nach meinen Patienten auf der Intensivstation – ein Vorbild an ärztlichem Engagement. Dr. Valenta war kaum erstaunt, mich zu sehen. Er ist schon lange Intensivarzt, und bei fast der Hälfte seiner Patienten ist die Notwendigkeit der intensivmedizinischen Behandlung eine direkte Konsequenz irgendwelcher mehr oder weniger krassen Behandlungsfehler seiner Kolleginnen und Kollegen. Er hat sich in Gelassenheit geübt.

Ich kramte noch ein wenig im Aktenschrank der Intensivstation herum, wünschte Heinz Valenta einen ruhigen Dienst und fuhr mit der Akte von Mischa, gut verwahrt in einer Aldi-Tüte, nach Hause.

Meinem Rücken gönnte ich statt Havelwasser mehrfach kalte Duschen. Dann holte ich mir einen Hocker ohne Lehne aus der Küche, setzte mich auf meinen schattigen Balkon und studierte Mischas Akte.

Solange ein Patient bei mir auf der Station liegt, habe ich in der Regel einen guten Überblick über seine Krankengeschichte und den aktuellen Stand meiner Bemühungen um seine Gesundung. Die meisten Patienten vergesse ich dann nach ihrer Entlassung komplett, mein Arbeitsspeicher braucht schließlich Platz für die nächsten und scheint auf maximal fünfunddreißig Fälle limitiert. Weil ich nie weiß, wann ich nach der Entlassung des Patienten den fälligen Bericht an den Hausarzt schreiben werde, und weil bei einem längeren Aufenthalt in unserer Klinik bestimmte Details schon mal in Vergessenheit geraten können, führe ich meine stationären Akten ziemlich penibel, mit wenigstens einer kurzen Notiz pro Tag zum Verlauf der Erkrankung und zu meinen weiteren Plänen, um endlich zur richtigen Diagnose oder gar Therapie zu kommen.

Es schien nichts zu fehlen in Mischas Akte. Lächelnd überflog ich die grünen Konsilscheine aus der ersten Nacht, wie Hartmut von der Chirurgie nach Versorgung der Verletzungen sein Glück mit den Augenärzten und Neurologen versucht und endlich mit dem Röntgenbefund »Frische, auch spezifische Veränderungen nicht auszuschließen« mir den Patienten angedreht hatte.

Die Erhebung der Vorgeschichte hatte ich AIPler Harald überlassen, der seinen Mangel an Kompetenz durch eine kaum zu entziffernde »Doktorschrift« kompensiert hatte, von der er annahm, daß sie zu einem richtigen Arzt gehöre.

Ich konnte mich nicht mehr erinnern, wie Harald für die Ermittlung der Vorgeschichte die Sprachbarriere überwunden hatte, vielleicht mit Jurek von CareClean. In typischer AIPler-Manier hatte er jedenfalls eine Anamnese zusammengeschustert mit so wichtigen Details wie Mischas Kinderkrankheiten, Krankheiten seiner Eltern und Großeltern, einer Blinddarmoperation im Alter von zwölf Jahren und so weiter. Alles in allem Informationen, die geradezu zwingend zu einem angeblichen Treppensturz auf dem Bahnhof Zoo und zu einer »streifigen Zeichnungsvermehrung in Projektion auf den linken Oberlappen« im Röntgen-Thorax führen mußten und für Mischas Behandlung von entscheidender Bedeutung waren.

Der körperliche Untersuchungsbefund war in meiner Schrift hinzugefügt, und in den sogenannten Verlaufsbögen fand sich kaum mehr als die gelegentliche Notiz »Verbandswechsel« oder »keine Komplikationen«. Desto dicker war dank Harald der Abschnitt mit den Laboruntersuchungen, mit rotem Ausrufungszeichen hatte er das Blutbild mit dem berühmten Hb von 5,0 markiert und gleich dahinter, immerhin ordentlich, die Kontrollzettel vom Kreuzblut und von der Blutkonserve abgeheftet. Danach kam ein Kontrollblutbild mit einem normalen Hb von 14,3 vom Nachmittag, das ich, mehr aus juristischen Gründen, noch schnell abgenommen hatte, und als letztes meine Notiz: »Patient hat die stationäre Behandlung auf eigenen Wunsch abgebrochen.«

Nichts in der Akte wies darauf hin, warum Mischa später krank geworden war, und auch nichts, warum sie irgendwer aus dem Verkehr ziehen sollte. Falls diese Akte wirklich ein Geheimnis enthielt, hatte ich es genausowenig gefunden wie Celine die »Spur des Geldes« in Bredows Buchhaltung. Morgen würde ich die gesamte Akte fotokopieren und das Original bei unserem nächsten Besuch in Bredows Schreibtisch zurücklegen.

Gegen Abend nahm der Schmerz auf der angespannten Haut meines Rückens wieder zu, außerdem fröstelte ich, trotz einer Abendtemperatur von noch vierundzwanzig Grad. Ich machte mir mitten im Hochsommer einen Glühwein und setzte mich auf meine Bettkante. Irgendwann bin ich eingeschlafen.

11

Die Firma CareClean residierte in einem zweigeschossigen Bürogebäude in der Allee der Kosmonauten 116, zwischen Lichtenberg und Marzahn, weit im Osten Berlins, ein Plattenbau auf einem alten Industriegelände, einst Monument für den Anschluß an das erstrebte Weltniveau, jetzt traurige Hinterlassenschaft sozialistischer Architektur.

Als voreingenommener Wessi denke ich bei Firmen in Plattenbauten immer automatisch an Stasi, alte Seilschaften und Vereinigungskriminalität. Wahrscheinlich zu Unrecht – oder auch nicht. In der Allee der Kosmonauten 116 hatte eine ganze Reihe von Firmen ihre billigen Aluminiumschilder an den Eingang geschraubt. Von hier aus leitete eine deutsch-ukrainische Handelsgesellschaft ihre Geschäfte, eine Spedition und zwei Baufirmen, eine Zweigstelle der weiterhin existenten Volkssolidarität, und natürlich bot auch eine Softwaregesellschaft mit dem phantasievollen Namen »CompuCo« Systemlösungen und EDV-Kurse an. Es fehlte eigentlich nur das allgegenwärtige Bräunungsstudio, aber vielleicht war das bankrott gegangen.

CareClean hatte sich im zweiten Stockwerk breitgemacht, zu erreichen über das Einheitstreppenhaus mit Betonstufen und geblümter Wohnzimmertapete. Es roch sogar noch nach DDR, jener in seinen Einzelkomponenten undefinierbare, aber unverwechselbare Geruch, den man nach einem Passierscheinbesuch im damaligen Arbeiter- und Bauernparadies tagelang nicht aus den Klamotten bekam.

Die übliche Leichtbautür aus laminierter Hartfaser hatte CareClean durch eine Konstruktion mit Metallverstärkung und mehreren Schlössern ersetzt. Anstelle eines Firmenschildes klebte der Briefkopf der Firma an der Tür, komplett mit dem Firmenspruch »Sauberkeit ist unser Job«. Kein Hinweis auf Öffnungszeiten, keine Klingel.

Auf mein Klopfen erfolgte keine Reaktion. Ich drückte die Klinke, und die Tür öffnete sich in einen weiteren Flur, aus dem man mit ein paar Bänken ohne Rückenlehne und zu Aschbechern umfunktionierten Konservendosen eine Art Wartezimmer gemacht hatte. Die Wände waren mit der gleichen Blümchentapete wie der Hausflur beklebt, die wunderbare Harmonie der Rosenranken nur unterbrochen durch einige Zettel in kyrillischer Schrift, den Kalender einer Firma für Reinigungsmittel vom letzten Jahr und einer Aufforderung des Freien Deutschen Gewerkschaftsbundes, die zum 1. Juli 1989 fälligen Mitgliedsbeiträge nicht zu vergessen.

Wer weiß, wozu im Herbst 1989 diese Mitgliedsbeiträge von Harry Tisch und seinen Genossen verwendet worden sind – sicher nicht für die Klientel, die jetzt auf den komfortablen Wartebänken saß: drei Männer von Mitte bis Ende Zwanzig, die mich nur kurz aus müden Augen musterten, um sich gleich wieder in das Studium abgelaufener Fernsehzeitschriften zu vertiefen. Es sah mir kaum so aus, als wäre die Firma CareClean übermäßig an einer gewerkschaftlichen Organisation ihrer Mitarbeiter interessiert.

An der einzigen Tür klebte ebenfalls ein Zettel in kyrillischer Schrift. Ich klopfte, erneut keine Reaktion. Ich öffnete die Tür und betrat ein kleines Büro. Niemand hatte sich die Mühe gemacht, das FDGB-eigene Büromobiliar auszutauschen – Schreibtisch mit blauer Resopalplatte, ein mit grünem Plastik bezogener Besucherstuhl, graues Telefon Marke RTW. Die Wende hatte ihre Spur lediglich in Form eines modernen Bildschirms und eines bequem gefederten fünfbeinigen Drehstuhles für die Dame auf der anderen Seite des Schreibtisches hinterlassen, die aufgrund ihres Körpergewichtes offensichtlich einen Bürostuhl bekommen hatte, der den aktuellen Sicherheitsbestimmungen entsprach. Sie blickte nicht auf, als ich das Büro betrat.

»U nas sejtschas ne prijomnoje wremja, eto she wedj napissano na dweri. Wy tschto, nje umejetje tschitatj?«

»Tut mir leid, ich verstehe kein Wort.«

Erst jetzt blickte die Dicke auf und musterte mich durch ihre starken Brillengläser. Wahrscheinlich hatte sie vor ein paar Jahren mal kurz aufstehen müssen, als man ihren DDR-Schreibtischstuhl gegen das neue Modell ausgewechselt hatte, darüber hinaus jedoch schien sie mir in diesem Raum geboren zu sein und ihn nie verlassen zu haben.

»Wir haben jetzt keine Sprechstunde, das steht doch an der Tür. Und neues Personal stellen wir zur Zeit nicht ein.«

»Es tut mir leid. Ich spreche kein Russisch.«

»Ist mir egal, ob Sie Russisch sprechen oder Chinesisch. Jetzt ist jedenfalls keine Sprechstunde.«

Die Dicke hielt das Thema damit für erledigt und widmete sich wieder ihrer Arbeit, vielleicht aber auch einem Kochrezept.

»Mein Name ist Dr. Hoffmann. Ich bin Arzt. Es geht um einen Ihrer Mitarbeiter. Mischa Tschenkow. Er hat für Sie in der Humana-Klinik gearbeitet. Und er war Patient auf meiner Station.«

»Tschenkow ... sagt mir nichts. Außerdem, ich dürfte Ihnen sowieso keine Auskünfte geben über unsere Mitarbeiter.«

Diese Antwort kannte ich von Frau Moser aus unserem Personalbüro. Es mag ja einige Unterschiede gegeben haben zwischen Westdeutschland und der DDR, die internationale Solidarität der Verwaltungsangestellten gehörte jedoch sicher nicht dazu. Hätte Lenin auf die Verwaltungsangestellten statt auf die Arbeiter und Bauern gesetzt, wäre die Dicke wahrscheinlich immer noch Kadersekretärin im FDGB und würde mich an meinen Kaderleiter verweisen.

»Und ... wer dürfte mir wohl Auskunft geben?«

»Höchstens unser Chef. Aber ich glaube nicht, daß der Ihnen Auskunft geben würde.«

»Und Ihr Chef – wie heißt der bitte?«

»Das geht Sie gar nichts an.«

»Ist das ein Firmengeheimnis? Kann ich ihn mal selbst fragen?«

Ich deutete mit dem Kopf auf die gepolsterte Verbindungstür zum nächsten Raum. Ich glaubte nicht, daß CareClean für seine Verwaltung mehr als zwei Räume und das gemütliche Wartezimmer brauchte.

»Sie dürfen hier nicht rein. Außerdem ist der Chef nicht da.«

Da war ich mir nicht so sicher. Allerdings, was hätte der Chef einer Reinigungsfirma den ganzen Tag in seinem Büro zu tun, zumal mit einer so kompetenten Kraft im Vorzimmer? Es sei denn, dieser geheimnisvolle Chef säße dort und hörte sich, nach sozialistischer Manier, unser Gespräch über eine Abhöranlage aus der guten alten Zeit an.

»Gut. Dann warte ich hier auf Ihren Chef. Wann kommt der wohl zurück?«

»Sie können hier nicht warten, ich habe zu arbeiten. Außerdem glaube ich nicht, daß Herr ..., daß der Chef heute noch kommt.«

Langsam wurde es mir etwas zu albern mit der Dicken.

»Nun hören Sie mal gut zu, liebe Frau. Es geht um einen Fall von Lungentuberkulose.«

Damit hatte ich nicht wirklich gelogen, schließlich war die Möglichkeit einer offenen Lungentuberkulose der Grund dafür gewesen, daß Mischa nach seinem angeblichen Treppensturz auf meiner Station gelandet war.

»Es geht also um Lungentuberkulose«, fuhr ich fort, »und damit um das Bundesseuchengesetz, das seit 1990 auch hier gilt, nur zu Ihrer Information. Und Lungentuberkulose ist eine ansteckende Krankheit. Ich brauche also nicht nur Informationen über Ihren Mitarbeiter Mischa Tschenkow, sondern auch über alle Leute, mit denen er zusammen gearbeitet und eventuell zusammen gewohnt hat.«

Die Dicke schaute mich an. Durch die starken Brillengläser konnte ich nicht erkennen, ob ich für wenigstens ein bißchen Unruhe gesorgt hatte. Wenn dem so gewesen sein sollte, wurde es jedenfalls nicht in körperliche Aktivität umgesetzt – in den Griff nach einem Stift zum Beispiel oder einer Zigarette. Die Dicke rührte keinen Millimeter ihres umfangreichen Körpers.

»Sagen Sie mal, Doktor ...«

»Dr. Hoffmann.«

»Sagen Sie mal, Dr. Hoffmann, so eine Tuberkulose, oder mögliche Tuberkulose, ist das nicht mehr etwas für den Amtsarzt?«

Gut, jetzt wußte ich es. Ich hatte die Dicke unterschätzt. Man soll nie die Intelligenz alter SED-Kader verkennen. Schließlich haben es diese Leute fertiggebracht, über vierzig

Jahre ihre sechzehn Millionen Landsleute an der kurzen Leine zu halten. Falls ich mit meiner Vermutung vom mithörenden Chef hinter der gepolsterten Tür recht gehabt haben sollte, würde der sich jetzt wahrscheinlich vor Begeisterung, wie zuverlässig sein Kollektiv noch funktioniert, auf die Schenkel klopfen. Es blieb nur noch der Versuch, mir einen guten Abgang zu verschaffen.

»Ich hätte gedacht, daß der Firma CareClean vielleicht an einer inoffiziellen Regelung gelegen sein könnte. Aber bitte, wir können natürlich auch den Weg über den Amtsarzt gehen. Ganz wie Sie wünschen.«

»Ja, Herr Dr. Hoffmann, ich bin sicher, unser Chef wird Ihre Sorgen hinsichtlich unserer Mitarbeiter zu schätzen wissen. Aber auch er wird, falls dies nötig sein sollte, lieber mit dem Amtsarzt sprechen wollen. Guten Tag.«

Im Wartezimmer hatte sich nichts verändert. Es war nicht einmal ersichtlich, ob die drei wartenden Männer überhaupt in ihren Zeitschriften weitergeblättert hatten. Von mir jedenfalls nahmen sie weiterhin keine Notiz. Mein Auftritt bei der Firma CareClean erinnerte in Verlauf und Ergebnis an meine Besuche in der Pension Elvira.

Anders als dort jedoch wurde mir in der Allee der Kosmonauten 116 kein Begleitkommando zum Verlassen des Hauses zugeteilt. Meinen Golf hatte ich auf dem hauseigenen Parkplatz abgestellt. Ich stieg ein, aber es sprach nichts dagegen, noch eine Weile auf dem Parkplatz zu warten. In einem vernünftigen Krimi wäre die Dicke jetzt ziemlich eilig aufgetaucht und in ihren Wagen gesprungen. Ich hätte sie, selbstverständlich von ihr unbemerkt, verfolgt, sie und ihren Chef gestellt und den Fall gelöst. Natürlich geschah nichts dergleichen. Eine filmische Variante wäre ihr Griff zum Telefon unmittelbar nach meinem Abgang gewesen. Ob dies gerade geschah, konnte ich nicht beurteilen.

Ich wartete noch ungefähr eine Viertelstunde, aber es passierte nichts. Noch nicht einmal die drei Männer aus dem Wartezimmer von CareClean tauchten auf, und auch bei den anderen Firmen in der Allee der Kosmonauten 116 herrschte wenig

Aktivität. In der nächsten Reihe parkte ein dunkelblauer BMW, der mir bekannt vorkam, den ich aber aktuell nicht einordnen konnte. Der Landfunk auf meinem Ein-Sender-Autoradio lud nicht zu weiterem Verweilen auf dem Parkplatz ein, und außerdem hatte ich an dem Abend noch eine Verabredung. Mit Celine. Und mit Dr. Bredows Büro.

Wir trafen uns bei Luigi, unserem Stammitaliener. Celine war weiterhin begeistert von der Idee eines zweiten Einbruchs in Bredow Büro, und im Zustand von Begeisterung entwickelt sie regelmäßig einen bewunderungswürdigen Appetit.

»Könnte ja sein«, meinte sie fröhlich, »diesmal werden wir geschnappt. Und dann bekommen wir tagelang nichts zu essen oder jedenfalls nichts Ordentliches. Hast du eine Ahnung, was die einem so auftischen im Gefängnis?«

Hatte ich nicht. Und wollte ich auch nicht haben. Celine bestellte reichlich Antipasti misti aus der Vitrine, eine Seezunge mit reichlich Knoblauch und zum Nachtisch Zabaione, ich begnügte mich mit einer Pizza Salami.

»Du wirst es bereuen, im Knast, weißt du!«

»Erstens kommen wir nicht in den Knast. Und bereuen werde ich es auch nicht, denn sicher gibt's dort keine Pizza.«

»Na, dann ist doch alles gut. Wenn du sicher bist, daß wir nicht im Knast landen, brauchst du dir auch keine Sorgen zu machen. Iß was Anständiges!«

Letztlich hat Luigi dafür gesorgt, daß wir noch einmal bei Bredow eingebrochen sind. Es hätte an dieser Stelle leicht zum Streit kommen können, so unterschiedlich war unser Enthusiasmus. Wäre vielleicht nicht schlecht gewesen. Wir hätten uns, für diesen Abend wenigstens, getrennt, es hätte keinen zweiten Einbruch in Bredows Büro gegeben und keine weiteren Verwicklungen. Luigi ist trotz zwanzig Jahren Deutschland und zehn Jahren Ehe noch Italiener genug, um ein Fan schöner Frauen zu sein, und Celine steht auf der Liste seiner Angebeteten ganz oben. Es gibt sicher auch andere schöne Frauen unter Luigis Kunden, aber wahrscheinlich keine, mit der er einen ähnlich guten Umsatz macht.

»Celine, Sie sind eine Fattucchiera, eine Zauberin! Wie machen Sie das nur, so viel gutes Essen und immer so schlank!«

»Es ist Ihre Kochkunst, Luigi. Sie sind der Zauberer.«

Ich konnte schlecht unter Luigis Augen einen Streit mit Celine vom Zaun brechen. Und dann kamen Celines Seezunge und meine Pizza Salami, und fleißiges Kauen verhinderte eine Eskalation von Worten und Emotionen. Aber auch danach wollte kein rechtes Gespräch mehr aufkommen, gegen elf Uhr baten wir Luigi um die Rechnung. Im Gegensatz zu unserem letzten Besuch in Bredows Büro, bei dem ich Bredow weit weg zur Konferenz mit seinen Kollegen Verwaltungsdirektoren wußte, war es mir diesmal nicht gelungen, bei Frau Krüger einen sicheren Termin in Erfahrung zu bringen.

Immerhin hatte ich von außen kontrolliert, daß im Verwaltungstrakt kein Licht brannte. Celine meinte, ich solle mich nicht so anstellen, also setzte ich ein tapferes Gesicht auf. Was tut man nicht alles, um nicht als Feigling dazustehen! Und tatsächlich – alles lief glatt. Celines Schraubenzieher brauchte nicht zum Einsatz zu kommen, der Paßwortschutz für das Betriebssystem war noch nicht wieder installiert. Ohne Probleme konnten wir seine gesamte Festplatte auf unser transportables Modell kopieren.

»Gibt's hier ein Klo?« fragte Celine.

So ganz abgebrüht war sie also auch nicht.

»Ja, du kannst auf unseren Einbruch und auf das Kopieren seiner Dateien noch richtig einen draufsetzen und Bredows Klo benutzen, gleich dort, die kleine Tür. Wenn er das allerdings erfahren sollte, gibt's keine Polizei und kein Gefängnis. Er wird dich nur persönlich steinigen.«

Celine war begeistert, auf so einfache Art das Maß unserer nächtlichen Untat noch steigern zu können.

»Bin gleich wieder da.«

Tatsächlich tauchte sie nach wenigen Sekunden wieder auf.

»Du Ferkel hast dir nicht die Hände ...«

Mir erstarb der Scherz auf den Lippen. Celine stand in der offenen Tür zu Bredows Bad. Ihr Gesicht war aschfahl, das Dreieck zwischen Hals und Brustansatz dagegen hochrot mit weißen Flecken.

»Da ... ist ... jemand ... im ... Bad.«

Celine stand immer noch stocksteif unter der Tür. Sie hatte nicht die Hände gehoben, und ich sah auch niemanden hinter ihr, zum Beispiel mit einer auf sie gerichteten Waffe. Aber, es sah auch nicht nach einem Scherz aus.

»Wer ist im Bad?« war meine irgendwie unpassende Frage.

»Ich ... glaube, du ... kommst ... besser mal.«

Die Wahrscheinlichkeit, in dieser Nacht hier auf Dr. Bredow zu treffen, war gering gewesen, aber nicht null. Er hätte in seinem Büro sein können und damit die Dramatik unserer Unternehmung ziemlich erhöht. Gesteigert noch, wenn er Celine im Klo ertappt hätte.

Doch Dr. Bredow konnte niemanden mehr ertappen. Er hing voll bekleidet am Fensterkreuz seines Fünfzigtausend-Mark-Badezimmers, selbst die Brille hatte er aufbehalten. Nur seine Hose war leicht unter die Taille gerutscht, für einen festen Sitz fehlte ihr der Gürtel. Dieser war als Schlaufe um seinen Hals gelegt und am Fensterkreuz verknotet. Etwas entfernt von seinen knapp über den Bodenfliesen baumelnden Füßen stand ein umgestürzter Hocker. Dr. Bredow wirkte fast lässig, wie er so an seinem Hosengürtel hing, mit beiden Händen in den Hosentaschen.

»Wer ist das?«

Ich hatte schon bei Luigi gewußt, daß heute etwas schiefgehen würde.

»Scheiße.«

»Sag, wer ist das?«

»Dr. Bredow.«

»Kannst du noch etwas für ihn tun?«

Das konnte ich sicher nicht. Er war eindeutig tot, die Lippen aufgequollen und livide verfärbt, die Augen blutunterlaufen und aus den Höhlen getreten. Trotzdem zog ich ihm die Hände aus den Taschen und fühlte nach einem Puls, der nie wieder schlagen würde.

»Sag doch was – kannst du noch etwas für ihn tun?«

»Nein, wir können nichts mehr für ihn tun.«

Ich bin kein Gerichtsmediziner und hatte auch nicht vor, Dr. Bredow ein Thermometer in den Hintern zu stecken, um aus der Differenz von Raumtemperatur zu Körpertemperatur festzustellen, wie lange er schon tot ist. Aber es war klar, daß Wiederbelebungsversuche sinnlos waren.

Ich betrachtete die Leiche. Warum hatte er das getan? Wer wird der neue Verwaltungsdirektor werden? Was bedeutet sein Tod für die Klinik? Ich hatte den Grund unseres Kommens vergessen, ich hatte Celine vergessen.

Ich hatte die Zeit vergessen. Was treibt einen Menschen, den man noch vor kurzem ziemlich lebendig erlebt hatte, in den Selbstmord? Hatte er unter Depressionen gelitten? Unter einer unheilbaren Krankheit, von der wir in der Klinik nichts wußten? Was soll aus seiner Familie werden? Wer würde es Margret sagen, seiner Geliebten und leitenden MTA unserer Blutbank?

»Wenn du nichts mehr für ihn tun kannst, laß uns verschwinden.«

Celine hatte recht, doch ich starrte immer noch auf Dr. Bredow. Irgendwo hatte ich gelesen, daß Erhängte noch stundenlang eine Erektion hätten. Wenn das wirklich stimmte, hatte die Natur Dr. Bredow etwas stiefmütterlich behandelt – es war nichts zu sehen. Dann überlegte ich, ob ich ihm seine Hände zurück in die Hosentaschen stecken sollte, um sozusagen wieder den Originalzustand herzustellen. Vielleicht hatte er darauf Wert gelegt, so gefunden zu werden. Aber irgendwie wirkte seine Leiche mit frei hängenden Armen mehr so, wie ich mir den Anblick eines Erhängten vorstellte.

»Felix, laß uns endlich verschwinden!«

Und das taten wir auch. Immerhin war Celine geistesgegenwärtig genug, den Computer auszuschalten und ihre Festplatte mitzunehmen.

In dieser Nacht blieb Celine bei mir, eng an mich geschlungen. Mich hielt unter anderem wach, daß ich vergessen hatte, die Originalakte von Mischa in Bredows Schreibtisch zurückzulegen. Ob Bredow mich doch noch wegen der wieder aufgetauchten Akte anrufen würde, hatte sich erledigt. Weit stärker nagte an mir, ob sein plötzlicher Tod ursächlich etwas mit unserem ersten Einbruch zu tun haben könnte. Das Gefühl einer möglichen Mitschuld brachte mich vollends um den Schlaf.

12

Celine blieb am nächsten Morgen im Bett. Ihre Schulkinder waren sowieso schon fast in den großen Ferien, um ihre Eltern auf Sylt, Mallorca oder am Wannsee zu ärgern. Ich hätte mich auch gerne krank gemeldet, aber hätte mich das nicht verdächtig gemacht?

»Verdächtig in bezug auf was?« fragte Celine in etwas gestelztem Morgendeutsch vom Bett aus.

»Woher willst du wissen, daß sich Freund Bredow selbst an dem Fensterkreuz aufgehängt hat?« antwortete ich.

Ich hatte inzwischen Kaffee gemacht und Celine einen Becher voll ans Bett gebracht, schwarz ohne alles.

»Wird man nicht untersuchen, ob jemand nachgeholfen hat? Könnte man nicht auf die Idee kommen, wir wären das gewesen? Er hat uns beim Einbruch in sein Büro überrascht, uns mit der Polizei oder was weiß ich gedroht, und wir haben es mit der Angst gekriegt …«

»Und da haben wir ihm nicht einfach auf den Kopf gehauen, sondern ihn gebeten, uns seinen Hosengürtel zu geben, sich auf einen Stuhl unter das Fensterkreuz in seinem Bad zu stellen, und dann haben wir ihm den Stuhl weggezogen? Manchmal bist du schon seltsam.«

Celines Realitätssinn konnte ich nicht widersprechen. Aber noch etwas anderes ging mir durch den Kopf, ohne daß ich es im Moment zur Sprache bringen wollte. Die Polizei würde erfahren, daß Bredow eine Geliebte in der Klinik gehabt hatte, Margret Steinmayer von der Blutbank. Und man würde den Beamten erzählen, daß Margret vorher mit mir zusammen gewesen war und mich seinetwegen verlassen hatte. Wenn es auch nicht ganz so gewesen war, immerhin: der verlassene Liebhaber, auch kein schlechtes Motiv.

»Wie soll denn überhaupt jemand auf die Idee kommen, daß Bredow letzte Nacht nicht alleine in seinem Büro gewesen ist?« versuchte Celine mich zu beruhigen.

»Das ist ganz einfach«, mußte ich ihr leider entgegenhalten, »sie bestimmen seinen Todeszeitpunkt, und dann stellen sie fest, daß jemand eine Stunde später oder mehr an seinem Computer gearbeitet hat. Und wenn der oder die nichts mit seinem Tod zu tun hatten, warum hat er oder sie nicht die Polizei gerufen?«

Einen Moment schien sich diesmal auch Celine ernsthafte Sorgen zu machen, aber nicht sehr lange.

»Wieso denn, Felix? Wenn ich nicht in sein Badezimmer gegangen wäre, hätten wir ihn gar nicht gefunden.«

Celine konnte mich nicht überzeugen. Ich blieb dabei, daß mit unserer baldigen Verhaftung zu rechnen war, wenigstens mit meiner. Leider fiel mir auch nicht ein, mit welchen Ländern Deutschland kein Auslieferungsabkommen hat, und mein Paß war natürlich abgelaufen. Also machte ich mich mit leerem und trotzdem überaus aktivem Magen auf den Weg in meine Klinik.

Ich hatte jede Menge Polizeifahrzeuge vor dem Haupteingang erwartet, immerhin war es der Verwaltungsdirektor unserer Klinik, der am Fensterkreuz seines Badezimmers hing beziehungsweise gehangen hatte. War aber nicht. Auch kein unauffällig grau oder blau gespritzter Opel Vectra oder Ford Orion, wie ihn die Kripo bevorzugt.

Dann wurde mir die Bedeutung des Fehlens von Polizei- oder Kripofahrzeugen blitzartig klar: eine Falle! Hatte ich meine Brieftasche in Bredows Büro auf dem Schreibtisch gelassen? Hatte ich natürlich nicht, sie drückte wie immer in der linken Gesäßtasche. Gab es eine Überwachungskamera in Bredows Büro, von der ich nichts wußte? Bei Labor-Dohmkes bekanntem Elektronikfimmel eine nicht vollkommen absurde Vorstellung. Oder irgendein schlafwandelnder Patient hatte uns gesehen und unterschrieb gerade seine Aussage. Sie warteten in meinem Arztzimmer, würden mich in Bredows Büro führen und mich dort mit meinen Fingerabdrücken konfrontieren. Oder sie würden mich vor versammelter Mannschaft aus der Morgenkonferenz heraus verhaften! Vielleicht hätte ich gestern abend bei Luigi doch etwas Ordentliches essen sollen. Andererseits, schlimmer als die kulinarischen Bemühungen von »Hospital

Catering Service« in unserer Personalcafeteria würde der Knastfraß auch nicht sein. Ich parkte meinen Golf und betrat die Klinik mit weichen Knien. Allein mein Gang müßte mich überführen!

Keine Bullen, nirgends. Keine Bullen auf dem Parkplatz. Keine Bullen in meinem Arztzimmer. Keine Bullen im Stationsklo. Und auf der Morgenkonferenz kein Wort über Dr. Bredow und sein Ableben. Wahrscheinlich wartete man noch auf ein falsches Wort von mir, eine unbedachte Äußerung wie die Erkundigung nach dem Beerdigungstermin oder die Frage, wer nun Bredows Büro bekomme!

Zwar schaute keiner meiner Kollegen interessiert oder heimlich verstohlen nach mir. Aber – vielleicht hatte man sie instruiert, mich nicht zu beachten? Würde Marlies mir einen Tip geben? Ich sah sie an. Sie sah durch mich hindurch. Ich konnte mir nicht vorstellen, daß sie an einem Komplott gegen mich teilnehmen würde. Oder doch?

Am Ende der Morgenkonferenz wagte ich dann doch eine Nebenbeibemerkung.

»Marlies, hast du heute schon Dr. Bredow gesehen?«

»Nee, hab ich nicht. Warum sollte ich? Hast du Sehnsucht nach ihm?«

Nein, ich konnte mir nicht vorstellen, daß Marlies sich an der Fallenstellerei gegen mich beteiligte. Aber bei einem späteren Verhör könnte sie meine Frage nach Dr. Bredow an diesem Morgen zumindest retrospektiv etwas merkwürdig finden. Ich mußte vorsichtiger sein.

Es fiel mir schwer, die normale Klinikroutine abzuspulen: kurzer Morgenbesuch bei den kritischen Fällen, drei schnelle Herzkatheter, ordentliche Visite. Die schwierigen Herzkatheter gab ich an Marlies ab. Auch etwas, woran sie sich eventuell erinnern würde, aber nicht ganz so verdächtig wie meine Frage nach Bredow.

Gegen halb zwölf hielt ich es nicht mehr aus. Ich besuchte Frau Krüger in Dr. Bredows Vorzimmer. Nichts! Kein Trauerflor, keine Kerzen. Frau Krüger tippte emsig irgendwelche Briefe. Wie würde sie wohl unterschreiben – »Nach Diktat verreist«?

Ich fragte, ob ich Dr. Bredow sprechen könne. Es wäre wichtig, es ginge um unser Gespräch von der letzten Woche wegen der Toteinlieferung.

»Tut mir leid, Dr. Hoffmann, Sie können Dr. Bredow nicht sprechen.« Das war mir klar. »Er ist in einer wichtigen Konferenz.«

»Würden Sie mich bitte anrufen, sobald er frei ist?«

»Mache ich, Dr. Hoffmann, mache ich.«

Dr. Bredow ist in einer Konferenz – Frau Krüger, die perfekte Sekretärin! Vielleicht war Dr. Bredow wirklich gerade in einer Konferenz, und es wurde genau jetzt über die Länge seines Aufenthaltes in der Hölle verhandelt. Ich wünschte Dr. Bredow einen guten Verteidiger vor dem himmlischen Tribunal und Frau Krüger einen guten Tag.

Langsam begriff ich, was los war. Aller Wahrscheinlichkeit nach hing unser Dr. Bredow beziehungsweise seine Leiche noch immer am Fensterkreuz seines Badezimmers!

Frau Krüger hatte bisher nur festgestellt, daß er nicht in seinem Büro war, und hatte ihn begreiflicherweise nicht gerade auf dem Klo gesucht. Diskrete Chefsekretärin, die sie ist, hatte sie wahrscheinlich auch noch nicht bei ihm zu Hause angerufen – warum dem Chef Schwierigkeiten bereiten und Frau Bredow erregen, wenn der Ehemann die Nacht eventuell bei seiner Geliebten verbracht hatte? Sie würde Margret inzwischen unter einem Vorwand in der Blutbank angerufen haben in der Hoffnung auf einen verschlüsselten Hinweis, daß ihr Chef sich heute verspäten würde. Aber auch dieser Anruf hatte ihr keinen Anhalt gegeben, wann mit ihrem Chef zu rechnen war.

Etwa eine halbe Stunde später meldete mein Piepser mit schrillem Pfeifton »Cito-Alarm« – Ärzte sprechen bekanntlich gerne lateinisch. »Cito« heißt »schnell«. Und das Chaos brach los. Allgemeines Gerenne im Haus, auf jedem Stockwerk wurden die fahrbaren Lebensrettungseinheiten aus ihrer Halterung gerissen und durch die Gänge gerollt, überall lautes Geschrei, mehrere Zusammenstöße der Lebensrettungseinheiten an den Fahrstühlen. Trotz des Chaos war die generelle Stoßrichtung unschwer festzustellen: Bredows Büro!

Frau Krüger war wohl die Arbeit ausgegangen, oder sie wollte sich nur ein wenig die Füße vertreten, jedenfalls hatte sie die Handtücher in Bredows Bad ausgewechselt – und den Cito-Alarm ausgelöst.

Cito-Alarm ist eine Erfindung der Leute, die letztes Jahr unsere neue Notrufanlage installiert haben, und gedacht für Notfallsituationen, mit denen ein Doktor alleine nicht zurechtkommt. Man tippt auf dem nächstbesten Telefon einfach dreimal die neun ein, und bei allen Doktors gehen die Piepser los und zeigen die Telefonnummer an, von der aus der Alarm ausgelöst worden ist. Nachteil Nummer eins des Systems ist, daß man also wissen muß, zu welchem Raum die angezeigte Telefonnummer gehört, Nachteil Nummer zwei, daß nicht nur eine Massenwanderung, sondern auch eine Massenhysterie ausgelöst wird, die schon manchem im Prinzip errettbaren Patienten das Leben gekostet hat.

Es gibt eine einfache Regel: Alleine eine Wiederbelebung zu machen ist schwierig, aber möglich. Zwei bis drei ausgebildete Leute bei einer Wiederbelebung sind ideal. Mehr als drei Leute bedeuten mit Sicherheit Chaos und den Tod des Patienten. Dr. Bredow konnte dies egal sein, und zudem hätte er, wäre er nicht schon seit Stunden tot gewesen, sogar eine Chance gehabt, denn das Cito-Alarm-Wettrennen hatten Dr. Vogel und sein Team gewonnen.

Als ich mich durch den Auflauf in Bredows Büro bis zu seinem Badezimmer vorgedrängelt hatte, war Dr. Bredow längst intubiert, wurde über einen Ambubeutel beatmet, und Dr. Vogel schwitzte unter der Anstrengung der Herzmassage. Ulf Vogel ist unser leitender Notarzt und in diesem Job perfekt. Leitprinzip: erst handeln, dann denken. Das sind ideale Voraussetzungen für einen Notarzt, denn seine Aufgabe ist nicht das ruhige Abwägen, sondern so schnell wie möglich zu intubieren, zu defibrillieren, zu beatmen und sich keine Sorgen zu machen, ob sein Tun im Moment sehr sinnvoll ist oder nicht.

Vogel ist ein Meister seines Fachs, ein Zauberer der Wiederbelebung. Er reanimiert alles und jeden, mit einer initialen Erfolgsquote von mehr als dreißig Prozent, und das ist viel! Er ist die ärztliche Variante von »erst schießen, dann fragen«. Falls ich einmal reanimiert werden muß, wünsche ich mir Ulf Vogel. Nur möchte ich von ihm nicht im Tiefschlaf erwischt werden, ich wäre intubiert und mit Elektroschock bearbeitet, bevor ich Piep sagen könnte.

Nach einiger Zeit verließ ich den Volksauflauf in Bredows Büro und verzog mich auf meine Station. Ich hatte noch ein paar Lebendige, um die ich mich kümmern mußte. Wie Professor Kindel neulich gesagt hatte, laßt die Toten die Toten begraben.

Am späten Nachmittag war ich immer noch nicht in Handschellen abgeführt worden und fuhr nach Hause.

Celine war den Tag über bei mir zu Hause geblieben und hatte meine Wohnung geputzt. Eine absolute Premiere und nur als Ablenkung von ihrem nächtlichen Schock zu verstehen. Meinen Bericht aus der Klinik beschränkte ich auf die Eckdaten, ich ersparte ihr die Details meiner Verfolgungsparanoia und der Wiederbelebungsversuche, deren Ende man mir in verschiedensten Varianten erzählt hatte. Irgend jemand jedenfalls hatte Ulf Vogel endlich darauf aufmerksam gemacht, daß Dr. Bredow Leichenflecke aufweise.

Celine, trotz posttraumatischem Schock immer mit Sinn für das Praktische, meinte, daß jetzt endgültig genug Fingerabdrücke in Bredows Büro und Badezimmer sein müßten.

»Vor der Polizei brauchen wir uns sowieso nicht mehr zu fürchten«, trug ich zu unserer Beruhigung bei, »zuletzt soll Professor Dohmke die Sache in die Hand genommen haben. Er hat auf Selbstmord erkannt und angeordnet, den Selbstmord zu vertuschen. ›Es war ein Unfall, meine Damen und Herren‹, soll er gesagt haben, ›wir wollen keine Polizei in unserer Klinik. Wir können unsere Probleme selber lösen.‹ Es wird also keine Spurensuche geben.«

Erst in der Nacht meldete sich meine Paranoia wieder. Wer hatte mir eigentlich erzählt, was Dohmke gesagt hatte von keine Polizei und so? Könnte das nicht auch eine Falle sein? Und was hatte Dohmke damit gemeint, daß wir unsere Probleme selber lösen können? Würde jetzt er eine Untersuchung durchführen?

Jede Situation zu ihrem möglichst negativen Ausgang hin fortzuspinnen ist ein Hobby meiner Hirnzellen. Ziemlich lästig, besonders nachts.

Professor Dohmke, neben seinem einträglichen Job als Leiter des privatisierten Kliniklabors auch ärztlicher Direktor unserer Klinik, übernahm jetzt zusätzlich Bredows Geschäftsführerposten. Kommissarisch, wie es hieß. Niemand wußte genau, wer ihn mit diesem Posten betraut hatte. Sicher aber keine schlechte Besetzung für die Position des Verwaltungsdirektors, denn daß Dohmke mit Geld umgehen kann, darüber waren sich alle einig. Jedenfalls alle, die einmal die erwähnte Villa in Dahlem oder das bescheidene Ferienhaus am Lago Maggiore gesehen hatten.

Zwei Tage nach Bredows Tod ließ er mich durch Frau Krüger zu sich rufen. An diesem Tag hatte ich eine Nacht hinter mir, in der ich wenigstens nur noch alle zwei Stunden durchschwitzt hochgeschreckt war. Als ich den Hörer aufgelegt hatte, versuchte ich, ruhig durchzuatmen, aber die für mich ganz persönlich abgestellten Eumeniden waren sofort wieder zur Stelle. Munter quer durch meinen Schädel miteinander plaudernd, hatten sie es sich offensichtlich in meinem linken und rechten Innenohr gemütlich gemacht und wußten, daß der Missetäter nun überführt werden würde.

Was war der Grund für meine Vorladung bei Dohmke? Von einer allgemeinen Audienz beim neuen Verwaltungsdirektor hatte es keine Meldungen über die Klinikbuschtrommeln gegeben. Hatten wir doch irgend etwas in Bredows Büro liegen lassen? Gab es eine elektronische Spur? Würde ich gleich in der Falle festsitzen?

Ich rief Marlies an, aber sie hatte keinen Termin bei Dohmke und wußte auch nichts von Terminen anderer Kollegen. Die Eumeniden lachten nur höhnisch.

Mit seinem Job hatte Dohmke auch Bredows Büro übernommen. Mutigen Schritts machte ich mich auf den Weg in die Verwaltungsabteilung. Ich selbst hatte mich an den Dauerzustand weicher Knie allmählich gewöhnt, aber die anderen mußten das doch sehen!

Frau Krüger machte keinen besonders fröhlichen Eindruck. Aber auch sie konnte mir nicht sagen, warum Dohmke mich zu sich bestellt hatte.

»Wissen Sie, Dr. Hoffmann, es ist anders als mit Dr. Bredow. Ich bin eigentlich nur noch für das Telefon zuständig«, sie lächelte resigniert, »ab und zu ruft er mich, wenn er die Handschrift von Dr. Bredow nicht entziffern kann.« Frau Krüger hob bedauernd die Schultern und blickte über ihr kleines Reich. »Um ehrlich zu sein, ich glaube, meine Tage hier sind gezählt.«

Das wäre schlimm für sie, in ihrem Alter würde sie kaum eine neue Stelle finden. Aber auch schlimm für uns Ärzte, denn Frau Krüger war immer unser guter Draht zum Verwaltungsdirektor gewesen.

»Ich hoffe ganz stark, daß Sie sich da irren, Frau Krüger. Warten Sie erst einmal ab. Schließlich wird es bald einen neuen Verwaltungsdirektor geben, Professor Dohmke macht das ja nur vorübergehend.«

»Meinen Sie?«

Frau Krüger meldete mich Dohmke über das Telefon, und entgegen seiner üblichen Art rief er mich gleich herein. Er erhob sich sogar und gab mir die Hand. War das ein gutes Zeichen? Die Eumeniden waren sich einig: kein gutes Zeichen! Dohmke wolle nur Schweißgrad und Griffestigkeit meiner Hand ermitteln. Ich gab ihnen recht.

»Schön, daß Sie gleich kommen konnten, Dr. Hoffmann.«

Was hätte er wohl mit mir gemacht, wäre ich nicht gleich gekommen? Sofortige Entlassung war noch die schmerzloseste Variante, die mir einfiel. Er plazierte mich auf den Besucherstuhl und setzte sich hinter Bredows neogotischen Schreibtisch. Die Hierarchie war wiederhergestellt.

Ich schaute mich diskret um. Dohmke hatte, soweit ich sehen konnte, bisher nichts verändert. Auch kein Foto von Frau Dohmke oder den Junior-Dohmkes auf dem Schreibtisch. Pietät ist nicht Dohmkes Sache, er hätte sicher keine Bedenken gehabt, sich das gesamte Büro neu einzurichten. Aber Dohmke gehörte zu den Leuten, die ihre Arbeit säuberlich von ihrem Familienleben trennen – falls er überhaupt eines hat.

Mit Interesse nahm ich zur Kenntnis, daß beide Bildschirme aktiv waren. Für den Zugriff auf den Computer, den Bredow nicht an das Kliniknetzwerk angeschlossen hatte, konnte sich Dohmke bei Celine und ihrem Batterietrick bedanken. War es ihm auch gelungen, Bredows Paßwort für die Buchhaltung zu knacken und deren eventuelle Geheimnisse zu entdecken? Hatte Bredow die Klinik betrogen? Hatte Dohmke davon gewußt? Aber deshalb konnte er mich kaum zu sich bestellt haben.

»Keine leichte Situation für die Klinik, so plötzlich den Verwaltungsdirektor zu verlieren ... und jede Menge Arbeit, unser Schiff auf Kurs zu halten.« Dohmke fixierte irgendeinen Punkt an der Wand hinter mir. »Professor Kindel würde sagen, es ist wie beim Fußball. Jeder weiß genau, was zu geschehen hat. Aber keiner will die Verantwortung übernehmen oder die unangenehmen Sachen ...« Er kratzte sich im Ohr. »Es war keine schöne Aufgabe, der Witwe die Nachricht zu überbringen. Sie wissen ja, was für ein Familienmensch Dr. Bredow war.«

Wußte ich nicht. Ich weiß nur, daß er seit über drei Jahren eine ziemlich feste Beziehung zu meiner ehemaligen Geliebten Margret von der Blutbank gehabt und kaum noch ein Wochenende zu Hause verbracht hatte. Dohmke wußte das sicher auch, hing aber noch der Erinnerung an diese unangenehme Pflicht nach.

»Wirklich, keine schöne Aufgabe, das kann ich Ihnen sagen, Dr. Hoffmann.« Plötzlich schien er zu erfassen, daß er für diese Leistung kein besonderes Mitgefühl von mir erwarten konnte. »Aber diese Situation ist Ihnen als Stationsarzt ja nicht unbekannt ...«

Da hatte er recht. Ich hatte sicher weit mehr frischgebackene Witwen, Witwer oder Waisen getröstet als Dohmke in seiner Karriere als Laborarzt. Wenn seine Laborgeräte gelegentlich ein Todesurteil für einen bestimmten Patienten ausspucken, ist es Aufgabe des Stationsarztes, dem Patienten oder seinen Angehörigen die gute Nachricht beizubringen.

Aber er hatte mich sicher nicht bestellt, um über die Unannehmlichkeit von Kondolenzbesuchen zu diskutieren. Ich begann mich zu fragen, wann er zum Thema komme würde. Und was das Thema überhaupt war. Dohmke sah mich zum ersten Mal direkt an.

»Sie sehen nicht gut aus, Dr. Hoffmann. Haben Sie Probleme? Brüten Sie etwas aus?«

Professor Dohmke ist so ziemlich der letzte, der sich um das Wohlergehen des Klinikpersonals Gedanken macht. Meine Alarmglocken, ohnehin in den letzten Tagen recht aktiv, schalteten auf schrillen Dauerton. Einen Moment war ich mir sicher, Dohmke müsse sie hören. Aber er hatte wahrscheinlich recht, Celine hatte meinen Anblick heute morgen als »wie ausgekotzt« bezeichnet. Trotzdem, kein guter Anfang für ein Gespräch mit Dohmke, dessen Richtung mir noch nicht klar war.

Ich murmelte etwas von angespannter Personalsituation, die vielen Überstunden, er wisse ja ...

Dohmke lehnt sich zurück, die Hände hinter dem Kopf verschränkt. Kein Hemdenknopf spannte über seinem Bauch. Es hieß, er jogge jeden Morgen zwei Stunden durch Dahlem. Wahrscheinlich quält er sich zusätzlich noch im eigenen Fitneßstudio im Keller.

»Wissen Sie, Dr. Hoffmann, die Sparpolitik hat Dr. Bredow nicht aus bösem Willen gemacht, sondern weil die fetten Jahre auch in der Medizin vorbei sind. Wir alle müssen umdenken. Es wird nur noch schlimmer werden.«

Es war wie bei diesen Autos auf der Straße, bei denen plötzlich der Alarm losgeht, aber niemand den Lärm abstellt. War mein Alarm so laut, daß ich irgend etwas nicht mitbekommen hatte? Hatte Dohmke mir schon einen Hinweis gegeben? Wollte er mich mit seinem allgemeinen Geschwätz in eine Falle locken? Ich hatte immer noch keine Vorstellung, warum ich hier war.

Er schaute mich etwas abwesend an, so als wisse auch er im Moment nicht, was ich in seinem neuen Büro zu suchen habe, und kratzte sich wieder im Ohr. Diesmal mit Hilfe eines kleinen Wattestäbchens aus seinem Labor.

»Aber, warum ich Sie zu mir gebeten habe ...« Er tippte jetzt auf dem Computer herum. Er hatte mich so plaziert, daß ich den Bildschirm nicht erkennen konnte. »Ich muß mich jetzt ja notgedrungen auch um Dinge kümmern, die bisher Dr. Bredow erledigt hat. Sie können sich vorstellen, daß ich als ärztlicher Direktor im großen und ganzen Bescheid weiß, aber«, er suchte offensichtlich eine bestimmte Information, »es gibt natürlich immer Details, von denen nur Dr. Bredow wußte, worum es geht, ob es wichtig ist oder nicht, deshalb ... ah, ja, hier ist es.«

Ich war jetzt sicher. Celine hatte irgendwelche Spuren unseres Datenklaus im Computer hinterlassen, und Dohmke hatte sie gefunden. Meine Eumeniden stimmten einen Siegesgesang an. Dohmke fixierte mich über den Rand seiner Brille.

»Sehen Sie, Dr. Hoffmann ...« Leider sah ich nichts, jedenfalls nicht den Bildschirm. »Ich habe hier Dr. Bredows Terminplanung für diese und letzte Woche. Ich muß mich ja schließlich um die Termine kümmern, die Dr. Bredow ausgemacht hat. Und da sehe ich, daß Sie letzte Woche ein Gespräch mit Dr. Bredow hatten. Und genau für heute hatte sich Dr. Bredow einen zweiten Termin mit Ihnen notiert. Immerhin zwei Termine, da dachte ich mir, ich sollte wissen, worum es geht.«

Ich spielte erst einmal auf Zeit. War das nur die Eröffnung? Hatte Dohmke aktuell keine anderen Sorgen?

»Davon wußte ich nichts.«

Dohmke sah mich an, die Stirn fragend gekraust.

»Wovon wissen Sie nichts? Sie haben gar nicht mit Dr. Bredow gesprochen?«

»Doch, habe ich. Ich wußte nichts von einem zweiten Termin für heute.«

»Aber – Sie können sich doch sicher noch erinnern, worum es in dem Gespräch letzte Woche ging?«

Was hatte Bredow in seinem elektronischen Terminplaner vermerkt? Nur meinen Namen? Noch ein Stichwort? Ich überlegte fieberhaft, das Ergebnis mußte stimmig und präzise sein. Dohmke ließ mir ein wenig Leine.

»Oder war es eine persönliche Angelegenheit?«

Unwahrscheinlich, daß ich etwas Persönliches mit Bredow zu besprechen gehabt hätte. Unwahrscheinlich, aber nicht unmöglich, schließlich war er bis zu seinem Tod der neue Liebhaber meiner ehemaligen Freundin Margret gewesen. Was verdammt noch mal hatte ich Frau Krüger ursprünglich als Grund angegeben, als ich sie um den Termin mit Bredow bat? Und was hatte sie eventuell in ihrem Terminkalender notiert?

Dohmkes Ton verriet jetzt eine Spur Ungeduld.

»Sie müssen verstehen, Dr. Hoffmann. Ich muß doch wissen, was Sie mit Dr. Bredow zu besprechen hatten, wenn es um die Klinik geht!«

Natürlich hatte er recht. Er war nun einmal der kommissarische Verwaltungsdirektor. Ich entschloß mich zur gleichen Taktik wie bei Bredow.

»Es ging um einen ehemaligen Patienten von mir, der vor drei Wochen als Toteinlieferung mit dem Notarztwagen wiedergekommen ist. Ich fürchtete eine eventuelle Kunstfehlerklage und wollte Dr. Bredow zur Sicherheit informieren.«

Kunstfehler, das magische Codewort. Wie gesagt, natürlich ist die Klinik gegen Kunstfehler versichert, nicht aber gegen schlechte Publicity. Nun hatte ich Dohmkes Aufmerksamkeit. Er runzelte die Stirn.

»Warum haben Sie mit Dr. Bredow gesprochen und nicht mit mir, dem ärztlichen Direktor, wenn es um einen Kunstfehler geht?«

»Es ist nicht gesagt, daß es um einen Kunstfehler geht. Primär ging es um die verschwundene Patientenakte vom Oktober vergangenen Jahres. Und das Patientenarchiv war Dr. Bredow Zuständigkeit.«

Dohmke schaute mich die ganze Zeit über an. Ich weiß nicht, ob mein Ausdruck ihm etwas verriet. Sein Gesicht jedenfalls verriet mir nichts.

»Verschwunden war? Ist die Akte wieder aufgetaucht? Wollte Dr. Bredow Sie vielleicht deshalb heute wieder sprechen?«

»Das weiß ich nicht. Vielleicht hat er die Akte gefunden und wollte sie mir heute geben.«

»Das heißt, Sie haben die Akte nicht?«

»Nein, habe ich nicht.«

»Jedenfalls ... Sie würden meinen, das ist der Grund für den Termin mit Ihnen im Kalender.« Lange Pause. »Könnten Sie sich einen anderen Grund vorstellen, warum Dr. Bredow Sie heute sprechen wollte?«

Ja, konnte ich. Vielleicht wollte er mich fragen, warum ich in sein Büro eingebrochen war und warum ich seine Buchhaltung von der Festplatte kopiert hatte. Und warum Mischas Akte nicht mehr in seinem Schreibtisch lag. Vielleicht hatte er sein Codewort vergessen und wollte mich fragen, ob ich es herausbekommen hatte.

»Irgend eine Idee, Dr. Hoffmann?«

Wahrscheinlich wollte er mir eine Gehaltserhöhung aufschwatzen oder nach der Lieblingsstellung meiner ehemaligen Geliebten Margret fragen, das wäre eventuell meine Antwort an einem besseren Tag gewesen. Aber seit wir über Bredows Leiche gestolpert waren, hatte ich keine besseren Tage mehr und brachte nur ein schwaches Anheben der Schultern zustande.

»Na schön. Ich wünschte, Dr. Bredow hätte seinen Terminplaner etwas konkreter geführt. Diese Sache wäre auch telefonisch zu klären gewesen. Aber – es hätte ja auch etwas Wichtiges sein können.«

Dohmke erhob sich.

»Geben Sie Frau Krüger den Namen von dem Patienten, um den es da geht. Sie soll sich um diese Akte kümmern. Ich bin sicher, Sie haben wichtigere Dinge zu tun.«

Dohmke erhob sich, die Befragung war offensichtlich beendet. Als ich die Tür erreicht hatte, saß er schon wieder hinter dem Schreibtisch.

»Dr. Hoffmann, Sie sehen wirklich schlecht aus. Nehmen Sie eine ordentliche Dosis Vitamin C. Und Vitamin E. Sonst bekommen Sie noch etwas Ernstes. Eine Tbc oder so etwas.«

Dohmke ist gläubiger Pauling-Schüler. Vitamine helfen bei ihm gegen alles. Er soll sie pfundweise zu sich nehmen.

»Sicher, werde ich«, antwortete ich. Hatte Dohmke wirklich Tbc gesagt?

»Ich meine es ernst. Wir können zur Zeit auf niemanden verzichten in unserem Team. Und schon gar nicht auf einen guten Mann wie Sie. Und, Dr. Hoffmann«, ich war schon fast draußen, »besorgen Sie sich einen anständigen Anzug zur Beerdigung!«

Im allgemeinen ist der Sommer eine schöne Zeit, gewisse Nachteile bringt er alten Menschen und Haustieren. Die Haustiere werden an der ersten Autobahnraststätte ausgesetzt, die Omas und Opas im nächstliegenden Krankenhaus abgeliefert. Eine unerklärliche Welle akuter Erkrankungen alter Leute schwappt jeden Sommer in die Krankenhäuser, die Erkrankungsfront läuft etwa parallel zum Beginn der Schulferien in den jeweiligen Bundesländern. Das bedeutet, daß während der Sommerferien im Krankenhaus nicht weniger zu tun ist, nur der Altersdurchschnitt der Patienten steigt noch einmal kräftig an. Urlaubszeit bedeutet auch mehr Nachtdienste pro Woche für die Zurückgebliebenen, im Zweifel auch außerplanmäßige.

Am Abend nach dem Gespräch mit Dohmke erwischte mich zum zweitenmal in diesem Monat ein außerplanmäßiger Nachtdienst. Es wäre eigentlich Schreibers Dienst gewesen, der aber war längst in Amerika und ich mal wieder der Dumme.

Ursprünglich hatten Celine und ich uns an diesem Abend für die Auswertung der aus Bredows Computer geklauten Daten verabredet. Bredows Tod war uns aber so an die Nieren gegangen, daß wir immer wieder einen Grund gefunden hatten, diese Arbeit zu verschieben. Irgendwie schien uns die Beschäftigung mit seiner Buchhaltung wie Leichenfledderei. Jedenfalls war Celine nicht furchtbar traurig, daß wir die Arbeit erneut vertagen mußten.

Auch die Blutprobe von Mischa, die ich bei Michael Thiel zur Untersuchung abgegeben hatte, schien ein Opfer des Sommerlochs zu werden. Wiederholt hatte ich Michael angerufen, und wiederholt hatte er mir versichert, die Sache sei in Arbeit. Ich glaube, die Gespräche wurden automatisch an sein Segelboot auf dem Wannsee weitergeleitet, es hörte sich im Hintergrund so an. Oder war auch Michael ein Teil des Komplotts und meine Blutprobe lange vernichtet?

Vor Beginn meines Nachtdiensts hatte ich noch eine Kleinigkeit zu erledigen – einen erneuten Besuch bei meinem Freund Karl in der Pathologie. Ich war nicht überrascht, Oberpfleger Karl so spät noch in der Pathologie zu treffen. Karl war eigentlich immer in der Pathologie. Es gab das Gerücht, er hätte gar keine eigene Wohnung und schlafe da unten bei seinen stummen Gästen.

Ich fand ihn in seinem Dienstzimmer, eigentlich mehr eine Abstellkammer, deren Wände er mit Großfotos von Blumen und Bäumen dekoriert hatte. Auch Karl war nicht überrascht, mich wiederzusehen. Karl war wahrscheinlich durch nichts zu überraschen.

»Dr. Hoffmann! Du siehst heute nicht besser aus als neulich. Ehrlich gesagt, eher schlechter.«

Er war heute schon der dritte, der mir das sagte. Irgendwann müßte ich mal in einen Spiegel schauen. Oder lieber nicht.

»Setz dich hin und trink was mit mir. Du brauchst einen, glaub es mir!«

Er öffnete einen metallenen Umkleideschrank und holte zwei blitzsaubere Gläser und eine Flasche Weinbrand hervor. Neben etwas Geschirr, einem Marmeladenglas und einem Topf Senf war der Umkleideschrank mit Büchern vollgestopft. Während Karl großzügig einschenkte, studierte ich die Buchrücken. Kierkegaard, Nietzsche, Wittgenstein – Karl ein Philosoph? Oder war er durch diesen Job zum Philosophen geworden? Die Menschen stecken voller Geheimnisse!

»Zum Wohl, Doktor!«

Wortlos, wie es sich für richtige Männer gehört, schluckten wir das scharfe Zeug hinunter und hingen unseren Gedanken nach. Woran mochte Karl denken? An den Weltgeist? Den Menschen als Schöpfer Gottes? Jedenfalls war ihm sicher klar, daß ich ihn nicht wegen des Schnapses besucht hatte.

»So wie du aussiehst, bist du wahrscheinlich gekommen, um dir schon mal ein Plätzchen bei Onkel Karl auszusuchen.«

Das war seine Art, mir mitzuteilen, daß er jetzt bereit war, mit mir zu sprechen. Er goß mir noch einen Weinbrand ein.

»Es würde mich interessieren, was ihr mit Dr. Bredow gemacht habt. Ist er seziert worden?«

Karl schaute mich nachdenklich an.

»Was ist los mit dir, Dr. Hoffmann? Erst bist du ganz aufgeregt, daß bei einem quittegelben Russen die Sektion verweigert worden ist, und nun willst du unseren Dr. Bredow aufschneiden? Bist du verrückt? Bredow hat natürlich die volle VIP-Behandlung von uns bekommen, inklusive Schminke. Das ist eine Spezialität vom Kollegen Schmiedike. Der war früher einmal Friseur, glaube ich.«

Wahrscheinlich waren alle Pfleger in der Pathologie früher einmal etwas anderes. Was hatte Karl wohl früher gemacht? Er schenkte nun auch sich selbst nach.

»Was, meinst du, hätte die Sektion oder die Gerichtsmedizin bei Bredow bringen sollen, nachdem dein Kollege Vogel mit ihm fertig war? Um dir die Wahrheit zu sagen, wir haben ihn ein bißchen aufgeschnitten. Mußten wir, um den Brustkasten wieder auf Vordermann zu bringen, bevor wir ihn der Witwe präsentieren konnten. Ist tonnenweise Zellstoff drin verschwunden. Und kaum eine Naht zu sehen!«

Ich konnte es mir lebhaft vorstellen. Jeder Anfänger lernt, daß bei einer effektiven Herzmassage ein paar Rippen brechen müssen. Das gehört zu einer guten Wiederbelebung. Und nach Ulf Vogel hatte Dr. Bredow wahrscheinlich keine heile Rippe mehr in seiner Brust gehabt.

Ich hatte noch eine Frage an Karl.

»Wer hat eigentlich den Leichenschauschein für Bredow ausgestellt?«

Karl lächelte.

»Professor Dohmke höchstpersönlich, also alles in Ordnung. Es war ein Unfall, Tod durch Genickbruch.«

»Ein Unfall?«

»Amtlich. Unterschrift von unserem ärztlichen Direktor und kommissarischen Verwaltungsdirektor.«

Es wurde Zeit, meinen Nachtdienst anzutreten.

»Karl, vielen Dank für deine Zeit und den Schnaps. Ich weiß es zu schätzen.«

»Kein Problem, Doktor. Übrigens, da fällt mir ein, ich habe noch etwas, was dich interessieren könnte.«

Karl holte einen Briefumschlag aus seinem Umkleideschrank und gab ihn mir.

»Vielleicht ist es besser, wenn du das erst bei dir zu Hause aufmachst.«

Ich dankte Karl, steckte den Umschlag ein und ging hoch auf die Aufnahmestation. Es wurde ein überraschend ruhiger Nachtdienst, offensichtlich hatten die Leute ihre lieben Opas und Omas wenigstens zu den üblichen Geschäftszeiten zum Übersommern abgegeben. Gegen Mitternacht war so wenig zu tun, daß Pfleger Martin seiner Lieblingsbeschäftigung nachgehen konnte und für uns kochte. Er hatte erstaunliche Vorräte in irgendeinem Schrank des Aufenthaltsraums deponiert. Ein herrlicher Knoblauchduft zog über die Station, mischte sich allerdings mit zunehmendem Abstand von der Stationsküche mit den krankenhausspezifischen Gerüchen von Urin, Desinfektionsmittel und Angst.

Es war eine bemerkenswerte Nacht: In der Regel bricht spätestens, wenn das Essen fertig ist, die Hölle los, aber diesmal konnten wir vollkommen ungestört unser Suki-Yaki genießen. Ich steuerte den Wein bei, als bei den Patienten ziemlich beliebter Doktor habe ich in meinem Zimmer ein respektables Sortiment auf Lager.

Hauptthema war noch immer Bredows Tod. Jeder, der dabeigewesen war, schilderte noch einmal Dr. Vogels wunderbare Reanimationsbemühungen. Bredows Beziehung zu Margret von der Blutbank war allgemein bekannt, und in der Problematik von Ehe, Kindern und Geliebter vermutete man übereinstimmend den Grund, warum Bredow sich an den Fensterrahmen in seinem Bad gehängt hatte. Vielleicht aber, hieß es auch, hätte er sich aus der Klinikkasse bedient, schließlich soll sich Margret erst in diesem Frühjahr eine Eigentumswohnung gekauft haben. Da wäre es doch logischer gewesen, einmal richtig in die Kasse zu greifen und ab nach Südamerika, meinte die Mehrheit. Entsprechend wechselte das Gespräch auf die Frage, wohin man sich mit einer Million absetzen würde.

Gegen ein Uhr zog ich mich ins Arztzimmer zurück. Die Liege für den Nachtdienstdoktor ist mit höchstens siebzig Zentimeter Breite nur mit viel gutem Willen geeignet, zusammen mit einer der Nachtschwestern auf den nächsten Patienten zu warten, aber heute Nacht war mir ohnehin nicht danach.

Ausgerechnet dieser Nachtdienst war, wie gesagt, ausgesprochen ruhig. Hätte ich schlafen können, ich hätte mein Geld im

Schlaf verdient. Ein Nachtdienst, wie ihn sich jeder Doktor wünscht. Und ein Glück für jeden Patienten, der heute Nacht nicht die Hilfe von Dr. Hoffmann in Anspruch nehmen mußte, denn der hatte nicht nur ein gewisses Schlafdefizit, sondern nach zwei Schnäpsen in der Pathologie und dem Wein zum Suki-Yaki wahrscheinlich deutlich über 1,0 Promille im Blut. Andererseits hätte mich in dieser Nacht das sonst übliche Vollprogramm an drängelnden Patienten wenigstens zeitweise von dem Karussell meiner wirren Zwangsvorstellungen absteigen lassen.

Besonders ein Punkt aus dem Gespräch mit Dohmke schob dieses Karussell immer wieder neu an. Wie war er ausgerechnet auf Tuberkulose als mir vielleicht drohende Erkrankung gekommen? Kannte er den Röntgenbefund »aktive Tuberkulose nicht auszuschließen« aus Mischas Akte vom letzten Oktober? Ich hatte weder im Gespräch mit Bredow noch mit Dohmke etwas davon erwähnt. Wollte mir Dohmke eine versteckte Warnung zukommen lassen? Wollte er mir sagen, daß er die Akte Mischa genau kenne? Wußte er von meinem Besuch bei der Dicken von CareClean, der ich mit Mischas Tbc gedroht hatte? Hatte ihm ein Freudscher Versprecher die Tuberkulose in den Mund gelegt, als wir von Mischas Akte gesprochen hatten, von der er angeblich gar nichts wußte? Oder war Tbc einfach Dohmkes Synonym für schlechtes Aussehen?

Gegen Morgen muß ich dann doch eingeschlafen sein, und mein Traumzentrum bereitete mir mit freundlicher Unterstützung meiner Eumeniden ein Feuerwerk von Alpträumen. Alle waren dabei: Bredow, tot und lebendig, seine Geliebte Margret, mit ihm und mit mir. Dohmke, Celine, Mischa, Schreiber, die Dicke von CareClean, die Russen von der Pension Elvira. Die Polizei trat auf ebenso wie der Staatsanwalt, es ging um Kunstfehler und Computerkriminalität, um Mord und Totschlag.

Entsprechend erfrischt und bereit für den neuen Tag sortierte ich mich schließlich aus meiner Siebzig-Zentimeter-Liege. Von der Figur, die mir beim Rasieren aus dem Spiegel entgegenstarrte, hätte ich keinen Gebrauchtwagen gekauft, geschweige denn, mich ärztlich behandeln lassen.

Auf dem Weg zur Morgenkonferenz erinnerte ich mich an den Briefumschlag, den Karl mir gestern abend gegeben hatte. Ich war früh dran und fand mich alleine im Konferenzraum. Ich öffnete den Briefumschlag. Es war der zweite Durchschlag eines Leichenschauscheins, ausgestellt am 12. Juni auf Mischa Tschenkow aus Kiew, geboren am 20. April 1971. Todesursache ungeklärt, Sektion vorgesehen. Unterschrieben von Dr. F. Hoffmann.

Endlich hatte ich einen Beweis in der Hand, daß es für Mischa zwei Leichenschauscheine gab. Was konnte ich nun damit beweisen? Und wen würde das interessieren? Zumal ich immer noch nicht wußte, warum es zwei Leichenschauscheine gab. Eigentlich wußte ich gar nichts, noch nicht einmal, aus wie vielen Teilen das Puzzle bestand, von dem ich gerade einen Teil in den Händen hielt.

13

Wie ich den nächsten Tag in der Klinik überstanden habe, hat mein Gedächtnis nur bruchstückhaft überliefert, aber als Krankenhausarzt bekommt man mit der Zeit Routine. Den Patienten mag nicht immer bewußt sein, daß ein Arzt, der Nachtdienst hat, sowohl am Tag davor als auch am Tag danach arbeitet. Mein Hauptbestreben dürfte gewesen sein, niemanden durch meine begrenzte Einsatzfähigkeit umzubringen, und mehr noch, mich so früh wie möglich nach Hause zu verkrümeln. Marlies hatte in der Cafeteria nicht den aktuell üblichen Kommentar zu meinem Aussehen abgelassen, sondern angeboten, sich am Nachmittag um meine Station zu kümmern. So konnte ich gegen drei Uhr meine Patienten von ihrem gefährlichen Stationsarzt erlösen.

Auf dem Weg zum Klinikparkplatz wurde mir klar, daß ich wieder einmal vergessen hatte, wo ich gestern morgen meinen Golf geparkt hatte. Und als ich ihn gefunden hatte, hatte ich die Schlüssel auf der Station vergessen. Kein Pilot dürfte mehr fliegen, jeder Bus- oder Lastwagenfahrer bekäme seinen Führerschein abgenommen nach über vierundzwanzig Stunden Arbeit. Subjektiv ist man nach einem Nachtdienst häufig euphorisch und fühlt sich gar nicht müde. Man fällt schnelle Entscheidungen, allerdings manchmal falsche. Oder man ist einfach nur kaputt – wie ich heute.

Es war noch zu früh für den täglichen Nachmittagsstau auf der Stadtautobahn, und ich fand sogar einen Parkplatz in meiner Straße. Mein Glück hielt an: Keines der reizenden Kinder in der Umgebung schien heute Geburtstag zu haben, kein Mutterkollektiv organisierte fröhlich laute Spiele, was vorzugsweise direkt unter meinem Schlafzimmerfenster üblich ist. Ich hatte die beste Aussicht auf ein schönes Bad mit einem Glas Wein in meinem Zahnputzbecher, und dann nichts wie ab in die Haia.

Ich stand vor meiner Wohnungstür. Zugegeben, ich bin nicht der Ordentlichste, aber so hatte ich meine Wohnung, gerade erst von Celine auf Hochglanz gebracht, nicht hinterlassen: Die Tür war aufgebrochen, die Bilder von der Wand gerissen, die Schränke waren ausgeräumt und meine Klamotten wild über den Teppich verteilt. Immerhin hatten sie den Kühlschrank in Frieden gelassen. Ich kam wenigstens zu meinem Glas Wein und setzte mich auf den Fußboden.

Mein Verstand sagte mir, ich müsse jetzt die Polizei anrufen, mindestens eine Stunde auf sie warten, blöde Fragen beantworten, Protokolle unterschreiben. Meine Müdigkeit sagte mir, ich solle einfach ins Bett gehen. Vielleicht würde ich dann morgen früh aufwachen und feststellen, daß dies alles nur die Ausgeburt meines übermüdeten Hirns war, die Meldung meines Unterbewußtseins über das Chaos meiner Existenz. Wenn nicht, könnte ich dann immer noch die Polizei anrufen. Den Urheber dieser Umgestaltung meiner Wohnung würden sie so und so nicht finden. Dem letzten Argument stimmte sogar mein Großhirn zu.

Ich war zu müde, um den Streit zwischen meiner Müdigkeit und meinem Großhirn zu entscheiden und rief Celine an. Ich hatte Glück, sie war zu Hause. Ich gab ihr einen kurzen Lagebericht.

»Schöne Scheiße«, war ihr mitfühlender Kommentar. »Wahrscheinlich eine deiner Geliebten, die du einmal zu oft mit der Ausrede vom Nachtdienst versetzt hast. Oder ein dazugehöriger Ehemann. Ich war's nicht.«

»Meinst du, ich soll die Bullen rufen?«

»Natürlich mußt du die Bullen rufen, schon wegen der Versicherung.«

»Habe ich dafür eine Versicherung?«

»Klar hast du eine, eine Hausratversicherung. Jetzt siehst du, daß ich es nur gut mit dir gemeint habe!«

Celine hat an ihrer Schule nur eine halbe Lehrerstelle und verkauft nebenbei Versicherungen, makelt auch mal ein kleines Grundstück. Sie war vor ungefähr einem Jahr in das Haus gegenüber gezogen. Ein paar Tage später stand sie abends vor meiner Tür und hatte mir nach zwei Flaschen Wein auf gute Nachbarschaft vier oder fünf Versicherungen verkauft. Ihren geschäftlichen Erfolg hatten wir dann noch mit Champagner gefeiert, und sie war bis zum nächsten Morgen geblieben. Wenn ich das ihre Standardverkaufstechnik nannte, betonte sie jedesmal, daß ich vorher unterschrieben hätte. Was stimmte.

»Wie sieht's denn hier aus!« war Celines nicht sehr originelle Begrüßung, als sie wenige Minuten später in meiner Wohnung stand. »Vielleicht war's auch einer deiner dankbaren Patienten?«

Sie merkte, daß ich nicht in der Stimmung für eine witzige Antwort war.

»Hast du schon die Bullen angerufen?«

Ich schüttelte den Kopf und blieb auf dem Boden sitzen. Celine rief die Polizei an. Es würde etwas dauern, wir sollten nichts verändern.

»Blöd«, meinte ich, »du hättest schon mal aufräumen können, während ich mich aus dem Fenster stürze.«

»Strick wäre besser, damit haben wir schon Erfahrung, außerdem wohnst du im ersten Stock. Du würdest dir höchstens was brechen, wärest von Hacke bis Nacke eingegipst, und ich könnte nichts mehr mit dir anfangen.«

Ich holte die angefangene Flasche Wein aus dem Kühlschrank. Gemeinsam saßen wir auf dem Boden und warteten auf die Polizei. Celine begann, laut darüber nachzudenken, wer dieses Chaos angerichtet haben könnte und warum. Ich hatte aktuell dazu weder Lust noch eine Idee. Celine respektierte meine Stimmung.

»Du siehst wirklich echt beschissen aus, noch schlimmer als gestern. Du brauchst eine Massage. Dreh dich um!«

Ich legte mich auf den Bauch, und als mein Rücken sich zu entspannen begann, stellte sich andernorts eine gewisse Spannung ein. Ich war eigentlich todmüde, aber das war meinen Genen offensichtlich egal, allzeit bereit, ihr biologisches Programm zu erfüllen.

Neben vielem, was ich an Celine schätze, ihren Respekt meiner Privatsphäre zum Beispiel, ihre Spontaneität, ihre unaufdringliche Intelligenz, ist sie eine der wenigen Frauen, bei denen ich sicher bin, daß ihr Sex wirklich Spaß macht. Und es macht Spaß, Sex mit jemandem zu haben, dem es auch Spaß macht. Jedenfalls war es in diesem Moment für mich genau die richtige Therapie, Frustabbau und Entspannung.

»Dürfen wir stören?«

Wir hatten die beiden Polizisten nicht gehört, die dank der aufgebrochenen Tür ungehindert in die Wohnung konnten. Sicher aber sie uns, oder wenigstens Celine, die sich während eines guten Beischlafs kein Schweigegelübde auferlegt.

Die beiden schienen einem Comic entsprungen zu sein, einwandfreie Abziehbilder. Der Ältere war klein und dick mit Schweinebacken und Schwabbelbauch, etwa in meinem Alter. Der Jüngere, wahrscheinlich gerade mit der Ausbildung fertig, war eine Bohnenstange mit Pickelgesicht, das durch das Grün seiner schlechtsitzenden Uniform betont wurde.

Es war unklar, wie lange sie schon mitten in meinem Wohnzimmer gestanden hatten. Wenigstens Pickelgesicht hätte sicher noch gern das ein oder andere gelernt. Celine, die in einer Wohngemeinschaft aufgewachsen ist, schienen die interessierten Blicke nicht besonders peinlich. Mir dagegen war es höchst unangenehm, mit heruntergelassenen Hosen erwischt zu werden. Sofort beschlich mich das Gefühl, irgendwie schuldig zu sein und daß die schreckliche Wahrheit über mich ans Licht kommen würde.

»Sie können sich ja schon mal ein bißchen umschauen«, meinte Celine forsch, um wenigstens Pickelgesicht aus seiner Erstarrung zu lösen.

Wir zogen uns an, die Polizisten schauten sich um. Ich hatte den Eindruck, daß beide meine Wohnverhältnisse auch in aufgeräumtem Zustand mißbilligen würden.

»Dr. Hoffmann, was sind Sie fur ein Doktor?«

Schweinebacke führte das Wort, Pickelgesicht hörte aufmerksam zu.

»Ich bin Arzt. Am Krankenhaus.«

»So, so. Na, dann erzählen Sie mal.«

Sein Tonfall schien anzudeuten, daß ich mir schon viel Mühe geben müßte, sollte er mir glauben.

»Da gibt es nicht viel zu erzählen«, der Satz kam mir aus Fernsehkrimis bekannt vor, aber es war die Wahrheit. »Ich bin gestern morgen in die Klinik gefahren und so vor einer Dreiviertelstunde nach Hause gekommen. Die Tür war aufgebrochen, und die Wohnung sah so aus wie jetzt.«

»Und wo haben Sie die Nacht verbracht?«

»In der Klinik. Ich hatte Nachtdienst.«

Er schaute auf Celine.

»Und Ihre Frau, wo war die?«

»Ich bin eine Freundin«, stellte Celine klar. »Er hat mich angerufen, gleich, als er das hier gesehen hat.«

»Sie wohnen also nicht hier?«

»Nein.«

»Und woher wissen Sie dann, daß er Sie gleich angerufen hat?«

Aus seinen Augenwinkeln versicherte sich Schweinebacke, daß der junge Kollege zuhörte und sich merkte, wie man eine Befragung durchführt.

»Er hat es mir gesagt.«

Pickelgesicht schien zu warten, ob wir schon an dieser Stelle mit irgend etwas überführt worden waren, was er nicht mitbekommen hatte. Aber Schweinebacke wollte weiter vorführen, daß es auch ein einfacher Polizist schaffen konnte, zwei Verdächtige, die sich offensichtlich abgesprochen hatten, in Widersprüche zu verwickeln. Die beiden arbeiteten im sogenannten Berliner Modell, bei dem sich normale Streifenpolizisten um Fälle kümmern, die in der Regel mit der gewissenhaften Ablage von Protokollen ihr Bewenden haben, unterstützt von einem Laptop, einer Fotoausrüstung und einem Spurensicherungskoffer. Die Gewerkschaft der Polizei war Sturm gelaufen gegen die »unzumutbare Mehrarbeit«, doch Schweinebacke war wohl kein Gewerkschaftsmitglied, jedenfalls genoß er seine Rolle als Kriminalkommissar und kam zur nächsten Frage.

»Haben Sie einen Verdacht, wer das hier angestellt hat?«

Hatte ich nicht. Mir fiel Cristina ein, die mir sogar bei meinem Zahnarzt im Wartezimmer aufgelauert und schließlich meine Wohnungstür inklusive Türschloß mit Elefantenkleber verklebt hatte, während ich im Nachtdienst war. Inzwischen aber hatte sie wohl ein neues Opfer für ihre Liebe gefunden. Sicher gab es auch andere Frauen, die sich an mir rächen wollten, aber nicht mit der Verwüstung meiner Wohnung, und außerdem hatte ich den Bullen vorhin schon genug Einblick in mein Privatleben gewährt.

»Nein, ich habe keine Idee.«

»Wer wußte, daß sie Nachtdienst hatten?«

»Jede Menge Leute. Die Schwestern in der Klinik, meine Kollegen, die Patienten auf der Aufnahmestation. Allerdings wußte niemand vorher, daß ich Nachtdienst haben würde.«

»Wieso? Haben sie keinen Dienstplan?«

»Ein Kollege ist ausgefallen, ich mußte einspringen.«

»So, so, sie mußten also ganz plötzlich einspringen.«

»So ist es.«

Er mochte mich nicht. Es war unklar, ob sich seine Abneigung auf mich persönlich oder auf Ärzte im allgemeinen bezog. Vielleicht auf mich, weil ich mit Celine rummachen konnte, während er Besoffene aus der Kneipe schleppen oder Kreidestriche um zermatschte Unfallopfer ziehen mußte. Vielleicht auf den Doktor, der als Student bestimmt auf diesen Demos gewesen war, die ihm statt gemütlicher Wochenenden jede Menge Überstunden und Beschimpfungen als »Nazi« oder »Bullenschwein« eingebracht hatten. Warum sollte ich ihm erzählen, daß ich kaum auf Demos gewesen bin? Insbesondere nicht in Anwesenheit von Celine, die mich aus der historischen Perspektive ihrer neunundzwanzig Lebensjahre zu den Achtundsechzigern zählt, von deren Heldenmut sie schon als Kind in der Wohngemeinschaft gehört hatte. Tatsächlich war ich damals gerade mal dreizehn Jahre alt, und sicher intensiver mit Masturbieren beschäftigt als mit der Weltrevolution.

»Haben Sie Drogen im Haus?«

»Warum sollte ich Drogen im Haus haben?«

Für den Polizisten eine eher rhetorische Frage, ich fand mich langsam ganz gut in seinem Denkschema zurecht. Natürlich haben Ärzte Drogen im Haus. Die kommen doch ohne Probleme an das Zeug ran. Sie nehmen es selbst, weiß man doch, Ärzte sind süchtig, und wahrscheinlich dealen sie auch damit.

»Na, hören Sie mal, Herr Doktor. Sie als Arzt ...«

»Arzt bin ich in der Klinik. Da war ich die letzten dreißig Stunden. Jetzt bin ich zu Hause. Privatmann. Und ziemlich müde. Ich will eigentlich nur ins Bett, aber man hat in meine Wohnung eingebrochen und alles auf den Kopf gestellt. Nein, keine Drogen im Haus.«

»Also, Sie haben einen Nachtdienst extra gemacht, außerhalb des normalen Dienstplans. Brauchen Sie Geld?«

Ich versuchte, ihm zu erklären, daß seine logische Verknüpfung falsch war und deshalb auch seine Frage. Und daß ich ihm bereits gesagt hatte, daß ich für einen Kollegen einspringen mußte. Aber der selbsternannte Kommissar ließ sich nicht so leicht von seiner Motivsuche abbringen.

»Haben Sie eine Einbruch- oder Diebstahlversicherung?«

»Ja, habe ich.«

»Und wie hoch sind Sie versichert?«

»Da müssen Sie Frau Bergkamp fragen«, ich deutete auf Celine. »Bei ihr ist die Wohnung versichert.«

»Sie haben also erst Ihre Versicherungsagentin angerufen und dann die Polizei?«

Wieder ein Blick zu seinem Gehilfen.

»Ich habe Frau Bergkamp als Freundin angerufen. Sie wird mir beim Aufräumen helfen. Wenn Sie endlich Ihre Arbeit gemacht haben.«

Schweinebacke schaute sich betont bedächtig im Wohnzimmer um.

»Was ist denn eigentlich gestohlen worden?«

»Ich weiß nicht, ob überhaupt etwas gestohlen ist. Bisher ist mir nichts aufgefallen. Aber ich habe mich auch noch nicht gründlich umgesehen.«

»Es hat Sie nicht interessiert, ob was gestohlen worden ist?«

»Hören Sie, was mich im Moment interessiert, ist, zu erfahren, was Sie zu unternehmen gedenken, außer mir Drogengeschäfte, Versicherungsbetrug und was weiß ich zu unterstellen.«

»Was meinen Sie mit unternehmen?«

Ich fühlte mich auf der Seite der Verlierer. Ich war müde vom Nachtdienst, kam mir irgendwie beschmutzt vor und empfand den Einbruch als Verletzung meiner Intimsphäre.

Plötzlich konnte ich mir vorstellen, wie sich eine vergewaltigte Frau fühlt.

Ich knurrte die beiden an.

»Ich meine, daß hier ein Verbrechen verübt worden ist. Und ich meine, daß zu einem Verbrechen Verbrecher gehören. Und ich meine, daß es die Aufgabe der Polizei ist, Verbrecher zu fangen oder wenigstens nach ihnen zu suchen«, ich holte zu meinem vernichtenden Schlag aus, um die wirklichen Machtverhältnisse klarzustellen, »schließlich bezahle ich Steuern, und von diesen Steuern bekommen Sie Ihr Gehalt.«

Der Gesetzeshüter schaute mich traurig an.

»Herr Doktor, haben Sie eine Vorstellung, wieviel Wohnungseinbrüche täglich in Berlin verübt werden?«

Anhand meiner aktuellen Erfahrungen mit dem Ermittlungseifer der beiden hatte ich eine gewisse Vorstellung. Aber sicher würde ich es gleich hören.

»Es sind zweihundertvier Einbrüche am Tag. Das sind achteinhalb pro Stunde oder einer alle acht Minuten.«

Ich war beeindruckt. Hatte er die Stunden- und Minutenwerte gerade im Kopf ausgerechnet?

»Sie meinen, es sind zu viele, um sich darum zu kümmern? Vielleicht sind es gerade deshalb so viele, weil Sie sich nicht genug darum kümmern. Wissen Sie, in der Medizin kümmern wir uns gerade um die häufigen Erkrankungen, weil sie viele Menschen betreffen.«

»Darum haben Sie Ärzte ja auch die Grippe so fest im Griff.«

Zum erstenmal hatte sich Pickelgesicht in das Verhör eingeschaltet und gleich einen Volltreffer gelandet. Selbst Celine konnte ihr Grinsen kaum verbergen.

»Jetzt nehmen wir erst einmal ein Protokoll auf.«

Schweinebacke packte seinen Laptop aus, während sein Adjutant weiter seine Fotos vom Tatort machte, allerdings aus Blickwinkeln, die eine Fotoserie über Celine abgeben würden. Die tat so, als merke sie nichts, ihre unauffälligen Posen straften sie freilich Lügen. Mir gönnte er kein einziges Foto.

Schweinebacke hatte mit ein bißchen Blättern im Handbuch inzwischen tatsächlich ein elektronisches Formular auf den

Laptop gezaubert. Es wurde alles ordentlich festgehalten. Name, Vorname, Tatort. Name, Vorname und Adresse der Zeugin. Tathergang (»unbekannt«), Tatortbeschreibung.

Die Schwierigkeiten, die das »Berliner Modell« bekannt gemacht haben, begannen, als das Protokoll ausgedruckt werden sollte, obgleich Schweinebacke brav jeden Schritt eingab, den Pickelgesicht jetzt laut aus dem Handbuch vorlas. Zum Schluß war das Protokoll unauffindbar im Dschungel der RAMs und ROMs verschwunden, und Schweinebacke hatte einen roten Kopf.

»Passen Sie mal auf, Herr Doktor. Wir wissen ja sowieso noch nicht, ob es sich um einen Diebstahl handelt oder nur um Vandalismus. Am besten, Sie untersuchen in aller Ruhe, ob etwas weggekommen ist, und machen eine Liste davon. Und mit dieser Liste kommen Sie morgen auf das Revier und unterschreiben das Protokoll.«

Die beiden packten ihre Sachen zusammen. Auch ich wollte nur noch, daß sie verschwinden.

»Und was machen wir jetzt?«

Celine war nach dem Abschieben der Staatsmacht von ungebremster Energie. Schließlich hatte sie inzwischen Ferien und wahrscheinlich den ganzen Tag faul herumgelegen.

»Du meinst doch nicht etwa, da weitermachen, wo uns die beiden unterbrochen haben?«

»Auch keine schlechte Idee. Aber, ich will dich nicht überstrapazieren, mein Lieber. Eine Leiche pro Woche reicht mir. Hör zu: Ich lade dich zum Essen ein. Vorher räume ich hier ein bißchen auf, und du untersuchst die Wohnung auf Verluste.«

Ich war zum Umfallen müde, würde aber jetzt sowieso nicht schlafen können. Und die Aussicht, das Chaos nicht selbst beseitigen zu müssen, war verlockend. Ich nahm Celines Angebot an und begann mit der provisorischen Reparatur meiner Wohnungstür.

Celine schleifte mich wieder zu unserem Italiener Luigi, der sie wie üblich mit vielen Küßchen empfing, während meine Begrüßung deutlich weniger heftig ausfiel. Sollte ich stolz sein oder beleidigt? Wenigstens bekamen wir einen ruhigen Tisch in der kleinen Fensternische hinten rechts.

Die Inspektion meiner Wohnung auf Verluste hatte nicht viel Zeit in Anspruch genommen. Bis auf ein paar kleine Romantiker aus meiner Gemäldesammler-Zeit gibt es bei mir nichts zu holen, für den Abtransport meiner alten Stereoanlage und des betagten Fernsehers hätte ich zuzahlen müssen. Aber die Einbrecher hatten sich ebensowenig für meine Romantiker wie für das Bargeld und die Scheckkarten in meinem durchwühlten Schreibtisch interessiert. Was hatten sie gesucht?

»Sie müssen ziemlich sicher gewesen sein, nicht überrascht zu werden. Ich denke, Sie wußten gut Bescheid über dich und deine Arbeit im Krankenhaus.«

»Nicht unbedingt. Wir wissen nicht, ob sie in der Nacht gekommen sind. Das würde eine Verbindung zur Klinik sehr wahrscheinlich machen. Aber sie können genausogut am Vormittag gekommen sein. Die meisten Einbrüche laufen heutzutage tagsüber, habe ich gehört.«

»Trotzdem, es muß was mit der Klinik zu tun haben. Wenigstens dein Bargeld hätten sie mitnehmen können, wenn sie schon nichts von Kunst verstehen. Vielleicht wollten sie gar nichts klauen, es sollte nur eine Warnung sein!«

»Meinst du?«

Luigi trug die dampfenden Spaghetti marinara auf. Celine, direkt wie in allen Dingen des Lebens, legte sofort mit Löffel und Gabel los.

»Weiß nicht«, sie schlürfte die erste Fuhre Spaghetti ein, »wieviel Erfahrung haben wir beide schon mit solchen Sachen? In den Krimis sind solche Warnungen meistens etwas direkter. Man tötet deine Katze und bindet ihr eine Nachricht um den Hals, oder man haut dir tüchtig auf den Schädel mit dem Versprechen, ihn dir das nächste Mal ganz einzuschlagen, wenn du dich nicht um deine eigenen Angelegenheiten kümmerst.«

»Da habe ich ja noch mal richtig Glück gehabt.«

»Stimmt. Und die Katze, die du nicht hast.«

»Sie könnten ja ersatzweise dir einen Zettel um den Hals binden.«

Celine blickte vom Teller hoch.

»Paß auf, Dr. Hoffmann. Das war nicht sehr komisch.«

Sie hatte recht. Ich entschuldigte mich und bot an, den Nachtisch zu zahlen.

»In Ordnung. Luigi«, rief sie durch den Raum, »was ist der teuerste Nachtisch, den Sie haben?«

Der Nachtisch erübrigte sich. Luigi macht für uns immer besonders reichliche Portionen, und selbst Celine mit ihrem gesunden Appetit war satt und bestellte sich nur noch einen Espresso. Ich auch. Und einen Grappa.

»Aber, vergiß nicht, du schuldest mir noch einen Nachtisch.«

Ich war sicher, sie würde es für mich in Erinnerung behalten, wenn sie auch im Moment intensiv mit ihrer Verschwörungstheorie beschäftigt war.

»Nein, das war nicht nur eine Warnung. Sie haben etwas Bestimmtes bei dir gesucht. Die Akte von diesem Mischa zum Beispiel, die du nicht in Bredows Schreibtisch zurückgelegt hast. Oder ob es eine Kopie von deinem Leichenschauschein gibt. Wenn sie nicht sogar von unserem Datenklau wußten und bei dir verzweifelt nach einem Computer gesucht haben!«

Ich hatte Celine noch nicht erzählt, daß ich inzwischen in der Tat die Kopie meines Leichenschauscheins hatte. Ich überlegte laut.

»Nehmen wir mal an, du hast recht, und es gibt einen Zusammenhang zwischen der Klinik und dem Einbruch. Ändert das was?«

»Das mußt du mir sagen. Es ist deine Klinik.«

Ich dachte einen Moment nach. Es gab inzwischen zwei Tote. Aber hatte Bredows Tod überhaupt etwas mit Mischas Ableben zu tun? Mischas Todesursache war zwar bisher unklar, aber es war mit Sicherheit kein Mord. Also gab es aktuell keinen Hinweis, daß wir uns in körperlicher Gefahr befanden.

»Egal, ob es einen Zusammenhang mit der Klinik gibt, ich werde mich nicht verschreckt in meinen Kaninchenbau zurückziehen. Laß uns zu dir fahren und Bredows Festplatte Bit für Bit auseinandernehmen. Der wird sich nicht umgebracht haben, weil wir aus der Europameisterschaft geflogen sind.«

Ich war im Begriff, aufzustehen. Celine bedeutete mir, mich wieder zu setzen.

»Zu spät, mein Lieber. Wegen Bredows Daten von der Festplatte ... wollte ich dir schon die ganze Zeit etwas sagen ...«

»Die Daten sind weg?« Meine Magenwände verkrampften sich gewaltig, nicht gut nach Spaghetti marinara. »Hast du sie gelöscht?«

Zu spät bemerkte ich Celines mühsam unterdrücktes Grinsen. Nur langsam beruhigten sich die Spaghetti wieder.

»Celine! Ich bringe dich um, gleich hier! Sag mir endlich, was mit dieser Festplatte los ist!«

Celine trank genüßlich ihren Espresso.

»Weißt du, ich war auch nicht ganz untätig letzte Nacht. Rate mal, was ich gemacht habe.«

»Du hast sehnsüchtig auf mich gewartet, was sonst. Und als ich dich angerufen hatte, daß ich nicht kommen kann, hast du dir die Augen ausgeweint und dir zum hundertstenmal ›Schlaflos in Seattle‹ reingezogen. Und dann hast du noch mehr geweint.«

»Falsch.«

»Hast du bei mir eingebrochen?«

»Stimmt. Ich habe eingebrochen. Aber nicht bei dir. Ich habe mich auf Bredows kopierter Festplatte umgeschaut.«

Ich bestellte mir einen zweiten Espresso.

»Du hast so spät angerufen, daß ich auf die schnelle keinen meiner anderen Liebhaber erreichen konnte. Also mußte ich meine zwei Pizzas alleine verputzen und habe mich dabei in Bredows Privatbuchhaltung umgesehen.«

Celines glühende Wangen verrieten ein spannendes Ergebnis.

»Und?«

»Was versprichst du mir, wenn ich es dir erzähle?«

Jetzt war ich im Vorteil. Ich wußte, sie war ganz wild darauf, es zu erzählen.

»Ich will's gar nicht wissen. Nimm's mit ins Grab!«

»Du bist undankbar!«

»Dein Pech!«

Celine macht eine kleine Anstandspause, aber es war klar, sie mußte ihre Entdeckung loswerden.

»Na schön. Ich bin noch nicht viel weiter mit der eigentlichen Buchhaltung für die Klinik. Dazu brauche ich dich, und sicher auch jemanden, der etwas von Buchhaltung versteht.«

Diesmal hielt ich mich mit einem unpassenden Kommentar zurück, Celine erzählte weiter.

»Aber eines ist sicher: Unser toter Freund hat sich kräftig aus eurer Vereinskasse bedient.«

»Bredow hat Geld von der Klinik gestohlen?«

»Nicht gestohlen. Nur geborgt. Sich einen gelegentlichen Kredit genehmigt.«

»Und was hat er mit dem geborgten Geld gemacht?«

»An der Börse spekuliert, und zwar kräftig. Hat sauber Buch geführt darüber.«

Ich war ziemlich erstaunt. Bredow war mir nie besonders sympathisch gewesen, hatte aber nicht den Eindruck eines Spielers gemacht.

»Ist ja ein dicker Hund. Wie hast du das entdeckt?«

»Eher zufällig. Ich bin einfach so auf seiner Festplatte herumgesurft, da entdecke ich plötzlich ein Programm ›RiskMetrics‹ – konnte ich nichts mit anfangen.«

»Und?«

»Da habe ich ein bißchen umhertelefoniert. Mein Freund Johannes von der Bank wußte über RiskMetrics Bescheid. Er ist in der Investmentberatung.«

Ich war nicht überrascht über Freund Johannes bei der Bank. Wahrscheinlich hat Celine auch einen Freund bei der NASA und einen beim Verfassungsschutz.

»Es ist so ein Programm, mit dem die Analysten bei den Banken das Risiko einer bestimmten Geldanlage berechnen.«

»Das Programm sagt mir also, ob ich mein Geld verdoppeln oder verlieren werde? Das will ich auch haben!«

»So einfach ist es nicht. Es berechnet nur das Risiko einer Geldanlage, macht dir eine Gewinn-zu-Risiko-Analyse. Anlagefirmen benutzen solche Programme. Die beobachten den Aktienmarkt, und bei bestimmten Entwicklungen kaufen oder verkaufen sie automatisch. Ohne uns Mathematiker läuft heute nichts mehr.«

»Sind das die Programme, die vor ein paar Jahren in New York den Crash verursacht haben, als alle Analysten beim Kaffeetrinken waren, während ihre Computer fröhlich die Börse in den Keller gefahren haben? Ein Hoch auf die Mathematiker!«

Celine spielte die Beleidigte.

»Willst du was über Bredows Spekulationen wissen oder dich über Mathematiker auslassen?«

»Ah, du weißt doch, daß ich Mathematikerinnen liebe.«

»Blödmann! Also, paß auf. Bredow hat seine RiskMetrics-Berechnungen nicht gelöscht. Man kann ohne große Anstrengung nachvollziehen, was er mit dem Klinikgeld gemacht hat.«

»Woher weißt du, daß es das Geld der Klinik war?« »Gegenfrage. Meinst du, unser toter Freund hatte zwei Millionen Privatkapital für Termingeschäfte an der Börse?«

»Noch mal! Zwei Millionen?«

»Deutsche Mark, zwei Millionen, mein Freund. Das dürfte kaum nicht abgegebenes Haushaltsgeld gewesen sein.«

Ich überschlug die Summe kurz im Kopf. Unsere Klinik hat rund dreihundertfünfundzwanzig Betten. Der Bettensatz ist je nach Abteilung zwischen dreihundert und vierhundertfünfzig Mark, beziehungsweise über tausend Mark auf der Intensivstation. Macht also schon einmal rund 1,7 Millionen im Monat von den Kassen. Dann gibt es noch die Sonderentgelte für Operationen, Investitionshilfen, Privatpatienten – macht einen Monatsumsatz von gut zweieinhalb Millionen.

»Die Versuchung ist groß, und es wird immer wieder gemacht, sagt mein Freund Johannes.«

»Der von der Investmentabteilung ...«

»Richtig, der von der Investmentabteilung. Rechtsanwälte und Notare spekulieren gelegentlich mit Mandantengeldern, manchmal auch Steuerberater.«

»Banken doch sowieso.«

»Nein, Banken zocken ganz legal mit fremdem Geld. Und wenn die Miese machen, werden die in irgendwelchen Fonds versteckt, die sie ihren geschätzten Kunden unterjubeln.«

»Sagt Johannes.«

»Ja, sagt Johannes, nach ein paar Bier. Weiß man aber sowieso. Die Sache hat nur zwei Voraussetzungen. Du mußt das Geld haben und einige Zeit darüber verfügen können. Ein paar Wochen, wenigstens einen Monat, besser noch länger. Und du mußt gute Nerven haben.«

»Wann ging es los mit Bredows schneller Mark?«

Mir dämmerte ein Zusammenhang. Im März letzten Jahres hatte Bredow verkündet, es gäbe einen Fehler im Computerprogramm für die Gehaltsabrechnung, und das gesamte restliche Jahr hinkte unser Gehalt um jeweils einen Monat hinterher. Bis im November das Problem elegant gelöst wurde: Im Dezember gab es endlich das ausstehende Gehalt, dafür aber kein Weihnachtsgeld. Er hatte das Geld von vier Wochen einfach aus dem Verkehr gezogen!

»Und was hat er mit seinen Spekulationen verdient?«

Celine hob die Schultern.

»Kann ich dir noch nicht sagen. Aber er muß ziemlich nervenstark gewesen sein. Denn alles, was er im RiskMetrics-Programm hat durchlaufen lassen, waren nach Bewertung des Programms Risikogeschäfte.«

Ich war platt. Ich hatte irgendeine Verbindung zwischen der Klinik und Firmen wie CareClean und Hospital Catering Service erwartet, irgendeine Masche, um Gewinne in Verluste zu verwandeln. Aber nicht, daß Dr. Bredow, der Mann auf dem Weg zum Staatssekretär, mit meinem Gehalt gezockt und es eventuell vergeigt hatte.

»Das würde wenigstens seinen Selbstmord erklären«, meinte ich. »Er hat zum Schluß unseren Etat in den Sand gesetzt und peng!«

Wenn das stimmte, wäre die Klinik jetzt pleite. Oder, wenn sie noch zu retten war, müßten wir für das halbe Gehalt arbeiten. Schöne Aussichten. Celine befaßte sich mehr mit der Logik als mit meiner Existenz.

»Es wäre ein Motiv, richtig. Falls er die Sache wirklich in den Sand gesetzt hat. Das werde ich noch herausfinden. Aber, es gibt etwas, das nicht dazu paßt.«

»Und das wäre?«

»Alle diese Geschäfte sind im letzten Jahr gelaufen, von Frühjahr bis Spätherbst. Es gibt keine RiskMetrics-Berechnungen aus den letzten sieben Monaten.«

Nun hatten wir endlich eine Spur, aber sie paßte nicht in den Zeitablauf! Noch weniger ergab sie eine Verbindung zwischen Bredows und Mischas Tod. Wir würden noch weiter an Bredows Buchhaltung arbeiten müssen.

Inzwischen waren wir Luigis letzte Gäste und baten um die Rechnung. Ich hatte vergessen, daß eigentlich Celine eingeladen hatte, und zahlte. Trotz meiner Müdigkeit fiel mir auf, daß Luigi sich zu meinen Gunsten verrechnet hatte. Ich sagte nichts. Kleine Rache, schließlich könnte er mich auch einmal so herzlich begrüßen wie Celine.

14

Am nächsten Morgen stolperte ich erst einmal über den Altkleiderberg, den Celine vor meinem Kleiderschrank aufgehäuft hatte. Sie fand den Einbruch eine prächtige Gelegenheit, mich endlich von meinen alten Klamotten zu trennen. Wenigstens von denen aus meiner Studentenzeit.

Gut, daß ich ein eifriger Nichtwegwerfer bin. Hatte mich Dohmke doch ermahnt, mich zu Bredows Beerdigung passend zu kleiden. Da lag er, der erste und letzte dunkle Anzug meines Lebens, angeschafft zum Staatsexamen, als ein Anzug noch den Unterschied zwischen gerade so bestanden und leider durchgefallen bedeuten konnte. Und der Wegwerfhaufen gab sogar auch eine dunkle Krawatte her. Ich packte beides in eine Einkaufstüte und machte mich auf den Weg.

Unterwegs zur Klinik kam ich ins Grübeln, ob ich angesichts des Chaos in meiner Wohnung nicht gleich eine jener Entrümpelungsfirmen anrufen sollte, die immer auf der Seite mit den Todesanzeigen inserieren. Eine verführerische Idee, mich neu einzurichten, meine Wohnung, mein Leben. Mit fünfundvierzig Jahren war es nicht zu spät für einen Neuanfang. Schreibers Frau Astrid hatte recht. Ich habe für niemanden zu sorgen außer für mich selbst. Ich muß kein Haus abbezahlen und keine Raten auf eine Lebensversicherung für das Studium der Kinder. Seit ich neulich unter der Dusche das erste graue Schamhaar entdeckt hatte, wußte ich, daß auch meine Tage gezählt sind.

Ich sollte heute nicht gleich in die Klinik fahren, sondern erst einmal zum Friseur. Noch würde es niemandem auffallen, wenn ich mir wenigstens auf dem Kopf den einschleichenden Grauschleier wegfärben ließe. Außer vielleicht Celine.

Ich fuhr nicht zum Friseur, und ich rief auch keine Entrümpelungsfirma an. Ich hatte auch keine Lust, beim Polizeirevier vorbeizufahren, um das Protokoll zu unterschreiben. Schließlich war es nur fair, den beiden Polizisten noch etwas Zeit zu geben, das verschwundene Protokoll wieder aus den Tiefen ihres

Laptops hervorzuzaubern. Hätten sie mir eine Gegenüberstellung versprochen, ich wie im Kino verborgen hinter einer Spiegelwand, das wäre etwas anderes gewesen. Aber schließlich hatte ich gar keinen Täter gesehen. Und ich war sicher, daß weder Schweinebacke und Pickelgesicht noch ihre Kollegen mir innerhalb der nächsten hundert Jahre ein paar Verdächtige präsentieren würden. Schade, denn als Betroffener war es vorbei mit meiner bürgerlich-liberalen Einstellung zur Kriminalität!

Es wurde ein kurzer Arbeitstag. Pünktlich für fünfzehn Uhr war Bredows Beerdigung auf dem Waldfriedhof angesagt mit unausgesprochener Anwesenheitspflicht für alle, die nicht zum Notdienst eingeteilt waren. Bei der Wahl zwischen Klinikarbeit oder frischer Luft auf dem Waldfriedhof hatte sowieso der Friedhof gewonnen, der Andrang war so groß, daß Mikrophon und Lautsprecher vorbereitet waren.

Das Mikrophon war unmittelbar neben der Grabstelle aufgebaut, getrennt von den Trauergästen durch ein Meer von Kränzen und Blumengebinden. Dr. Bredow hätte sich wahrscheinlich über den Grad seiner Beliebtheit gewundert.

Dohmke kam in seiner Trauerrede auf Qualitäten zu sprechen, die der Verstorbene uns gegenüber ziemlich erfolgreich verborgen gehalten hatte. Es war nicht weiter erstaunlich zu hören, daß Dr. Bredow »durch einen tragischen Unfall« aus dem Leben abberufen worden war, aber es war mir neu, welch ein Vorbild an sozialem Engagement, väterlichem Führungsstil, Zuverlässigkeit und Aufrichtigkeit der »viel zu früh von uns Gegangene« gewesen war. Er habe, sagte Dohmke, jederzeit eine offene Tür und ein offenes Ohr für alle Mitarbeiter gehabt. Nun, inzwischen wußte ich, daß er wohl mehr eine offene Tasche für die ihm anvertrauten Klinikgelder hatte. Ich fragte mich erneut, ob Dohmke bereits von Bredows doppelter Buchhaltung wußte und ob die Klinik vielleicht längst pleite war.

Im Kino finden solche Beerdigungen immer bei Novemberregen statt, aber wir hatten Juli und herrlichen Sonnenschein. So konnte ich wenigstens das viel zu enge Jackett meines Staatsexamensanzugs ausziehen. Nach Dohmke kam der Pfarrer dran, der sein »der Herr hat es gegeben, der Herr hat es genommen«

und »Asche zu Asche« und tröstende Worte an die Familie loswerden wollte. Für Bredows Geliebte Margret hatte er keinen Trost. Ich hätte gerne gehört, wie er sich aus der Affäre gezogen hätte, wäre er besser über die persönlichen Verhältnisse des Verstorbenen informiert gewesen.

Während der Pfarrer sprach, überlegte ich mir, wo und unter welchen Umständen wohl Mischa Tschenkow beigesetzt worden war. Wer hatte eigentlich seine Familie von seinem Tod informiert? Gab es eine Frau Tschenkow, gab es Kinder? War er irgendwo hier in Berlin begraben, oder hatte man die Leiche zurück in die Ukraine geschickt? Zu teuer! Vielleicht hatte man ihn hier eingeäschert, und die Urne hat jemand im Handgepäck nach Hause mitgenommen. Dürfen Russisch-Orthodoxe überhaupt verbrannt werden? Hat man ihn dennoch verbrannt, um eine Untersuchung der Leiche endgültig auszuschließen? Ich mußte noch heute Michael Thiel Druck wegen der Blutprobe machen, hoffentlich existierte sie noch.

Als Bredows Sarg endlich in das vorbereitete Grab herabgelassen war, kam es zu den üblichen Peinlichkeiten. Sollte nun jeder ein Schäufelchen Erde in das Grab werfen, oder stand das nur der Familie zu? Mußten wir alle der trauernden Witwe unser zutiefst empfundenes Beileid aussprechen? Und auch noch den Kindern? Das würde bis nach Feierabend dauern.

Dohmke löste die Situation, indem er den Sargträgern ein Zeichen gab, das Grab zuzuschaufeln, und die Witwe zu seinem Wagen führte. Frau Bredow schien nicht ganz sicher auf den Beinen. War das die Schwere des Schicksalsschlages, oder hatte sie ihre Trauer im Alkohol ertränkt? Die Trauergemeinde nahm die Chance wahr, schnellen, wenn auch gemessenen Schritts den Friedhof zu verlassen. Viele hatten größere Taschen oder Tüten mit Badezeug dabei und würden noch auf einen kurzen Plansch um die Ecke ins Strandbad Wannsee gehen. Es erinnerte an die Stimmung vergangener Schultage, an Hitzefrei vor einer drohenden Klassenarbeit.

Ich blieb noch ein wenig und sah mir die Kränze und Blumengebinde näher an. Mein Interesse galt weniger der sprachlichen Originalität letzter Grüße, mich interessierten die Absender. Die

Abteilungen für Medizintechnik von Philips und Siemens hatten anscheinend bei derselben Gärtnerei bestellt, eine letzte kleine Aufmerksamkeit für unseren neuen Lithotripter und das Kernspingerät. Nur wenig kleinere Kränze hatten die Dresdener Bank und die Bank für Gemeinwirtschaft abgeben lassen. Deutlich bescheidener war der Kranz unserer Klinik ausgefallen, den Dohmke persönlich angeschleppt hatte. Sonst war alles von Firmen und Einrichtungen, die an unserer Klinik offensichtlich nicht schlecht verdienten. Was hatte ich erwartet? Einen letzten Gruß vom Verein der Spekulanten mit Firmengeldern etwa? Was ich allerdings nicht fand, war ein Kranz der Firma Care-Clean oder von Hospital Catering Service.

Inzwischen stand außer mir nur noch Margret auf dem Friedhof, der Mensch, mit dem Bredow in den letzten drei Jahren seine Freuden und Sorgen geteilt hatte. Sie traute sich erst jetzt direkt ans Grab und legte einen Strauß Vergißmeinnicht zwischen die Kränze.

Die Geliebte eines verheirateten Mannes zu sein ist wahrscheinlich schon zu dessen Lebzeiten eine Kette von Kompromissen mit dem eigenen Stolz und der eigenen Frustrationstoleranz. Gemeinsam geplante und kurzfristig abgesagte Wochenenden, Weihnachten und Geburtstage auf Stunden reduziert, und einsame Abende, wenn der Partner mit Frau und Kindern in den Sommerferien ist. Und stirbt der Geliebte, konzentriert sich alle Aufmerksamkeit wiederum auf die Frau, die der Grund für diese Frustrationen war. Die Geliebte, die eigentliche Vertraute des Toten, bekommt keinen Trost, keine Worte der Anteilnahme. Ihre Anwesenheit ist eher peinlich, man versucht am besten, sie zu übersehen. Ich ging zu Margret und legte ihr den Arm um die Schultern.

Mit ziemlich belegter Stimme meinte sie: »Daß auf Beerdigungen immer so viel gelogen werden muß!«

»Nicht mehr als im Leben, denke ich.«

»Aber was soll dieses Gerede vom tragischen Unfall?«

»Ich glaube nicht, daß man in einer Trauerrede das Wort Selbstmord benutzt.«

»Wenn es überhaupt Selbstmord war.«

Ich sah Margret an und entschied, daß dies nicht der Moment war, nachzufragen.

Margret und ich hatten uns, wie man so sagt, im Guten getrennt. Jeder Mensch weiß, daß es eine Trennung »im Guten« nicht gibt, immerhin aber waren wir ohne größere gegenseitige Verletzungen auseinandergegangen. Sie hatte mir erst vor einiger Zeit erzählt, daß Bredow die große Liebe ihres Lebens sei. Auch ich fand jetzt keine tröstenden Worte, bot ihr aber an, sie nach Hause zu bringen.

»Das ist sehr nett von dir, gerne. Ich bin ein wenig durcheinander in den letzten Tagen.«

Ich kannte Margrets neue Wohnung bisher nicht. Eine Eigentumswohnung in einem sanierten Altbau, direkt gegenüber dem Schloß Charlottenburg, auf der anderen Seite der Spree mit hübschem Blick auf Schloß und Schloßpark. Während Celine in einer Mischung aus Büro und Schlafquartier wohnt, war das hier die Wohnung einer Frau, die mit der Wohnungstür auch ihr Arbeitsleben ausschloß. Alles war in weichen Pastelltönen gehalten, dekorative Trockenblumensträuße wurden in ihrer Wirkung durch frische Blumen verstärkt. Auf dem Sofa lag zusammengerollt eine ziemlich dicke Katze, die Margrets Erscheinen nur mit einem kurzen Öffnen der Augen zur Kenntnis nahm.

»Hallo, Bella, hast du mich vermißt?«

Wenn ja, gab Bella das nicht zu erkennen. Margret schlüpfte aus ihren schwarzen Pumps, stellte sie im Flur ordentlich zur Seite und verschwand in der Küche. Aufmerksam geworden durch das Geräusch der Kühlschranktür, machte sich auch die Katze auf den Weg.

»Möchtest du was zu trinken?«

»Sprichst du mit mir oder der Katze?«

»Die Wünsche meiner Katze kenne ich.«

»Was hast du da?«

»Ist das nicht deine Zeit für einen Campari Orange?«

Margret hatte auch meine Wünsche nicht vollkommen vergessen, oder vielleicht hatte sich auch Bredow gerne bei einem Campari Orange entspannt.

»Gute Idee, gerne!«

Ich schaute mich um. In ihrer alten Wohnung hatte es noch Erinnerungen an das junge Mädchen Margret gegeben. Fotos von Schulbällen, Plüschtiere auf dem Bett und darüber eine Liste mit den schlimmsten Tagen ihres Lebens als Erinnerung, daß sie auch diese überstanden hatte. Wo würde sie den heutigen Tag notieren?

Margret tauchte mit meinem Campari und einem Glas Wein auf. Ihr schwarzes Kostüm hatte sie gegen eine Seidenbluse und Jeans gewechselt. Ich fühlte mich auch nicht besonders wohl in meinem Examensanzug und zog wenigstens Jacke und Schuhe aus.

»Ich hätte nie gedacht, daß du einen Anzug hast.«

»Oh, ich bin recht gut sortiert, vielleicht nicht immer ganz aktuell.«

»Hast du niemanden, der ein bißchen auf dich achtet?«

»Doch, habe ich. Aber Celine findet Klamotten auch nicht so wichtig.«

»Celine?«

»Ja, Celine.«

»Kenne ich sie?«

»Nein, ich glaube nicht.«

»Was macht sie?«

»Sie himmelt mich an und ist verrückt nach mir.«

»Das ist klar. Macht sie sonst noch was?«

»Sie hat eine halbe Lehrerstelle. Für Mathematik. Und verkauft Versicherungen.«

»Wohnt ihr zusammen?«

»Nein. Aber sie wohnt gegenüber.«

»Wie praktisch für dich.«

Unsere Beziehung war endgültig gescheitert, als Margret darauf bestanden hatte, daß wir zusammenziehen müßten.

»Es ist für uns beide praktisch. Ich glaube nicht, daß es für Celine oder sonst wen erstrebenswert ist, jeden Tag des Lebens mit mir zu verbringen.«

»Aber gerade das, Felix, ist Liebe oder Partnerschaft. Daß man sein Leben teilt, nicht nur stundenweise.«

Margrets Leben mit Bredow dürfte sich ausschließlich stundenweise abgespielt haben. Sie schien meine Gedanken zu erraten.

»Mir hat jeder Tag weh getan, an dem ich nicht mit Knut zusammen sein konnte. Und das waren viel zu viele. Ihm ging es genauso.«

»War Dr. Bredow dein nächster Mann nach mir?«

Natürlich ging mich das nichts an. Und es interessierte mich auch nicht furchtbar. Aber es war klar, daß Margret reden wollte, am liebsten über Bredow.

»Er war meine nächste Liebe nach dir. Wie ich dir schon einmal gesagt habe – er war die große Liebe meines Lebens.«

Margret hatte sich bisher ziemlich tapfer gehalten, nun allerdings schlichen sich ein paar Tränen in die Augenwinkel. Sie schneuzte sich und lächelte dann etwas.

»Aber er war nicht mein nächster Mann nach dir, im Sinne von miteinander schlafen und so. Das war Boris, der verrückte Russe.«

Ihre Katze tauchte wieder auf und schaute mich wenig begeistert an. Wahrscheinlich saß ich auf ihrem Lieblingsplatz, oder sie hatte Angst, ihr Futter mit mir teilen zu müssen.

»Wie bist du denn an einen Russen gekommen?«

»Eigentlich ist Boris gar kein Russe. Er kommt aus der Ukraine.«

»Aha, wie bist du an einen Ukrainer geraten?«

»Du wirst es nicht glauben. Ich habe ihn durch Dohmke kennengelernt.«

»Durch Dohmke, den Oberfiesling?«

»Durch den Oberfiesling, weil, wie du weißt, Dohmke auch für die Blutbank zuständig ist. Sie kamen nach Feierabend, als die anderen Mädchen schon nach Hause gegangen waren. Boris ist Geschäftsmann. Wie ich später gelernt habe, handelt er mit allem und jedem. Dohmke hat ihn seinerzeit angeschleppt, damit ich ihm unser Lagersystem und die Vorschriften für Blutkonserven in Deutschland erkläre. Er wollte eine Kette von Blutbanken in Rußland und diesen Staaten aufziehen, da gebe es für eine Flasche Wodka jede Menge Blutspender. An dem

Abend hat mich Boris noch in eine Bar eingeladen, und dann haben wir uns ab und zu gesehen.«

Blut gegen Wodka – ein feines Geschäft.

»Hast du noch einen Campari?«

Kaum war Margret aufgestanden, sprang die Katze auf ihren Sessel. Als Margret mit meinem Campari zurückkam, setzte sie sich zu mir auf die Couch. Für sich hatte sie die Weinflasche mitgebracht. Während unserer gemeinsamen Zeit hatte Margret kaum Alkohol getrunken. Hatte sich das geändert, oder lag es an der Beerdigung ihres Geliebten?.

»Und – wie war's mit Boris?«

»Lustig. Und anstrengend. Mit ihm zusammen war immer was los, ein unheimlich aktiver Typ. Und großzügig. Er hat mit dem Geld nur so um sich geworfen. Einmal haben wir nachmittags einen Kaffee getrunken, da hat er der Bedienung fünfzig Mark Trinkgeld gegeben. Weil sie so nett gelächelt habe.«

Sie goß sich erneut Wein ein.

»Es war irre mit Boris. Ich habe russische Kneipen kennengelernt, die würdest du nicht einmal finden, wenn ich dir die Adresse gäbe. Wenn wir zusammen in der Stadt unterwegs waren, war es, als sei Berlin eine russische Stadt. Unglaublich. Du hast keine Vorstellung, wie viele Russen hier leben.«

Einige sterben hier auch, hätte ich ihr dazu sagen können. Aber es war nicht der richtige Tag, ihr von Mischa zu erzählen.

»Und wie ist es auseinandergegangen?«

»Es war einfach zu anstrengend. Boris ist hier nachts um eins oder später aufgetaucht und wollte ausgehen. Das war eine Zeitlang ganz lustig, aber irgendwann wurde es mir zu lustig. Außerdem war er manchmal gewalttätig, wenn er zuviel getrunken hatte.«

»Hat er dich geschlagen?«

»Nicht direkt, aber oft war es kurz davor. Einmal hat er mich sogar mit einer Pistole bedroht.«

»Hört sich nicht gut an.«

»Na ja. Er war nicht nüchtern, und er hat sich am nächsten Tag auch ganz furchtbar entschuldigt. Er hat mir sogar die

Pistole gegeben. Er sagte, ich solle sie aufheben und ihn erschießen, wenn er mir jemals wieder weh täte.«

»Und – hast du die Pistole benutzt?«

»Natürlich nicht. Russen sind immer so melodramatisch. Außerdem war es dann auch bald vorbei mit uns.«

»Und wie bist du dann mit Bredow zusammengekommen?«

»Genau so, wie die übliche Affäre im Büro beginnt. Auf unserer Weihnachtsfeier. Aber es war nicht eine dieser Büroaffären. Ich glaube, das war uns beiden von Anfang an klar.«

»Du hast sicher einen anderen Dr. Bredow gekannt als den, mit dem wir in der Klinik zu tun hatten.«

»Ich weiß, was du meinst. Damit hatte er auch echt Probleme, immer den Buhmann spielen zu müssen. Da war er ganz anders als Dohmke. Dem macht das nichts aus.«

»Stimmt. Dohmke macht's Spaß, uns zu ärgern. Aber auch Bredow hat keinen furchtbar traurigen Eindruck gemacht, wenn er uns Planstellen oder das Weihnachtsgeld gestrichen hat.«

»Ich möchte mal sehen, wie beliebt du in der Klinik wärest, wenn du das knappe Geld verteilen müßtest!«

»Niemand hat je bestritten, daß Bredow gut mit Geld umgehen konnte.«

Margret sprang auf, Zornesröte im Gesicht.

»Ich glaube, es ist besser, du gehst.«

Ich mag zwar ein Weltmeister für unpassende Bemerkungen sein, aber aktuell war ich mir keiner Schuld bewußt.

»Was ist denn in dich gefahren?«

Die Katze hob kurz den Kopf, um zu sehen, ob die Dinge vielleicht einen für sie günstigen Verlauf nehmen würden.

»Denkst du, ich weiß nicht, was in der Klinik geredet wird? Daß Knut mir diese Wohnung gekauft hätte oder sie eingerichtet hat und daß ich ein Extra-Gehalt bekäme, was weiß ich …«

»Dummes Gerede gibt es überall. Ich hatte nicht die geringste Absicht, so einen Quatsch anzudeuten.«

Hatte ich wirklich nicht. Ich hatte nicht vor, Margret heute mit der Tatsache zu konfrontieren, daß ihr verstorbener Geliebter irgendwelche Hobbys aus unserer Vereinskasse finanziert hatte. Natürlich kannte ich die Gerüchte in der Klinik, hatte sie aber für typisches Klinikgeschwätz gehalten. Nach Celines Entdeckungen auf Bredows Festplatte war ich mir da nicht mehr so sicher. War Margrets neue Wohnung vielleicht doch eines dieser Hobbys gewesen? Was natürlich nicht hieß, daß Margret davon wußte.

Margret stand noch immer.

»Ihr habt ja keine Ahnung, was Bredow alles für die Klinik getan hat. Im letzten Jahr hat er Kopf und Kragen für euch riskiert. Sonst würdest du schon längst auf der Straße sitzen.«

Es gelang mir, Margret wieder zu beruhigen und sie davon zu überzeugen, daß ich Bredows Integrität nicht bezweifelte. Aber meine Neugier war geweckt.

»Womit hat er denn Kopf und Kragen für die Klinik riskiert?«

»Das darf ich dir nicht sagen.«

Ich wollte es aber wissen und sann auf eine geeignete Taktik. Daß sie mir, ihrem ehemaligen Liebhaber, vertrauen könne. Daß sie jetzt, wo er tot ist, doch alles sagen könne. Das schien mir alles nicht überzeugend zu sein. Ich wählte den direkten Weg.

»Doch, ich finde, du solltest es mir sagen. Sonst wird zu eurer Beziehung ein neues Gerücht geboren, auch wenn nur in meinem Kopf.«

Margret hatte sich inzwischen wieder gesetzt und sich noch einen Wein eingegossen. Geistesabwesend streichelte sie die Katze. Es schien, als fürchte sie, schon zuviel gesagt zu haben. Doch nach einer Weile sprach sie weiter.

»Was meinst du, wie hoch der Kliniketat eigentlich ist?«

Nach Celines Recherchen hatte ich seit ein paar Tagen eine ganz gute Vorstellung. Aber das brauchte Margret nicht zu wissen.

»Keine Ahnung. Fünfhunderttausend Mark im Monat? Mehr?«

»1,8 Millionen sind allein die Gehälter pro Monat.«

»Das ist 'ne Menge Holz.«

»Du kannst von einem Gesamtetat von rund drei Millionen im Monat ausgehen. Die müssen erwirtschaftet werden, jeden

Monat wieder, und das wurde zunehmend schwieriger. So schwierig, daß unsere Klinik letztes Frühjahr praktisch pleite war.«

»Die Klinik war pleite? Wie das?«

Bis vor ein paar Tagen schien mir unvorstellbar, daß eine Klinik genauso pleite gehen kann wie eine Schraubenfabrik oder ein Schnellrestaurant.

»Wie das passieren konnte? Knut hat es mir ein paarmal erklärt. Es hatte wohl damit zu tun, daß auch die Privatisierung der Cafeteria und so weiter die Einbußen aus dem neuen Krankenhausfinanzierungsgesetz nicht wettmachen konnten. Es sah wirklich schlimm aus. Jeden Monat wurde das Loch im Kliniketat größer. Du kannst mir glauben, Knut hat es überall versucht. Die Landesregierung hat gesagt, sorry, ihr seid jetzt ein Privatunternehmen, und Berlin sei mit Krankenhausbetten ohnehin überversorgt. Dann war er bei den Krankenkassen und hat ihnen erklärt, daß fast fünfhundert Arbeitsplätze auf dem Spiel stünden. Auch hier, sorry, wir sind für unsere Versicherten da, nicht für die Arbeitsmarktpolitik.«

»Und was hat er gemacht?«

»Wie ich dir gesagt habe – er hat Kopf und Kragen für euch und eure Gehälter riskiert. Kannst du dich an den März letzten Jahres erinnern, als ihr ihn alle angegiftet habt, wo euer Gehalt bleibt?«

Margret erzählte mir jetzt im Prinzip die gleiche Geschichte, die mir Celine gestern abend bei Luigi schon berichtet hatte, allerdings mit einem entscheidenden Unterschied: Bredow hatte nicht in die eigene Tasche gewirtschaftet. In Margrets Version mutierte er zum selbstlosen Retter, der versucht hatte, mit Spekulationsgewinnen den Kliniketat aufzufüllen. Sollte ich ihr glauben? Sie jedenfalls schien von Bredows edlen Motiven überzeugt.

»Weißt du, er hätte das nicht zu machen brauchen. Ich habe ihm gesagt, er solle doch einfach alles hinwerfen. Bei seinen Qualifikationen hätte er jederzeit einen anderen guten Posten bekommen. Nur ihr hättet keinen Job mehr.«

»Und das hat er dir alles erzählt?«

»Mit wem sollte er sonst darüber sprechen? Mit seiner Frau vielleicht? Die weiß noch nicht einmal, was er als Verwaltungsdirektor der Klinik eigentlich zu tun hatte. Nein, mein Lieber. Hier saß er, genau da, wo du jetzt sitzt. Und ich konnte auch nicht mehr tun, als ihm zuhören.«

Ich tat jetzt dasselbe. Allerdings war mein Zuhören nicht ganz uneigennützig. Margret lehnte ihren Kopf an meine Schulter.

»Und nun ist er tot.«

»Hat er mit dir darüber gesprochen?« fragte ich vorsichtig.

»Worüber?«

»Na, über seinen ... Tod. Seinen Selbstmord.«

Jetzt schüttelte sie ein Weinkrampf. Ich kam mir ziemlich hilflos vor.

»Das ist es ja. Kein Wort. Natürlich habe ich gemerkt, daß nicht alles in Ordnung war. Er war ziemlich bedrückt in letzter Zeit, wollte mir aber nicht erzählen, worum es geht. Aber Selbstmord?« Sie machte eine Pause, schaute mich an. »Möchtest du noch etwas wissen?« Und nach einer neuen Pause stieß sie hervor: »Wir wollten heiraten!«

»Was?«

Strickte Margret bereits an einer Legende über ihren toten Geliebten?

»Ja, wirklich. Wir wollten hier weggehen und heiraten. Irgendwo gemeinsam neu anfangen. Deshalb – ich glaube nicht an einen Selbstmord.«

Ich konnte Margret verstehen. Wenn sie für Bredow der einzige Mensch war, bei dem er sich aussprechen konnte, hatte sie versagt und mußte sich an seinem Selbstmord mitschuldig fühlen. Also konnte sie einen Selbstmord nicht akzeptieren.

»Wir haben immer über alles gesprochen. Da kann er sich doch nicht einfach eines Nachts in seinem Büro einschließen und sich umbringen!«

Mir fiel nichts ein, womit ich Margret trösten konnte.

»Vielleicht ist plötzlich irgend etwas passiert, was er dir nicht mehr erzählen konnte.«

Wieder ein Weinkrampf.

»Weißt du, was schlimm ist? Ich war in dieser Nacht bei meiner Mutter. Sie war krank. Sicher hat er andauernd versucht, mich zu erreichen! Vielleicht war es wirklich so, daß seine Börsensache schiefgelaufen ist und er keinen Ausweg mehr sah.«

Ich aber wußte, daß Bredow seit letztem November nicht mehr an der Börse spekuliert hatte.

Es ist oft hoffnungslos wenig, was man für seine Mitmenschen tun kann. Ich blieb diese Nacht bei Margret. In ihrem neuen Schlafzimmer gab es keine Liste ihrer besonders schlimmen Tage mehr.

Eine Frage hatte ich noch.

»Warum hast du mich damals eigentlich verlassen?«

»Ich habe dich nicht verlassen, Felix. Ich bin nur gegangen. Du warst nie wirklich bei mir angekommen.«

Es ist schon seltsam. Margret hatte mich verlassen, weil ich ihr die Zweisamkeit, die sie suchte, nicht geben konnte. Und dann wurde ausgerechnet ein verheirateter Mann die große Liebe ihres Lebens. Hätte Bredow sie wirklich geheiratet? Oder war er einer dieser Ehemänner gewesen, denen es irgendwie gelingt, ihre Geliebte mit diesem nie eingehaltenen Versprechen an sich zu binden?

Ich hatte bestimmt viel aus unserer gemeinsamen Zeit vergessen, aber unsere Körper erinnerten sich gut aneinander. Sie weinte dann noch ein wenig und schlief bald ein, eng an mich geschmiegt. Man kann Trost auf verschiedene Art spenden.

15

Ich hatte zwar das Gefühl, das für Margret Richtige getan zu haben, aber trotzdem ein schlechtes Gewissen gegenüber Celine. Ich rief sie am nächsten Vormittag aus der Klinik an, und wir verabredeten uns für den Abend im Bovril am Ku'-damm.

»Wo hast du dich gestern abend rumgetrieben?«

Ich blieb ihr eine klare Antwort schuldig. Celine ist klug genug, nicht immer auf einer Antwort zu bestehen.

Ich arbeitete mich durch den Stationsalltag. Die Beisetzung von Bredow war kein großes Thema in der Klinik, nur Heinz Valenta meinte, die Banken, Pharmafirmen und sonstige Lieferanten hätten besser ein schönes Büfett für uns statt Kränze für den toten Bredow spendieren sollen. Margret sah ich den ganzen Tag nicht. Kurz vor Dienstschluß meldete sich endlich Michael Thiel aus seinem Labor.

»Wir sind fertig mit deiner geheimnisvollen Blutprobe. Es wird dich interessieren. Am besten, du kommst vorbei.«

Ich war erleichtert – wenigstens war die Blutprobe nicht auch verschwunden! Ich hatte noch Zeit bis zur Verabredung mit Celine und war aufs höchste gespannt, was Michael herausgefunden hatte.

Michael empfing mich gut gebräunt vom Segeln und wie immer bei bester Laune.

»Willst du ein Bier?«

»Ich will Resultate, meine Herren, wie unser gemeinsamer Freund, der ärztliche Direktor Professor Dohmke, zu sagen pflegt, und ja, ich will auch ein Bier.«

Michael holte zwei Budweiser aus einem Kühlschrank.

»So ein Labor spart mächtig Steuern, das macht Spaß. Jeder Kühlschrank, den ich kaufe, läuft als Laborinventar. Und wenn ich mir einen neuen Backofen anschaffe, buche ich das als Brutschrank.«

Neben seinem Faible für teure Hemden, extravagante Krawatten und schöne MTAs ist Michael Thiel ein professioneller Hobbykoch. Alleine in seine Küche dürfte er über fünfzigtausend Mark investiert haben.

»Michael, nerv mich nicht mit deinen Steuertricks. Was ist mit meiner Blutprobe?«

»Immer mit der Ruhe, Felix. Ich kann nur hoffen, daß es nicht wirklich deine Blutprobe ist. Allerdings würdest du mir dann nicht so fröhlich gegenübersitzen.«

»Natürlich ist das nicht mein Blut. Wenn ich einen Aids-Test brauche, sage ich dir schon Bescheid. Also, raus damit, Doktor! Was sagt uns das Blutbild?«

»Hepatitis C.«

Hepatitis C ist eine besonders aggressive Form von virusbedingter Leberentzündung.

»Kann nicht sein!«

»Irrtum ausgeschlossen. Wir haben drei verschiedene Kits laufen lassen. Von wem immer diese Blutprobe ist, er oder sie hat ein massives Problem.«

»Nicht mehr, Michael. Er ist tot. Er war schon tot, als ich ihm das Blut abgenommen habe. Aber ich kann kaum glauben, daß es Hepatitis war. Ich habe eher an eine Vergiftung gedacht, Methylalkohol oder so etwas.«

»Felix, in diesem Blut waren Titer, so hoch haben wir sie hier noch nie gesehen. Warum überrascht dich Hepatitis so?«

»Es ist Blut von einem ehemaligen Patienten von mir, aber der hatte nichts mit der Leber. Eigentlich ging es um multiple Blutergüsse und kleine Fleischwunden, irgend jemand hatte am Bahnhof Zoo eine unfreundliche Unterhaltung mit ihm geführt. Zu meinem Patienten wurde er, weil die Röntgenfritzen damals frische Motten nicht ausschließen konnten. Hatte er nicht. Aber er hat damals die volle Labordröhnung bekommen, natürlich inklusive der kompletten Hepatitis-Latte. War alles negativ, von Hepatitis A bis Hepatitis C. Ich habe seine Akte noch und habe alles gecheckt.«

Michael holte uns ein zweites Bier.

»Wann hatte er denn die Ehre, dein Patient zu sein?«

»Letztes Jahr im Herbst.«

»Wo ist dein Problem, Felix? Wenn er damals noch keine Hepatitis hatte, hat er sie sich eben später eingefangen.«

»Wie soll er an die Hepatitis gekommen sein? Im Gegensatz zur Syphilis bekommst du Hepatitis C nicht auf dem Bahnhofsklo.«

»War er Fixer? Bahnhof Zoo hört sich so an.«

»Sicher nicht. Nach einem Fixer sah er bestimmt nicht aus.«

Michael grinste mich an.

»Na, dann überlegt mal scharf, wo er sich wahrscheinlich infiziert hat, Doktor!«

Mir war klar, worauf Michael hinauswollte: Die beste Chance, sich Hepatitis C einzufangen, hat man als Patient im Krankenhaus.

»Scheiße!«

Ich erzählte Michael von AIPler Harald und seiner Blutkonserve für Mischa.

»Bingo! Unsere AIPler! Jugend forscht für Olympia. Früher war es uns fertigen Ärzten vorbehalten, die Patienten umzubringen. Aber wir dürfen den Fortschritt nicht aufhalten. Ich liebe AIPler!«

»Nach dieser Blutkonserve hat sich mein Mischa dann selbst entlassen. Warum, weiß ich nicht.«

»Vielleicht hat eine Blutkonserve gereicht, ihn wieder auf die Beine zu bringen?«

»Er war total gesund, ich wollte ihm nur ein bißchen Urlaub bei uns gönnen. Ich war ziemlich sicher, daß er zusammengeschlagen worden war, und dachte, je länger ich ihn aus dem Verkehr ziehe, desto besser für ihn. Keine Ahnung, ob er dann die Schnauze voll hatte vom Krankenhaus oder ob ihn jemand gedrängelt hat. Ich habe mich damals nicht weiter um sein plötzliches Verschwinden gekümmert, denn ich wollte ihn nach der Blutsache sowieso entlassen, bevor wir ihm noch ernstlich schaden ... Hatten wir aber wohl schon.«

Michael war begeistert.

»Es tut mir natürlich leid für deinen Patienten. Aber es wäre fast zu schön, um wahr zu sein. Ich hoffe doch, Dohmke ist immer noch auch für die Blutbank verantwortlich? Das wäre ein

Fest, wenn ich dem Typen endlich etwas anhängen könnte. Vielleicht kannst du noch ein paar andere Fälle ausgraben!«

Ich mußte seine Begeisterung etwas bremsen.

»Ich weiß nicht. Natürlich ist eine Bluttransfusion eine gute Examensantwort, wenn du im Examen nach möglichen Ursachen für Hepatitis C gefragt wirst. Aber so, wie wir heutzutage die Blutkonserven testen, ist es doch sehr unwahrscheinlich, daß man mit dem Blut gleich die Hepatitis mitgeliefert bekommt.«

Michael ließ sich nicht so schnell irritieren.

»Aber nicht unmöglich. Worum es mir geht, ist eine kleine Schlamperei in der Blutbank, Personalmangel, irgend so was. Es wäre nett, die Konserve noch zu haben ...«

Hatten wir leider nicht. Aber ich hatte etwas anderes. Ich hatte den originalen Kontrollzettel für die Blutkonserve in Mischas Akte. Und anhand dieses Kontrollzettels würde ich das Blut zurückverfolgen können, Schritt für Schritt, über jeden Test, bis zu seinem Spender.

»Wie gesagt, Felix, streng dich an. Wenn wir Dohmke irgendwie eins auswischen können – ich bin dabei! Und für deinen toten Patienten ist es der einzige Anhaltspunkt, den du im Moment hast.«

Es wurden zwei weitere Biere, schließlich mußten wir uns noch über die Gründe für das Ausscheiden unserer hochbezahlten Fußballstars bei der Europameisterschaft einigen. Es war fast halb elf, als mir irgendein kleines Männchen in meinem Hirn etwas von einer Verabredung mit Celine im Bovril zuflüsterte.

Ich fuhr trotzdem noch im Bovril vorbei, Celine war nicht mehr da. Auch zu Hause meldete sich nur ihr Anrufbeantworter. Ich trug ihm auf, mich bei Celine zu entschuldigen und daß ich es wiedergutmachen würde, fuhr nach Hause und sah zu ihr hoch, ob bei ihr noch Licht brannte. Ihre Fenster waren dunkel.

In meinem Hausflur funktionierte das Licht wieder einmal nicht. Ich tastete mich am Treppengeländer entlang und brauchte einige Versuche, das lädierte Schloß an meiner Wohnungstür aufzubekommen. Kaum öffnete sich die Tür, traf mich ein gewaltiger Schlag in mein rechtes Nierenlager und fast gleichzeitig ein Tritt ins Kreuz. Ich ging sofort zu Boden und war für einen Moment weg.

Ich hätte durch das fehlende Licht im Hausflur gewarnt sein sollen, sagte ich mir, während ich langsam wieder zu mir kam. Wenigstens nach dem Einbruch hätte ich mit so etwas rechnen müssen. Außerdem hatte ich verschlampt, das Türschloß nach meinen provisorischen Bemühungen zu ersetzen. Glückwunsch! Ich hielt die Augen geschlossen. Ich glaubte zwar nicht mehr, daß mein oder meine Gegner mich nicht sehen konnten, solange ich sie auch nicht sah, aber vielleicht würden sie einfach verschwinden. Jedenfalls würden sie hoffentlich nicht weiter auf einen Ohnmächtige einschlagen, und ich würde Zeit gewinnen.

Könnten es die beiden Typen aus der Pension sein? Und mit welchen dummen Fragen würden mir diesmal Schweinebacke und Pickelgesicht kommen, falls sie mich überhaupt noch etwas fragen könnten? Als Kind hatte ich mir bei Stubenarrest immer das schlechte Gewissen meiner Eltern ausgemalt, wenn sie mich mit von Rachitis verkrümmten Knochen ein Leben lang im Rollstuhl durch die Gegend schieben müßten, ihre Schuld, daß ich nicht genug Sonne bekommen hatte! Falls ich jetzt gleich tot wäre, sollte das der Polizei eine Lehre sein, in Zukunft auch bei Wohnungseinbrüchen ordentlich zu ermitteln.

»Nun hab dich nicht so, Mimose, mach die Augen auf. Ich sehe, daß du blinzelst.«

Celine hatte also ihren Karatekurs nicht umsonst gemacht. Sie kniete neben meinem demolierten Körper. Ich hoffte, daß sie sich wenigstens ein bißchen sorgte, und blieb erst einmal liegen.

»Ich dachte, Karate wäre die Kunst der Verteidigung.«

»Du kannst froh sein, daß du noch lebst, mein Lieber. Würdest du allerdings nicht, wenn du auch noch eine Tussi mit angeschleppt hättest. Eine volle Stunde habe ich im Bovril herumgesessen und auf dich gewartet, mindestens drei Ekeltypen haben mich angemacht. Das war das zweite Mal in einer Woche, daß du mich versetzt hast! Dafür bist du noch ganz gut weggekommen.«

Ich setzte mich langsam auf und betastete meinen Rücken.

»Mindestens rechts brauche ich eine neue Niere.«

»Laß dir eine neue Nase machen, wenn du schon dabei bist.«

»Stört dich was an meiner Nase?«

»Guck sie dir jedenfalls vorher genau an, falls du vorhast, mich noch einmal irgendwo sitzenzulassen.«

Ich habe verschiedene Heldengeschichten parat, wenn es um meine etwas schiefe Nase geht. Da ich meist in der Frühphase einer neuen Bekanntschaft danach gefragt werde, wußte ich nicht mehr, mit welcher Version ich seinerzeit versucht hatte, Celine zu beeindrucken. In Wahrheit liegt meine schiefe Nase an einer schmerzhafte Begegnung mit dem Gitterbett meiner frühen Kindheit.

Celine verteidigte ihre Attacke mit den Geräuschen an der Wohnungstür und daß sie gedacht habe, meine Einbrecher seien wiedergekommen. Hörte sich logisch an, aber ich wurde den Verdacht nicht los, daß sie mich wenigstens im letzten Moment erkannt hatte.

»Du hast mich zwar mindestens zum Halbinvaliden gemacht, aber ich bin nicht nachtragend. Außerdem habe ich seit heute morgen nichts mehr gegessen. Wie wär's mit McDonald's? Ich zahle.«

Wenn man bei Celine den richtigen Zeitpunkt erwischt, kann man sie mit einer gepflegten Junkfoodeinladung leichter besänftigen als mit Schmuck oder teuren Dessous. McDonald's war aktuell das richtige Stichwort. Ich sortierte meine Eingeweide, Celine ihre Haare, und wir spazierten los.

Das Angebot von McDonald's bietet heutzutage jedem etwas. Außer sich mit einem guten alten Burger den modifizierten Creutzfeld-Jakob einzuhandeln (doppelte Chance beim BigMac!), kann man sich für Fischbandwurm (MacFisch), Salmonellen beziehungsweise Hongkonger Vogelgrippe (Chicken MacNugget) oder auch für Schweinepest (MacPork) entscheiden. Celine und ich sind ziemlich konservativ, was Fastfood angeht, also BigMac mit viel Ketchup. Wir ergatterten sogar einen Platz weit weg von der Kinderecke – wobei wir uns verwundert fragten, woher nachts um halb zwölf noch so viele Kinder kommen.

»Es tut mir leid, wenn ich vielleicht etwas zu kräftig zugeschlagen habe«, meinte Celine, durch den BigMac offensichtlich besänftigt.

»Was hast du überhaupt in meiner Wohnung gemacht?«

»Auf dich gewartet. Um dich umzubringen, weil du mich wie blöde in dieser Kneipe hast sitzenlassen. Du hast Glück gehabt, daß ich mich inzwischen etwas abgeregt hatte.«

Mir schien, nicht genug.

»Du hast mich nicht nur fast zum Invaliden gemacht, sondern auch zu Tode erschreckt. Ich dachte, es seien wieder die Einbrecher von neulich.«

»Was hast du gedacht? Daß sie zurückkommen, um zu kontrollieren, ob du endlich aufgeräumt hast? Oder um selbst aufzuräumen?«

Ich verzichtete darauf, Celine zu erinnern, daß sie vorhin noch selbst ihren Angriff auf mich mit vermuteten Einbrechern verteidigt hatte.

»Ich dachte an die Einbrecher, weil ich inzwischen eine Vermutung habe, was sie bei mir gesucht haben.«

Ich erzählte Celine von meinem Besuch bei Michael Thiel, daß Mischa Hepatitis C hatte und daß die Infektionsquelle eventuell unsere Blutkonserve gewesen sein könnte. Celine zog sich an ihrem rechten Ohrläppchen, ihr Zeichen angestrengten Nachdenkens.

»Kannst du rausbekommen, ob die Blutkonserve infiziert war?«

»Nicht direkt, die Konserven werden nicht aufgehoben. Aber die Kontrollzettel zu den Konserven. Und über diese Kontrollzettel kann man das Blut bis zum Spender zurückverfolgen, wenn alles mit rechten Dingen gelaufen ist. Dieser Kontrollzettel ist in Mischas Akte. Also könnten die Einbrecher tatsächlich nach Mischas Akte gesucht haben. Genug Wind habe ich ja in der Klinik gemacht.«

»Und warum sollten die Einbrecher heute zum zweitenmal gekommen sein, wenn sie schon beim erstenmal die Akte nicht gefunden haben?«

»Vielleicht hat der böse Mann im Hintergrund gesagt, der Hoffmann muß die Akte haben, sucht noch mal gründlich.

Was weiß ich, schließlich hast du mir gerade auf den Kopf gehauen.«

»Ich habe dir nicht auf den Kopf gehauen. Gibt's bei Karate gar nicht. Sag mir lieber, ob da irgendein Schmu mit Blutkonserven bei euch läuft!«

»Wenn, dann weiß ich nichts davon. Aber – es gibt eine nicht ganz uninteressante Geschichte, was Blutkonserven betrifft. Professor Dohmke hat einen russischen Freund, der in Osteuropa groß ins Blutgeschäft einsteigen wollte. Der hat unsere Blutbank besichtigt und sich das Lagerungssystem erklären lassen. Allerdings war nicht die Rede davon, daß er seine Geschäfte mit unserer Klinik macht.«

»Aha! Und wer hat dir davon erzählt?«

»Die leitende MTA unser Blutbank. Sie hat eine kurze Affäre mit diesem Russen gehabt. Fand ihn wohl ganz witzig, aber was sie erzählt, hört sich nicht unbedingt nach seriösem Geschäftsmann an.«

»Die ›leitende MTA der Blutbank‹? Du meinst deine alte Freundin Margret?« Celine paßt in solchen Dingen mindestens ebenso gut auf wie ich. »Wann hast du denn mit der gesprochen?«

Ich erzählte eine abgespeckte Version über die Beisetzung von Bredow und meinen Besuch in Margrets Wohnung. Celine hakte vorerst nicht nach. Aber ich wußte, daß ich längst nicht aus der Klemme war, und kam gleich mit meiner nächsten Neuigkeit.

»Sie hat mir auch Bredows Spekulation mit den Klinikgeldern erklärt.«

Celine sah mich erstaunt an und verstärkte den Zug an ihrem Ohrläppchen.

»Sie hat zugegeben, daß Bredow mit der Vereinskasse gepokert hat? Es dir ›erklärt‹? Ich glaube, ich brauche noch ein paar Chicken MacNuggets!«

Keine Frage, Celine war sichtbar gespannt und ich erst einmal aus dem Schneider. Sonst wäre nach dem Burger nicht noch ein Heißhunger auf gepreßte Hühnchen über sie gekommen. Ich brauchte nicht zu fragen, sie nahm immer süßsaure Sauce. Ich holte sie ihr.

»Also, was hat deine alte Freundin dir über die an der Börse geparkten Klinikgelder erzählt? Daß Bredow den Gewinn an Brot für die Welt gespendet hat?«

»Sie sagt, er habe die Klinik damit vor dem finanziellen Aus gerettet. Bredow habe mit den Gewinnen die Löcher im Kliniketat gestopft, sonst wäre die Klinik bankrott gewesen.«

»Und – glaubst du ihr?«

»Sie hat das ganz von allein erzählt. Warum sollte sie mich anlügen?«

»Das mag ich an dir, Felix. Warum sollte dich jemand anlügen? Dazu noch deine vormalige Geliebte! Sieh es doch mal so: Jetzt, wo ihr Geliebter Bredow tot ist, muß sie doch fürchten, daß man sich die Bücher anschaut und die Sache mit den Spekulationen entdeckt. Also bastelt sie schon mal an einer Verteidigungsstrategie für den toten Geliebten. Was weiß ich, vielleicht hat sie kräftig mitgemacht. Oder Bredow hat es ihr so erzählt, aber dennoch auf eigene Rechnung mit dem Klinikgeld spekuliert. So etwas nennt man Teilgeständnis. Man vermindert das eigene Schuldgefühl, indem man jemandem seine Tat beichtet, aber nur in einer Teilversion.«

»Könnte es auch sein, daß du Margret einfach nicht magst?«

Celine schaute mich unschuldig an.

»Warum soll ich was gegen die Frau haben? Ich kenne sie nicht einmal.«

Mir fiel eine ganze Reihe von Gründen ein. Zumal Celine zwei und zwei zusammenzählen konnte und eventuell vermutete, wo ich gestern die Nacht verbracht hatte. Aber vorerst nutzte Mathematikerin Celine ihren analytischen Verstand zur Zusammenfassung unseres aktuellen Wissens.

»Was wir haben, sind zwei Tote und ein Haufen Fragen. Wir haben einen toten Putzmann aus der Ukraine und einen toten Verwaltungsdirektor. Bei keinem von beiden wurde der Tod ordentlich untersucht. Und wir haben keinerlei Anhaltspunkte, ob die Todesfälle etwas miteinander zu tun haben. Der Ukrainer hat Hepatitis C gehabt, das scheint erwiesen. Die könnte er von einer Blutkonserve in deiner Klinik bekommen haben. Bredow hat mit Klinikgeldern spekuliert, das ist auch sicher. Er könnte das gemacht haben, um die Klinik vor dem Bankrott zu retten, er könnte aber auch in die eigene Tasche gewirtschaftet haben. Er könnte mit seinen Spekulationen auf den Bauch gefallen sein, und er könnte sich deshalb umgebracht haben, aber erst Monate später. Dann haben wir noch einen ungeklärten Einbruch in deine Wohnung, eine verstockte Sekretärin in einer Reinigungsfirma, die eventuell mit Illegalen arbeitet, eine verschwundene Patientenakte, die du im Schreibtisch des Verwaltungsdirektors gefunden hast, einen russischen Geschäftemacher mit Kontakten zu deinem ärztlichen Direktor und eine dubiose Pension in der Uhlandstraße. Habe ich etwas vergessen?«

»Eine Gleichung mit vielen Unbekannten, unter uns Mathematikern, oder?«

»Für mich heißt das, daß wir entweder mit unserem Herumschnüffeln aufhören ...«, ich sah Celine erstaunt an, »oder daß wir noch eine Menge ernsthafte Arbeit zu erledigen haben.«

Neben der Mathematikerin kam nun noch die strenge Lehrerin zum Vorschein. Ich fühlte mich plötzlich, als hätte ich meine Hausaufgaben nicht gemacht, und wurde etwas bockig.

»Das Glas ist halb voll oder halb leer. Ich denke, es ist halb voll. Du sagst, wir haben einen Haufen Vermutungen. Ich denke, wir haben einen Haufen Indizien, und zum Teil Indizien, die beide Todesfälle miteinander verbinden. Bredow war Verwaltungsdirektor meiner Klinik, und Mischa war Patient meiner Klinik. Mischa hat die Blutkonserve in meiner Klinik bekommen. Seine Sektion wurde in meiner Klinik verhindert, mit einem Leichenschauschein, dessen Erstversion man in meiner Klinik hat verschwinden lassen. Und es kann doch kein Zufall sein, daß wir die verschwundene Akte von Mischa in Bredows Schreibtisch gefunden haben. Ich glaube, du hattest neulich recht, das ist mein Motiv in dieser Sache: Es ist nach all den Jahren meine Klinik. Du kannst ja aussteigen, aber ich will verdammt noch mal wissen, was in meiner Klinik läuft!«

Eine gewisse Schärfe hatte sich in meine Argumentation geschlichen, wahrscheinlich meiner Nacht mit Margret und meinem schlechten Gewissen geschuldet. Celine jedoch schien es nicht zu merken.

»Das könnte dir so passen, daß ich bei deinem Krimi nicht mehr mitmache. Kommt nicht in Frage. Wir müssen nur überlegen, wie wir sinnvoll weitermachen.«

Ich war sicher, sie hatte sich dazu schon etwas ausgedacht.

»Ich denke mir das so: Ich arbeite weiter an deinem Verwaltungsdirektor und drucke beide Versionen von Bredows Buchhaltung komplett aus. Die schaue ich mir mit jemandem an, der was von Buchhaltung versteht. Und du arbeitest weiter am toten Mischa. Es sollte mich nicht wundern, wenn wir uns dabei irgendwo treffen.«

Ich war mit allem einverstanden, was nichts mit der vergessenen Verabredung im Bovril oder der vergangenen Nacht mit Margret zu tun hatte. Außerdem war Celines Vorschlag zur Arbeitsteilung sinnvoll. Ich würde es erneut bei Mischas letztem Arbeitgeber versuchen. Die Adresse wußte ich noch. Allee der Kosmonauten 116.

Es hatte sich nichts verändert seit meinem letzten Besuch bei der Firma CareClean: Das Treppenhaus mit der geblümten Wohnzimmertapete, die Bänke ohne Rückenlehne, die zu Aschbechern umfunktionierten Konservendosen. Auch die Erinnerung an den Desinfektionsmittel-Linoleum-Plaste-Geruch stand unverändert in den Räumen. Vielleicht waren es sogar dieselben Männer, die immer noch im Flur vor CareClean warteten, abhängig von der Gnade der gewendeten Funktionärstante hinter der stahlverstärkten Tür.

Ohne anzuklopfen, betrat ich ihr Büro, diesmal sah die Dicke sogar auf. Ich konnte nicht erkennen, ob ihre Augen Wiedererkennen oder sogar eine Spur von Unruhe verrieten, hinter den starken Brillengläsern wirkten sie ständig weit aufgerissen. Ich baute mich vor ihrem Schreibtisch auf.

»Dr. Hoffmann, Sie werden sich erinnern. Haben Sie inzwischen herausfinden können, bis wann Mischa Tschenkow für Ihre Firma gearbeitet hat?«

Die Dicke zündete sich in aller Ruhe eine Zigarette an. Mit

einem Feuerzeug, das ich kannte. Viele davon schwirren bei uns in der Klinik herum. Aufdruck: »Hospital Catering Service – stets zu Ihren Diensten.«

»Ich habe Ihnen schon bei Ihrem letzten Besuch gesagt, daß ich nicht befugt bin, Ihnen irgendwelche Auskünfte zu unseren Mitarbeitern zu geben.«

Sie blies ihren Rauch in meine Richtung. Automatisch addierte ich Alter, Übergewicht, wahrscheinlichen Zigarettenkonsum und sitzende Tätigkeit und kam auf eine ziemlich schlechte Prognose. Schon fühlte ich mich nicht mehr so unterlegen.

»Damit sagen Sie aber doch, daß Mischa Tschenkow Mitarbeiter Ihrer Firma war.«

»Wie gesagt, ich bin weder befugt noch bereit, Ihnen Auskünfte zu geben.«

Auf einem wackligen Tischchen stand eine Kaffeemaschine mit deutlich mehr frischem Kaffee, als meine Freundin hier an einem Tag trinken konnte. Also sah ich eine gute Chance, diesmal ihren Chef zu treffen, denn es war kaum anzunehmen, daß sie ihren Klienten auf den Holzbänken Kaffee anbieten wollte. Ich steuerte auf die Verbindungstür zum nächsten Raum zu.

»Vielleicht ist heute mein Glückstag, und Ihr Chef ist da. Wollen wir mal sehen?«

Die Dicke war erstaunlich flink auf den Beinen, aber nicht schnell genug, um mir den Weg erfolgreich zu verstellen. Tatsächlich, ihr Chef war da. Ich kannte ihn. Und er kannte mich. Das Leben ist voller Zufälle.

»Dr. Hoffmann, welch eine Überraschung!«

Allerdings, richtig überrascht schien Professor Dohmke nicht. Auch ich war nicht mehr wirklich erstaunt, Dohmke im Chefzimmer der Firma CareClean zu finden. Das Feuerzeug mit dem Aufdruck unseres stets dienstbereiten Catering Service hatte einen weiteren Hinweis auf die enge Beziehung zwischen der Klinik und CareClean gegeben. Letztlich aber hatte ich mich erinnert, daß Dohmke den dunkelblauen BMW fährt, der mir hier neulich aufgefallen war.

Jedenfalls hatte ich jetzt Gewißheit: Bredows Konzept, bestimmte Dienstleistungen an Fremdfirmen zu vergeben, war durch die Gründung eigener Firmen verwirklicht worden. Eventuell ging es also nicht nur um die Unterschreitung von Tarifgehältern oder von Sozialleistungen. Diese Struktur bot sich an, Gewinne und Verluste steuergünstig zwischen den verschiedenen Firmen oder zwischen der Klinik und den Firmen hin und her zu schieben.

Und diese Verbindung hatte eine weitere Konsequenz: Der tote Mischa war letztlich doch Beschäftigter meiner Klinik gewesen, eine vielleicht hinsichtlich der verhinderten Sektion und der in Bredows Schreibtisch verschwundenen Akte nicht unbedeutende Tatsache.

Professor Dohmke blätterte in irgendwelchen Unterlagen.

»Gibt es nichts zu tun in der Klinik? Oder ist Ihnen die Arbeit als Klinikarzt zu langweilig geworden?«

Ich hätte natürlich zurückfragen können, ob es nicht auch für ihn genug Arbeit in der Klinik gab, aber immerhin ist er mein Vorgesetzter. Und außerdem sind wir alle überzeugt, daß er als Chef des Kliniklabors und der Blutbank tatsächlich nicht viel zu tun hat – mit den modernen Analyseautomaten bleibt kaum genug sinnvolle Beschäftigung für seine MTAs und seine Labordoktors übrig.

»Daß ich hier bin, hat direkt mit meiner Klinikarbeit zu tun«, erwiderte ich tapfer, »jedenfalls mit den Interessen der Klinik. Genauso, wie sicher auch Ihre Arbeit hier den Interessen der Klinik dient.«

Einmal mehr stellte ich mir die Frage, warum man Dohmke sein vieles Geld eigentlich nicht ansah. Sein Konfektionsanzug saß wie immer schlecht, zeigte ausgesuchte C&A-Häßlichkeit, und seine Armbanduhr war offensichtlich das Konfirmationsgeschenk einer nicht allzu großzügigen Tante.

»Da haben Sie recht, Dr. Hoffmann. Ich habe weiß Gott genug Arbeit in der Klinik und bräuchte nicht hier schlecht geführte Unterlagen zu sichten, wenn Herr Bredow etwas besser Ordnung gehalten und sich nicht so aus der Verantwortung geschlichen hätte.«

Erstaunlich – Professor Dohmke hatte sich tatsächlich in die Defensive drängen lassen und fühlte sich sogar bemüßigt, seine

Anwesenheit im Chefbüro der Firma CareClean zu rechtfertigen.

»Die Firma CareClean ist, wie unser Catering Service, eine Tochtergesellschaft unserer Klinik. Wir haben bei der Privatisierung der Klinik unserem Reinigungspersonal gekündigt und es bei CareClean wieder eingestellt. Also muß ich mich jetzt auch hier noch um alles kümmern.«

Er konnte einem leid tun, der Herr Professor Dohmke.

»Viel Personal können Sie nicht übernommen haben. Mir scheint, CareClean beschäftigt zur Zeit nur Osteuropäer und Afrikaner.«

»Das ist eine Sache des Marktes, Herr Hoffmann. Angebot und Nachfrage. Natürlich muß auch eine Firma wie CareClean Arbeit möglichst preisgünstig einkaufen. Kann sein, Dr. Bredow hat übertrieben. Deshalb versuche ich mich hier durch die Akten zu arbeiten. Ich kann nicht ausschließen, daß Fehler gemacht worden sind.«

Was wollte mir Dohmke mit dem Wort »Fehler« mitteilen? Daß bei CareClean illegale Arbeitsverhältnisse bestehen? Wenn das der Fall war, warum erzählte er mir das? Und warum fragte er nicht, was ich hier überhaupt zu suchen hatte?

Statt dessen lamentierte er weiter über seine Arbeitsbelastung nach Bredows Tod. Er müsse nicht nur ein großes Kliniklabor leiten, seine Funktion als ärztlicher Direktor wahrnehmen und Bredows Arbeit als Chef der Klinikverwaltung fortführen, nein, er müsse sich nun auch um jede Kleinigkeit bei den Firmen Hospital Catering Service und CareClean kümmern.

Ich war beeindruckt über das Arbeitspensum dieses Mannes – wahrscheinlich hatte er im Moment kaum Zeit für seinen Anlageberater, und das ist bitter. Ehe ich zuletzt in Tränen über seine enorme Arbeitsleistung ausbrechen würde, fragte ich, ob er eventuell den Arbeitsvertrag zwischen CareClean und Mischa Tschenkow finden könne.

Er schaute mich mit angehobenen Augenbrauen über seine Lesebrille hinweg an.

»Tschenkow? War das der Russe, von dem Sie mir erzählt haben? Der Patient bei Ihnen war?«

»Richtig. Das war der Patient, der neulich als Toteinlieferung gekommen ist und eigentlich seziert werden sollte. Und dessen stationäre Akte verschwunden ist.«

Ein kleiner Versuchsballon – ich war inzwischen fast sicher, daß man genau nach dieser Akte in meiner Wohnung gesucht hatte, wußte nur noch nicht genau, wer oder in wessen Auftrag. Michael Thiel hatte recht: Wenn es etwas mit der Bluttransfusion zu tun hat, die Mischa bei uns bekommen hatte, könnte auch Professor Dohmke als Leiter der Blutbank großes Interesse an der Akte haben. Der zeigte allerdings keine besondere Reaktion.

»Ich erinnere mich. Es ging um Ihren Termin bei Dr. Bredow. Und um Ihre Sorge wegen einer eventuellen Kunstfehlerklage.«

»Richtig!«

»Und – hat uns schon jemand verklagt?«

Im Prinzip eine unsinnige Frage – als ärztlicher Direktor hätte Dohmke von einer Kunstfehlerklage gegen die Klinik als erster erfahren. Er versuchte mir offensichtlich zu bedeuten, daß ich einem Hirngespinst nachjage.

»Soweit ich weiß, nein. Aber Frau Krüger hat wohl die Akte von Tschenkow auch noch nicht gefunden?«

Schließlich hatte Professor Dohmke sie nach unserem Gespräch in der Klinik neulich beauftragt, nach der Akte zu fahnden.

»Kann ich Ihnen nicht sagen, Dr. Hoffmann. Ich habe im Moment genug um die Ohren, wie Sie sehen. Und sicher andere Probleme, als nach einer alten Akte oder einem Arbeitsvertrag mit einem Toten zu suchen.«

Er suchte etwas auf dem Schreibtisch. Offensichtlich hatte er hier noch kein Depot seiner berühmten Wattestäbchen angelegt. Ersatzweise bog er eine Büroklammer zurecht und kratzte sich im rechten Ohr, ehe er fortfuhr.

»Mir ist sowieso nicht ganz klar, weshalb Sie sich in diesen toten Russen verbissen haben. Sind Sie in einem Verein für die Rechte von Ausländern oder so etwas? Ich meine, wenn Sie einen Behandlungsfehler gemacht haben oder sonst einen Fehler, sollten Sie es mir sagen. Ich bin der ärztliche Direktor. Wir könnten die Sache intern ausbügeln, bevor Sie oder die Klinik zu Schaden kommen.«

»Ich bin mir keines Behandlungsfehlers bewußt, Herr Dohmke. Alles, was ich weiß, ist, daß Mischa Tschenkow neulich tot und quittegelb bei uns vorgefahren wurde. Für mich sah es nach einer fulminanten Hepatitis aus. Und vor einigen Monaten war dieser Mann Patient auf meiner Station und hat eine Blutkonserve bekommen.«

»Davon haben Sie mir neulich nichts erzählt, von der Blutkonserve. Sehen Sie einen Zusammenhang?«

»Ich glaube, Professor Dohmke, jeder Student im ersten klinischen Semester sollte einen Zusammenhang zwischen Hepatitis und einer Blutkonserve sehen.«

»Das ist im Prinzip richtig, Dr. Hoffmann. Aber wie kommen Sie bei Ihrem Patienten auf Hepatitis? Nur weil er Gelbsucht hatte? Sie wissen so gut wie ich, es gibt Hunderte von Ursachen für eine Gelbsucht. Irgendeine Infektion zum Beispiel, Leptospiren, Lues, Typhus, Trypanosomen, Rickettsien, Fleckfieber – tausend Möglichkeiten. Ihr Patient ist tot und die Leiche verbrannt, man wird nie genau wissen, woran er gestorben ist. Vielleicht war er ein Opfer der russischen Küche und hat sich ein paar leckere Knollenblätterpilze in die Pfanne gehauen.«

Ich konnte im Moment nicht einordnen, warum mir auffiel, daß Mischa verbrannt worden sei. Ich war damit beschäftigt, überzeugend zu parieren.

»Ich glaube nicht, daß schon Pilzsaison ist. Und soweit ich weiß, ist er über Wochen und Monate krank gewesen.«

»Dann denken Sie doch mal an das Naheliegendste, Dr. Hoffmann. Methanol, mein Lieber, Methanol. Ich bin etwas älter als Sie, ich kenne die Russen. Ich sage Ihnen, die saufen alles.«

Es hätte sicher nicht weitergeführt, Dohmke darauf hinzuweisen, daß Mischa aus der Ukraine kam. Ukrainer kannte er im Zweifelsfall noch besser als Russen, und die ernährten sich seiner Meinung nach wahrscheinlich ausschließlich von Knollenblätterpilzen und Methanol.

»Möglich, Herr Dohmke, daß Tschenkow sich mit Methanol umgebracht hat, oder sogar mit Knollenblätterpilzen. Nur, er ist nicht seziert worden, und nun haben wir möglicherweise ein Problem. Belegbar ist sein Tod mit offensichtlich sehr gelber Hautfarbe und daß er neun Monate vorher in unserem Krankenhaus eine Bluttransfusion bekommen hat. Wenn jemand behauptet, er hätte eine Hepatitis von unserer Blutkonserve bekommen, könnte die Klinik das Gegenteil nicht beweisen.«

Dohmke griff zu einer neuen Büroklammer und bearbeitete nun sein linkes Ohr. Irgendwann würde er sein Trommelfell perforieren.

»Doch, könnten wir. Unsere Konserven werden genauestens getestet und, wie Sie wissen, auch auf Hepatitis. Und die Testbelege werden für alle Konserven ein paar Jahre aufgehoben. Ihr Patient mag ja aus Rußland gewesen sein, aber doch nicht unsere Blutkonserven.«

Eine interessante Bemerkung! Vielleicht war es das! Importierte meine Klinik über Dohmkes Freund Boris Blutkonserven aus Rußland? Ich mußte mich unbedingt mit Margret verabreden. Dohmke gegenüber wandte ich ein, daß es trotzdem immer wieder Zwischenfälle mit verunreinigten Konserven gibt, auch bei uns in Deutschland.

»Aber nicht in unserer Klinik, Dr. Hoffmann. Da können Sie ganz beruhigt sein.«

Ich wagte einen weiteren Versuch. Erstaunlicherweise hatte Dohmke mir noch immer nicht bedeutet, mich gefälligst um meine Arbeit in der Klinik zu kümmern, oder mich einfach hinausgeworfen.

»Wie gesagt, aus irgendeinem Grunde gab es keine Sektion. Aber gesetzt den Fall, es gäbe trotzdem eine Serumprobe von Tschenkow, irgendwo in einer Tiefkühltruhe. Und gesetzt den Fall, diese wäre positiv für Serumhepatitis?«

Ich konnte Dohmkes Blick nicht interpretieren. War es der mitleidige Blick des ärztlichen Direktors, der sich allmählich Sorgen um den Geisteszustand eines seiner Stationsärzte machen mußte? Oder versuchte er abzuschätzen, ob es wirklich eine Serumprobe von Mischa gab und ich eine Bedrohung darstellte?

»Das ist mir nun wirklich ein Wenn zuviel, Dr. Hoffmann, da komme ich langsam nicht mehr mit. Aber schön, lassen Sie uns überlegen. Angenommen, es gibt eine Serumprobe von Ihrem Patienten. Und lassen Sie uns weiter annehmen, diese wäre wirklich positiv für Serumhepatitis. Warum wäre sie das? Wegen der Transfusion einer nachweisbar sorgfältig getesteten Blutkonserve aus unserer Blutbank? Überlegen Sie mal! Wäre ein Arbeitsunfall nicht viel wahrscheinlicher? Sie haben mir erzählt, dieser Tschenkow hätte bei uns die Fußböden gewischt, die Müllsäcke weggebracht und so weiter. Wie häufig, meinen Sie, verletzen sich in unserer Klinik Mitarbeiter an unsachgemäß weggeworfenen Injektionsnadeln? Ich sage es Ihnen – ein paarmal jeden Monat. Sicher, sollte nicht sein, die Nadeln sollten in den vorgesehenen Behältern entsorgt werden. Passiert aber immer wieder. Wenn ich hier bei CareClean richtig nachforsche, würde ich vielleicht sogar eine entsprechende Unfallmeldung von Ihrem Russen finden.«

Das glaubte ich ihm aufs Wort. Wenn es notwendig werden sollte, würde er sicher eine solche Meldung aus dem Hut zaubern. Bredows Tod war ein Unfall, Mischas Hepatitis war Folge der Verletzung an einer Injektionsnadel. Als ärztlicher Direktor war es seine Pflicht, Schaden und erst recht Klagen von der Klinik abzuwenden.

Dohmke erhob sich, für seine Verhältnisse hatte er mir ohnehin schon zu viel seiner wertvollen Zeit gewidmet. Er legte mir die Hand auf die Schulter.

»Wirklich, Dr. Hoffmann, ich weiß es zu schätzen, wie Sie sich um die Klinik sorgen. Das erkenne ich an, sehr sogar. Ich hoffe zwar, Sie sehen Gespenster. Aber bleiben Sie an der Sache dran, soweit das nicht auf Kosten Ihrer Arbeit geht. Und informieren Sie mich sofort, wenn Sie etwas Konkretes gefunden haben. Ich nehme Sie dann unverzüglich aus der Schußlinie. Schließlich ist es meine Aufgabe, die Klinik und ihre Mitarbeiter zu schützen. Und ich meine, was ich Ihnen schon neulich gesagt habe. In meinen Augen sind Sie einer unserer wertvollsten Mitarbeiter.«

Dohmke hatte mich erfolgreich aus seinem Büro hinauskomplimentiert, und gleich noch durch das Büro der Dicken. Ich war wieder im Treppenflur mit Blümchentapete und DDR-

Geruch. Ohne Frage war hier etwas faul. Die Tatsache, daß die ausgegliederten Firmen der Klinik gehörten, rechtfertigte weder Dohmkes Anwesenheit hier noch die Aufmerksamkeit, die er mir gewidmet hatte – hatte er doch selbst über seine Arbeitsbelastung gestöhnt. Was immer hier lief, könnte sehr wohl etwas mit Mischas Tod zu tun haben, und Dohmke könnte darin verwickelt sein.

Trotzdem hatte mir sein Lob geschmeichelt. Unser Ego ist ganz verrückt nach Anerkennung und nicht sehr wählerisch, woher das Lob kommt.

16

Probleme mit dem Einschlafen sind bei mir nichts Außergewöhnliches, auch wenn ich nicht gerade einer großangelegten Verschwörung in meiner Klinik auf der Spur bin. Immerhin brauchten sich meine Gehirnzellen heute dank Professor Dohmke nicht mit Schäfchenzählen zu beschäftigen.

Was war das für eine seltsame Begegnung gewesen! War meine Verschwörungstheorie nur ein Hirngespinst und unser ärztlicher Direktor, kommissarischer Verwaltungsdirektor und Teilzeitchef der Reinigungsfirma CareClean unschuldig wie ein Lamm? Mußte der sich die wirren Geschichten eines Assistenzarztes über einen an Gelbsucht verstorbenen Ukrainer anhören, während er vollauf damit beschäftigt war, Ordnung in einen Verein zu bringen, in dem der Hauptkassierer kaum mehr nachvollziehbar Gewinne und Verluste zwischen der Klinik, CareClean und den anderen Firmen hin- und hergeschoben, die Vereinskasse an der Börse verspekuliert und sich dann per Selbstmord aus dem Staub gemacht hatte? Oder war ich einer wirklich großen Sache auf der Spur? Einer Sache, in der ein toter Ukrainer mit Hepatitis C gewaltig stört?

Dohmke hatte angedeutet, daß er jederzeit eine schriftliche Meldung von Mischa über eine Nadelverletzung aus dem Hut zaubern könne. War mein Hinweis, daß es eventuell Serum von diesem Ukrainer geben könnte, besonders schlau gewesen? Hatte ich mich damit in Gefahr gebracht? Lief an unserer Klinik GmbH ein Selbstbedienungsladen für die obere Etage, über den jeder Bescheid wußte, nur mir hatte mal wieder niemand etwas gesagt?

Ich gönnte mir doch zwei Milligramm Rohypnol zum Einschlafen und beschloß, gleich morgen bei der Polizei wenigstens die Anzeige von dem Einbruch zu unterschreiben. Und Margret einen Besuch in ihrer Blutbank abzustatten.

Gerade als mich das Rohypnol endlich in den Schlaf zerren wollte, kam mir noch eine Bemerkung von Dohmke in den Sinn

– hatte er wirklich gesagt, Mischa sei verbrannt worden? Eine Vermutung oder ein Hinweis, daß er sehr genau über Mischa Bescheid wußte? Irgendwann besiegte die Pharmachemie meine aufgeregten Hirnzellen, ich fiel in einen unruhigen, absolut nicht erholsamen Schlaf.

Am nächsten Tag wartete ich die Mittagszeit ab, um Margret alleine sprechen zu können. Ihre Kolleginnen waren erwartungsgemäß alle zu Tisch und Margret damit beschäftigt, mit einer Pipette Seren auf Teststreifen zu tropfen. Auch sorgfältiges Make-up konnte die Spuren verweinter Nächte nicht zudecken. Sie begrüßte mich mit einem schwachen Lächeln und setzte ihre Arbeit fort.

»Geht es dir etwas besser, Margret?«

Sie hob die Schultern. Ich hätte sie gerne getröstet.

»Was kann ich für dich tun, Felix?«

Sicher verzehrte sich ihre Seele nach Trost, doch sie hatte entschieden, daß es für ihre Situation keinen Trost gäbe. Tatsächlich hätte ich auch kaum mehr zustande gebracht, als über die Zeit, die alle Wunden heilt, zu faseln, worauf sie bestimmt verzichten konnte.

»Ich habe hier die Kopie vom Kontrollzettel einer Blutkonserve vom letzten Oktober. Ich würde gerne wissen, woher das Blut kam, wer der Spender war und so.«

Margret zeigte keine besondere Reaktion und pipettierte mit ruhiger Konzentration weiter.

»Warum willst du das wissen?«

»Kannst du mir nicht einfach den Gefallen tun und nachschauen?«

»Felix, du siehst doch, daß ich zu tun habe.«

»Sehe ich nicht, Margret. Ich sehe nur, daß du dich beschäftigst. Du hast genug Kolleginnen für diese Routinearbeiten.«

Margret setzte weiter ihre Tröpfchen in die vorgesehenen Testfelder, so, als wäre ich gar nicht anwesend. Nach dem letzten Teststreifen jedoch stand sie auf und bedeutete mir, ihr zu folgen. Ich begleitete sie zum Rechner der Blutbank. Routiniert tippte sie die Nummer von meinem Kontrollzettel ein, die gewünschte Information erschien sofort auf dem Bildschirm.

»Alles in Ordnung mit deiner Konserve, Felix. Das Blut war von unserem Spender HF 117. Einer unserer Dauerspender, schon seit Jahren. Wir nennen ihn den fetten Henry. Er hat sich gerade erst letzte Woche wieder zwei Konserven abnehmen lassen, und wir haben die üblichen Tests gemacht. Kein Aids, keine Hepatitis, kein nichts. Alles sauber. Zufrieden?«

Natürlich war ich erleichtert, daß wir Mischa offensichtlich keine aggressiven Hepatitis-C-Viren transfundiert hatten. Auch wenn die Bluttransfusion auf die Kappe von AIPler Harald ging, fühlte ich mich mitverantwortlich, schließlich hatte Mischa auf meiner Station gelegen, aber ich hielt es für ausgeschlossen, daß Michael Thiel bei seinen Tests mit Mischas Blut einen Fehler gemacht hatte. Hatte Dohmke also recht mit seiner Theorie von der Nadelstichverletzung? Nur, warum dann die verschwundene stationäre Akte in Bredows Schreibtisch, warum die verhinderte Sektion?

»Einen Moment noch, Margret.«

Ich studierte selbst den Bildschirm. Kein Zweifel, die Kontrollnummer war richtig, und der Spender HF 117 war als Dauerspender markiert. Die Menüleiste bot verschiedene Optionen, um zu weiteren Informationen zu gelangen. Alles schien seine Richtigkeit zu haben. Der fette Henry wurde regelmäßig auf alles mögliche untersucht, das stimmte, die Konserve war am 13. Oktober des letzten Jahres transfundiert worden, das stimmte auch. Plötzlich allerdings stimmte nichts mehr.

»Das kann absolut nicht sein, Margret!«

Margret sagte nichts, hatte allerdings auch nicht versucht, meine Aktivitäten an ihrem Computer zu behindern. Und in diesem Computer war festgehalten, wer die Blutkonserve mit meiner Kontrollnummer bekommen hatte.

»Dieser Kontrollzettel gehört zu einem Patienten von mir, nicht zu einer Frau auf der Gynäkologie.«

Margret kontrollierte meinen Kontrollzettel und die Sucheingabe, hob dann die Schultern.

»Vielleicht ein Zahlendreher bei der Eingabe der Kontrollnummer? Was weiß ich, Felix. Der Kontrollzettel ist fast ein Jahr alt.«

»Ein Zahlendreher bei der Eingabe der Kontrollnummer? Das finde ich nicht sehr überzeugend.«

Ich wies auf den Scanner zum Einlesen der Kontrollnummer in den Rechner, die als Balkencode auf dem Kontrollzettel aufgedruckt ist.

Margret hob wieder die Schultern.

»Das Einlesegerät? Das funktioniert nicht immer, das ist wie an der Kasse im Supermarkt. Manchmal muß man die Nummern von Hand eingeben.«

Ich war nicht überzeugt. Margret wirkte allerdings nicht erregt. Sie trug ihre Argumente mit noch immer der gleichen monotonen Stimme vor.

»Das läßt sich rausbekommen, denke ich. Kannst du mir die originalen Kontrollzettel heraussuchen? Die hebt ihr doch eine Zeitlang auf, oder?«

Die Kontrollzettel für Blutkonserven bestehen aus mehreren Durchschlägen. Ein Durchschlag bleibt in der Akte des Patienten, der andere geht nach der Transfusion zurück an die Blutbank. Auf ihm wird notiert, ob wirklich der Patient, für den sie angefordert worden war, die Konserve bekommen hatte, ob irgendwelche Zwischenfälle bei der Transfusion aufgetreten waren und so weiter.

»Ich habe wirklich etwas anderes zu tun, als nach alten Kontrollzetteln zu suchen, Felix. Um was geht es überhaupt?«

»Bist du sicher, daß du das nicht weißt, Margret?«

Margret saß auf dem Bürostuhl vor dem Rechner, ich auf dem säurefest gefliesten Labortisch. Wir schwiegen uns ein paar Minuten lang ohne Blickkontakt an. Margret knabberte abwesend an ihren Fingernägeln. Das kannte ich von ihr aus unserer gemeinsamen Zeit. Sie tat es immer, wenn sie eine Entscheidung treffen mußte. Dann stand sie auf, holte eine volle Blutkonserve aus dem verglasten Kühlschrank und drückte sie mir wortlos in die Hand.

»Was soll ich damit?«

»Sie ist abgelaufen, wir müssen sie sowieso entsorgen. Vielleicht kannst du noch etwas damit anfangen. Und, wegen der

Originale der Kontrollzettel, komm morgen vorbei, vielleicht habe ich bis dahin Zeit, sie herauszusuchen.«

Direkt nach Dienstschluß brachte ich die abgelaufene Blutkonserve zu Michael Thiel in sein privates Labor. Diesmal kam ich früh genug, um sein Labor und seine Mitarbeiterinnen in voller Aktivität zu erleben. Es waren zehn oder zwölf MTAs, die alle aussahen, als hätten sie sich für die Wahl der Miß Germany getroffen. Ich beschloß, Michael in Zukunft nur noch zu den offiziellen Arbeitszeiten zu besuchen.

»Was bringst du uns da, Felix? Mehr Hepatitis?«

»Weiß ich nicht.«

Ich erzählte ihm von meinem Gespräch mit Margret. Unverändert darauf versessen, Professor Dohmke etwas anzuhängen, versicherte er, die Konserve gründlich zu untersuchen. Und versprach, diesmal schneller zu arbeiten.

Als ich von Michael nach Hause kam, war Celine auf meinem Anrufbeantworter. Sie hörte sich ziemlich aufgedreht an und bat mich, noch heute vorbeizukommen, es gebe spannende Neuigkeiten. Ich ging sofort zu ihr hinüber.

Auf mein Klingeln wurde nicht geöffnet. War sie noch einmal kurz weggegangen, Wein holen? Ich habe einen Schlüssel für ihre Wohnung und mußte an ihre Karate-Attacke denken, beschloß aber, sie bei ihrer Rückkehr nicht auch mal schnell zusammenzuschlagen. Zumal ich eventuell unterliegen würde.

Kaum hatte ich ihren Flur betreten, stieß mir etwas gewaltig gegen den Schädel. Ich hätte mich irgendwie bewaffnen sollen, schoß es mir durch den Kopf, aber dafür war es zu spät. Wo würde mich der nächste Schlag treffen, oder hatte mein Gegner ein Messer? Es folgte kein zweiter Schlag, und da kam mir der Vorgang bekannt vor. Es war Belizaar, der mich wieder einmal mit seinen großen Stiefeln getreten hatte. Belizaar ist ein besonders schönes, aber auch besonders großes Exemplar in Celines Marionettensammlung, aus Hartholz, und hängt gleich neben der Wohnungstür. Celines Marionetten hängen überall von der Decke oder sitzen auf ihren Bücherregalen. Unendlich oft hatte ich mir an dem blöden Belizaar im Flur den Kopf gestoßen, aber momentan witterte ich allenthalben Bedrohung und Angriff.

Abgesehen von den unzähligen Marionetten war niemand in der Wohnung. Celines Anrufbeantworter blinkte, aber ich mische mich prinzipiell nicht in ihr Leben und ließ ihn blinken. Aus der Küche holte ich mir eine angebrochene Flasche Wein aus dem Kühlschrank und setzte mich in ihr Wohnzimmer.

Celine ist nicht besonders ordentlich. Die Kaffeemaschine war nicht ausgeschaltet und der Rest ihres Morgenkaffees zu einer schwarzen Kruste eingekocht. Im Wohnzimmer lag achtlos auf die Couch geworfen mein Lieblingskleid, das dunkelblaue mit den weißen Punkten. Eine aufgerissene Packung mit schwarzen Slips und eine Strumpfhose waren auf dem Boden verstreut. Ein verwelkter Blumenstrauß auf dem Couchtisch, daneben mehrere aufgeschlagene Bücher, Buchrücken nach oben. Celine laß immer mehrere Bücher gleichzeitig. Ich entschied mich für Hermann Hesses »Kunst des Müßiggangs« und begann zu lesen. Celine würde sicher bald kommen.

Wenn ich meinem Gehirn Bescheid gebe, daß ich schlafen möchte, schert es sich in der Regel einen Teufel darum und unterhält mich noch stundenlang mit irgendwelchen ungelösten Problemen. Jetzt wiederum beschloß mein Schlafzentrum ein kleines Nickerchen, und nach fünf Minuten war ich mit Hermann Hesse auf Celines Couch eingeschlafen.

Als ich leicht desorientiert aufwachte, war es bereits tiefe Nacht, die Uhr zeigte kurz nach halb eins. Von Celine weiterhin keine Spur. Aus stummen Augen schauten mich ihre Marionetten an. Gewöhnlich legen Celine und ich uns nicht gegenseitig Rechenschaft über unseren Zeitvertreib ab, aber hatte sie nicht meinem Anrufbeantworter gesagt, sie erwarte mich? Ich machte mir Sorgen. In jedem zweiten Kriminalroman wird spätestens im letzten Drittel die schöne Freundin des Helden von den Bösen entführt, und der Held muß sich entscheiden, ob er das Leben seiner Freundin retten oder weiter das Böse verfolgen soll.

Ich konnte mir Professor Dohmke, der im Augenblick und weil einfach unsympathisch für mich der Hauptbösewicht war, nicht als Entführer vorstellen. Andererseits, wenn Margret recht hatte und Bredows Tod kein Selbstmord war, wäre eine Entführung vorstellbar, und ein gewisses Potential an willfährigen Handlangern hatte ich in der Pension Elvira kennengelernt.

Es gehört zu meinen Spezialitäten, mir in jeder Situation die maximale Katastrophe auszumalen. Andere Leute sitzen in der U-Bahn oder im Bus und warten geduldig, von A nach B zu kommen. Ich hingegen unterhalte mich während der Fahrt damit, was passiert, würde der Zug entgleisen oder der Bus umkippen, am besten ein vollbesetzter Doppeldecker auf einem Bahnübergang. Somit kostete es mich absolut keine Mühe, mich davon zu überzeugen, daß Celine entführt worden war. Blieb eigentlich nur die Frage, ob man mir ein blutiges Ohr oder einen fast frischen Finger schicken würde, und daran würde ein Zettel hängen: »Dr. Hoffmann, geben Sie Ihre Schnüffelei auf, wenn Sie Ihre Freundin lebend wiedersehen wollen!«

Mein freundliches Großhirn hatte in enger Zusammenarbeit mit meinem Unterbewußtsein noch ein zweites Denkmodell im Angebot. Möglicherweise hatte man Celine entführt, aber woher, nur mal so gefragt, wollte ich denn wissen, daß sich Celine nicht gerade mit einem neuen Liebhaber vergnügte, während ich hier vor Angst um sie verging? Stets zu meinen Diensten, machte mich mein Großhirn auf ein paar dazu passende Einzelheiten aufmerksam: die aufgerissene Packung mit schwarzen Slips, die ich nicht mag, der leicht verwelkte Blumenstrauß, den sie mit Sicherheit nicht von mir hatte, selbst die angeschaltete Kaffeemaschine wurde zu einem möglichen Indiz: vor Aufregung wegen des neuen Liebhabers nicht ausgeschaltet.

Während ich noch meine Theorien zu Celines Schicksal abwog – ich gebe das nicht gerne zu, aber die Entführungstheorie war mir fast lieber, eine Ohrmuschel oder einen Finger können wir heutzutage schließlich problemlos wieder annähen –, ging das Türschloß und auftrat eine gutlaunige Celine ohne Begleitung.

»Was machst du denn hier?«

»Auf dich warten. Du hast mich herbestellt. Erinnerst du dich?«

Celine warf ihre Schuhe in die Ecke und holte sich einen Wein.

»Warum hast du Schlaumeier nicht meinen Anrufbeantworter abgehört?«

Stimmt. Es hätten die Entführer sein können oder der neue Liebhaber. Nun hörten wir ihn gemeinsam ab. Celines Stimme teilte mir mit, daß es sieben Uhr abends sei. Sie wäre ein ganzes Stück weitergekommen mit Bredows Datei und hätte mir gleich davon erzählen wollen. Deshalb ihre Nachricht auf meinem Anrufbeantworter. Aber jetzt müsse sie zu ihrer Freundin Beate, der Steuerberaterin. Es würde deshalb sicher spät werden, ich solle nicht auf sie warten. Ende der Nachricht.

Celine war hellwach und ich inzwischen gut ausgeruht. Wir machten es uns bequem, Hauptthema: Bredows doppelte Buchhaltung.

»Wir werden sicher mehr wissen, wenn sich Beate alles gründlich angeschaut hat, etwa ein Kilometer Computerausdrucke. Außerdem treffe ich mich noch mit Johannes, dem Investmentberater. Der soll uns bei Bredows Spekulationssachen helfen. Eines steht jedenfalls schon fest: Deine Freundin Margret hat recht.«

»Daß Bredow ermordet worden ist?«

»Du gibst also zu, daß sie noch immer deine Freundin ist?«

»Celine! Womit hat sie recht?«

»Mit der Behauptung, daß Bredow nicht in die eigene Tasche gewirtschaftet hat. Und sollte ich je herausbekommen, daß du noch immer ein Verhältnis mit ihr hast, bist du tot. Und das wird kein Selbstmord sein.«

Celines Art, die Dinge zu vermischen, macht Gespräche mit ihr manchmal schwierig. Aber sie kam von selbst wieder zum Thema.

»Also, hier das grobe Bild laut Beate: Eure Klinik war im letzten Frühjahr pleite. Es ging bergab seit vorletztem Jahr, jeden Monat ein fettes Minus in eurer Klinikkasse. Bredow hat verzweifelt versucht, die Kosten zu senken. Für kurze Zeit hat sich durch Ausgliederung des Personals fürs Putzen und Kochen die Lage entspannt, aber trotzdem, letzten März fehlten fast zwei Millionen im Kliniketat. Es sah wirklich ziemlich düster aus, eigentlich hätte Bredow den Laden zumachen müssen. Aber siehe da – plötzlich kamen die Sondermittel.«

»Was für Sondermittel?«

»Ab April hat Bredow jeden Monat im Schnitt zwischen zweihundert- und dreihunderttausend Mark ›Sondermittel‹ unter Einnahmen verbucht.«

»Und du meinst, diese Sondermittel hatte Bredow durch Spekulationen an der Börse hereingeholt?«

»Das geht aus den Buchungen nicht direkt hervor, aber es sieht so aus. Wir werden schlauer sein, wenn Beate und Johannes sich die Daten gemeinsam angeschaut haben. Jedenfalls wurde das Loch in eurem Kliniketat nach und nach kleiner.«

»Wenn das so gut funktioniert, sollten wir unbedingt unsere Kröten zusammenraffen und an die Börse gehen«

»Paß auf, es wird noch spannender. Wie gesagt, mit schöner Regelmäßigkeit flossen monatlich gute zweihunderttausend auf das Klinikkonto, Quelle unbekannt, wahrscheinlich Spekulationsgewinne. Das Loch im Etat ging runter auf unter fünfhunderttausend. Und plötzlich, im vergangenen November – keine Sondermittel mehr, aber ein Loch im Etat von 2,7 Millionen, größer als jemals zuvor.«

Es half nichts, diesmal mußte *ich* dringend pinkeln. Aber ich rief durch die Toilettentür.

»Da hat er uns das Weihnachtsgeld gestrichen. Aber das kann wohl kaum ein Loch von 2,7 Millionen gestopft haben. Schön wär's!«

»Wart's ab. Die große Überraschung kam genau am 6. Dezember.«

»Nikolaus.«

»Genau. Bei euch war der Nikolaus.«

»Mit neuen Sondermitteln?«

»Besser noch. Am 6. Dezember konnte Bredow eine Einnahme von drei Millionen verbuchen.«

»Da muß ein Privatpatient Dohmkes Laborrechnung bezahlt haben.«

Celine schaute mich fragend an.

»Ein Scherz. So hoch sind selbst Dohmkes Rechnungen nicht. Gab es doch noch einen fetten Börsengewinn?«

»Nein, es war sicher kein Spekulationsgewinn. Die hat Bredow immer unter ›Sondermittel‹ geführt. Die drei Millionen hat er als ›Einlage‹ verbucht.«

»Als ›Einlage‹? Was soll das heißen?«

»Beate meint, es sähe so aus, als hätte sich jemand für drei Millionen in eure Klinik eingekauft.«

Ich war verwirrt.

»Was hat das für einen Sinn? Warum soll sich jemand mit drei Millionen an einem Unternehmen beteiligen, das offensichtlich nur Verluste erwirtschaftet und tief in der Kreide steht?«

Celine lächelte.

»Genau das ist der Punkt, den auch Beate spannend findet. Da bleibt sie dran. Von dir brauchen wir noch einige Details über die Klinik. Gesamtzahl der Betten, Anteil der Privatbetten, Personalstärke, Pflegesatz, solche Infos eben.«

Ich versprach, diese Daten zu besorgen, sollte kein großes Problem sein. Celine hatte wirklich gute Arbeit geleistet. Aber es blieben die Widersprüche, die wir schon neulich bei Luigi nicht lösen konnten: Bredow hatte einen guten Grund gehabt, sich umzubringen. Aber das war letztes Jahr, im Frühjahr, bevor das mit den »Sondermitteln« losging, oder im November, als er wieder fast drei Millionen Miese in der Kasse hatte. Warum aber jetzt?

Mir schwirrte der Kopf. Vorsichtig steuerte ich im Flur an Belizaar vorbei und trollte mich nach Hause. Celine würde wieder schlafen wie ein Stein, und ich hatte keine Lust, ihr dabei zuzusehen.

17

Schon beim Morgenkaffee ratterte es wieder in meinem Kopf. Wir schienen auf dem richtigen Weg, wenn auch mit jeder Entdeckung neue Fragen auftauchten. Mich erregte der Gedanke, daß wir mit Hilfe von Celines Steuerberaterin Beate und ihrem Johannes den Grund für Bredows Tod herausfinden würden. Wir waren ihm das schuldig, schließlich hatten wir ihn einfach an seinem Fensterkreuz hängen lassen. Mit Mischa und seinem Tod waren wir zwar keinen Zentimeter weitergekommen, aber vielleicht würden auch hier die losen Enden plötzlich passen.

Gleich nach der Visite machte ich mich an meine Hausaufgaben für Steuer-Beate. Was wollte die wissen? Gesamtzahl der Betten, Anteil der Privatbetten, Personalstärke, Pflegesatz. Kein Problem, schließlich arbeite ich seit Jahren an der Klinik, und ich war sicher, daß ich die gewünschten Daten einfach nur aufschreiben mußte. Weit gefehlt. Ich hatte keine exakte Zahlen.

Ich ging hinüber zu Marlies auf die Nachbarstation. Auf dem Weg mußte ich mich auf dem Flur an mehreren Betten vorbeiquetschen. Marlies hing am Telefon, beschäftigt mit der zweitliebsten Aufgabe des Klinikarztes: Wie verkaufe ich chronisch Kranke, die unsere Hightech-Medizin überlebt haben, an ein Pflegeheim und bekomme die Betten vom Flur.

»Marlies, weißt du, wie viele Leute bei uns in der Verwaltung arbeiten?«

Sie schaute kurz auf und bedeutete mir, zu warten.

»Das kommt ganz darauf an, wie Sie Inkontinenz definieren«, sie hielt kurz die Sprechmuschel zu, »ja, kann ich dir genau sagen: niemand«, und wieder in die Sprechmuschel, »natürlich braucht er ein bißchen Hilfe, sonst könnte ich ihn ja nach Hause entlassen.«

»Marlies, ich muß es wissen. Wieviel Beschäftigte haben wir da?«

»Wenn ich richtig verstehe, akzeptieren Sie nur vollkommen gesunde Patienten ... Na gut. Ja, ich versuche es morgen wieder.« Frustriert legte sie den Hörer auf. »Mindestens doppelt so viele, wie wir brauchen, wahrscheinlich zwei pro Patient. Oder drei. Hast du noch irgendwo ein freies Bett? Ich fürchte, ich bin am Ende der Fahnenstange, ich habe meine Liste abtelefoniert.«

»Hast du es schon im Sankt Margarete versucht?«

»Felix, auf welchem Planeten hast du dich im letzten Jahr herumgetrieben? Das Sankt Margarete haben sie vor Monaten geschlossen.«

Sie hatte recht, ich hatte es tatsächlich vergessen. Abbau angeblicher Überkapazitäten an Betten ist zur Zeit ein beliebtes Profilierungsspiel unter den Politikern dieser Stadt.

»Und wozu brauchst du die Zahlen für die Personalstärke in der Verwaltung? Schreibst du an einem Nachruf für Bredow?«

»So ähnlich.«

Aber Marlies achtete schon nicht mehr auf mich. Sie versuchte es jetzt mit den Pflegeheimen im Umland – ein ziemlich weiter Anmarsch für die in der Regel nicht gerade jugendlichen Angehörigen, die ihren chronisch Kranken besuchen wollen. Aber was sollte sie machen? Ihre Schwestern würden sie steinigen, wenn sie nicht bis zum Mittag die Betten von den Fluren weggezaubert hätte.

Da fiel mir die Broschüre ein. Als im vorletzten Sommer unsere Klinik in eine GmbH umgewandelt wurde, hatte man zu diesem Anlaß eine mit viel Aufwand gestaltete Druckschrift herausgegeben. Die Verwaltung hatte sich monatelang mit nichts anderem beschäftigt, und die Belegschaft mußte sich an einem schönen Tag für ein Gruppenfoto versammeln. Dafür wurde fast ein ganzer Vormittag von Operationen freigehalten und Urlaube verschoben. Mein Exemplar der Broschüre war nach einer Anstandsfrist in den Papierkorb gewandert, aber sicher würde es in der Verwaltung noch reichlich Exemplare geben. Ich machte mich mal wieder auf den Weg zu Frau Krüger.

»Dr. Hoffmann, welch angenehme Überraschung. Was kann ich für Sie tun?«

Frauen über fünfzig sind schon immer meine zuverlässigsten Fans gewesen. Was würde sein, wenn ich bald selbst fünfzig bin?

Ich fragte Frau Krüger erst einmal nach der stationären Akte von Mischa, und sie überraschte mich: Professor Dohmke hatte sie tatsächlich beauftragt, danach zu forschen. Aber im Archiv habe sich auch bei intensiver Suche nichts gefunden, und mikroverfilmt war sie auch noch nicht.

»Da sind sie immer noch mit den Akten vom Vorvorjahr beschäftigt.«

Dann fragte ich nach der Klinikbroschüre. Selbstverständlich würde sie mir gerne ein Exemplar heraussuchen. Wofür ich sie denn brauche? Ich wurde der Notwendigkeit für eine halbwegs überzeugende Begründung enthoben, da Professor Dohmke das Sekretariat betrat.

»Dr. Hoffmann, das trifft sich gut. Ich wollte Sie gerade zu mir bitten.«

Er öffnete die Tür zu seinem Büro als kommissarischem Verwaltungsdirektor und bedeutete mir, ihm zu folgen.

»Wir haben uns etwas umgesehen in den Unterlagen von CareClean. Sehen Sie mal hier, das dürfte Sie interessieren.«

Er reichte mir einen von Hand ausgefüllten Vordruck. Es war die Meldung über eine Verletzung an einer gebrauchten Injektionsnadel von Ende September vorletzten Jahres. Verletzt hatte sich Mischa Tschenkow, geboren am 20. April 1971, in seiner Eigenschaft als Reinigungskraft in unserer Klinik im Auftrage der Firma CareClean.

»Und – gibt es die Befunde der Blutuntersuchungen?«

Bei akzidentiellen Verletzungen im Krankenhaus wird direkt nach der Verletzung und einige Wochen später das Blut auf sogenannte Antikörper untersucht.

»Herr Hoffmann, was wollen Sie denn noch? Wichtig ist doch nur, daß man uns nichts anlasten kann, oder?«

Wen meinte Professor Dohmke mit »uns«? Die Klinik? So jedenfalls sollte ich es wohl verstehen. Oder meinte er eine bestimmte Interessengruppe, die man nun nicht mehr belangen konnte?

Ich weiß nicht mehr genau, was ich antwortete und mit welcher Begründung ich mich aus seinem Arbeitszimmer abgesetzt habe. Aber ich erinnere mich noch deutlich an seine Frage, als ich die Tür schon fast hinter mir geschlossen hatte.

»Sagen Sie, Dr. Hoffmann. Ist die Akte von diesem Patienten inzwischen bei Ihnen aufgetaucht?«

Ich verneinte.

»Sie sollten da ganz sichergehen. Suchen Sie noch einmal gründlich im Arztzimmer. Vielleicht auch bei Ihnen zu Hause.«

Im Vorzimmer hatte Frau Krüger inzwischen die Broschüre für mich herausgesucht. Ich bedankte mich und ging zurück auf meine Station. Auf meinem Schreibtisch fand ich eine Notiz in der etwas unbeholfenen Schrift von Schwester Elke. Michael Thiel habe angerufen. Ich solle heute abend bei ihm vorbeikommen.

Michael hatte die Konserve von Margret tatsächlich schneller bearbeitet als beim letzten Mal. War er fündig geworden? Auf dem Weg zu ihm ging mir das Gespräch mit Professor Dohmke durch den Kopf. Natürlich war nicht auszuschließen, daß sich Mischa bei seiner Arbeit in der Klinik irgendwann an einer gebrauchten Injektionsnadel verletzt hatte. Auch der Zeitpunkt für Mischas Unfallmeldung würde passen oder wäre für einen getürkten Meldebogen gut gewählt. Ende September, das war kurz bevor er mein Patient wurde und nachweislich noch für CareClean gearbeitet hatte. Wir hatten damals zwar dank Haralds Eifer auch die Leberwerte und die Hepatitis-Serologie gemacht, und die Werte waren negativ, aber es dauert ein paar Wochen, bis die Antikörper positiv werden.

Nur – hätte Mischa aus der Ukraine wirklich den für solche Fälle vorgesehenen Meldebogen ausgefüllt? Schließlich war er nicht in Deutschland aufgewachsen, wo man lernt, daß es für jeden Unfall einen Schuldigen gibt und wahrscheinlich auch eine Versicherung, die zahlen muß. Er hätte wahrscheinlich ein Pflaster gesucht und weitergearbeitet. Eine offizielle Meldung war ziemlich unwahrscheinlich. Aber vielleicht hatte er eine Schwester um ein Pflaster gebeten. Die könnte ihn nach der Ursache seiner Verletzung gefragt und dann pflichterfüllt auch den Meldebogen für ihn ausgefüllt haben. Ein richtiger Kriminalbeamter würde jetzt Dienstpläne vergleichen, Krankenschwestern befragen, Unterschriften vergleichen. Ich hingegen war gespannt, was Michael Thiel gefunden hatte.

Michael war noch mit einigen Spezialanalysen beschäftigt und längst nicht darüber hinweg, wie jämmerlich die deutschen Fußballer aus der Europameisterschaft geflogen waren. Mit mir konnte er sich erheblich besser über Fußball unterhalten als mit seinen MTAs.

»Ich sage dir, mit einer wehleidigen Rentnertruppe kann man nicht Europameister werden.«

»Michael! Unsere letzte Fußballdiskussion hat dazu geführt, daß ich meine Verabredung mit Celine verpennt habe. Was ist mit meiner Konserve?«

»Gemach, Felix, gemach!«

Michael ist der geborene Laborarzt, ein Schritt nach dem anderen. Im Moment war er noch mit einer Analyse beschäftigt, die er wohl nicht den Laborautomaten anvertrauen konnte. Von Hand belud er die Meßkammer seines Spektrometers.

»Sieh mal an ...«

»Ist das von meiner Konserve?«

»Nein. Weißt du, wir müssen hier nebenbei auch noch Geld verdienen.«

Noch ein paar weitere Proben landeten im Spektrometer, akribisch notierte Michael alle Meßwerte. Ich hatte Glück. Offensichtlich paßten die Werte zusammen, und Michael war zufrieden. Eine weitere Testreihe hätte meine Geduld wahrscheinlich nicht mitgemacht.

»Wer meinst du, wird Europameister?«

»Keine Ahnung. Die Eskimos? Hast du mich herbestellt, um mich das zu fragen?«

»Du bist zu ungeduldig, Felix. Das macht eure Hektik an der Klinik. Was meinst du, wie schön ich mich hier entspannen kann.«

»Laß es raus, Michael. Wenn du mich so auf die Folter spannst, mußt du was ziemlich Aufregendes gefunden haben.«

Michael holte zwei Bier aus dem Kühlschrank.

»Da muß ich dich enttäuschen, Felix. Deine Konserve ist sauber. Kein AIDS, keine Hepatitis, sogar die Blutgruppe stimmt.«

Michael hatte recht, ich war enttäuscht. Andererseits, was hatte ich erwartet? Doch wohl kaum, daß alle Blutkonserven meiner Klinik infiziert sind.

»Ich habe sie mir nicht einfach genommen, Margret hat sie mir gegeben. Sie muß doch einen Grund gehabt haben!«

»Hatte sie vielleicht auch. Oder sie hat einen bösen Fehler gemacht. Es geht allerdings nicht um das Blut.«

Ich muß ziemlich verständnislos geschaut haben, Michael grinste breit über das ganze Gesicht.

»Fällt dir noch was anderes ein?«

»Fällt mir nicht. Laß es endlich raus!«

Aus demselben Kühlschrank, aus dem er das Bier geholt hatte, nahm er jetzt meine Blutkonserve. In das Handwaschbecken daneben ließ er warmes Wasser einlaufen und stellte die Flasche in das Wasser.

»Jetzt nur noch einen ganz kleinen Augenblick Geduld, mein Freund. Extra für dich habe ich die Konserve wieder in den Zustand versetzt, in dem du sie gebracht hast. Vor unseren Tests hatten wir deine Blutkonserve zum Anwärmen ins Wasserbad gestellt, so wie jetzt – und siehe da – Simsalabim!«

Er nahm die Flasche aus dem Wasser und stellte sie vor mich auf den Tisch. Ich konnte nichts entdecken.

»Gut, ich kürze die Sache ab. Wir hatten die Flasche länger im Wasserbad, da ging es von selbst.«

»Was ging von selbst?«

»Paß auf!«

Die Blutkonserve trug das übliche Etikett mit Seriennummer, Blutgruppe und Untergruppen, Haltbarkeitsdatum. Mit einem triumphierenden Lächeln zog Michael das Etikett ab.

»Simsalabim, die zweite!«

Jetzt war es einfach zu erkennen. Unter dem abgezogenen Etikett war ein zweites Etikett. Mit kyrillischer Beschriftung.

»Eine eigenartige Art von Recycling, meinst du nicht? Ist deine Klinik inzwischen so sparsam geworden, daß sie gebrauchte Transfusionsflaschen aus dem Ostblock importiert?«

Ich berichtete, was Margret mir neulich über diesen Boris mit seiner Kette von Blutbanken in Osteuropa erzählt hatte. Michael hörte mit wachsender Spannung zu.

»Unglaublich, deine Sparkommissare in der Klinik, schmuggeln Blutkonserven aus dem Ostblock!«

Wir wurden ganz euphorisch. Michael, weil er nun endlich etwas gegen Intimfeind Dohmke in der Hand zu haben schien, und ich sah Licht im Dunkel der Merkwürdigkeiten um Mischas Tod. Michael verlangte nach Champagner. Während er begann, seine Bestände zu inspizieren, kamen mir plötzlich Zweifel.

»Sag mal – ist es denn illegal, Blutkonserven zu importieren?«

Michael war fündig geworden und stellte eine Flasche Champagner mit einer gewissen Heftigkeit auf einen Labortisch.

»Du bist ein mieser Spielverderber! Aber wahrscheinlich hast du recht. Schließlich leben wir im Zeitalter der Globalisierung. Nichts wird mehr da verbraucht, wo es hergestellt wird. Wenigstens muß es vorher einmal um den Globus wandern. Den Reis, den wir in Asien kaufen, schicken wir mit einem Uncle-Ben's-Etikett dahin zurück. Warum sollte das denn bei Blutkonserven anders sein?«

Unsere, besser Michaels, aufregende Entdeckung schien sich in Nichts aufzulösen. Blieb noch die Frage, ob wir den Champus trotzdem aufmachen sollten. Michael war dagegen. Ich versuchte, ihn wieder aufzumuntern.

»Sie haben immerhin das russische Etikett überklebt. Das ist zumindest grobe Täuschung.«

Michael blieb skeptisch. »Na und? Sagte ich doch. Würdest du dir Blut aus einer kyrillisch beschrifteten Flasche infundieren lassen?«

»Wahrscheinlich nicht. Aber es könnte doch um den Veredelungsfaktor gehen. Sicher verdoppelt oder vervierfacht das deutsche Etikett den Wert jeder Blutkonserve. Das ist so, als beklebst du türkisches Olivenöl mit Etiketten aus Lucca.«

Michaels Miene hellte sich wieder auf, mit diesem Vergleich konnte er etwas anfangen. Schließlich holt er sich sein Olivenöl jeden Herbst selbst aus Lucca und stopft den Rest seines Kombis mit altem Balsamico-Essig und Vino voll.

»Stimmt. Das dürfte das kleine, aber feine illegale Detail sein, das wir der Bande nachweisen müssen!«

Wir waren begeistert von der Idee, daß man mit Blutkonserven durchaus einen schwunghaften Handel aufziehen konnte. Solange Deutschlands Autofahrer weiter auf freie Fahrt für freie Bürger bestehen, ist die Nachfrage enorm, und das stützt die Preise. Vielleicht lag hier die Erklärung, warum Mischa auf meiner Station und die Patientin auf der Gynäkologie Blut mit der gleichen Seriennummer bekommen hatten.

Michael machte den Champagner jetzt doch auf. Er schmeckte großartig, was sicher nicht zuletzt auf das Etikett zurückzuführen war.

Natürlich wollte ich Celine gleich von dem Etikettenschwindel berichten. Sie würde sich freuen, zeigten sich doch endlich Hinweise auf ein Komplott, und sie könnte mit Beate die Blutbankkonten in Bredows Buchhaltung unter die Lupe nehmen. Aber Celine war nicht erreichbar. Sofort erinnerte mich mein Großhirn an den möglichen neuen Liebhaber.

Ebensowenig traf ich Margret bei meiner täglichen Nachfrage in der Blutbank an. Sie habe sich krank gemeldet, berichteten ihre Kolleginnen. Ich wollte ihre Vermutungen nicht wissen, warum Dr. Hoffmann sich plötzlich wieder so intensiv um ihre Chefin kümmerte, jetzt, wo Dr. Bredow tot und Margret wieder frei war. Unter ihrer Privatnummer bekam ich Margret auch nicht. Jedesmal erklärte mir ihr Anrufbeantworter, daß ich eine Nachricht hinterlassen könne. Das tat ich, aber sie rief nicht zurück.

Dienstag nachmittag hatte ich frei und traf mich mit Celine und ihrer Steuerberater-Beate bei Luigi. Die letzten Tage waren wenig sommerlich gewesen, doch an diesem Nachmittag konnte man wieder draußen sitzen. Luigi hatte auch Beate sofort in sein italienisches Macho-Herz geschlossen. Er scharwenzelte um die beiden herum, als hätten sie ein Sechs-Gänge-Menü bestellt. Sie tranken aber nur einen Cappuccino.

Celine stellte mich ihrer Freundin Beate vor. Eine hübsche kurzhaarige Blondine mit etwas zu knappem Baumwollkleid, das sie immer wieder in Richtung Knie ziehen mußte.

Ich bestellte mir auch einen Cappuccino, und wir machten uns an die Arbeit. Beate balancierte den dicken Stapel Computerausdrucke auf ihrem Schoß, auf dem Bistro-Tisch war gerade Platz für die Tassen und Luigis obligate Blumenvase. Sie hatte sich erst einmal mit der offiziellen Buchhaltung über die letzten drei Jahre beschäftigt und legte gleich los.

»Vor zwei Jahren wurde die Klinik privatisiert, und verschiedene Dienstleistungen, die bis dahin direkt von der Klinik erbracht worden waren, wurden an Fremdfirmen vergeben. Das wißt ihr. Patienten- und Personalverpflegung übernahm die Firma Hospital Catering Service, die Gebäudereinigung die Firma CareClean, die Aufgaben der Wäscherei die Firma Flecklos. Auch Röntgen und Labor wurden eigenständige Unternehmungen. Das Ziel war, Kosten zu reduzieren, da Fremdfirmen in der Regel billiger sind als eigenes Personal. Und tatsächlich kam es anfangs zu einer deutlichen Einsparung in diesen Bereichen, so zwischen zwanzig bis fünfundzwanzig Prozent. Aber die Einsparungen reichten nicht, um die sinkenden Einnahmen aufzufangen. Die Klinik kam tief in die roten Zahlen.«

»Und sie war«, ergänzte Celine, »letztes Jahr im März ziemlich pleite.«

»Richtig«, stimmte Beate zu. »Celine hat ja schon herausbekommen, wie Ihr Verwaltungsdirektor dann versucht hat, die Etatlöcher über kurzfristige Spekulationen aufzufüllen. Was er da genau gemacht hat, ist noch nicht ganz klar. Zum Schluß scheint es jedenfalls in die Hose gegangen zu sein, und die Klinik hat nur überlebt, weil irgend jemand im letzten Dezember drei Millionen eingeschossen hat. Und von da an passiert etwas Eigenartiges: Die Ausgaben der Klinik stiegen von Monat zu Monat.«

»Die Gehälter aber bestimmt nicht«, warf ich ein, »das hätte ich gemerkt.«

»Richtig«, antwortete Beate, »die Gehälter sind es nicht. Es ist viel spannender. Plötzlich scheint sich das ganze Konzept, Kosten über die Fremdfirmen einzusparen, ins Gegenteil verkehrt zu haben, denn seit letztem Dezember werden die Rechnungen von CareClean, den Cateringleuten, der Wäscherei und so weiter jeden Monat höher. Die letzten Buchungen sind von diesem Juni. Und da zahlt die Klinik den Fremdfirmen inzwischen mehr als das Doppelte von dem, was sie letztes Jahr gezahlt hat.«

Beate zeigte uns die entsprechenden Stellen auf dem Computerausdruck, den sie weiter auf den Knien balancierte. Sie kämpfte tapfer mit hochrutschendem Kleid und herunterrutschendem Papierstapel, zum Schluß lagen die Computerausdrucke auf dem Boden. Ich zog einen zweiten Tisch heran.

»Also muß die Klinik wieder ins Defizit gerutscht sein«, meinte ich.

»Ist sie aber nicht«, antwortete Beate. »Die Klinik gibt ständig mehr Geld aus. Die Einzelbeträge sind gar nicht so hoch, aber wenn man dieses Jahr auf den vorliegenden Daten hochrechnet, sind es am Ende über zehn Millionen mehr als letztes Jahr. Trotzdem hat Ihre Klinik plötzlich keine Probleme damit, das viele Geld zu erwirtschaften. Im Gegensatz zum letzten Jahr sind Einnahmen und Ausgaben ziemlich ausgeglichen. Die Frage liegt auf der Hand: Woher kam das viele Geld?«

Jetzt wandte Beate sich direkt an mich.

»Hat sich Ihre Klinik im letzten Jahr vergrößert? Eine neue Privatstation gebaut?«

»Nein.«

»Sind Sie sicher?«

»Sicher bin ich sicher. Wie kommen Sie darauf?«

»Es sind die Einnahmen von den Privatpatienten, die plötzlich die Mehrausgaben der Klinik an die Fremdfirmen voll auffangen. Hier, seht mal – vor zwei Jahren hat die Klinik an den Privatpatienten knapp fünf Millionen verdient. Und dieses Jahr sind es schon allein bis Juni über viereinhalb Millionen, mit denen die Privatpatienten positiv zu Buche schlagen. Und es ist noch etwas eigenartig an diesen Privatpatienten: Über die Hälfte zahlt bar.«

»Wenn ich das richtig verstehe«, sagte ich, »heißt das also, die Klinik macht plötzlich bedeutende Gewinne, die sie aber nicht an unterbezahlte Stationsärzte wie mich weitergibt, sondern an Firmen wie CareClean oder Hospital Catering Service, ohne daß es inzwischen bei uns mehr zu putzen gibt, und das Essen ist weiß Gott nicht doppelt so gut geworden.«

Celine hatte offensichtlich alles längst durchdacht und lächelte mir aufmunternd zu, mir weiter Gedanken zu machen. Ich tat ihr den Gefallen.

»Der Trick ist also, daß diese Firmen plötzlich viel mehr Geld bekommen, ohne dafür mehr Leistung zu erbringen.«

»... und daß auch dein Krankenhaus nicht mehr Leistungen erbringt, aber einen Haufen mehr Geld einnimmt«, bemerkte Celine. »Oder hat sich bei euch die Zahl der Privatpatienten wirklich verdoppelt?«

Beate wies auf die theoretische Möglichkeit hin, daß die Privatpatienten plötzlich doppelt soviel wie vorher zahlten. Beides konnte ich ausschließen. Die Privatstation war nicht vergrößert worden, und bisher hatte ich noch nicht zwei Patienten im selben Bett gesehen. Und warum sollten sie auf einmal doppelt soviel zahlen? Im Gegenteil jammern unsere Chefärzte unermüdlich, sie würden kaum ihre üblichen Steigerungssätze von den Privaten bekommen. Eine Landepiste für südamerikanische Drogenbarone hatten wir auch nicht gebaut und auch keine Gebetsteppiche für Ölscheichs ausgelegt.

Ich schlürfte die Pfütze aus meiner Cappuccino-Tasse. Sie war kalt geworden und schmeckte scheußlich. Die beiden Frauen schauten mich gespannt an. Ein Nullsummenspiel von zehn Millionen im Jahr! Ich versuchte, ein schlaues Gesicht zu machen, aber es dauerte noch eine Weile, bis der Groschen fiel. Und dann dauerte es noch mal, bis ich es aussprechen konnte.

»Ich glaube, ich weiß, worauf Sie hinauswollen«, sagte ich schließlich leise, als würde es dadurch weniger schlimm, »das Ganze stinkt gewaltig nach Geldwäsche.«

Celine und Beate nickten freundlich wie zwei Lehrerinnen, die von der bemerkenswerten Intelligenzleistung eines sonst eher schwachen Schülers angenehm berührt sind.

»Und wer immer meine Klinik in eine Geldwaschanlage umfunktioniert hat, hätte dann zum Einstand letzten Dezember

Bredows Spekulationsloch ausgeglichen – das würde das Nikolausgeschenk erklären, oder?«

Wieder nickten beide anerkennend.

Wie fühlte ich mich nach dieser Eröffnung? Ich weiß es nicht mehr. Ich glaube, erst einmal war ich nur verwirrt. Meine Klinik, Hort des Dienstes am Patienten und Kampfstätte gegen Seuchen und Krankheiten, eine Geldwaschanlage? Ich wünschte mir eine andere Erklärung für den wundersamen Etatausgleich. Aber ich wußte, nur so ergab dieses Nullsummenspiel einen Sinn. Und der Trick mit den Privatpatienten war nahezu genial! Auf deren Rechnung sind sowohl Diagnose wie medizinische Leistungen erfaßt. Damit unterliegen auch die Rechnungen der ärztlichen Schweigepflicht, und die Klinik müßte sie keinem Finanzamt und keiner Ermittlungsbehörde zeigen. Die Geldwaschmaschine wird also mit illegalen Millionen in Form von nicht überprüfbaren Rechnungen an virtuelle Privatpatienten gefüttert, die man dann als Eigentümer von CareClean, Hospital Catering und so weiter als legale Einnahme für nie erbrachte Leistungen wieder entnimmt.

»Kann man das beweisen?« fragte ich Beate.

»Anhand der Unterlagen, die ihr beide mir gegeben habt, muß man es stark vermuten. Aber auch nur, wenn man wirklich einen Verdacht hat, daß etwas nicht stimmt. Sicher merkt man nichts, wenn die Buchhaltung routinemäßig beim Finanzamt vorgelegt wird. Dort interessiert nur, ob genug Steuern abgeführt werden. Das Finanzamt würde hellhörig werden, wenn plötzlich die Einnahmen zu stark absinken oder die Ausgaben stark ansteigen. In Ihrer Klinik nehmen zwar die Ausgaben deutlich zu, aber auch die Einnahmen. Das ist Wachstum, vollkommen normal. Der ganze Sinn unserer freien Marktwirtschaft.«

»Besteht nicht die Gefahr, daß nachgefragt wird, warum zum Beispiel die Ausgaben für die Gebäudereinigung so kräftig zugenommen haben?« fragte ich Beate.

»Es kann schon sein, daß das auffällt. Also könnte sich das Finanzamt fragen, ob hier eventuell durch fingierte Ausgaben Steuern hinterzogen werden. Was passiert? Die Klinik wird um eine Erklärung gebeten und wird über eine Änderung der Hygienevorschriften stöhnen oder etwas Ähnliches. Hauptsächlich aber interessiert das Finanzamt, ob das Geld irgendwo versteuert wird. Und wenn die Firma CareClean auf ihre verdoppelten Einnahmen ordnungsgemäß Steuern bezahlt, ist alles in Ordnung.«

Ich rief Luigi und bestellte mir einen doppelten Grappa. Schließlich erfährt man nicht alle Tage, daß man statt in einer Klinik in einer großen Geldwäscherei arbeitet. Beate war noch nicht fertig.

»Das Problem bei illegalen Einnahmen ist immer das gleiche. Da habe ich plötzlich einen Haufen Geld gemacht mit Kinderpornographie, Frauen aus Weißrußland oder mit Drogen. Was mache ich nun mit dem schönen Geld? Ich kann es irgendwo anlegen, wo wenig Fragen gestellt werden, in der Schweiz oder meinetwegen auf den Cayman Islands. Nur irgendwann will ich es auch mal ausgeben. Das macht keine größeren Probleme, wenn ich mir auf dem Schwarzmarkt einen geklauten van Gogh kaufe. Den kann ich dann in meinen Tresor einschließen und ihn mir nachts ab und zu anschauen. Aber wenn ich mir schon einen van Gogh leiste, möchte ich ihn auch anderen zeigen. Und schon fragt jemand nach, woher ich das Geld für den van Gogh habe. Oder für die große Villa, das eigene Sportflugzeug, was auch immer. Zur Lösung dieses unangenehmen Problems wurde die Geldwaschanlage erfunden.«

Luigi kam mit meinem Grappa. Arbeitete sein Laden für die italienische Mafia? Er verkauft an einem Abend meinetwegen hundert Essen und rechnet nur fünfzig über seine Kasse ab, die anderen fünfzig sind Bares auf die Hand, die Hälfte davon für die Freunde in Sizilien. In der Geldwaschanlage geht es anders herum – das Restaurant verkauft fünfzig Essen und rechnet hundert ab.

Celine bestritt ganz energisch meine laut ausgesprochenen Gedanken, was ihren Luigi betraf. Frauen sind seltsam. Würde ich ihr mit ähnlichen Sprüchen wie Luigi kommen, daß mia Celina ein Gesicht wie die Madonna von Bergamo habe, würde sie sich totlachen. Immerhin konnte sie sich vorstellen, gab sie zu, daß Luigi nicht alle Einnahmen beim Finanzamt meldet. Er sei schließlich nicht so einfältig wie ich. Beate kam, Gott sei Dank, auf unser Thema zurück.

»Ihr Beispiel mit dem Restaurant ist nicht schlecht, Felix. Ein Krankenhaus hat, bei Lichte betrachtet, als Geldwaschanlage sogar noch einige Vorteile. Die Vorgänge in einem Restaurant sind für jeden Laien nachvollziehbar, nicht das, was sich in einem modernen Krankenhaus abspielt. Das fängt schon damit an, daß es seine Dienstleistungen in einer Geheimsprache erbringt. Eine Operation ist bei Ihnen nicht eine Operation, sondern ...«

»... eine Cholecystektomie oder ein Billroth II«, half ich ihr.

»Genau! Kein Mensch kann sich darunter etwas vorstellen. Erst recht nicht, was so was kosten könnte. Der nächste Punkt ist noch wichtiger – der Datenschutz. Ich kann vielleicht Herrn Müller oder Frau Meier fragen, was sie bei Luigi gegessen haben, eine Pizza Salami oder Saltimbocca alla Romana, aber natürlich nicht, weshalb sie im Krankenhaus waren und was dort mit ihnen gemacht wurde. Und was die Privatpatienten Ihrer Klinik betrifft, kommt noch etwas Auffallendes aus den Unterlagen hinzu: Fast alle Privatpatienten, die ihre Rechnung bar bezahlt haben, zeichnen sich durch ziemlich fremdländische Namen aus. Man kann Ihrer Klinik sicher nicht verbieten, ausländische Patienten zu behandeln. Und man kann es ihr kaum verübeln, von Ausländern bar zu kassieren.«

Beate machte die Sache zunehmend plausibel, und sie begeisterte sich inzwischen immer mehr an den Möglichkeiten, aus einem Krankenhaus eine Geldwaschanlage zu machen.

»So ein Krankenhaus«, fuhr sie fort, »hat als Geldwaschanlage noch einen entscheidenden Vorteil gegenüber einem Restaurant: Es setzt weit mehr Geld um. Der Jahresumsatz von Luigi dürfte fünfhunderttausend bis siebenhunderttausend Mark sein. Der Jahresetat Ihrer Klinik liegt bei über dreißig Millionen. Da lassen sich ein paar Millionen illegale Gelder ganz gut unterbringen.«

War ich am Ende gar kein Krankenhausarzt mit meinen wie auch immer unzureichenden Bemühungen für die Patienten, sondern nur Statist in einer Geldwaschanlage, die sich als Standort ein Krankenhaus ausgesucht hatte? War das, was ich bisher nur vom Hörensagen kannte, meine tägliche Umgebung? Unterschied sich mein braves Deutschland, langweiliger Hort von Recht und Ordnung, tatsächlich nicht von irgendeinem mittel- oder südamerikanischen Land?

Wir gingen die Zahlen und Beates Schlußfolgerungen noch einmal durch, aber die Tatsachen sprachen für sich, wir fanden keine andere Interpretation. Und doch wollte ich nicht glauben, was scheinbar auf der Hand lag. Schließlich ging es um Menschen, mit denen ich seit Jahren täglich zu tun hatte.

Ich fühlte mich plötzlich ziemlich erschöpft, hatte aber noch eine Frage an Beate.

»In der geheimen Buchhaltung von Bredow – haben Sie da irgend etwas gefunden, das auf Geschäfte mit Blutkonserven hinweist?«

Hatte sie nicht. Ich berichtete von Michaels Entdeckung mit den umetikettierten Blutkonserven. Wie vorhergesehen, war Celine entzückt.

»Was hab ich gesagt? Es ist eine Verschwörung. Und natürlich geht es nur ums Geld.«

»Was schlagen Sie als nächsten Schritt vor?« fragte ich Beate.

»Ich werde gleich morgen mit Celine die Abrechnungen aus der Blutbank kontrollieren. Aber selbst wenn unsere Vermutungen stimmen, wissen wir nicht, wer hinter der ganzen Sache steckt. Da müssen Sie sich drum kümmern.«

»Und wie?«

»Gehen Sie zum Handelsregister, bringen Sie in Erfahrung, wem Ihre Klinik eigentlich gehört. Und wer die Besitzer von Hospital Catering Service, CareClean und so weiter sind. Dann treffen wir uns wieder.«

Es war kühl geworden, von uns unbemerkt hatte sich die Terrasse geleert, hatten die Gäste nach drinnen gewechselt oder waren nach Hause gegangen. Luigi kam vorbei und räumte die Tische ab. Er habe uns drinnen einen Tisch reserviert, es gebe noch frischen Seeteufel. Wir bedankten uns höflich und zahlten die Cappuccinos und den Grappa. Mir wenigstens war der Appetit vergangen.

18

Als Margret wieder in der Klinik auftauchte, trug sie eine große Sonnenbrille, und schon von weitem fiel auf, daß sie geschminkt war, als hätte sie sich gleichzeitig an allen Ständen der Kosmetikabteilung im KaDeWe bearbeiten lassen. Um sie alleine zu sprechen, wartete ich ab, bis ihre Kolleginnen in die Mittagspause gegangen waren.

»Wie siehst du denn aus, Margret – bist du in einen Farbeimer gefallen?«

»Du bist auch schon charmanter gewesen.«

»Jedenfalls habe ich mir Sorgen gemacht. Hast du deinen Anrufbeantworter nicht abgehört? Ich habe dich mindestens jeden Tag zweimal um einen Rückruf gebeten.«

»Felix, ich bin sehr beschäftigt. Gibt es etwas Wichtiges?«

Sie war bemüht, ihr Gesicht von mir abzuwenden, aber ich erkannte dennoch den Grund für ihr massives Make-up: ein riesiger Bluterguß zierte den unteren Abschnitt der rechten Augenhöhle – ein richtiges Veilchen.

»Mein Gott, was ist passiert?«

»Was meinst du, warum ich ein paar Tage zu Hause geblieben bin? Ich bin gestürzt. Das Licht ging nicht, und ich bin die gesamte blöde Treppe im Hausflur hinuntergefallen.«

Ich räumte ein paar Reagenzien zur Seite und setzte mich wieder auf ihren Labortisch.

»Habe ich dir erzählt, daß auch Mischa Tschenkow damals behauptet hat, er sei die Treppe hinuntergefallen?«

»Wer, bitte schön, ist Mischa Dingsdakow?«

»Der Patient, wegen dessen Bluttransfusion ich dich neulich gefragt habe. Ich war allerdings sicher, daß man ihn verprügelt hatte. Und wenn er eine Treppe hinuntergefallen war, dann nicht, ohne daß jemand nachgeholfen hat. Jedenfalls ist er jetzt tot.«

»Ich weiß nicht, was mit dir los ist, Felix. Vielleicht bist du überarbeitet, oder du siehst zuviel fern. Ich sage es dir noch einmal: Ich bin die Treppe hinuntergefallen, weil es dunkel war.

Und ich lebe noch, wie du siehst. Also sei so nett und laß mich meine Arbeit machen.«

Vielleicht stimmte die Geschichte, und ich sah inzwischen überall Gespenster. Aber nach dem Gespräch mit Beate hatte ich auch Grund, in dieser Klinik Gespenster zu sehen. Demonstrativ blieb ich auf Margrets Labortisch sitzen.

»Es ist also alles in Ordnung, Margret. Das willst du mir doch sagen?«

»Da hast du endlich einmal recht, mein Lieber. Genau das will ich dir sagen.«

Mit wilder Entschlossenheit begann sie wieder ihre Routine mit den Testplättchen und den Reagenzien. Es ist ziemlich idiotensicher, die Testfelder und Testreagenzien sind farbig markiert. Außerdem werden alle Bluttests zur Sicherheit doppelt gemacht, und Margret macht diese Arbeit schon seit Jahren. Trotzdem gelang es ihr, das Testserum sowohl auf das blaue wie auf das gelbe Testfeld zu pipettieren. Sie bemerkte ihren Fehler und wiederholte den Test. Es war unklar, ob sie mitbekommen hatte, daß ich ihren Fehler gesehen hatte.

»Na schön, Margret. Ich bin eigentlich nur wegen dieser Blutkonserve gekommen, die mit der doppelten Seriennummer. Du wolltest die Originale der Kontrollzettel heraussuchen.«

»Ach, diese Geschichte. Das habe ich überprüft. Es war ein Zahlendreher, falsche Eingabe. Neunundsechzig statt sechsundneunzig oder so etwas. Kein Grund zur Aufregung. Wahrscheinlich war der Scanner wieder kaputt, und irgend jemand hat beim Eintippen von Hand geschlafen.«

»Gibt es die beiden Kontrollzettel noch?«

Sie schaute mich mit ihrem dicken blauen Veilchen direkt an.

»Ja, ich habe sie. Ich kann sie dir zeigen. Aber ich denke nicht daran. Was denkst du eigentlich, wer du bist? Wenn du irgendwelche Zweifel an unserer Arbeit in der Blutbank hast, dann wende dich bitte an meinen Chef. Ohne ausdrückliche Weisung von Professor Dohmke werde ich dir gar nichts mehr zeigen.«

Ich rutschte von ihrem Labortisch und schaute sie ebenfalls direkt an. Ich war bereits sauer auf mich, ehe ich sagte, was ich ihr jetzt sagen wollte.

»Schön, Margret, alles klar. Ich gehe zu Dohmke. Eine Frage nur noch: Soll ich ihn auch wegen der abgelaufenen Blutkonserve fragen, die du mir neulich gegeben hast?«

Ihr dickes Make-up konnte vielleicht ihr Veilchen etwas verbergen, nicht jedoch die Angst, die ihr nun in den Augen stand.

»Scheißkerl!«

Ich ging zurück auf die Station und war nicht sehr stolz auf mich.

Auf der Station erwartete mich eine akute Anordnung von Dohmke: Die Aufnahmestation laufe über, es müßten dringend Betten frei gemacht werden. Trotz des angeblichen Bettenüberhangs in Berlin keine ungewöhnliche Situation. Man überlegt schnell, welche ohnehin geplanten Entlassungen ein paar Tage vorgezogen werden könnten, und ruft mal wieder die Pflegeheime durch. Unseren Abschied von Frau Schön hatten wir für Freitag vorgesehen. Wenn ich ihren Kalium-Spiegel etwas schneller anheben würde, wäre auch morgen früh vertretbar. Also setzte ich ihre Kalium-Tabletten ab und ordnete eine Infusion mit Kalium an, unterschrieb die Verordnung und legte sie ins Schwesternzimmer. Ansonsten gab es nichts, was nicht eine Stunde warten könnte. Außerdem war jeden Moment mit Professor Dohmke zu rechnen, der die Ausführung seiner Order kontrollieren würde. Also nutzte ich die Zeit und fuhr zum Handelsregister im Amtsgericht Charlottenburg.

Ich hatte Glück, ich geriet dort an ein richtig nettes Mädchen, »Karin Obermann« sagte das Kärtchen auf ihrem Schreibtisch. Ich hatte aber kein Glück, was meine Mission betraf. Da ich aktuell kein »berechtigtes Interesse« an den Eigentumsverhältnissen der Humana-Klinik-GmbH nachweisen konnte, durfte mir Karin nur den Auszug aus dem Handelsregister zeigen, wie er auch in den entsprechenden Zeitungen abgedruckt wird.

»Tut mir ganz schrecklich leid, ich würde Ihnen sehr gerne helfen, aber das sind die Vorschriften.«

Sitz der Humana-Klinik-GmbH war Berlin, Gegenstand war das Betreiben und die Verwaltung eines Krankenhauses. Beides war mir bekannt. Das Stammkapital war mit hundertfünfzigtausend Mark eingetragen, als Geschäftsführer immer noch Dr. Knut Bredow. Den letzten Eintrag notierte ich mir. »Der Gesellschaftsvertrag ist am 1. Juli 1998 geschlossen worden und zuletzt am 13. Juli 2000 in § 1 (Gesellschafter) geändert worden.«

Genau das war der interessante Punkt – die Gesellschafter. Die wollte ich wissen. Und dafür fehlte mir, trotz mehrerer Versuche mit meinem charmantesten Lächeln, das vorschriftsmäßige »berechtigte Interesse«.

»Darf ich Sie fragen, was zum Beispiel wäre ein berechtigtes Interesse?«

»Na, zum Beispiel, wenn Sie auch Gesellschafter werden wollen oder überlegen, der Gesellschaft einen Kredit zu geben.«

Karin vom Handelsregister schenkte mir nun ihrerseits ein bezauberndes Lächeln und die Gewißheit, daß ich nächstes Mal, etwas besser vorbereitet, ohne größere Schwierigkeiten die Eigentumsverhältnisse der Humana-Klinik-GmbH erfahren würde. Also hatte mein berühmter Charme sein Haltbarkeitsdatum doch noch nicht ganz überschritten.

Zurück in der Klinik rief ich sofort Beate in ihrem Büro an. Sie entschuldigte sich, nicht an die Sache mit dem berechtigten Interesse gedacht zu haben, sei aber kein Problem. Hauptsächlich hatte ich jedoch eine andere Frage.

»Sagen Sie, Beate, haben Sie inzwischen irgendeinen Hinweis auf Geschäfte mit Blutkonserven gefunden?«

»Einen Moment bitte, Felix. Bleiben Sie dran.«

Entweder hatte sie ihre Notizen in einem anderen Raum oder konnte nur dort frei sprechen. Es klickte ein paarmal, dann war sie wieder in der Leitung.

»Ich habe mir da eine Auffälligkeit notiert. Bei den Einnahmen gibt es einen Posten ›Pharmaindustrie‹. Aber das Krankenhaus kauft von den Pharmafirmen, das müßten doch Ausgaben sein. Was haben Pharmafirmen unter Einnahmen zu suchen? Das kommt mir seltsam vor.«

»Nicht unbedingt«, erklärte ich ihr. »Es laufen in jeder Klinik irgendwelche Geschäfte mit den Pharmafirmen. Meist geht es um Anwendungsstudien für neue Medikamente, ob das Medikament tatsächlich wirkt und ob es unerwünschte Nebenwirkungen hat. Dafür zahlt die Industrie Geld an die Klinik.«

»Und das bekommen dann die Patienten, die sich als Versuchskaninchen zur Verfügung stellen?«

Ich mußte grinsen. Beates Vorstellung entbehrte nicht einer gewissen Logik, aber jeder medizinischen Realität.

»Nein.«

»Nein?«

»Geht nicht, Beate, das wäre unethisch. Die Patienten sollen kein Geschäft mit ihrer Krankheit machen. Nein, das dürfen nur die Kliniken. Die finanzieren damit eine Arztstelle oder ein neues Gerät.«

»Und das ist ethisch?«

»Es ist jedenfalls allgemein üblich.«

»Ich verstehe, mehr oder weniger. Ein großer Posten bei diesen Einnahmen steht unter dem Stichwort ›Blutbank‹. Laufen da auch solche Studien?«

Ich wußte von keinen Studien, die was mit der Blutbank zu tun haben, und konnte mir auch im Moment keine vorstellen. Ich müßte Margret fragen – falls sie irgendwann wieder mit mir sprechen würde.

»Um was für Summen geht es da, Beate?«

»Kann ich Ihnen das nächste Mal genau sagen, die Unterlagen habe ich zu Hause. Ich glaube, es waren so um die zweihunderttausend pro Monat.«

Hinter mir ging die Tür. Marlies steckte ihren Kopf herein, signalisierte Dringlichkeit. Ich bedankte mich bei Beate und legte auf.

»Es gibt ein Problem, Felix. Du solltest lieber sofort auf Intensiv vorbeigehen.«

Dreimal hatten sie bisher mit Elektroschock den Herzschlag von Frau Schön wieder auf die Reihe gebracht, jetzt hing sie an der künstlichen Niere. Im Hintergrund standen, sichtlich verstört, ihre Angehörigen. Dr. Valenta nahm mich zur Seite.

»Am besten, wir lassen deinen Verordnungsbogen verschwinden.«

Ich verstand nicht, er zeigte es mir: »Infusion mit Kaliumchlorid, 100 ml pro Stunde«, stand da.

Ich mußte mich an seinem Schreibtisch abstützen. Hatte ich wirklich »100 ml« statt »10 ml« geschrieben? Es war meine Schrift, andererseits gab es kaum einen Abstand zwischen der »100« und »ml«. Eine Null, schnell hinzugefügt, würde bei einer Schriftanalyse kaum unterscheidbar sein. Valenta legte mir seine fleischige Hand auf die Schulter.

»Shit happens, Felix. Die Frau wird es überleben, wir haben das Kalium schon fast auf sechs runter. Im Moment mache ich mir fast mehr Sorgen um dich. Du siehst in letzter Zeit echt beschissen aus, total überarbeitet. Da macht man Fehler. Gönn dir mal eine Pause.«

Frau Schön war bei Valenta in guten Händen, keine Frage. Aber jetzt einfach nach Hause fahren und mich ausschlafen, das würde nicht funktionieren.

Am Abend beschloß ich, bei Margret vorbeizufahren. Sie war bestimmt nicht die Treppe hinuntergefallen. Würde ich sie mit meinem Besuch erneut in Gefahr bringen? Oder wäre sie erst recht in Gefahr, wenn sie sich mir nicht anvertraute? Eigennützig oder nicht, ich entschied mich für die letzte Möglichkeit und schwang mich in meinen Golf. Die Frage war, würde sie mir überhaupt aufmachen.

Die Haustür war noch nicht abgeschlossen, so kam ich wenigstens bis an ihre Wohnungstür. Aus der Nachbarwohnung tönte die Erkennungsmusik für eine TV-Serie, ein Stockwerk höher wurde auf dem Balkon gegrillt, Bruchstücke von angeregten Sommerabendgesprächen und kurzem Lachen waren zu hören. Hinter Margrets Wohnungstür Stille. Keine Stimmen, keine Musik, kein Fernseher. Erst jetzt fielen mir ein offensichtlich neues Sicherheitsschloß und zwei große Riegel auf. Ich klingelte, keine Reaktion. Ich klingelte heftiger.

Vorsichtig öffnete Margret die Tür einen Spaltbreit, die Sicherheitskette blieb vorgelegt.

»Was willst du, Felix?«

Sie war abgeschminkt und in dem Bademantel, dessen Frottee

schon zu meiner Zeit ziemlich ausgedünnt und der für heutige Verhältnisse viel zu kurz war. Mit Sicherheit hatte sie keinen Besuch erwartet.

»Interessante neue Schlosserarbeit an deiner Tür. Hattest du Probleme mit unerwünschten Besuchern in letzter Zeit?«

»Felix, ich bin müde und praktisch im Bett. Sag einfach, was du willst.«

»Ich will wissen, wer dir das Veilchen verpaßt hat.«

»Ich habe dir erzählt, wie das passiert ist.«

»Und ich will wissen, warum man es dir verpaßt hat.«

»Geh nach Hause, Felix. Du bist nicht Prinz Eisenherz oder der heilige Georg, der Drachentöter. Du bist nicht für mich verantwortlich. Tue mir einen Gefallen. Kümmere dich um dein Leben. Und halte dich aus meinem raus.«

Ich lehnte mich an ihren Türrahmen.

»Falsch, Margret. Es geht nicht um dein Leben. Oder um meines. Jedenfalls nicht nur. Ich weiß nicht genau, worum es geht. Aber ich werde so lange hier vor deiner Tür stehenbleiben, bis du mich hereinläßt. Und dann werden wir gemeinsam herausfinden, worum es geht.«

»Du kannst da stehen, bis du schwarz wirst. Ich gehe ins Bett.«

»Einen Moment, Margret. Vielleicht werde ich lieber bei deinen Nachbarn klingeln oder bei den Leuten über dir. Ich kann sie ja fragen, ob es vor ein paar Tagen Krach in deiner Wohnung gegeben hat oder ob du in letzter Zeit häufiger die Treppe hinuntergefallen bist. Wie würde dir das gefallen?«

Ich haßte mich für diese Drohung, aber Margret hakte mit einem resignierten Seufzer die Kette aus, öffnete die Tür und ließ mich ein.

Ich folgte ihr in die Küche, wo sie sich ein Stück Käse aus dem Kühlschrank holte. Sie setzte sich an den Küchentisch und teilte sich den Käse mit ihrer Katze, die über meinen Besuch ebensowenig begeistert schien wie ihre Herrin. Ich bekam nichts angeboten.

Stumm saßen wir uns gegenüber. Der Bluterguß um ihr rechtes Auge war ohne Schminke deutlich größer und schattierte vom inneren Blau nach außen in Grün, Gelb und Rot, Zeichen des Abbaus der durch die Verletzung freigesetzten roten Blutkörperchen.

Medizinisch gesehen, bestand also sehr wohl eine Verbindung zwischen Margrets blauem Auge und der Gelbsucht des toten Mischa. Wenn rote Blutkörperchen nicht nur in einem Bluterguß lokal freigesetzt werden, sondern zum Beispiel durch eine allgemeine Vergiftung geschädigt im ganzen Körper absterben, kommt es zur Gelbsucht, zum Ikterus. Und ich war hier, um herauszufinden, ob diese Verbindung über den rein medizinischen Aspekt hinausging.

Margret blieb weiter stumm und schien ein mir verborgenes Muster auf dem Küchentisch zu studieren. Ich holte die Blutkonserve, die sie mir gegeben hatte, aus meiner Tasche und stellte sie zwischen uns auf den Tisch. Das deutsche Etikett hatte ich abgelöst gelassen.

»Ich denke, du hast mir diese Blutkonserve neulich nicht ohne Grund gegeben?«

Margret schaute nicht auf. Sie wußte auch so, wovon ich sprach.

»Neulich war neulich, und heute ist heute.«

»Du meinst, neulich war, bevor du so unglücklich auf der Treppe gestürzt bist?«

»Unter anderem.«

»Und heute würdest du mir diese Blutkonserve nicht mehr geben?«

Margret antwortete nicht. Ich stand auf, holte zwei Gläser aus ihrem Küchenregal, eine Weißweinflasche aus dem Kühlschrank und schenkte uns beiden ein. Ohne mich anzuschauen, nahm Margret einen kräftigen Schluck.

»Weißt du, Margret, mich hat man bisher noch nicht zusammengeschlagen. Allerdings, zwei Typen aus Osteuropa waren kurz davor, als ich mich in der Pension umgeschaut habe, in der dieser tote Russe gewohnt hatte. Aber immerhin wurde in meine Wohnung eingebrochen, das war fast wie eine körperliche Verletzung, und sicher eine Drohung.«

»Wer hat bei dir eingebrochen?«

»Das weiß ich nicht. Vielleicht dieselben Leute, die dich zusammengeschlagen haben.«

Margret reagierte nicht, widersprach aber auch nicht. Sie studierte weiter den Küchentisch, als könne ihr dessen Maserung einen Weg aus dem Labyrinth ihrer Probleme weisen.

»Es ist immer das gleiche Problem, denke ich, Margret. Soll man sich einschüchtern lassen? Ist das Problem damit erledigt, und man ist raus aus der Sache? Oder wird es schlimmer, und der ersten Einschüchterung folgt eine zweite und eine dritte, weil naturgemäß auch die Probleme derer, die dich einschüchtern wollen, zunehmen? Es ist wie bei einer Erpressung – wie kann ich sicher sein, daß meine einmalige Zahlung an die Erpresser wirklich die letzte war und nicht der Beginn einer lebenslangen Ratenzahlung?«

Es entstand eine lange Pause. Auf dem Balkon über uns wurden Tisch und Stühle wieder auf ihre angestammten Plätze geschoben. Ich war nicht sicher, ob Margret mir überhaupt zugehört hatte, und bekam fast einen Schreck, als sie plötzlich antwortete.

»Das ist keine so große Sache, das mit den Blutkonserven.«

Es entstand wieder eine Pause. Ich gab Margret Zeit, weiterzusprechen. Aber es kam vorerst nichts mehr.

»Margret, es scheint doch ziemlich klar, was diese Blutkonserve mit dem überklebten kyrillischen Etikett bedeutet – wir füllen unsere Patienten in der Klinik mit Blut aus der Ukraine ab, nicht wahr? Da kam doch dein Freund Boris mit den Blutbanken in Osteuropa her? »

Margret hob die Schultern.

»Und – wenn es so wäre? Vielleicht kommt es auch aus Rußland oder Weißrußland oder Kasachstan. Blut ist Blut, den Patienten kann es ziemlich egal sein, wo es herkommt. Es gibt einfach nicht genug Blutkonserven aus Deutschland. Früher haben wir das Blut aus der DDR importiert.«

»Aus der DDR?«

»Ja, jahrelang. Wußtest du das nicht? War eine wichtige Devisenquelle für die Genossinnen und Genossen. Aber jetzt haben sie die D-Mark auch ohne Blutspenden, und mit ihren neuen Autos brauchen sie das Blut selber. An ihre Stelle ist Osteuropa getreten. Außerdem ist Blut dort viel billiger als in Deutschland. Es ist nicht illegal, Blut zu importieren.«

»Aber – warum dann das Überkleben der Etiketten?«

Margret antwortete mit der gleichen Gegenfrage wie neulich Michael Thiel.

»Würdest du dir Blut aus einer kyrillisch beschrifteten Flasche infundieren lassen?«

»Jedenfalls keines mit Hepatitis!«

»Wie kommst du auf Hepatitis?«

Ich erzählte ihr, warum ich neulich wegen der Kontrollnummer der Blutkonserve nachgefragt hatte. Ich erzählte ihr von Mischa. Von der unnötigen Bluttransfusion, von seiner Toteinlieferung. Und davon, daß sein Blut voll von Hepatitis C war.

Margret trank ihren Wein aus und schenkte sich gleich einen neuen ein.

»Aber das kann nicht sein, Felix. Die Blutkonserven sind nicht aus Deutschland, sie sind falsch etikettiert. Das ist richtig. Aber sie sind sauber. Sie werden in Rußland, in der Ukraine, im Ursprungsland jedenfalls, getestet. Und sie werden alle noch einmal von uns getestet. Die Sache ist vielleicht nicht ganz sauber, aber die Blutkonserven sind es. Das kannst du mir glauben. Ich leite diese Blutbank. Ich würde doch keinen Menschen infizieren wollen. Glaubst du das etwa, Felix?«

»Nein, das glaube ich ganz sicher nicht. Aber dieser Mischa war mit Hepatitis C voll bis zum Stehkragen. Michael Thiel hat sein Blut untersucht.«

»Nun wird mir dein Kreuzzug langsam klar. Trotzdem, Felix, du bist auf der falschen Spur. Ich habe keine Ahnung, wo sich dein Patient seine Hepatitis geholt hat. Aber sicher nicht von der Blutkonserve. Die war von uns getestet.«

Ich war verwirrt, aber erleichtert. Wie gesagt, auch wenn ich nicht wirklich Schuld an Mischas unnötiger Bluttransfusion hatte, so war er doch mein Patient gewesen. Ich erzählte Margret, was mich verwirrte: Warum hatte jemand die Sektion verhindert, warum stimmte bei ihr die Kontrollnummer seiner Blutkonserve nicht? Könnte jemand die Kontrollnummer in ihrem Rechner geändert haben?

Margret überlegte.

»Ich weiß nichts über die Sache mit der Sektion. Und die Kontrollnummer? Der Rechner hat einen eigenen Zugriffscode, aber natürlich kennen den eine ganze Menge Leute. Jedenfalls alle, die in der Blutbank arbeiten.«

»Auch dein Freund Boris?«

»Hm – glaube ich nicht. Von mir hat er ihn jedenfalls nicht.«

»Er könnte sich doch den Code gemerkt haben, als du ihm seinerzeit das System erklärt hast, oder?«

»Möglich wäre es, im Prinzip. Trotzdem, ich glaube, es ist einfach ein Zahlendreher. Wie auch immer, ganz sicher war auch diese Konserve von uns getestet. Und sauber. Das kann ich dir garantieren.«

Es klang logisch. Man kann eben mal ein paar Tonnen Dioxin auf einer Mülldeponie verschwinden lassen oder radioaktiven Abfall in der Nordsee, aber niemand würde verseuchte Blutkonserven in der eigenen Klinik transfundieren. Und erst recht nicht weiterverkaufen, wenn man an einem längerfristigen Geschäft interessiert war.

»Margret, ich habe eine Frage. Egal, ob das mit den russischen Blutkonserven illegal ist oder nur ein bißchen illegal: Warum machst du dabei mit? Das ist doch, so wie ich dich kenne, überhaupt nicht dein Stil.«

Margret faltete die Hände.

»Ich bin weiß Gott nicht stolz darauf, in die Sache verwickelt zu sein. Es hat eher zufällig begonnen, im Sommer vor zwei Jahren. Wie üblich, gab es zur Ferienzeit kaum noch Blutkonserven. Ich hatte den ganzen Tag kreuz und quer durch Deutschland telefoniert, überall die gleiche Situation. Da kam Boris vorbei – wir wollten eigentlich ausgehen – und meinte, kein Problem, und am nächsten Abend konnten wir einen Kühlcontainer voll mit allen Blutgruppen vom Flugplatz abholen. Wahrscheinlich hat das sogar jemandem das Leben gerettet, unsere Reserven waren praktisch auf Null.«

»Und dann wurde eine Dauereinrichtung daraus?«

»Das ist meine Schuld. Ich habe Knut Bredow davon erzählt, auch, daß die Konserven viel billiger sind als in Deutschland.

Und Knut mußte jede Chance wahrnehmen, den Kliniketat zu entlasten«, sie lächelte in der Erinnerung, »wir nannten es später immer ›Die russische Spende‹.«

»Die russische Spende?«

»Ein kleiner Beitrag unserer neuen Freunde im Osten zur Stützung unseres Kliniketats, sagte Knut. Ich habe dir schon neulich gesagt, daß er Kopf und Kragen riskiert hat, um die Klinik vor dem Bankrott zu retten. Und damit auch eure Jobs!«

Es war nicht der richtige Zeitpunkt, mit Margret über Bredows Motive für die Geschäfte mit russischen Blutkonserven und sein Jonglieren mit unseren Gehältern an der Börse zu diskutieren. Natürlich sollte der Kliniketat ausgeglichen werden, in letzter Konsequenz aber war es Bredow um sich selbst gegangen, um die eigene Zukunft, nicht um unsere Jobs. Er hatte sich als kompetenter Manager in einem unterfinanzierten Gesundheitssystem profilieren wollen, wobei die erfolgreiche Sanierung unserer maroden Klinikfinanzen nur eine Empfehlung für höhere Aufgaben in diesem System sein sollte. Im Augenblick wollte ich Margret ihre Version der Geschichte nicht verderben.

»Aber Knut Bredow ist tot, Margret.«

Margret stand auf, der Bademantel öffnete sich ein wenig.

»Da hast du recht. Er ist tot.«

Ich erhob mich auch.

»Eine Sache noch, Margret. Wieviel Blutkonserven verbrauchen wir eigentlich im Monat in der Klinik? Ich meine, lohnt sich der ganze Aufwand?«

Margret zog den Frotteegürtel fest.

»Felix, ich werde mich gerne bei Professor Dohmke erkundigen, ob du ein Recht hast, unseren Bedarf an Blutkonserven pro Monat zu erfahren. Und wenn das so ist, drucke ich dir eine Liste aus, für jeden Monat des Jahres. Aber jetzt bin ich müde. Ich gehe ins Bett, und du fährst zu dir nach Hause. Und ich bitte dich, mich nie mehr zu besuchen. Das neulich, nach der Beerdigung von Knut, das war in Ordnung. Ich brauchte Trost, und du hast mich getröstet. Aber, wie gesagt, kümmere dich um dein Leben, und halte dich aus meinem raus.«

Sie brachte mich zur Tür.

»Noch etwas, Felix. Wenn du einen Kreuzzug führst, vergiß nicht: Es sind in der Hauptsache schuldlose Unbeteiligte, die in Kriegen und Kreuzzügen sterben.«

Hinter mir verriegelte sie die Wohnungstür und legte die Kette wieder vor. Kurz darauf stand ich auf der Straße. Das Bonhoeffer-Ufer ist eine ruhige Wohnstraße, bürgerliche Gegend. Ich schaute mich nach meinem Wagen um und brauchte nicht lange zu suchen – zum Glück hatte ich ihn nicht weit von Margrets Haustür geparkt.

Wie erwähnt, handelt es sich bei meinem vierzehn Jahre alten Golf weiß Gott nicht mehr um ein Schmuckstück, aber jetzt waren zusätzlich noch die Scheibe der Fahrertür wie auch die Heckscheibe eingeschlagen worden, Glassplitter übersäten alle Sitze. Als Zugabe hatte man eine fette Ratte malerisch auf den Fahrersitz drapiert. Ich brach einen kleinen Zweig von der Kastanie vor dem Haus ab und stocherte vorsichtig herum, wenigstens war die Ratte tot.

Die Uhr zeigte kurz vor Mitternacht, kaum die richtige Zeit für eine komplette Innenreinigung. Ich faßte die Ratte am Schwanz und legte sie in den Rinnstein, mit dem Handfeger aus dem Kofferraum fegte ich die Glasscherben wenigstens vom Fahrersitz. Nach getaner Arbeit saß ich hinter meinem Lenkrad und überlegte, ob die eingeschlagenen Scheiben und die tote Ratte mehr waren als ein Ausdruck der Tatsache, daß der Vandalismus langsam seinen Weg auch in die sogenannten gutbürgerlichen Bezirke findet. Andererseits sah ich in der Nähe kein anderes Auto mit eingeschlagenen Scheiben, und mein antiker Golf konnte kaum den Haß auf die besitzende Klasse provoziert haben.

Also eine weitere Warnung, meine Nase nicht in fremde Angelegenheiten zu stecken, mit der toten Ratte als diskreten Hinweis auf die eventuelle Konsequenz meiner Neugierde? Zum Beispiel für meine Patienten, oder für mich? Das allerdings würde bedeuten, daß jemand sich durch mich bedroht fühlte. Und das wiederum war für mich bedrohlich.

Margret hatte gesagt, ich würde einen Kreuzzug führen. War ich der edle Ritter im Kampf gegen das Böse, oder war ich Don

Quichotte und kämpfte gegen Windmühlen? Mischa war tot, und er war an einer aggressiven Hepatitis gestorben. So viel war sicher. Die Klinik handelt mit umetikettierten Blutkonserven aus Osteuropa. Auch das war ziemlich sicher. Mischa hatte eine von diesen Konserven infundiert bekommen. Auch sicher. Aber ich hatte keinen Grund, Margret nicht zu glauben, daß diese Konserve sauber gewesen war.

Was war, bei Lichte betrachtet, mit meinen anderen Indizien? Hatte Bredow die Krankenakte von Mischa wirklich in seinem Schreibtisch versteckt? Oder hatte er sie auf meinen Wunsch hin suchen lassen und nur bei sich zwischengelagert, um sie mir zu geben? In meine Wohnung war eingebrochen worden. Um diese Akte zu finden? Oder weil, wie die eifrigen Polizisten meinten, alle acht Minuten in Berlin ein Wohnungseinbruch stattfindet? Selbst der zweite Leichenschauschein schien mir nicht mehr ein so überzeugendes Indiz – auch ich hatte schon Leichenschauscheine im nachhinein auf »natürlichen Tod« geändert, um mir das Leben leichter zu machen.

Immerhin – es blieb ein toter Verwaltungsdirektor mit einer auffällig manipulierten Buchhaltung und der starke Verdacht, daß in dieser Klinik mehr illegal lief als das Umrubeln von Blutkonserven aus Osteuropa.

Celines Steuerfreundin Beate war sich sicher, daß meine Klinik mindestens ebenso der Geldwäsche wie der Versorgung kranker Patienten dient. Nur, eine Verbindung zu dem Tod meines Patienten Mischa schien es nicht zu geben, und ausgezogen war ich, um diesen Tod und meine eventuelle Mitschuld zu klären. Sollte ich meine Nase wirklich weiter in etwas hineinstecken, das weder meinen toten Patienten noch mich betraf? Einen Moment dachte ich an den einfachen Ausweg: Soll sich doch die Polizei um alles kümmern! Und um was bitte? Um den von Dohmke bestätigten Unfalltod unseres Verwaltungsleiters? Um eine Hepatitis nach protokollierter Nadelstichverletzung? Um Computerdaten, an die ich durch Diebstahl gelangt war?

Da saß ich nun in meinem Golf und versuchte, zu einer Entscheidung zu kommen., als sich Margrets Haustür öffnete. Ihren Bademantel hatte sie gegen ein paar Jeans und einen schlabberigen Trainingspullover getauscht. So wollte sie sicher nicht auf einen Mitsommernachtsball gehen, aber auch nicht ins Bett, wie sie mir gesagt hatte. Margret sah mich nicht. Ich beobachtete, wie sie sich in einen nagelneuen Golf Cabrio setzte und losfuhr. Ihre finanziellen Verhältnisse schienen besser, als es ein MTA-Gehalt vermuten läßt. Ich beschloß, ihr zu folgen.

Es blieb mir auch kaum etwas anderes übrig, denn sie fuhr den Weg, den ich sowieso nach Hause genommen hätte. Auf den Bürgersteigen vor den Cafés wurde in dieser warmen Sommernacht noch Berliner Weiße und italienischer Wein getrunken, der Autoverkehr hielt sich in Grenzen. Ich hatte keine Schwierigkeiten, Anschluß zu halten. Wir fuhren normales Tempo, es war keine wilde Verfolgungsjagd mit roten Ampeln und quietschenden Reifen. Margret hatte wahrscheinlich andere Dinge im Kopf, als auf einen möglichen Verfolger zu achten. Wohin wollte sie? Wir fuhren auf dem Hohenzollerndamm in Richtung Roseneck, waren weiterhin auf dem Weg zu mir nach Hause. Wollte sie wirklich zu mir? Hatte sie sich entschlossen, mir doch noch etwas zu sagen?

Am Roseneck jedoch bog Margret links ab. Ich bekam langsam eine Vorstellung, wo es hinging, aber sicher war ich erst, als Margret mit ihrem Cabrio vor der Villa in der Miquelstraße hielt. Wir waren bei Professor Dohmke gelandet.

Margret hatte ziemlich scharf gebremst, so daß ich auch gezwungen war, auf die Bremsen zu treten. Zu meiner Überraschung wurde plötzlich hinter mir ebenfalls gebremst, ein nicht mehr ganz neuer, dunkel lackierter Mercedes kam meiner Stoßstange recht nahe. Die letzten zwanzig Minuten hatte ich mich als routinierter Verfolger gefühlt – war ich tatsächlich Verfolgter gewesen? Voll darauf konzentriert, Margrets Wagen nicht aus den Augen zu verlieren, hatte ich bei unserer Fahrt quer durch die Stadt nicht in den Rückspiegel gesehen.

Margret parkte direkt vor Dohmkes Villa. Ein weiterer Vorteil des Immobilienbesitzes in gehobener Wohnlage – es gibt immer einen Parkplatz vor dem Haus. Ich fuhr langsam am Haus vorbei, der Mercedes überholte mich. Erfolglos bemühte ich mich, die Insassen zu erkennen. Sinnvoller wäre es gewesen, mich auf das Kennzeichen zu konzentrieren. Felix, der Spitzendetektiv, fuhr verdrossen nach Hause.

Am nächsten Vormittag traf ich Margret in der Personalcafeteria. Sie war unverändert stark geschminkt, aber, soweit ich erkennen konnte, ohne neue Blessuren. Mindestens an den unbekleideten Körperpartien.

»Wie war die Nacht bei Professor Dohmke? Hast du dich noch einmal für das schöne Auto bedankt?«

Margret blieb stehen und schaute mich direkt an. Einen Moment fürchtete ich, sie würde mir ihren Kaffee ins Gesicht schütten. Tat sie aber nicht.

»Blödmann!«

Das war alles, damit ließ sie mich stehen.

Wer läßt sich schon gerne »Blödmann« nennen? Zumal jemand, der wie ich von seinen intellektuellen Qualitäten überzeugt ist? Aber Margrets Ton war nicht aggressiv oder bösartig gewesen, eher mitleidig. Sie hätte auch »Scheißkerl« sagen können oder »Arschloch«. Ich setzte mich und schlürfte den dünnen Kaffee.

Gut, ich hatte gestern nacht bestätigt gefunden, daß ich kein Superdetektiv bin. Und ich hatte schon gar nicht einen Apparat hinter mir wie die Polizei. Selbst wenn ich mir zum Beispiel das Kennzeichen des Mercedes gemerkt hätte, wäre es mit einigem Aufwand verbunden gewesen, den Besitzer herauszubekommen. Ich konnte kein Überwachungsteam befehlen, keine Telefone abhören, keine Bankauszüge einsehen. Aber ich habe andere Qualitäten. Und eine davon ist, daß ich ziemlich stur bin.

Gegen Mittag versuchte ich wieder mein Glück in der Blutbank. Zumindest mit der Behauptung, die russischen Blutkonserven würden nur für unsere Patienten importiert, hatte Margret mich wahrscheinlich belogen. Oder sie müßte mir erklären, was die rund zweihunderttausend Mark Einnahmen pro Monat unter dem Stichwort »Blutbank« in Bredows Buchhaltung sonst zu bedeuten hatten. Ich war inzwischen sicher, daß »Blödmann« genau das hieß – daß ich kaum etwas wußte, Margret aber eine ganze Menge.

Margrets Mädchen waren nicht in der Mittagspause, sondern fleißig bei der Arbeit. Mußten sie auch, denn ihre Chefin Margret habe sich nicht wohl gefühlt und sei gleich, nachdem sie es erfolglos mit einem Kaffee aus der Cafeteria probiert habe, nach Hause gegangen. Diese Auskunft kam mit dem vorwurfsvollen Unterton, daß wahrscheinlich ich an Margrets schlechter Verfassung schuld wäre und somit auch daran, daß sie jetzt die Mittagspause durcharbeiten mußten. Mir wurde klar, daß meine Patienten heute ein wenig länger auf ihre Werte aus dem Blutlabor warten müßten.

»Dr. Hoffmann, welch seltener Gast! Freut mich, daß Sie immer noch die Zeit für einen Besuch bei uns finden. Auf der Station wieder alles im Griff?«

Es war nicht erstaunlich, im Blutlabor auf Professor Dohmke zu treffen. Aber nur zu klar, worauf er sich bezog. Mit Frau Schön an der künstlichen Niere durfte ich mich kaum beschweren.

Die Ergebnisse vom Blutlabor trödelten an diesem Nachmittag tatsächlich deutlich verzögert ein. Ich rief Celine an und bat sie, mir ein paar Sachen vom Supermarkt mitzubringen und in meinen Kühlschrank zu legen. Gegen sieben entschied ich, daß die jetzt noch ausstehenden Befunde das Leben meiner Patienten so oder so nicht gefährdeten. Vielleicht würde ich mich morgen an den MTAs mit der Anforderung einer Vielzahl von besonders zeitaufwendigen Untersuchungen rächen, aber für heute fuhr ich nach Hause. Immerhin hatte sich um diese Zeit der Feierabendstau auf der Stadtautobahn abgebaut, und an der Ausfahrt Hüttenweg fand ich noch einen Stand mit frischen Erdbeeren.

Während dieser Heimfahrt beobachtete ich fast ständig den Verkehr hinter mir, konnte aber keine Verfolger ausmachen. Hoffentlich lag das nicht nur an der schlechten Sicht durch die Plastikfolie, mit der ich die Heckscheibe ersetzt hatte. Wenn ich oder Margret wirklich beobachtet und verfolgt werden, dann gibt es einen potenten Gegner mit Interessen, die er mit einigem Aufwand schützen will. Ich beschloß, vorsichtiger als bisher zu sein und Celine in Zukunft aus der Geschichte herauszuhalten.

Heute abend würde ich wohl nicht sehr in Gefahr sein, ich wollte mich nur vor dem Fernseher lümmeln, um mich ein paar Stunden später mit schlechtem Gewissen über die vertane Zeit ins Bett zu trollen.

Es kam anders. Nein, meine Wohnung war nicht erneut verwüstet worden, aber vor ihr saß ein Häufchen Unglück auf der Treppe. Margret. Sie sah noch schlechter aus als gestern abend, und ihr Flüstern war kaum zu verstehen.

»Es ist schlimmer, als du denkst, Felix!«

»Sieht so aus. Aber, weißt du, es ist nie so schlimm, wie man denkt. Komm erst einmal mit rein.«

Weise Sprüche sind bekanntlich meine Spezialität. Immerhin, ich war erleichtert, Margret schien keinen Koffer dabeizuhaben. Sie wollte wohl wirklich nur mit mir reden.

»Kann ich dir etwas anbieten?«

Margret ging auf meinen Balkon und beschäftigte sich damit, vertrocknete Blüten aus meinen Fuchsien und Tausendschönchen herauszuknipsen, die, in letzter Zeit vernachlässigt, mindestens ebenso traurig wie Margret aussahen.

»Hast du vielleicht einen Tee?«

»Hab ich. Irgend etwas dazu?«

Margret stand in der Tür.

»Vielleicht ein neues Leben für mich!«

»Tee geht schneller. Ich mach dir einen.«

Margret beschäftigte sich weiter mit meiner Balkonbepflanzung, ich mit dem Tee. Ihre Bemerkung über ein neues Leben beunruhigte mich. Sie meinte hoffentlich nicht, daß ich Verantwortung für ihr Leben übernehmen sollte. Das kann ich kaum für mein eigenes.

Es war relativ kühl, ich brachte den Tee in mein Wohn-Arbeits-Herumflegelzimmer und für mich das Bier, das ich für meinen Fernsehabend bereitgestellt hatte. Margret zog die Schuhe aus und setzte sich auf meine Couch, die Füße angezogen und mit meiner Patchworkdecke, einem Weihnachtsgeschenk von Celine, über den Knien. Sie hatte offensichtlich Schwierigkeiten, einen Anfang für unser Gespräch zu finden. Also begann ich.

»Ich war heute mittag in der Blutbank. Ich wollte mich entschuldigen, daß ich dich gestern abend so überfallen habe.«

»Das war nicht so schlimm, Felix. Weißt du, was wirklich schlimm war? Dein fehlendes Vertrauen. Schließlich haben wir uns einmal geliebt, und ich dachte, wir wären immer noch Freunde.«

Im Prinzip hatte sie recht. Wir waren seinerzeit mit dem üblichen, aber in unserem Fall fast ernstgemeinten Wir-bleiben-trotzdem-Freunde auseinandergegangen.

»Ich denke auch, daß wir Freunde sind. Aber wozu sind Freunde da, wenn du mit deinen Problemen nicht zu mir kommst?«

»Deshalb bin ich jetzt bei dir. Ich brauche dich.«

Sie nahm meine Hand und begann, sie wie gedankenverloren zu streicheln. Mein Mitleid ist ziemlich leicht zu wecken, ebenso meine Sexualität. Vielleicht irrte ich, aber wenn mich etwas wütend macht, ist es das Gefühl, manipuliert zu werden. Ich entzog ihr die Hand.

»Wozu brauchst du mich heute, Margret? Hast du Probleme mit den Unterhaltskosten für dein neues Auto?«

Margrets Haltung versteifte sich.

»Das ist nicht fair.«

»Nicht fair? Ein Cabrio für deine zusätzliche Tätigkeit in der Blutbank – ist es das, was du unter fair verstehst?« Ich kam langsam in Fahrt. »Meinst du nicht, daß ein Cabrio ein bißchen sehr großzügig ist für neue Etiketten auf ein paar Blutkonserven? Geht es nicht um ein wenig mehr? Könnte es sein, daß ihr einen schwunghaften Handel mit der Industrie aufgezogen habt?«

Margret gab mir wieder diesen »Blödmann!«-Blick wie heute morgen, eher traurig als zornig.

»Du kommst dir bestimmt ganz toll vor. Superdetektiv verfolgt MTA durch das nächtliche Berlin. Kannst stolz auf dich sein.«

»Ich habe dir gestern abend nicht aufgelauert. Ich mußte vor meiner Heimfahrt noch eine tote Ratte entsorgen, die sich auf meinem Sitz breitgemacht hatte. Deshalb war ich noch in deiner Straße, als du abgerauscht bist. Und dann hatten wir plötzlich den gleichen Weg, wenigstens bis zum Roseneck. Und ich war neugierig. Natürlich habe ich mich über dein funkelnagelneues Auto gewundert. Hat es auch Ledersitze, Armaturenbrett aus echtem Holz?«

»Schön, Felix, es stimmt. Ab und zu wird auch eine Konserve verkauft. Bist du nun zufrieden? Wenn das Haltbarkeitsdatum fast abgelaufen ist und wir das Blut in der Klinik nicht mehr verwenden können, wird es weiterverkauft. Aber es bleibt sauberes, gründlich ausgetestetes Blut.«

»Ab und zu eine Konserve? Wieviel Konserven pro Monat sind das? Ich lasse mich nicht gerne für dumm verkaufen. Vielleicht wäre ein bißchen mehr Wahrheit kein schlechter Anfang für ein neues Leben.«

Für die Pharmaindustrie ist Blut ein Rohstoff, wie Erdöl in der Petrochemie. Die moderne Medizin hat einen kaum stillbaren Bedarf an Konzentraten aus bestimmten Blutbestandteilen, die zu ansehnlichen Preisen verkauft werden.

Schließlich gab Margret zu, daß es um mehr als ein paar Konserven ab und zu ging. Es war die gleiche Argumentation wie neulich: Schon die erste Lieferung im Sommerblutloch sei mehr Blut gewesen, als die Klinik selbst hatte verwenden können. Geschäftemacher Boris hatte dann die Idee mit dem Weiterverkauf und Verwaltungsleiter Bredow wegen des Kliniketats nicht nein gesagt.

»Wissen diese Firmen, daß sie kein deutsches Blut kaufen?«

»Das weiß ich nicht. Ich mache nur die Testung. Um den Rest hast sich Knut gekümmert. Und für ihn habe ich es gemacht.«

»Ich weiß, die russische Spende. Und jetzt machst du es für ein Cabrio.«

Margret zog die Knie etwas weiter an und wickelte sich in meine Patchworkdecke. Auch mit der schützenden Decke sah sie immer noch sehr verletzlich aus.

»Ich hatte noch nie ein fabrikneues Auto.«

Sie strich über meine Decke, als wäre das die Sonderausstattung mit Ledersitzen und echtem Holz am Armaturenbrett.

»Herzlichen Glückwunsch, Margret. Was hast du noch aus dem Rußlandgeschäft herausgeholt? Ein Golf Cabrio mit Sonderausstattung kann doch nicht alles für deine treuen Dienste sein! Vielleicht ein wenig Schmuck, ein paar Diamanten aus Sibirien? Ein kleiner Zobel für unsere kalten Winter? Oder hast du lieber eine antike Ikone auf Gold genommen? Ist ein schöner Wandschmuck und eine solide Wertanlage für die Zukunft.«

Ich steigerte mich in eine bemerkenswerte Selbstgerechtigkeit. Wir waren einmal ein Paar gewesen, ich hatte ihr vertraut. Und nichts enttäuscht mehr, als wenn unsere Freunde nicht so sind, wie wir sie sehen wollen. Vielleicht aber war es auch immer noch verletzte Eitelkeit, daß sie es gewesen war, die damals Schluß mit mir gemacht hatte. Ich fuhr unbeirrt fort.

»Hast du dir überlegt, wer zum Schluß für alles zahlt? Für dein neues Auto und was weiß ich noch wofür? Ich will es dir sagen: Es sind nicht Herr Dohmke oder dein Freund Boris. Es ist auch nicht die Pharmaindustrie, die euch deutsche Preise für russisches Blut zahlt. Es sind du und ich und mehr noch die vielen kleinen Angestellten und Arbeiter, die über ihre Krankenkassenbeiträge solche Geschäfte finanzieren. Und dafür dürfen sie noch für jeden Tag in unserem großartigen Krankenhaus zuzahlen.«

Margret sah mich an, eine Träne in ihrem grünblau umrandeten Auge.

»Felix, hast du schon einmal daran gedacht, dich in Marmor meißeln zu lassen? Vielleicht mit einem angestrahlten Heiligenschein über dem Kopf? Ich habe dir gestern die Wahrheit gesagt. Ich habe bei der Sache mit dem Blut mitgemacht, weil mich Knut Bredow darum gebeten hat. Für ihn und für die Klinik.«

»Und jetzt, wo dein Freund und unser aller Verwaltungsdirektor Knut Bredow tot ist, meinte Dohmke, daß vielleicht ein paar großzügige Geschenke an dich angebracht seien, um dich bei der Stange und das Geschäft am Laufen zu halten?«

»Wenn es dich beruhigt, Felix, außer meinem dekorativen Veilchen war der Golf alles, womit Dohmke mich bei der Stange halten wollte.«

Margret kramte ein ziemlich verknülltes Taschentuch aus ihrer Handtasche, die Träne in ihrem Veilchenauge hatte reichlich Gesellschaft bekommen.

»Sie kamen neulich abend, zu viert. Dohmke, Boris und zwei ihrer Schlägertypen. Ich war schon im Bett. Ich hatte nicht mehr daran gedacht, daß Boris noch einen Schlüssel zu meiner Wohnung hatte. Plötzlich standen die vier in der Tür zu meinem Schlafzimmer. Dohmke war der Wortführer. Er habe mit mir zu sprechen. Mit den beiden Gorillas war mir klar, daß Widerspruch nichts nutzen würde. Also zog ich mir etwas über und traf die Herrschaften in meinem Wohnzimmer. Um zu sehen, was passieren würde, sagte ich, ich müsse erst einmal telefonieren. ›Oh, unsere kleine Margret will vielleicht ihren neuen alten Freund anrufen. Oder ihren Rechtsanwalt. Natürlich, Margret, telefoniere erst einmal‹, sagte Boris, und dann sagte er etwas auf russisch zu einem der Gorillas. Der riß dann das Kabel aus der Wand und brachte mir grinsend das Telefon. ›Das ist Ivor, stets zu deinen Diensten. Ivor ist leider ein bißchen tolpatschig und hat oft Schwierigkeiten, seine Kraft richtig zu dosieren. Aber wenn er dir noch einen Wunsch erfüllen soll, sag's ruhig, Babuschka.‹«

Margret war in ein fast tonloses Erzählen verfallen.

»Ich fragte sie, was sie wollten. Ich solle es als eine Art Dienstbesprechung auffassen, meinte Dohmke. Ich könne mir auch eine Überstunde dafür aufschreiben, obwohl, so lange würden sie meine kostbare Zeit hoffentlich gar nicht in Anspruch nehmen müssen. Es ging um dich, ›Ihren Freund Felix‹! Er habe gehört, daß du mich wegen Blutkonserven im allgemeinen und wegen eines speziellen Kontrollbeleges ausgefragt hättest. Ich antwortete ihm, er solle dich doch selbst fragen. Ansatzlos schlug Boris' Gorilla zu, pitsch-patsch fing ich mir links und rechts eine Ohrfeige und flog auf die Couch. Jetzt schrie ich die ganze Bande an. Was für Feiglinge sie seien, vier Männer auf eine Frau, ob sie sich nicht lieber noch einen dritten Gorilla dazuholen wollten, eben die Art von Schwachsinn, die mir meine Wut eingab. Es hatte natürlich nicht die geringste Wirkung. Ich schrie sie weiter an, ich würde ihnen gar nichts sagen und morgen zur Polizei gehen. Dort würde man sich sicher für die Schiebereien mit den russischen Blutkonserven interessieren.«

Margret verstummte, befingerte sich ihr Auge und fuhr erst nach einer Weile fort.

»Das hat mir das schöne Veilchen eingebracht. Dohmke besorgte weiter das Reden. Er sei sicher, ich würde nicht zur Polizei gehen. Wie ich der Polizei meine Position als Leiterin der Blutbank und das Umrubeln der Blutkonserven in den letzten Jahren erklären wolle? Er könne nur aussagen, das wäre ein Geschäft von Bredow und mir gewesen, daß er jetzt nach Bredows Tod aufgedeckt habe. Noch ein paar Ohrfeigen, und schließlich bekamen sie die Informationen, die sie wollten. Die meisten jedenfalls. Hauptsächlich interessierst du und deine Nachforschungen. Er weiß nicht, worauf du eigentlich hinauswillst. Er wollte immer wieder wissen, wer hinter dir steht, für wen du deine Nachforschungen anstellst.«

»Und, was hast du ihm gesagt?«

»Was soll ich ihm gesagt haben? Was weiß ich noch über dich? Ich weiß doch selbst nicht, wer oder was dich da umtreibt.«

Margret hatte wohl vor, das Taschentuch unter einem meiner Couchkissen zu entsorgen. Eine furchtbare Angewohnheit. Noch rechtzeitig besann sie sich eines Besseren und ließ es wieder in ihrer Tasche verschwinden. Sie sah mich mit frisch geputzten Augen an.

»Was wirst du als nächstes machen, Felix? Hast du einen Plan?«

In diesem Moment hätte ich ihr meinen Plan wahrscheinlich anvertraut. Aber ich hatte keinen. Immerhin jetzt aber einen realen Gegner, Professor Dohmke. Wenn auch noch keine wirklich konkreten Beweise.

»Nein, ich habe keinen Plan. Und es gibt keinen Auftraggeber, keine Hintermänner.«

»Du machst das alles ganz auf dich gestellt?«

Ich nickte, Margret zuckte mit den Schultern.

»Ist dir auch klar, daß Dohmke und seine Freunde Angst haben? Als mir das bewußt wurde, habe ich die Schläge kaum noch gespürt. Plötzlich warf mir Dohmke die Schlüssel für das Cabrio auf den Tisch. Er meinte, ich könne ein neues Auto gebrauchen. Der Wagen sei auf meinen Namen zugelassen, Steuer und Versicherung für ein Jahr bezahlt. Dann waren sie verschwunden, und ich meldete mich für ein paar Tage krank. Ich bin viel mit dem Cabrio durch die Gegend gefahren. An die Havel, an den Müggelsee, bis nach Rheinsberg. Es hat sogar Spaß gemacht. Zur Polizei bin ich nicht gegangen. Letzte Nacht habe ich das Auto zurückgegeben. Deshalb bin ich zu ihm gefahren. Ich habe es einfach vor seinem Haus abgestellt und die Schlüssel in den Briefkasten geworfen.«

Margret machte einen tiefen Seufzer. Sie hatte mir erzählt, was sie mir erzählen wollte. War es die Wahrheit? Vielleicht nicht die ganze, doch was sie gesagt hatte, schien in sich stimmig und glaubhaft. Ein guter Polizist oder ein Rechtsanwalt hätte jetzt sicher nachgehakt, ihre Geschichte auf Widersprüche überprüft. Er hätte zumindest Details klargestellt und mehr über die Geschäfte des Herrn Professor Dohmke und seiner russischen Freunde in Erfahrung gebracht.

Ich aber hatte ein schlechtes Gewissen wegen meiner Vorwürfe und meiner Selbstgerechtigkeit. Warum plusterte ausgerechnet ich mich über ein Zusatzhonorar auf? Wir Ärzte sind inzwischen so sehr an die Aufmerksamkeiten der Pharmaindustrie gewöhnt, daß wir sie gar nicht mehr als Bestechung wahrnehmen. Natürlich immer zum Wohle der Patienten läuft das vom kleinen Vortrag mit großem Abendessen im teuersten Restaurant vor Ort bis zu fünf Tagen Paris oder Sidney für unsere sogenannten Fortbildungskongresse. Letztlich verdanke ich meine Kenntnisse über gehobene Küche und die schönsten Orte der Erde weitgehend der Pharmaindustrie. Diese Großzügigkeit schlägt die Pharmaindustrie auf ihre Verkaufspreise, und den zahlen am Ende unsere Patienten über die Krankenversicherung. Sollte also ausgerechnet ich über Bestechlichkeit rechten?

Ich nahm Margret in die Arme, wie neulich schien sie Hilfe und Trost zu brauchen. Langsam kam ich wieder in Übung mit ihr, selbstverständlich nur aus streng humanitären und uneigennützigen Motiven.

»Störe ich?«

Das erinnerte mich an Schweinebacke und Pickelgesicht nach dem Einbruch, während Celine und ich uns auf dem Teppich vergnügt hatten.

Diesmal stand Celine in der Tür. Celine hat zwar den Schlüssel zu meiner Wohnung, klingelt aber normalerweise und platzt nicht einfach so herein. Heute abend konnte sie allerdings nicht erwarten, mich zu Hause anzutreffen. Sie wollte die Lebensmittel in meinen Kühlschrank legen, um die ich sie vorhin gebeten hatte.

Mit den Einkaufstüten in der Hand stand sie nun da. Ich hatte auch etwas in der Hand, Margrets rechte Brust. Wie konnte Celine wissen, daß ich nur humanitär tröstete?

Celine stürmte in Richtung Küche, Margret verschwand im Badezimmer. Vielleicht mußte sie wirklich, ich denke aber eher, es ist ein konditionierter Reflex. Ich folgte Celine in die Küche, wo sie damit beschäftigt war, die Frühkartoffeln aus Zypern auf meine frischen Erdbeeren zu donnern.

»Komm mir bitte nicht damit, daß es nicht so ist, wie es aussieht.«

»Wie sah es denn aus?«

»Wie meinst du, daß es aussieht, wenn du deine Pfoten auf deiner angeblich ehemaligen Geliebten spazieren schickst?«

Die Technik, Antworten durch Gegenfragen zu vermeiden, beherrschen wir beide. Schließlich kennen wir unseren Sokrates, und wer hat nicht irgendwann einmal eine Einführung in die psychoanalytische Technik gelesen?

»Meinst du, daß es eine gute Idee ist, die Kartoffeln auf meine Erdbeeren zu legen?«

»Meinst du, daß es eine gute Idee ist, deine Pfoten auf fremde Brüste zu legen?« äffte Celine mich nach und packte die Weinflaschen auf die Erdbeeren, die keine Frühkartoffeln abbekommen hatten.

Ich hatte genug von dem ineffektiven Frage-ohne-Antwort-Spiel und erklärte Celine, warum Margret hier war und was sie mir erzählt hatte. Celine war bereit, meine wertvollen Arzthände und Margrets Brust für den Moment zurückzustellen, blieb aber skeptisch.

»Und – glaubst du ihre Geschichte?«

»Im großen und ganzen schon. Scheint mir jedenfalls wahrscheinlicher, als daß sie sich selbst mit einem Holzlöffel aufs Auge geschlagen hat oder tatsächlich auf der Treppe gestürzt ist.«

»Warum hat ihr Dohmke dann ein Auto geschenkt, wenn er sie vorher hat verprügeln lassen?«

»Alte Taktik, Zuckerbrot und Peitsche. Bisher hat sie aus Liebe zu Bredow stillgehalten und mitgemacht. Jetzt hielt Dohmke wohl ein wenig Einschüchterung für notwendig und zusätzlich auch ein bißchen Beteiligung am Profit. Das Auto gleichzeitig als weiteres Druckmittel. Es wird Dohmke nicht freuen, daß sie das Auto zurückgegeben hat.«

»Hat sie das wirklich?«

»Ich habe es selbst beobachtet.«

»Du hast nur gesehen, daß sie vor Dohmkes Haus geparkt hat. Du hast nicht einmal gesehen, wie sie von dort weggekommen ist oder ob sie zum Beispiel bei ihm geschlafen hat.«

Ich befreite die Erdbeeren von den Kartoffeln. Zu spät. Vielleicht würde ich sie gelegentlich zu Marmelade verarbeiten.

»Celine, könnte es nicht doch sein, daß du gegenüber Margret etwas voreingenommen bist?«

»Ich glaube eher, daß du nicht ganz unvoreingenommen bist. Ich versuche nur, mich beim Denken allein auf mein Hirn zu verlassen.«

Ich fand es unter meiner Würde, auf diese Anspielung einzugehen.

»Ich glaube, daß Margret Hilfe braucht. Wahrscheinlich war es ein Fehler, Dohmke das Auto zurückzubringen. Damit dürfte sie in Gefahr sein. Sie hätte lieber so tun sollen, als mache sie bei Dohmkes Geschäften weiter mit. Und deshalb denke ich auch, daß du gehen solltest.«

»Ich soll was?«

Ich konnte mich rechtzeitig ducken. Die Erdbeeren landeten an der Kühlschranktür, von wo sie langsam auf den Boden hinunterrutschten. Nun brauchte ich mir keine Gedanken mehr zu machen, wie Erdbeermarmelade zubereitet wird.

»Ich soll verschwinden, damit du deiner ehemaligen Geliebten ein wenig mehr deines Trostes und deiner liebevollen Hilfe angedeihen lassen kannst? Und du wirst mir Bescheid geben, wenn du sie genug getröstet hast? Ich kann's kaum glauben. Ich weiß, daß wir eine sogenannte offene Beziehung haben. Aber so, mein Lieber, läuft's mit mir nicht.«

»Sei nett, Celine, setz dich einen Moment, und hör mir zu.«

Zu meinem Erstaunen setzte sich Celine tatsächlich. Und Margret war noch immer im Bad.

»Versuch doch mal, einen Moment objektiv zu sein. Ich will nicht zu dramatisch klingen. Aber ja, ich glaube, daß sie in Gefahr ist. Würde sie wirklich mit Dohmke unter einer Decke stecken – warum hat sie mir dann die Blutkonserve mit dem überklebten Etikett gegeben? Das macht doch nur Sinn, wenn ich das überklebte Etikett finden sollte.«

Celine entschied sich für ihren liebevoll-mitleidigen Blick.

»Um dich zu manipulieren, mein Lieber. Genauso, wie sie es heute versucht hat. Ich sollte dir das vielleicht nicht sagen, aber du bist ziemlich leicht zu manipulieren.«

Ich gab nicht zu, daß mir dieser Verdacht auch schon gekommen war.

»Zu was wollte sie mich manipulieren?«

»Ist ganz einfach. Spätestens als du mit der Kontrollnummer von Mischas Blutkonserve bei ihr aufgekreuzt bist, wußte Dohmke, daß du diese Akte haben mußt und daß du dich in die Sache verbissen hast. Also haben die sich zu einem Bauernopfer entschlossen. Sie würden dir erlauben, die Sache mit den Blutkonserven aufzudecken und dich weiter um deinen toten Ukrainer zu kümmern. Damit wärest du ausreichend beschäftigt. Margret würde aufpassen, daß du auf dieser Spur bleibst und Dohmke und Co. auf dem laufenden halten. Ihre wirklich wichtigen Geschäfte hätten sie so erst einmal geschützt.«

So hatte ich das bisher nicht gesehen – und wollte es auch nicht.

»Ich glaube, Margret hat mir diese Blutkonserve aus eigenem Antrieb gegeben. Sicher, sie steckt in dieser Geschichte mit drin. Aber nicht aus Geldgier. Sie hat aus Liebe zum toten Bredow mitgemacht. Und jetzt will sie da raus. Wie soll sie das machen? Zur Polizei gehen und damit ihren Beruf verlieren? Besser ist es doch, sie hilft mir, intern die Sache zu stoppen.«

Celine dachte einen Moment nach.

»Ich gebe zu, hört sich erst einmal gar nicht so schlecht an. Nur – ein Punkt stört mich an deiner Theorie: Hat Margret jemals etwas zugegeben, was du nicht schon wußtest? Oder von dem sie nicht wußte, daß du es wußtest? Wenn ich dich richtig verstanden habe, hat sie immer nur auf Fragen oder Vorwürfe von dir reagiert.«

Vielleicht, gab ich zu bedenken, würde Margret mir den Rest noch erzählen oder hätte ihn mir erzählt, wäre Celine nicht aufgetaucht. Celine antwortete mit einem Blick, mit dem sie wahrscheinlich in der Schule Ausreden für nicht gemachte Hausaufgaben kommentierte. Sie hatte offensichtlich eigene Vorstellungen über den Fortgang der Dinge zwischen Margret und mir, wenn sie nicht vorbeigekommen wäre.

»Ich traue ihr nicht, und das hat nichts mit meiner natürlichen Abneigung gegen eine hoffentlich ehemalige Geliebte von dir zu tun.«

Da war ich mir nicht so sicher, mein eigentlicher Punkt war aber ein anderer.

»Wir wissen beide, daß diese Blutsache nur die Spitze des Eisberges ist, eventuell der ursprüngliche Schlüssel zur Klinik. Ob Margret jetzt gemeinsame Sache mit Dohmke macht oder nicht, jedenfalls braucht sie nicht zu wissen, welche Rolle du in der Geschichte spielst. Und deshalb möchte ich, daß du gehst. Dohmke und seine Freunde wissen von mir, das läßt sich nicht mehr rückgängig machen. Aber bis jetzt wissen sie nicht von dir. Das sollte so bleiben. Ich möchte dich nicht weiter in Gefahr bringen.«

Celine stand auf und gab mir einen Kuß.

»Du bist süß. Aber, mein edler Ritter, du wirst mich trotzdem nicht los. Jetzt, wo es richtig spannend wird, soll ich aussteigen? Ich soll mich ruhig an meinem Webstuhl setzen und warten, ob du lebend aus der Schlacht nach Hause kommst? Ich denke nicht daran. Außerdem will ich dabeisein, wenn Dohmkes Russenfreunde dich mal so richtig verprügeln – ich könnte dich festhalten.«

»Bleib ernst, Celine. Die sind, glaube ich, wirklich nicht zum Spaßen.«

»Es ist auf jeden Fall viel zu gefährlich, als daß man dich alleine weitermachen lassen kann«, Celine legte ihren Arm um mich. »Komm mit, ich möchte mir die Geschichte deiner Freundin Margret noch einmal selbst anhören. Und du paßt auf, ob sie jetzt das gleiche erzählt wie vorhin. Sonst werden wir ihr Stricknadeln unter die Fingernägel bohren, bis sie die Wahrheit ausspuckt.«

Wir gingen zurück in mein Zimmer. Keine Spur von Margret. Auch nicht im Bad oder auf dem Balkon. Sie war verschwunden.

Celine nahm es gelassen.

»Sie muß das mit den Stricknadeln mitbekommen haben.«

Ich machte mir Sorgen um Margret und räumte zur Ablenkung in der Küche auf. Fünf der sechs Flaschen Weißwein in den Kühlschrank, die Kartoffeln in die Speisekammer und die Erdbeeren in den Mülleimer. Mit zwei Gläsern und einer Flasche Wein ging ich zurück zu Celine.

19

»Weißt du, was Optionsscheine sind?« fragte Celine.

Nun lag also Celine auf meiner Couch. Mit einem Glas Weißwein, sorgfältig gewählten Worten und einer Rückenmassage hatte ich sie von meinen ausschließlich mitmenschlichen Gefühlen für Margret überzeugt. Sagte sie jedenfalls. Sowohl hinsichtlich Margrets Motiven mir gegenüber als auch ihrer Verbindung zu Dohmke und ihrem alten Freund Boris blieb sie skeptisch. Ihre Argumentation fand ich aber nicht schlüssig. Einerseits unterstellte sie Margret, bei mir mehr als Trost zu suchen, andererseits wäre sie heute im Auftrag von Dohmke und Boris gekommen, um mich auszuhorchen.

Klar war jedenfalls, daß sich Celine keinesfalls aus der Geschichte ausklinken lassen wollte. Sie hatte die letzten Tage genutzt, um gemeinsam mit Beate die Daten von Bredow weiter aufzuschlüsseln, und hatte mit Freund Johannes von der Bank gesprochen. Sie wiederholte ihre Frage.

»Weißt du, was Optionsscheine sind?«

»Irgendwas, womit man an der Börse viel Geld verdienen kann, nicht?«

»Oder viel Geld verlieren. Nämlich alles.«

»Ist es das, was Bredow gemacht hat?«

»Genau!«

»Gewonnen oder verloren?«

»Beides.«

»Willst du es mir erklären?«

»Nur, wenn du mich weiter massierst.«

Celine rekelte sich wohlig auf der Couch. Sie war natürlich ganz wild darauf, mir über ihre Entdeckungen zu berichten. Auch wenn ich sie nicht weiter massierte. Aber ich wollte weder ein Spielverderber sein noch das Thema Margret wieder aufkommen lassen und bearbeitete weiter ihren Rücken.

»Es ist nicht so schwer zu verstehen. An der Börse werden Aktien gehandelt. Sagen wir mal, du hast gehört, Mercedes würde rationalisieren und so Produktionskosten sparen. Also werden die Gewinne steigen, deshalb kaufst du Aktien von Mercedes. Und wenn die Mercedes-Aktien tatsächlich steigen, hast du ein gutes Geschäft gemacht. Wenn aber, warum auch immer, Mercedes in den Keller geht, kannst zu diesem schlechten Kurs verkaufen und hast Geld verloren, oder du behältst die Nerven und wartest, bis der Kurs wieder steigt. Optionsscheine hingegen sind alles oder nichts. Das reine Roulette. Du kannst zum Beispiel auf den amerikanischen Dollar spekulieren. Der Anbieter von deinem Dollaroptionsschein setzt einen sogenannten Call. Das ist der höchste Wert, mit dem er für den Dollar zu einem bestimmten Termin rechnet, sagen wir 1 Mark 95. Wenn zu diesem Termin der Dollarkurs dann tatsächlich bei 1 Mark 98 liegt, macht das drei Pfennig. Diese drei Pfennig werden mit hundert multipliziert, macht drei Mark. Diese drei Mark werden noch einmal mit sich selbst multipliziert, macht neun Mark.«

»Dann hätte ich neun Mark pro Optionsschein verdient?«

»Nicht ganz. Du mußt noch abziehen, was dich der Optionsschein gekostet hat, es bleiben dir 3 Mark 52 pro Optionsschein.«

Ich rechnete mit.

»Sagen wir mal, ich hätte eine halbe Million Mark zur Verfügung. Dann könnte ich hunderttausend Optionsscheine kaufen. Und hätte 352 000 Mark verdient. Einfach so«

»Wenn er auf 1 Mark 99 steigt, sogar über 1,1 Millionen!«

Ich wurde gierig, hunderttausend könnte ich mir schon zusammenborgen. Bei 1 Mark 99 wären das immerhin noch fast zweihunderttausend Mark Gewinn.

»Wo ist der Haken?«

»Ganz einfach. Der Dollar fällt, und weg ist dein Geld. Und zwar komplett und für immer. Nicht wie bei Aktien, wo du warten kannst, bis sie wieder steigen.«

»Und Freund Bredow – der hat mit Optionsscheinen gezockt?«

»Ja, hat er. Ganz erfolgreich zu Anfang. Er hat vorsichtig mit zweihunderttausend Mark angefangen und hat auf den Deutschen Aktienindex spekuliert. Der lief im letzten Jahr bekanntermaßen vorzüglich, und er erhöhte den Einsatz. Dann hat er sich nach höheren Gewinnmöglichkeiten umgeschaut und ist auf Optionsscheine gestoßen. Zuletzt hat er fast vier Millionen in Optionsscheinen in den Sand gesetzt.«

»Woher hatte er plötzlich vier Millionen Spielgeld?«

»Kein großes Problem«, erwiderte Celine. »Wenn du erfolgreich spekulierst, findest du immer eine Bank, die dir den nächsten Einsatz vorfinanziert.«

»Vier Millionen?«

»Da die Sache anfangs gut gelaufen ist, hat Bredow nach und nach den Einsatz erhöht, bis er den gesamten Monatsetat der Klinik gesetzt hat. Den Rest hat ihm die Bank kreditiert.«

»Wahnsinn! Wenn er mehr Glück gehabt hätte, hätte er sich also mit dem geborgten Klinikgeld ein hübsches Zubrot verdienen können.«

»Es ist das alte Spielbankproblem. Entweder läuft es gut, und die normale menschliche Gier übernimmt. Bis du zum Schluß auf die Schnauze fällst. Oder du verlierst, dann machst du erst recht weiter, denn du mußt deine Verluste irgendwie wieder hereinholen. Bis alles weg ist.«

»Also, schlecht gelaufen für Dr. Bredow. Nichts mit dem netten Zubrot!«

»Kann man so sagen. Ich habe dir schon neulich zugegeben, daß deine Freundin Margret wenigstens in dieser Sache die Wahrheit gesagt hat. Bredow ging es bei seinen Spekulationen wirklich um den Kliniketat, und mit etwas mehr Geduld hätte er es vielleicht auch geschafft. Aber wahrscheinlich hat die Zeit zu sehr gedrängt. Da ist er aufs Ganze gegangen – und hat bitter verloren.«

Die verzögerten Gehaltszahlungen letztes Jahr, nicht bezahlte Überstunden, Bredow muß ganz schön geschwitzt haben.

»Und wie groß war das Loch im Etat schließlich wirklich?«

»Die Zahlen, die ich dir neulich gesagt habe, waren schon ziemlich dicht dran. Knapp zwei Millionen war das Loch, das er stopfen wollte. Nach seiner Fehlspekulation stand er mit einem Loch von fast drei Millionen da.«

Die Umwandlung der Klinik in eine GmbH, die Abgabe der Klinikreinigung an CareClean und der Verpflegung an die Hospital Catering Service – irgendwie hatten alle Sanierungsbemühungen von Bredow in zwei Millionen Schulden geendet. Da würden viele Leute ohne Nachsendeadresse verschwinden. Bredow aber war tapfer am Ball geblieben, und ich konnte ihm aus seinem Versuch mit den Optionsscheinen keinen großen Vorwurf machen. Schließlich macht ein Teil unserer Industrie inzwischen mehr Gewinn am Geldmarkt als mit seinen Produkten. Verständlich, daß man sich nach einem solchen Desaster endgültig verabschiedet, und sei es mit dem eigenen Gürtel am Fensterkreuz.

Nur, es blieb unser bekanntes Problem: Die drei Millionen Miese hatte unser Verwaltungsdirektor im November letzten Jahres gemacht, und umgebracht hatte er sich vor zwei Wochen. Und zwar kaum wegen des Lochs im Klinikhaushalt, denn das war schon längst auf geheimnisvolle Weise gestopft worden.

»Habt ihr inzwischen herausbekommen, welche Glücksfee Bredow aus der Patsche geholfen hat? Die Bank, die ihm seine Optionsgeschäfte kreditiert hatte?«

»Nein, nicht die Bank. Banken sind da nicht anders als die Mafia. Die borgen dir nur so lange Geld, wie du pünktlich zurückzahlst. Sonst schießt dir die Mafia in die Kniescheiben und die Bank in den Rücken. Nein, unser Freund hat die drei Millionen von einer Spedition bekommen«, Celine schaute in ihre Unterlagen, die sie aus der Tasche geholt hatte, »von der Spedition Eurotrans – wer immer sich dahinter verbirgt. Also müssen wir nur noch herausfinden, warum eine Spedition Bredow mit schlappen drei Millionen unter die Arm gegriffen hat.«

Ich war ziemlich sicher, die Adresse der Spedition Eurotrans zu kennen, eine kurze Suche im Telefonbuch bestätigte mich. Morgen würde ich einen zweiten Besuch bei meiner neuen Freundin Karin vom Handelsregister machen und herausbekommen, wer sich da in unsere Klinik eingekauft hatte.

Celine schien erschöpft, rappelte sich aber noch vom Sofa hoch, um nach Hause zu gehen.

Meine Nacht war mit Träumen von wilden Verfolgungsjagden durch die Straßen Berlins durchsetzt, Dohmke und seine Schläger mir dicht auf den Fersen. Oder ich war Zeuge verschiedener Versionen von Bredows Tod, wobei ich durch akuten Ausfall meines Artikulationsvermögens oder meiner körperlichen Aktionsfähigkeit seinen Tod nicht verhindern konnte. Mein Standardtraum vom Mathe-Abitur durfte natürlich nicht fehlen, mein Unterbewußtsein wußte nach all den Jahren immer noch, daß mich eine mündliche Abiturprüfung als mathematischen Hochstapler enttarnt hätte.

Zwischen Rasieren und Zähneputzen fiel mir auf, daß ich im realen Leben bisher nicht wirklich kritisch bedroht worden war. Margret war immerhin zusammengeschlagen und erpreßt worden, und Bredow hatte man in den Tod getrieben oder, wie Margret angedeutet hatte, sogar ermordet. Ich hatte lediglich einen Einbruch in meine Wohnung und eine tote Ratte in meinem Auto vorzuweisen, und von beiden Ereignissen war nicht einmal erwiesen, daß sie etwas mit meinen Recherchen zu tun hatten.

Hatte ich nicht Anspruch auf ein wenig mehr Bedrohung? Ich kam nur auf zwei Antworten: Entweder war ich mit meinen Vermutungen total auf dem Holzweg, auf dem mich der wahre Täter lächelnd weiterstolpern ließ. Oder ich war zwar auf der richtigen Spur, aber man nahm mich nicht ernst. Eine noch deprimierendere Vorstellung als die vom Holzweg. Ich kürzte das Zähneputzen ab, schmiß mich in meine Klamotten und eilte zu meinem Auto.

Die Frage, ob die interessierte Seite es einfach für nicht notwendig hielt, meinen Bemühungen mehr als freundliches Interesse zu schenken, beschäftigte mich so stark, daß mir die Konzentration fehlte, auf der Avus in den allmorgendlichen Kampf um die beste Spur einzugreifen. Prompt saß ich kurz vor dem Dreieck Funkturm im Stau. Vor und hinter mir war man gut vorbereitet. Handys wurden gezückt oder Memos auf Diktiergeräte gesprochen. Direkt neben mir saß ein wirklicher Zeitnutzer. Mit der linken Hand hielt er sein Handy ans Ohr, mit der rechten Hand rasierte er sich. Ich nahm mir vor, in Zukunft wenigstens eine Zahnbürste ins Handschuhfach zu legen.

Immerhin gab mir der Stau Zeit zum Nachdenken. Selbst wenn Margret mehr als zugegeben an Dohmke verraten haben sollte, wußte auch sie nur von meiner Suche nach Mischas Blutkonserve, und Dohmke hatte keine Ahnung, daß wir anhand Bredows geheimer Buchhaltung und mit Hilfe des Handelsregisters aufdecken würden, worum es wirklich ging. Schon fühlte mich nicht mehr so deprimiert und machte durch ein gewagtes Manöver ein paar Plätze gut. Deutlich vor dem telefonierenden Rasierer fädelte ich mich auf die Stadtautobahn ein.

Der nächste Stau erwischte mich ebenso unvorbereitet wie die Erkenntnis, daß die Gegenseite längst zu einem drastischen Schritt mir gegenüber entschlossen war und nur noch auf die passende Gelegenheit wartete! Celine war gestern nacht überzeugt davon, daß die zweite Null für die Kalium-Infusion auf Dohmkes Rechnung ging. Wenn diese Leute also den möglichen Tod von Frau Schön in Kauf nahmen, um mich unter Druck zu setzen, warum dann nicht auch meinen?

Würden schon beim nächsten schärferen Stopp die Bremsen versagen? Roch es nicht irgendwie unheimlich nach Abgasen? Jede Art von tödlichem Unfall mit dieser Karre würde keine weiteren Untersuchungen nach sich ziehen. Plötzlich war ich dankbar für den Stau, bei Schrittempo blieb mir noch eine gewisse Überlebenschance. Als der Verkehr wieder in Fahrt kam, verließ ich die Stadtautobahn. Am Sophie-Charlotte-Platz fand ich einen Parkplatz, auf dem die abgelaufene TÜV-Plakette nicht so auffallen würde, und wechselte in die U-Bahn.

Es gelang mir während meiner U-Bahnfahrt nicht, mich mit wichtigen Überlegungen zum öffentlichen Nahverkehr als Auffangposten für gescheiterte Senatoren von meinem akuten Problem abzulenken: Dohmke und seine Freunde haben ihre Bedrohung noch nicht kapiert, oder Dohmke und Co. stehen unmittelbar davor, mich als Bedrohung auszuschalten. An jeder Haltestelle entschied ich mich endgültig für die eine, an der nächsten für die andere Möglichkeit. Als ich am Wittenbergplatz umstieg, hatte ich mein Problem gelöst: Ich würde aus der ganzen Geschichte aussteigen! Und zwischen Nollendorfplatz und Gleisdreieck überzeugte ich mich davon, daß es dafür gute Gründe gab.

Mein Patient Mischa, das war inzwischen sicher, war mit seiner Hepatitis nicht Opfer der dubiosen Blutgeschäfte meiner Klinik. Was ging mich der Rest der Geschichte an? Was interessierten mich der eigentliche Eigentümer der Klinik und seine sonstigen Geschäfte? Egal ob ich persönlich Frau Schön die zehnfache Dosis Kalium verordnet hatte oder die zweite Null von Dohmke ergänzt worden war, die ursächliche Verantwortung dafür lag bei mir.

Solange ich mich auf meine Tätigkeit als Stationsarzt beschränkte, bekamen meine Patienten unverändert die Medikamente, die sie brauchten, wurden unverändert mehr oder weniger erfolgreich operiert und am Ende mehr oder weniger gebessert entlassen. Wenn Celine und Beate recht hatten, ging es in meiner Klinik um einen Haufen Geld und um Leute, die nicht akzeptieren würden, sich ihre Geschäfte von mir stören zu lassen. Warum sollte ich den Helden spielen?

Am Cottbusser Tor wußte ich auch, wie ich Dohmke und seinen Freunden mitteilen könnte, daß ich nicht mehr hinter ihnen her war. Ich würde Dohmke einfach die Patientenakte von Mischa geben und ihn meiner Überzeugung versichern, daß sich Mischa seine Serumhepatitis offensichtlich im Rahmen seiner Arbeit bei uns oder sonstwo zugezogen hatte, aber nicht über unsere Blutkonserve. Das war sogar die Wahrheit. Damit, würde ich Dohmke deutlich zu verstehen geben, wäre die Sache für mich abgeschlossen.

Celine würde das nicht gefallen. Aber auch Celine könnte ein gewisses Interesse daran haben, weiter ohne zertrümmerte Kniescheiben oder gebrochene Oberschenkel durch ihr Leben zu hüpfen.

Ob vom Schicksal ohnehin so vorgesehen oder nur dank meines genialen Wechsels auf das Transportmittel U-Bahn, jedenfalls erreichte ich die Klinik lebend und in einem Stück. Für die Morgenkonferenz sowieso zu spät dran, marschierte ich gleich auf die Intensivstation und holte Mischas Akte aus ihrem Versteck. Auf meiner Station gab es tausend dringliche Probleme, sie würden warten müssen. Ich zog direkt weiter zu Frau Krüger, ziemlich sicher, Dohmke nach der Morgenkonferenz in seinem Büro zu treffen.

Frau Krüger ist eine ausgesprochen fleißige Sekretärin, trotzdem vermittelt ihr Arbeitsplatz normalerweise den Eindruck, sie bewache lediglich den Zugang zum Verwaltungsdirektor. Heute hingegen glich ihr Büro einer Annahmestelle für Recyclingpapier. Überall türmten sich Aktenordner und Schnellhefter, und inmitten dieses Chaos saß Frau Krüger, sortierte die Ordner und machte sich Notizen auf verschiedenfarbige Karteikarten.

»Hallo, Dr. Hoffmann. Wie geht es Ihnen?«

Selbst unter größtem Streß würde sie immer freundlich oder wenigstens höflich bleiben.

»Schönen Dank, Frau Krüger. Mit mir ist alles in Ordnung. Aber Sie scheinen hier ein Problem zu haben.«

»Das kann man wohl sagen. Wir haben ein Riesenproblem. Irgendwie hat sich ein Virus in den Computer vom Chef eingeschlichen und über Nacht die Dateien gelöscht. Professor Dohmke ist vollkommen aus dem Häuschen. Und nun sitze ich hier und versuche, irgendwie unsere Einnahmen und Rechnungen aus dem letzten Jahr zu rekonstruieren.«

»Ist das nicht alles bei der Buchhaltung?«

»Gottseidank haben die das meiste. Alles, was mit den Kassen zusammenhängt, und auch die Ausgaben für den Einkauf, Medikamente und diese Sachen und die Lohnbuchhaltung. Aber seit letztem Jahr läuft die Abrechnung für die Privatpatienten über dieses Büro, das war eine Anordnung von Dr. Bredow. Zum Glück hängt dieser Rechner nicht am Kliniknetz. Nicht auszudenken, wenn wir im Kliniknetz auch einen Virus hätten!«

Hatte Bredow einen Zeitzünder in Form eines Virus in seinem Computer hinterlassen, der heute nacht hochgegangen war? Möglich ist so etwas. Aber Bredow war schon gute zwei Wochen tot. Ich wußte zwar nicht, ob Dohmke seitdem den Zugang zu den Dateien geknackt hatte, aber ich persönlich würde keinem Hacker dafür so lange Zeit geben.

Frau Krüger unterbrach weitere Überlegungen.

»Was kann ich für Sie tun, Dr. Hoffmann?«

»Ich müßte dringend Herrn Dohmke sprechen«, und deutete auf Mischas Akte unter meinem Arm. »Ich habe hier etwas, was er sicher sofort sehen will.«

»Professor Dohmke ist eben weg. Heute scheint ein Katastrophentag zu sein. Es hat gebrannt heute nacht bei CareClean, unserer Reinigungsfirma. Da mußte er sofort hin.«

Hier in der Klinik ein Computervirus und in der Allee der Kosmonauten 116 ein Feuer. Dieses bemerkenswerte Zusammentreffen machte eine elektronische Zeitbombe in Bredows Computer höchst unwahrscheinlich. Eher schien es jemandem dringlich, Beweise verschwinden zu lassen, und dieser jemand war sehr nervös geworden. Das wiederum machte auch mich nervös. Es wurde höchste Zeit, Dohmke von meiner Harmlosigkeit zu überzeugen.

Mir fielen keine tröstenden Worte für Frau Krüger ein. Immerhin könnte sie heute ihre Unersetzlichkeit beweisen und vielleicht ihre Stelle noch eine Zeitlang sichern. Ich für meinen Teil mußte sofort Dohmke finden. Das hieß, der Allee der Kosmonauten meinen mittlerweile dritten Besuch abzustatten und wieder Marlies zu bitten, die Visite bei mir zu übernehmen. Marlies stellte keine Fragen und versprach, mir bis Mittag den Rücken freizuhalten.

»Übrigens, kannst du mir deinen Wagen borgen? Meiner ist heute stehengeblieben.«

Auch das tat sie. Marlies ist ein Goldstück, und ich sagte es ihr. Ich müßte sie bald mal zum Essen einladen.

Der Feuerwehreinsatz in der Allee der Kosmonauten 116 gehörte offensichtlich zur Kategorie B, ich zählte ein Einsatzfahrzeug und zwei Löschfahrzeuge auf dem Parkplatz vor dem Plattenbau. Um das Haus herum lagen angesengte oder verkohlte Büromöbel und ausgebrannte Computer. Man hatte die Sachen aus den Fenstern geworfen, um dem Feuer die Nahrung zu entziehen.

Als ich eintraf, rollten die Feuerwehrleute bereits ihre Schläuche ein oder standen herum und rauchten. Die Show schien weitgehend gelaufen. Es war früher Vormittag, die Hausfrauen und Rentner aus dem Kiez hatten sich am Ort der Handlung versammelt, um nach Verwertbarem Ausschau zu halten. Ein kleiner Mann mit Pepitahut machte sogar Fotos. Er kam mir bekannt vor, ich ging näher heran.

»Professor Kindel! Jetzt als Katastrophentourist unterwegs?«

Mein vor drei Wochen pensionierter Chef schien ebenfalls überrascht, mich hier zu sehen.

»Herr Hoffmann! Hören Sie auch Polizeifunk? Ist doch aufregend, oder? Jedenfalls aufregender als mein Pensionistendasein. Es sind jetzt kleine Abwechslungen wie diese hier, die mich durch den Tag bringen.«

Ich fragte nicht, ob unsere Golfausrüstung doch keine gute Idee gewesen sei, sondern ob er Professor Dohmke gesehen habe. Kindel warf mir einen schwer zu interpretierenden Blick zu.

»Sollte ich?«

»Jedenfalls ist das sein BMW dort.«

Der dunkelblaue BMW stand etwas abseits, war aber nach dem Nummernschild eindeutig Dohmkes. Mit »B« für »Berlin« gibt der überzeugte BMW-Fahrer seine rechte Hand für ein Nummernschild mit den Initialen »B-MW«. Dohmkes Nummernschild zeugte von stärkerer Selbstdarstellung. Wie ich inzwischen wußte, stand sein »B – D 2403« für »Bernhard Dohmke«, und es würde mich kaum wundern, wenn er am 24. März geboren wäre.

»Tatsächlich«, und nach einem Augenblick, »nein, ich habe ihn nicht gesehen.«

Ich überließ den Pensionär Kindel seinem Hobby und machte mich auf die Suche nach Dohmke. Im Treppenhaus zeigte die Blümchentapete bis auf ein paar dunkle Flecken keinen größeren Schaden. Das Feuer hatte sich offensichtlich nicht von Büro zu Büro verbreitet. Es mußte getrennt in den verschiedenen Büros entstanden sein. Wer immer dieses Feuer gelegt hatte, und von Brandstiftung war demnach auszugehen, hatte nur vorgehabt, die Büros auszuräuchern, nicht das ganze Haus abzufackeln. Nicht meine Vorstellung von einem Pyromanen, wenn es sich hier nicht um einen Pyromanen mit unheilbarer Liebe zu Blümchentapeten handelte.

Ich fand Dohmke in seinem CareClean-Chefbüro. Die FDGB-Tante hatte ihren freien Tag oder war nach Hause geschickt worden, niemand hinderte heute mein Vordringen. Dohmke stand an einem der jetzt scheibenlosen Fenster, durch die man das Büroinventar in den Hof geworfen hatte, und unterhielt sich mit einem gut gekleideten Herren um die fünfzig. Beiden war es gelungen, sich ihre Anzüge nicht zu beschmutzen, ich hingegen trug inzwischen ein ganzes Muster von schwarzen Streifen auf meinen hellen Sommerjeans. Weiß der Teufel! Ich brauche helle Klamotten nur anzuziehen und sehe in fünf Minuten aus, als hätte ich einen Müllberg nach meinem silbernen Tauflöffel durchwühlt.

»Dr. Hoffmann! Sie entwickeln eine erstaunliche Affinität zu diesem Büro!«

Ich fühlte mich plötzlich ziemlich albern, wie ich Dohmke in seinem ausgebrannten CareClean-Chefzimmer mit rußgestreiften Jeans und Mischas Akte in der Hand gegenüberstand. War ich wirklich durch halb Berlin gefahren, um ihm unbedingt noch heute vormittag diese Akte zu geben?

»Frau Krüger hat mir gesagt, daß ich Sie hier finden würde.«

»So, so. Frau Krüger hat Ihnen das gesagt. Unsere Frau Krüger weiß immer Bescheid.«

Irgendwie hörte es sich eigenartig an. Wie: »Frau Krüger weiß auch über Ihre lästigen Schnüffeleien Bescheid und informiert mich ständig«? Oder wie: »Frau Krüger weiß mehr, als gut für sie ist, und wird auch langsam zu einem Problem«? Ich schaute Dohmke an und sah nur eine gewisse Erwartung, daß ich ihm mein Auftauchen hier erklären würde. War ich inzwischen vollkommen paranoid? Auch wenn nicht, müßte ich erst einmal meinen Hintern retten. Frau Krüger war alt genug, selbst auf ihren Hintern zu achten.

»Es geht um den Fall Mischa Tschenkow. Mein Patient aus der Ukraine, der neulich bei uns verstorben ist.«

»Ich entsinne mich, Herr Hoffmann. Der Tod war Ihnen sehr nahegegangen. Es ging um Hepatitis, war es nicht so?«

»Das ist richtig. Sie werden sich vielleicht auch erinnern, daß seine stationäre Akte verschwunden war.«

Dohmke schaute mich aufmerksam an, ich hielt die Akte hoch.

»Also, heute morgen habe ich die Akte gefunden. Durch Zufall, auf der Intensivstation. Unter einem Haufen anderer Akten. Ich bin die Akte gleich durchgegangen. Und jetzt können wir sicher sein: Er hat zwar eine Blutkonserve bekommen, aber seine Hepatitis hatte er nicht von dieser Konserve.«

Dohmke hielt seinen Blick weiter auf mich gerichtet.

»Und da können wir sicher sein?«

»Ja, da können wir ganz sicher sein.«

»Das ist schön, Dr. Hoffmann, sehr erfreulich. Und ich finde es sehr beachtlich, wie konsequent Sie diese Sache verfolgt haben. Kann ich die Akte haben?«

Konnte er, ich hatte sie inzwischen doppelt fotokopiert und die Seiten durchnumeriert. Es wurde Zeit für meinen Abgang, und ich betonte, daß die Angelegenheit für mich nun endgültig und abschließend geklärt sei und noch genug Arbeit in der Klinik auf mich warte. Dohmke zeigte Verständnis und verabschiedete mich. Den Herren an seiner Seite hatte er mir bis zum Ende dieses eigenartigen Treffens nicht vorgestellt.

Ich suchte meinen Golf, bis mir einfiel, daß ich mit Marlies' Wagen gekommen war. Ich setzte mich in ihren Honda und atmete tief durch. Vielleicht hatte ich mich gerade zu einem ziemlichen Idioten gemacht, vielleicht aber auch mein Leben gerettet. Jedenfalls hatte ich bei aller Sorge wegen der schmelzenden Polkappen keine Lust, auf Dauer U-Bahn zu fahren.

Die Sonne schien, und die Berliner Eckkneipen waren zu Straßencafés mutiert. Ich sah Professor Kindel beim zweiten Frühstück. Sicher, es gibt Leute, hauptsächlich Rentner, die den ganzen Tag Polizei- oder Feuerwehrfunk hören und zu den interessanten Einsätzen fahren. Warum aber hatte Kindel mich nicht gefragt, was Dohmke hier zu suchen hatte oder warum ich hier rumgestolpert war?

Eben noch mit meiner möglichen Ermordung beschäftigt, siegte schon wieder meine Neugierde über den natürlichen Selbsterhaltungstrieb. An einem so schönen Sommertag hatte ich sowieso keine Lust, gleich in die Klinik zurückzufahren.

Marlies hätte inzwischen etwa die Hälfte der Visite bei mir geschafft, und es würde die Krankenschwestern nur aus dem Takt bringen, wenn ich die andere Hälfte machte.

Ich beschloß, daß ein zweiter Besuch bei meiner Freundin Karin im Handelsregister nichts schaden könnte. Entweder hatte man mich ohnehin nie verfolgt oder spätestens jetzt die Verfolgung abgeblasen. Und daß auch Karin vom Handelsregister Teilzeit für Dohmke und Co. arbeitete, war eine zu paranoide Idee.

Ich geriet tatsächlich wieder an die Sachbearbeiterin Karin. Vielleicht erinnerte ich sie an ihren älteren Bruder, oder ich war einfach ihr Typ. Jedenfalls akzeptierte sie anstandslos das Schreiben von Beate mit dem eindrucksvollen Briefkopf ihres Steuerbüros, daß es um ein Darlehen für die Firma CareClean ginge und ich somit ein berechtigtes Interesse an den Gesellschaftern dieser Firma und deren weiteren Geschäften hätte. Eventuell half auch die Packung Pralinen ein bißchen, die ich unterwegs besorgt hatte. Ich hatte mich nicht getäuscht – Karin war ganz entschieden Pralinenfan.

Sie half mir sogar, mich im elektronischen Informationsnetz des Handelsregisters zurechtzufinden, und gemeinsam kamen wir schließlich auf zwölf Firmen mit immer den gleichen Gesellschaftern, alle mit Sitz in Berlin und alle in den letzten zwei Jahren gegründet. Unter dem Dach der Firma »General Services« gehörte diesen Gesellschaftern seit vergangenen Dezember meine Klinik, die Reinigungsfirma CareClean, unsere Verpflegungsfirma Hospital Catering Service, das Krankenhauslabor, also alle Abteilungen, die von Bredow seinerzeit aus der Klinik herausgenommen worden waren. Älteren Datums waren die Gründung einer deutsch-ukrainischen Handelsgesellschaft, der Spedition Eurotrans und was mir sonst noch bekannt vorkam von den billigen Aluminiumschildern am Eingang Allee der Kosmonauten 116.

Ein ziemlich buntes Firmenkonglomerat, dessen gemeinsamer Nenner die Namen Boris Schukow und Professor Bernhard Dohmke als Gesellschafter waren. Die Namen der anderen Gesellschafter kannte ich nicht, mit zwei Ausnahmen. Einer dieser

Namen war erst vor kurzem als Gesellschafter aufgenommen worden. Besonders dieser Name war eine schwere Enttäuschung. Und er zeigte mir, was für ein obernaiver Möchtegerndetektiv ich war. Frustriert und deprimiert fuhr ich zurück in die Klinik.

Marlies hatte ganze Arbeit auf meiner Station geleistet. Die Visite war fertig, die nächsten vierundzwanzig Stunden im Leben jedes meiner Patienten festgelegt. Die Anforderungsscheine für die nächste Runde Labortests, Röntgenuntersuchungen oder Gewebeproben waren ausgefüllt, die Medikamentenpläne auf dem aktuellen Stand. Das Maß für eine gute Visite ist, ob die Schwestern danach noch Fragen an den Stationsarzt haben – sie hatten keine. Schon am frühen Nachmittag hatte ich meine Neuzugänge aufgenommen und auch deren Lebensweg bis morgen festgelegt.

Es gab nichts mehr zu tun. Nichts mehr zu tun? Ich fühlte mich unbehaglich, ein Relikt meiner Erziehung. Ich könnte sicher noch ein paar Arztbriefe diktieren. Vielleicht aber, meldete es sich bei mir, gehen die Aufgaben eines Arztes etwas über die Tag-zu-Tag-Routine hinaus.

Ich strich den Programmpunkt »Arztbriefe diktieren« und mischte mich unter meine Patienten. Wir sprachen über ihre Familien, ihre Pläne, ihre Hobbys, aber auch über Angst und über Hoffnung. Danach fühlte ich mich besser, aber auch beschämt. Ich hatte Stärke und Mut gesehen in Menschen, die wußten, daß ihnen weder ich noch die ganze Medizin helfen könnten – was wogen da meine aktuellen Probleme?

Gegen fünf schaute Marlies vorbei und wollte wissen, wo ich ihren Wagen geparkt hätte. Um das Maß ihrer guten Taten für den Tag vollzumachen, nahm sie mich bis zum Sophie-Charlotte-Platz mit. Es war ein kleiner Umweg für sie, aber so ist Marlies. Wenig später saßen wir auf der Bismarckstraße im Feierabendstau.

»Wo bist du eigentlich heute vormittag mit meinem Auto gewesen?«

Marlies ist nicht der neugierige Typ, sie wollte sich nur ein bißchen unterhalten, die Zeit im Stau verkürzen. Ich murmelte etwas Unverständliches vor mich hin.

»Du willst es mir nicht erzählen, Casanova?«

»Glaub mir, Marlies, du willst es gar nicht wissen.«

Marlies blickte mich kurz von der Seite an, dann löste sich der Stau auf. Am Sophie-Charlotte-Platz ließ sie mich raus.

»Keine Sorge, Kumpel. Wenn die Bullen mich fragen, warst du die ganze Zeit in der Klinik. Null Problemo.«

Sie lachte, winkte mir kurz zu und war im Verkehr verschwunden. Celine hätte mich zu Tode gelöchert mit der Frage, wo ich am Vormittag gewesen sei. Nicht Marlies. Sie wußte, daß ich es ihr sowieso irgendwann erzählen würde.

Ich hatte in meiner Anspannung heute morgen nicht bemerkt, daß ich den Golf in einer Zwei-Stunden-Parkzone abgestellt hatte. Wenigstens war er nicht abgeschleppt worden, die Polizei hatte sich darauf beschränkt, mir ein Überweisungsformular über dreißig Mark hinter die Scheibenwischer zu klemmen. Kein Wort zu dem fehlenden TÜV. Und, fast ebenso erstaunlich, keine weiteren eingeschlagenen Scheiben und keine tote Ratte auf dem Fahrersitz. Ich stieg ein und fuhr los.

Falsch. Ich wollte losfahren. Aber als ich anfuhr, erschütterte ein gewaltiges Krachen und Zittern den gesamten Wagen, mich auch. Autobombe! Ich sprang aus meinem Auto, das nun sich selbst und den Gesetzen der Physik überlassen weiter auf die Fahrbahn rumpelte. Die Folge waren quietschende Reifen hektisch gebremster Autos und ein wütendes Hupkonzert, aber – keine Explosion.

Mein herrenloser Golf stand unversehrt in der Mitte der Windscheidstraße und blockierte den Verkehr. Ich wartete noch eine Minute, mehr in der Hoffnung, daß die wütenden Autofahrer irgendwie verschwinden würden, als aus Angst, daß doch noch etwas explodieren würde. Der Stau wurde größer, einige Fahrer waren schon ausgestiegen. Ich wagte mich aus meiner Deckung und murmelte von defekter Handbremse, Werkstattpfusch und großem Bedauern. Die Menge sah von meiner sofortigen Steinigung ab, zwei Männer halfen mir sogar, den Wagen zurück in die Parklücke zu schieben.

»Mit dem werden Sie sowieso nicht weit kommen.«

Diese Ansicht hörte ich im Zusammenhang mit meinem Golf

nicht das erstemal. Jetzt aber bezog sie sich auf den Grund für das Rumpeln und Zittern, das mich in Panik versetzt hatte. Man hatte alle vier Reifen zerstochen, und ich war auf den Felgen über das alte Kopfsteinpflaster gefahren.

Ich dankte meinen Helfern, setzte mich in meinen nutzlosen Wagen und haderte mit dem Schicksal. Eine durchwühlte Wohnung, eine tote Ratte, zerschnittene Reifen – was waren das für Albernheiten! Nicht, daß ich mich nach einem wirklichen Anschlag auf mein Leben sehnte, aber diese Ärgernisse aus der Kategorie Schulstreiche waren eher lästig als bedrohlich. Und wie, bitte schön, sollte ich jetzt nach Hause kommen?

Ich hatte wenig Neigung, an diesem Abend noch an der Tankstelle gegenüber Verhandlungen über die Reparatur meiner Reifen aufzunehmen. Zumal Tankstellen heute primär der Versorgung mit frischen Brötchen, französischem Wein und mit Zeitschriften, die man ungern beim Zeitungshändler an der eigenen Ecke kaufen würde, dienen. Ich sprang über meinen Schatten und winkte ein Taxi herbei, was mich fast mehr schmerzte als die zerschnittenen Reifen. Taxis stellen für mich mit ihrem erbarmungslos laufenden Taxameter den Gipfel der Verschwendung dar. Aber auf einen einstündigen Fußmarsch war ich noch weniger erpicht.

Im Taxi überlegte ich, ob es vielleicht keine albernen Streiche waren, wenn man sich mit den Gewohnheiten der russischen Mafia auskennt. Das rüde Zerwühlen meiner Wohnung konnte gut der Suche nach Mischas stationärer Akte und der Kopie des ursprünglichen Leichenschauscheins gegolten haben. Und eine tote Ratte drückt vielleicht glasklar aus: Bis hierhin und nicht weiter, sonst du auch tot.

Und die zerschnittenen Reifen? Hatte Dohmke meine Kapitulation noch nicht an seine Fußtruppen weitergegeben? Wollten mich diese daran erinnern, auch schön bei diesem Vorsatz zu bleiben? Oder hatten sie mich heute morgen wirklich verfolgt, aber in der U-Bahn verloren und aus Ärger über meine Pfiffigkeit die Reifen aufgeschlitzt? Ich beobachtete den vor der roten Ampel unbeeindruckt weitertickenden Taxameter und überlegte, wie ich die Kosten für diese Taxifahrt an Dohmke weitergeben könnte. Ich würde für diese Fahrt eine Überstunde aufschreiben. Gleich fühlte ich mich wohler – bis mir einfiel, daß Überstunden nicht mehr bezahlt wurden.

Das Taxi lud mich unbeschadet vor der Haustür ab. Ich hatte mir in den letzten Wochen einen schnellen Rechts-Links-Blick angewöhnt, konnte aber nichts Verdächtiges entdecken. Kein Passant, der unauffällig herumstand, keine Gruppe unverdächtiger junger Männer. Ich betrat meinen Hausflur und fühlte mich relativ sicher. Aber nur kurz. Deutlich hörte ich leises Atmen – jemand erwartete mich direkt vor meiner Wohnungstür. Zum wiederholten Mal verdammte ich meine Faulheit, mir noch immer keinen Schlagring, kein Döschen mit CD-Gas oder eines von diesen Zwanzigtausend-Volt-Stöckchen besorgt zu haben.

Vorsichtig schielte ich um das Treppengeländer. Es war eine Frau, die ohne jedes Zeichen von Aggressivität auf der Treppe hockte. Sie sah mich aus einem aufgedunsenen Gesicht mit einem Blick an, als hätte sie bereits ein paar Stunden auf mich gewartet und als sollte ich sie kennen.

»Felix, endlich. Ich sitze hier schon den halben Tag.«

Etwas an ihrem Gesicht schien mir vertraut, ich erkannte sie an ihrer Stimme. Es war Astrid Schreiber, die Frau meines Kollegen Schreiber, der den toten Mischa in meinen Aufnahmedienst geschleppt und ihn mit dem zweiten Leichenschauschein versorgt hatte. Und der unmittelbar danach in die USA verschwunden war. Ich konnte es kaum glauben, daß es dieselbe Astrid von neulich abend war. Was stand ihr bevor – eine Drillingsgeburt? Oder litt sie an einer Schwangerschaftsgestose, einer krankhaften Einlagerung von Wasser während der Schwangerschaft?

»Ich hoffe, du bekommst meinetwegen keine Schwierigkeiten mit deinen Nachbarn. Oder sind die an junge Frauen, die stundenlang vor deiner Tür sitzen, gewöhnt?«

»Sie gewöhnen sich langsam daran. Komm erst einmal mit rein.«

Astrid erhob sich mit dem Elan eines überalterten Ackergauls. Ihre unförmige Figur steckte in einem bunten Kartoffelsack, der in dem Katalog für Umstandsmoden ganz nett gewirkt haben mochte. Dazu trug sie eine Art Badelatschen, in denen ihre Füße in der Breite deutlich über die Sohle quollen. Sie folgte mir in die Küche und ließ sich auf meinen Küchenhocker plumpsen. Momentan hatte ich mehr Angst davor, daß sie plötzlich bei mir niederkommen könnte, als vor Dohmke, Boris und der gesamten russischen Mafia. Ich hatte schon beim Staatsexamen keine Ahnung von Geburtshilfe.

»Ich dachte, du seist längst bei deinem Mann in New York!«

»Klaus hat noch keine Wohnung für uns gefunden.«

Sie erhob sich deutlich schneller als eben und inspizierte meine Nahrungsvorräte.

»Suchst du saure Gurken?«

»Quatsch. Das ist höchstens was im ersten Monat. Jetzt brauchen wir Kalorien. Hast du was Süßes?«

Habe ich in der Regel nicht, doch Celine hatte neulich diese doppelten Butterkekse mit der eklig süßen Schokoladenfüllung mitgebracht. Astrid hatte die angebrochene Packung schon aufgespürt.

»Er wohnt immer noch im Schwesternwohnheim. Außerdem hat sich alles so verzögert, daß ich jetzt Sorge hätte, mein Baby ausgerechnet über dem Atlantik zu bekommen.«

»Auf jeden Fall solltest du auf die Nationalität der Fluggesellschaft achten. Nimm die Fluggesellschaft der Emirate. Dann hat dein Baby eine kostenlose Krankenversicherung bis zum Lebensende. Und eine gute Rente.«

»Und wir hätten plötzlich einen Araber in der Familie. Nein, das wäre mir zu kompliziert.«

»Ihr müßtet auf Schweinefleisch verzichten.«

Im Moment schien Astrid nicht bereit, auf irgendeine Art von Kalorien zu verzichten – und ich wollte nicht schon wieder einen gemütlichen Abend beerdigen.

»Astrid, nimm's mir nicht übel. Aber – was willst du von mir?«

Sie hatte die Butterkekse samt Füllung inzwischen ohne Anzeichen akuter Übelkeit komplett erledigt.

»Margret war neulich bei mir zu Besuch.«

Astrid ist Hämatologin, nach dem ersten Kind hatte ihr Dohmke eine Halbtagsstelle auf der Blutbank angeboten. So arbeiteten meine ehemalige Geliebte Margret und Astrid Schreiber bis zu ihrem Mutterschutz zusammen.

»Und?«

»Wir haben auch über dich gesprochen. Wie du dich in diese Sache mit dem toten Russen hineingesteigert hast und alle Leute mit Fragen nervst.«

»Was stört dich daran? Er war ein Patient von mir. Da will ich schon wissen, ob ich ihn vielleicht umgebracht habe.«

»Das hast du sicher nicht. Das weißt du. Es macht mir Sorgen wegen der Karriere meines Mannes. Ich habe gehört, daß es irgendwelche Probleme mit dem Leichenschauschein von diesem Patienten gibt.«

»Das Problem ist, daß dein Mann zwei Leichenschauscheine ausgestellt hat. Um genau zu sein, hatten wir den ersten gemeinsam ausgefüllt, und er hat dann irgendwann einen neuen geschrieben. Und aus ›Todesursache ungeklärt‹ wurde ›natürlicher Tod‹. Ich frage mich, warum er das gemacht hat.«

»Vielleicht hat man ihn darum gebeten.«

»Und wer hat ihn darum gebeten?«

»Da sind sie wieder, deine Fragen. Es macht mir Sorgen, daß du die Sache an die große Glocke hängst und uns damit in Schwierigkeiten bringst.«

Ich hatte plötzlich das Gefühl, daß es Astrid mit ihrem Besuch bei mir nicht wirklich um ihren Mann ging.

»Sag mal, Astrid, bei deiner Arbeit auf der Blutbank unterschreibst du doch auch die Testprotokolle für die Blutkonserven?«

Astrids Blick verriet keine Unsicherheit. Es war unverändert der Blick einer schwangeren Frau, deren einzige Sorge dem ungeborenen Leben in ihrem Bauch zu gelten schien. Und vielleicht noch einer ausreichenden Versorgung mit Butterkeksen und ähnlichen Kalorienbomben.

»Ich weiß, worauf du hinauswillst, Felix. Margret hat mir von den beiden Kontrollzetteln erzählt. Also gut, die Klinik macht ein kleines Nebengeschäft mit importierten Blutkonserven. Wach auf, Felix. Wir leben in der Neuzeit. Die Behandlung von Patienten ist zu einer ziemlich kostenintensiven Sache geworden. Eine Klinik war schon immer ein Wirtschaftsunternehmen, und nach den neuen Gesetzen ist sie jetzt sogar verpflichtet, sich auch so zu benehmen.«

»Mit illegalen Geschäften?«

»Es ist nichts Illegales, Blutkonserven zu importieren.«

»Und russische Blutkonserven als deutsche zu deklarieren?«

»Es geht nur um ein Etikett, nicht um minderwertige Schrittmacher oder abgelaufene Medikamente. Mein Gott! Willst du mit deinem Kreuzzug die ganze Klinik gefährden, alle Menschen, die dort arbeiten?«

Inzwischen war ich sicher, daß Astrid nicht wegen der Karriere ihres Mannes hier war. Die war bei Dohmke und seinen Freunden in besten Händen, solange Schreiber ordentlich spurte. Sie war von Dohmke geschickt worden! Gut, ich konnte ihr gerne erzählen, was Dohmke hören sollte.

»Ich bin auf keinem Kreuzzug, Astrid. Ich werde die Klinik nicht gefährden, weder die Mitarbeiter noch die Patienten. Ich weiß inzwischen, daß die Todesursache auf dem zweiten Leichenschauschein stimmte: natürlicher Tod. Es war eine fulminante Hepatitis C. Und die hatte nichts mit der Blutkonserve zu tun, die er bei uns bekommen hat. Keine Geheimnisse, keine losen Enden. Case closed, soweit es mich betrifft. Ich bin Arzt, wie du selbst weißt, ein Vollzeitjob. Da habe ich genug zu tun. Alles klar?«

Wir redeten dann noch belangloses Zeug, über Schwangerschaft, Hausgeburt oder Klinikgeburt. Ein kleiner Test für die liebe Astrid fiel mir noch ein.

»Sag mal, wenn Klaus aus den USA zurückkommt – ich denke, es wäre an der Zeit, daß er eine eigene Station bekommt.«

Astrid war bereits auf dem Weg zur Wohnungstür.

»Er hat gerne mit Marlies zusammen gearbeitet. Aber ich denke auch, daß er gerne eine eigene Station hätte.«

»Du weißt, ich mache die Dienstpläne. Er könnte nach den USA vielleicht die Privatstation übernehmen.«

Astrid drehte sich zu mir um.

»Nun laß Klaus erst einmal sein Jahr in New York machen. Und mich mit dieser Schwangerschaft fertig werden und dann endlich zu ihm fliegen. Weiter kann ich im Moment gar nicht denken.«

Mit ihrem hochschwangeren Watschelgang drückte sich Astrid an mir vorbei durch die geöffnete Wohnungstür und verschwand in den Sommerabend. Meinen schlauen Köder hatte sie nicht geschluckt.

Egal, Hauptsache, sie brachte Dohmke die richtige Botschaft. Sonst hatte ich noch einen sicheren Kanal zu Dohmke, wie ich aus dem Handelsregister wußte. Aber das konnte bis morgen warten.

Aus dem Kühlschrank besorgte ich mir einen kalifornischen Chardonnay und fläzte mich mit der Fernbedienung auf die Couch. Schließlich hatten mir gestern gleich zwei Frauen den Fernsehabend vermasselt. Einen faulen Abend vor der Glotze pro Woche pflege ich mir zu genehmigen – mit liberalerer Handhabung zu besonderen Anlässen wie Europameisterschaften.

Es war Freitag abend, auf einem der billigeren Kanäle lief zum fünfzehntenmal »Dirty Dancing«, genau das Richtige. Es versprach, ein gemütlicher Abend zu werden – bis das Telefon klingelte.

20

Es gibt Leute, die können das Telefon einfach klingeln lassen. Ich nicht. Ich kann auch kein Brot wegwerfen, auch keine Briefkastenwerbung. Die lese ich zwar nicht, stapele sie aber ordentlich, um sie nach angemessener Zeit in den Papiercontainer zu entsorgen. Am Telefon war Celine. Es sei ein herrlicher Sommerabend, und sie fühle sich irgendwie animalisch. Sie würde gleich rüberkommen. Celine ließ sich von meinem eingeschränkten Enthusiasmus nicht abschrecken und stand wenige Minuten später vor der Tür.

»Ich dachte, ich rufe besser vorher an. Nicht daß ich wieder störe ...«

»Du hast Glück, ich kann dich kurz einschieben.«

Es war nicht unangenehm, daß Celine sich animalisch fühlte. Wenn ich mich auch fragte, was daran animalisch war. Von Sexorgien bei Elefanten oder einem ausgefeilten Nilpferd-Kamasutra hört man selten. Ich verschonte Celine mit meinen tiefschürfenden Gedanken und genoß ihren Eifer.

Der nächste Morgen war ein Samstag. Ich erwachte erstmals seit längerem erfrischt und entspannt. Sex zum Streßabbau wie bei bestimmten Affen? Doch animalisch? Die Klinik hatte heute keinen Anspruch auf mich, und es regnete.

Wir beschlossen Frühstück im Bett, und ich kratzte die Reserven meiner Küche zusammen. Frische Brötchen wurden durch nicht ganz frischen Toast ersetzt. Das war eigentlich schade, denn samstags bediente meine Lieblingsverkäuferin in der Bäckerei.

Schnell verwandelte sich mein Bett in eine Krümeldeponie. Celine überkam ein neuer animalischer Anfall, und die Krümel erzeugten einen zusätzlichen erogenen Reiz.

»Hast du was Süßes da?«

Ich wunderte mich, daß diese Frage nicht schon letzte Nacht gekommen war. Durch Sex kommt es bei Celine offenbar zu akuter Unterzuckerung, was bei ihrem körperlichen Einsatz nicht besonders verwunderlich ist.

»Ich glaube nicht. Vielleicht noch ein Rest Honig.«

»Was ist mit den ekligen Butterkeksen?«

»Die sind alle.«

»Was!« Celine stützte den Kopf auf die Hand und setzte ihren inquisitorischen Blick auf, »erzähl mir bloß nicht, du hättest die verputzt. Glaube ich dir nie!«

»Es war ein Notfall, Celine. Die Frau war schwanger.«

»Schwanger? Bist du in letzter Zeit pervers oder was?«

Ich erzählte Celine von Astrids Besuch und daß ich meinte, sie sei von Dohmke geschickt worden. Celine, bekanntlich Verschwörungsfan, war sofort Feuer und Flamme.

»Ich habe mich schon immer gefragt, wie zwei junge Ärzte mit Kind sich eine so schicke Wohnung leisten können«, meinte Celine. »Erinnerst du dich an die Absteige, in der wir ihre Hochzeit gefeiert haben?«

»Schreiber hat reiche Eltern, sagt man. Und Astrid ist, glaube ich, auch nicht im Armenhaus aufgewachsen.«

Trotzdem, Celine könnte recht haben. Nach meinem zweiten Besuch im Handelsregister hielt ich alles für möglich. War ich der letzte in der gesamten Klinik, der nichts von der wahren Finanzstruktur unseres Hauses wußte und deshalb nicht daran mitverdiente? Dr. Hoffmann, der naive Trottel von Station IIIb?

»Und – wie machen wir jetzt weiter, Felix?«

»Ich muß sicher sein, daß Dohmke wirklich glaubt, daß ich meine Nachforschungen eingestellt habe. Mal sehen, wie es sich dann weiterentwickelt.«

»Meinst du nicht, du solltest dich langsam entscheiden?«

»Wofür entscheiden?«

»Wir wissen, daß deine Klinik in den Händen einer kriminellen Vereinigung ist, daß du in einer Geldwaschanlage der russischen Mafia arbeitest. Wir wissen, daß zumindest einer deiner Chefs in die Sache verwickelt ist, eventuell auch Kollegen von dir. Also mußt du dich entscheiden, ob du dort auch künftig arbeitest und diese Leute weitermachen läßt oder ob du etwas Entscheidendes gegen diese Kriminellen unternimmst. Meinst du nicht?«

»Denkst du nicht, wir brauchen noch mehr Beweise?«

»Was denn noch für Beweise, Felix? Wir können belegen, daß über nichtexistente Privatpatienten große Mengen Geld gewaschen werden. Du hast von Margret und Astrid die Bestätigung, wie das mit dem Blut aus Rußland läuft. Und vom Handelsregister wissen wir, wer alles zu der Bande gehört. Was willst du noch? Ein schriftliches Geständnis von Herrn Dohmke?«

»Ich sehe da noch ein paar Probleme.«

Celines Stimme bekam diesen leicht angestrengten Ton.

»Das Problem bist du, Felix. Du würdest dir eher die Ohren abschneiden lassen, als dich für etwas zu entscheiden. Du hast ja schon Probleme, zwischen Pepsi und Coca zu wählen. Und, wo wir gerade beim Thema sind, das gilt auch für unsere Beziehung.«

Der Tag hatte so schön angefangen – und auf einmal hatte ich eine Beziehungsdiskussion am Hals! Der weise Spruch der Wald-und-Wiesen-Psychologen, man müsse in einer Beziehung über alles reden, ist richtig – wenn man die Beziehung beenden will. Ich entschied mich für die Kennedy-Chruschtschow-Variante aus der Kubakrise: Liegen mehrere Fragen gleichzeitig auf dem Tisch, gehe auf die weniger gefährliche ein. So haben die Kennedy-Brüder 1962 den dritten Weltkrieg verhindert. Also ignorierte ich ihre Anmerkung zu unserer Beziehung und kam auf ihre Ausgangsfrage zurück.

»Du hast recht. Wir müssen etwas unternehmen gegen diese Leute. Laß mich aber vorher noch einmal mit Margret sprechen.«

Wir hatten beide gewonnen. Ich hatte Celine recht gegeben, eine Entscheidung aber trotzdem umgangen. Und eine Beziehungsdiskussion. So werden Kriege vermieden!

Celine hatte natürlich erkannt, daß ich mich aktuell um eine Entscheidung drücken wollte, setzte mich aber nicht weiter unter Druck. Außerdem hatte sie längst beschlossen, daß wir die Sache nicht abblasen würden.

»Meine Steuerfreundin Beate kommt heute nachmittag zu mir. Sie hat sich noch einmal intensiv mit den Daten beschäftigt, und wir wollen die letzten Teile des Puzzles zusammensetzen.«

»Hört sich gut an. Aber – wir haben fast Nachmittag.«

Celine mußte sich beeilen, packte ihre Sachen zusammen und verschwand. Mir war klar, daß ich bald Kopfschmerzen haben würde. Bekomme ich immer, wenn ich morgens nicht gleich aufstehe. Fester Wochenendprogrammpunkt ist unser gemeinsames Kochen am Sonntagabend, und ich war mit dem Besorgen der Zutaten dran. Also mußte ich auch langsam los, wollte ich unser Sonntagsmenü nicht aus dem verlockenden Angebot einer Tankstelle zusammenstellen.

Nach Erledigung meiner Einkäufe holte ich den versäumten Fernsehabend am Nachmittag nach und surfte bis zum Abend durch amerikanische Soaps. Nach der Tagesschau war es Zeit für meinen neuen Besuch bei Margret.

Celine lieh mir ihr Auto, unser Vormittag im Bett war zu Lasten der Behebung meines Reifenproblems gegangen. Es regnete nicht mehr. Auf den noch feuchten Straßen glänzte der Asphalt, und erste Blätter lagen unter den Bäumen. Es sah aus, als würde sich der Sommer schon verabschieden. Wie hat Margret eigentlich einen so tollen Mann wie mich verlassen können? Celine hatte recht, auf meine narzißtische Art liebte ich Margret wahrscheinlich noch immer. Oder begehrte sie. Oder was weiß ich. Jedenfalls bereitete mir die Aussicht auf unser bevorstehendes Gespräch keine große Freude.

Ich nahm denselben Weg wie neulich nacht in entgegengesetzter Richtung, als ich Margret zu Dohmkes Villa gefolgt war. Bei dieser kleinen Verfolgungsfahrt waren die Straßen noch voller Sommernachtleben gewesen, ein Hauch von Paris oder Rom hatte über der Stadt gelegen. Jetzt standen die regennassen Tische und Stühle einsam vor den Straßencafés, und Berlin war, passend zu meiner Stimmung, wieder eine ziemlich graue, mehr ost- als westeuropäische Stadt.

Ich hatte Margret meinen Besuch telefonisch angekündigt und sofort aufgelegt. Sie hatte so keine Gelegenheit gehabt, mir abzusagen, aber genug Zeit, das Haus zu verlassen oder sich Unterstützung zu besorgen. Jedenfalls, sie war da, öffnete mir auf mein Klingeln die Tür und ließ mich hinein. Und ich gelangte immerhin bis in ihr Wohnzimmer, ohne eins auf die Rübe zu bekommen. Sie bot mir einen Sessel an, sonst nichts.

»Was verschafft mir die Freude, Felix?«

Sie gab nicht vor, sich besonders zu freuen.

»Ich bin hier, weil ich es satt habe, weiter als der letzte Trottel durch die Gegend zu laufen. Ich renne mit verbundenen Augen herum, und ihr spielt blinde Kuh mit mir.«

»Wie wär's mit blinder Ochse? Oder der Plumpsack geht um? Entschuldige mich einen Moment.«

Margrets Verschwinden im Badezimmer gab mir Gelegenheit, kurz Küche und Schlafzimmer auf eventuelle weitere Gäste zu inspizieren. Keine Spur von russisch-ukrainischen Hilfskräften. Margret kam zurück.

»Und nun willst du nicht mehr blinde Kuh spielen?«

»Richtig. Nicht blinde Kuh, nicht blinder Ochse, nicht blinder Plumpsack. Ich will in Ruhe meine Arbeit als Klinikdoktor machen. Ich will in eine Wohnung nach Hause kommen, die nicht aufgebrochen und zerwühlt ist. Ich will keine Ratten im Auto und keine zerschnittenen Reifen. Ich will nicht unter mein Bett gucken, ob da jemand mit einem Totschläger liegt. Ich möchte, daß du deinen Freunden das sagst. Daß sie nichts von mir zu befürchten haben. Daß meine private Nachforschungsaktion beendet ist.«

Margret schaute mich an. Fast, als wäre sie enttäuscht.

»Warum glaubst du, daß das Freunde von mir sind?«

»Weil ich beim Handelsregister war, Margret. Und weil dort steht, daß du seit dem Tag der Beerdigung deines Freundes Bredow eingetragene Teilhaberin an ihren Firmen bist.«

Margret traten Tränen in die Augen. Unter dem Polster ihrer Couch kramte sie ein Taschentuch hervor.

»Was willst du, Felix? Soll ich immer nur Verliererin sein? Mit Männern wie dir, die sich schon nach der ersten Nacht überlegen, wie sie wieder aus der Sache herauskommen? Du denkst vielleicht, du bist etwas Besonderes. Fünfundneunzig Prozent aller Männer sind vollzeitbeschäftigt mit ihren Bindungsängsten oder suchen eine neue Mutti mit einer Brust zum Ausweinen. Knut war anders. Er liebte mich, und ich liebte ihn, ganz einfach. Wir wollten heiraten. Plötzlich ist er tot. Eine Frau, mit der er schon seit Jahren nicht mehr geschlafen hatte und von der er sich trennen wollte, ist Alleinerbin. Und ich stehe bei der Beerdigung in der letzten Reihe. Findest du das gerecht?«

Hatte ich wirklich schon nach der ersten Nacht mit Margret überlegt, wie ich da wieder herauskomme? Immerhin waren wir fast ein ganzes Jahr zusammen gewesen.

»Also bist du zu Dohmke gegangen und hast deinen gerechten Anteil am Erbe verlangt.«

»Bin ich nicht, mein Lieber. Ob du es glaubst oder nicht, er ist zu mir gekommen. Nur zwei Tage nach Knuts Tod. Und er hat mir Knuts Firmenanteile als Erbe angeboten.«

»Und als kleine Draufgabe noch einen Golf Cabrio.«

Margret tupfte sich die Tränen aus den Augen.

»Was ist daran so furchtbar? Er meinte, die Anteile stünden mir zu. Und ich meine, er hat recht. Wer hat sich denn sonst um mich gekümmert nach Knuts Tod?«

Ich erinnerte meine alte Freundin nicht daran, daß ich sie nach der Beerdigung nach Hause gefahren und versucht hatte, sie zu trösten. Immerhin hatte ich ihr keine Firmenanteile und kein Auto zur Beerdigung geschenkt. Ein technisches Problem war mir noch unklar – wie hatten sie Bredows Witwe vom Erbe der Firmenanteile ausschließen können?

»Ganz einfach«, antwortete Margret. »Laut Gesellschaftsvertrag werden Firmenanteile nicht vererbt, sondern fallen an die Gesellschaft zurück.«

Also muß beim Tod eines Gesellschafters die Firmenstruktur nicht offengelegt werden, eine schlaue Konstruktion. Bei diesen Partnern bedeutete es allerdings, daß jeder besser einen Vorkoster beschäftigen sollte.

»Wie praktisch für dich.«

»Komm herunter von deinem hohen Roß, Felix. Meinst du wirklich, diese hübsche kleine Eigentumswohnung hier ist bezahlt? Knut hat sie mir damals besorgt, und er hat mir auch mit den Raten geholfen. Und nun? Wo soll ich deiner Meinung nach das Geld für Zinsen und Tilgung hernehmen? Von meinem Supergehalt als MTA? Oder soll ich lieber als Prostituierte gehen? Was meinst du? Hätte ich Chancen?«

»Sicher, meine Liebe. Sicher hättest du Chancen. So wie ich

das sehe, brauchst du aber wohl nicht auf die Straße zu gehen. Oder ist der Herr Professor Dohmke mit dir nicht zufrieden?«

Margret machte eine Bewegung, als wolle sie mich schlagen. Ich duckte mich nicht, doch sie hielt in der Bewegung inne und verbarg ihr Gesicht in den Händen.

»Margret, es ist mir egal, ob du es mit Dohmke treibst oder mit deinem alten Freund Boris. Oder mit beiden. Auch, ob du Dohmke den Wagen wirklich zurückgegeben hast oder nicht. Ich bin nicht hier, um über dich zu rechten oder dir zu drohen. Ich will nur, daß du Dohmke versicherst, daß von mir keine Gefahr für ihn und seine Unternehmungen ausgeht. Ich denke, dir wird er glauben. Sage ihm, daß ich aufgebe. Und wenn er fragt, warum er das glauben soll, dann sag ihm, weil ich keine Lust habe, mich eines Tages wie dein Freund Bredow mit den Händen in den Hosentaschen an meinem Gürtel aufgehängt zu finden.«

Erst nach einer ganzen Weile merkte ich, wie Margret mich unverwandt anstarrte.

»Du warst da? Du hast ihn gesehen!«

Mir wurde klar, daß meine Schilderung etwas zu detailliert gewesen war. Besonders die Sache mit den Händen in den Hosentaschen. Ich hätte behaupten können, ich hätte mein Wissen von Frau Krüger, schließlich hatte die Bredows Leiche offiziell gefunden. Ist mir aber im Augenblick nicht eingefallen. Also gab ich zu, daß ich Bredow gefunden hatte, und erzählte Margret von meiner Nacht in seinem Büro. Celine ließ ich weg.

»Ich konnte nichts mehr für ihn tun, Margret. Er war schon seit Stunden tot.«

Nun weinte Margret hemmungslos. Es dauerte eine ganze Weile, bis sie wieder etwas sagte, und dann war sie kaum zu verstehen.

»Natürlich hättest du etwas für ihn tun können. Du hättest ihn zum Beispiel nicht einfach da hängen lassen müssen. Das hätte ihm wenigstens diese unsäglichen Wiederbelebungsversuche von Dr. Vogel erspart.«

Es hatte keinen Zweck, Margret zu erklären, warum ich nichts dergleichen getan hatte. Sie würde es bei ruhiger Überlegung selbst verstehen. Wie hätte ich meine nächtliche Anwesenheit in Bredows Büro erklären sollen? Wie beweisen, daß ich nichts mit dem Tod Bredows zu tun habe? Es ist nicht nur Faulheit der Polizei, erst einmal den Erstbesten am Tatort als Täter festzunehmen, denn meistens ist er es auch.

Ich verließ Margret mit demselben unbehaglichen Gefühl, mit dem ich gekommen war. Ich hoffte, daß sie mir nun wenigstens Dohmke und seine Schlägerbande endgültig vom Leib halten würde.

»Sehe ich dich am Montag in der Klinik?«

»Ich glaube nicht«, antwortete Margret nebenbei, als sei sie im Geiste mit etwas anderem beschäftigt. Ich fuhr nach Hause. Es hatte wieder angefangen zu regnen.

Der Sonntagmorgen begrüßte mich mit den Kopfschmerzen, die ich für gestern erwartet hatte. Ich fühlte mich leer und enttäuscht. Es versprach so ein Sonntag zu werden, auf den man die ganze Woche hingearbeitet hat und der sich dann als großes schwarzes Loch herausstellt. Als Kind zieht man an solchen Tagen die Bettdecke wieder über den Kopf in Erwartung einer beim Wiedererwachen freundlicher gestimmten Welt.

Ich hatte keine Lust auf nichts. Auch nicht auf das traditionelle Sonntagsfrühstück mit Celine, die sicher nur heiß darauf war, mir die neuesten Ergebnisse der gemeinsamen Recherchen mit ihrer Steuer-Freundin Beate zu erzählen. Das würde mich nur weiter deprimieren. Allerdings müßte ich ihr wenigstens frische Brötchen vorbeibringen.

Draußen versprach ein blankgeputzter Himmel einen schönen Sommertag, und in der Bäckerei bediente meine Lieblingsverkäuferin. Aber auch das konnte mich nicht aufheitern. Ich brachte Celine zwei Brötchen und ihre Autoschlüssel vorbei.

»Du hast jemand anderen zum Frühstück?«

»Habe ich nicht.«

Ich zeigte ihr meine restlichen zwei Brötchen in der Tüte zum Beweis.

»Vielleicht ist sie Müsli-Fan?«

»Ich sag dir die Wahrheit, Celine. Sie will morgens immer ein blutiges Steak mit Pommes frites, weil ich sie so auslauge in der Nacht.«

Es war so ein Tag, an dem wir es uns schon als Erfolg anrechnen, andere mit unserer schlechten Laune infiziert zu haben. Eine meiner leichtesten Übungen. Nur kann man Kopfschmerzen und Übellaunigkeit nicht gleichsam verdünnen oder gar loswerden, indem man sie an seine Umwelt weitergibt. Also versuchte ich das anstrengendere Rezept, holte mein Fahrrad aus dem Keller und trampelte nach den zwei Brötchen verbissen in die Pedale.

Ich hatte die ganze Stadt für mich, ohne Gefahr für Leib und Leben konnte man freihändig den Ku'damm hinunterradeln. Berlin war an die Ostsee gefahren, in den Spreewald oder wenigstens an die Havel oder den Müggelsee, in einem kollektiven Bedürfnis, sich in überteuerten Ausflugsrestaurants über matschigen Obstkuchen zu ärgern oder sich an überfüllten Stränden Fußbälle an den Kopf donnern zu lassen.

Im Tiergarten ließ ich mir tausend orientalische Düfte von den Grillstellen unserer osteuropäischen Gäste um die Nase streichen und fuhr, immer noch freihändig, durch das Brandenburger Tor. Unter den Linden, in Höhe des Kronprinzenpalais, hatte ich mir langsam Übellaunigkeit und Kopfschmerzen aus dem System gestrampelt. Überall Baugerüste – das vereinigte Berlin ist auf dem Weg, wieder eine Weltstadt zu werden, und vielleicht gehören Mafiageschäfte auf hohem Niveau einfach dazu.

Denn inzwischen war mir klar, daß die Enttäuschung über Margret Ursache meiner Sonntagsdepression war. Aber vielleicht war sie gegen ihren Willen zur Teilhaberschaft bei Dohmke und Co. gezwungen worden, damit man sie besser unter Druck setzen könnte? Außerdem, hatte sie wirklich eine Wahl gehabt? Die Polizei? Wen hätte sie dann mehr fürchten sollen – Gericht und Staatsanwaltschaft oder die Rache der Russen-Mafia? Eine beneidenswerte Wahl!

An der Museumsinsel waren sich Geist und Körper einig, daß wir für einen heißen Sommertag genug geschwitzt hatten, beide plädierten für den Heimweg per S-Bahn. Ich gab mein Okay.

Am Abend war ich dann doch bei Celine, schließlich hatten wir uns für unser traditionelles Sonntagabend-Kochen auf Flugentenbrust in Orangensauce mit Zuckererbsen geeinigt, und die Beschaffung der Zuckererbsen sowie besonders einer unbehandelten Apfelsine waren am Samstag ziemlich zeitaufwendig gewesen. Das Kochen hatte mich endgültig entspannt, nach dem Essen und einem starken Espresso aus Celines italienischer Maschine war ich bereit für ihre Erfolgsmeldungen zu Bredows Buchhaltung.

Celine und Beate hatten ganze Arbeit geleistet: Gelb markierte Ausdrucke für Bredows Versuche, die Klinikkasse durch Optionsgeschäfte aufzubessern. Blau für alle Privatpatienten-Abrechnungen vor dem vorletzten November, grün für die Privatpatienten ab November. Orange für die Überweisungen an die Fremdfirmen wie CareClean, Hospital Catering Service und Flecklos. Rot für die Geschäfte mit den Blutkonserven. Inmitten dieses geordneten Durcheinanders thronte eine sichtlich zufriedene Celine.

»Ich glaube, es gibt jetzt keine losen Enden mehr. Was immer er sonst war, euer Doktor Bredow war ein ordentlicher Buchhalter.«

Das stimmte. Und die neuen Eigentümer der Klinik hatten keine Zeit verloren. Schon im Dezember stiegen die Ausgaben der Klinik um fast vierhunderttausend Mark, voll abgedeckt durch Einnahmen von angeblichen Privatpatienten. Im Moment wurden fast eine Million Mark pro Monat über die Klinik gewaschen – der Einstiegspreis hatte sich schnell amortisiert.

Die Sache mit den Blutkonserven war von vergleichsweise untergeordneter Bedeutung, brachte aber immerhin um zweihunderttausend Mark pro Monat. Wenige dieser Konserven wurden in der Klinik selbst verbraucht, der Großteil ging an weiterverarbeitende Firmen, etwa ein Drittel unterhalb des marktüblichen Preises. Diese Einnahmen waren unter »Leistungen hämatologisches Labor für Fremdfirmen« erfaßt, und hier ergab sich noch ein interessantes Detail: eine Liste von Managern in diesen Firmen und deren jeweiliger Kontonummer, vorzugsweise bei Banken in der Schweiz oder in der Karibik. Vielleicht wußten diese Manager nicht, daß sie mit der Mafia zusammenarbeiten, aber sie müssen gewußt haben, daß es sich um importiertes Blut handelte. Keine Mafia dieser Welt kann nur mit Kontakten zur Unterwelt und zu Drogensüchtigen existieren. Sie ist immer auch auf die Geldgier von angeblich seriösen Geschäftsleuten angewiesen.

Celine packte die markierten Ausdrucke ordentlich sortiert zusammen.

»Ich glaube, das ist alles, was du brauchst. Auf dem obersten Blatt haben wir die wichtigsten Daten zur Übersicht chronologisch zusammengefaßt.«

Ich trollte mich nach Hause, das Pochen in meinem Kopf begann wieder. Mir war klar, was Celine jetzt erwartete – eine Entscheidung. Sie hatte mir mehr als geholfen, an die Daten heranzukommen und sie richtig auszuwerten, aber damit war ihr Part zu Ende. Es war meine Klinik, mein toter Verwaltungsdirektor, meine Verantwortung.

Es erübrigt sich, zu erwähnen, daß ich keinen Schlaf fand. Endlos drehte ich mich im Kreis zwischen der Frage, was mich das alles angeht, solange die Klinik funktioniert, und meiner Überzeugung, daß Mitwisserschaft auch Mitverantwortung bedeutet. Dann wurde ich richtig wütend, als mir die Konferenz von neulich einfiel. Was sollten die Sparappelle in einer Klinik, deren Hauptfunktion in einer gut geschmierten Geldwaschanlage bestand? Waren Bredow und Dohmke dermaßen geldgierig, daß sie auch noch an unseren gestrichenen Überstunden partizipieren wollten?

Gegen drei Uhr morgens kochte ich mir einen Kräutertee und rechnete, um mich irgendwie zu beschäftigen, die Unterlagen noch einmal durch. Reine Beschäftigungstherapie, schließlich hatten hier eine Mathematikerin und eine Steuerberaterin gearbeitet. Und ich wollte es nicht glauben: Sie hatten zwar richtig gerechnet, aber zuletzt, wahrscheinlich in ihrer Begeisterung, wie schön alles zusammenpaßte, die Zahlen vom Juni dieses Jahres nicht in beiden Dateien verglichen.

Ich rechnete hin und her, glaubte erst an einen Irrtum, aber es blieb dabei: Seit letzten Dezember war der Kliniketat schön bilanziert, immer größeren Zahlungen an die Servicefirmen standen immer größere Einnahmen von Privatpatienten gegenüber. Doch plötzlich, unmittelbar vor Bredows Tod, klaffte wieder ein Riesenloch in der Bilanz, es fehlten erneut drei Millionen.

Beinahe hätte ich Celine noch mitten in der Nacht angerufen – endlich gab es ein Motiv für Bredows Selbstmord! War die Geldwaschanlage zusammengebrochen? Oder brach unsere Theorie zusammen? Egal wie, jedenfalls konnte ich die endgültige Entscheidung, wie ich mit meinem Wissen umgehen würde, erst einmal hinausschieben.

Am Montag fühlte ich mich sicher genug, wieder Auto zu fahren. Immerhin hatte ich inzwischen Dohmke die Akte gebracht und ihn außerdem über Astrid Schreiber und Margret von meiner Harmlosigkeit wissen lassen. Doch noch immer trennten mich vier zerstochene Reifen von ungebremstem Fahrspaß. Also mußte ich früher aufstehen und kam mit zweimal Umsteigen zum Sophie-Charlotte-Platz. Niemand hatte sich die Mühe gemacht, meinen Golf zu stehlen, nicht einmal Stoßstangen oder Scheinwerfer waren abmontiert. Der Wochenbeginn schien unter einem günstigen Stern zu stehen, voller Optimismus ging ich zur Tankstelle hinüber. Mein Glück hielt an, es war sogar ein Tankwart vor Ort, und der erklärte sich tatsächlich bereit, sich die Sache anzuschauen.

»Wollen Sie an dem Wagen wirklich noch was machen lassen?«

Mir hing diese Frage langsam zum Hals heraus.

»Bis wann können Sie die Reifen hinbekommen?«

»Sie haben Glück, ich habe passende Reifen da. Kann ich Ihnen bis heute mittag raufziehen. Kommt so auf hundertdreißig Mark pro Stück. Plus Auswuchten und Montage. Und Märchensteuer.«

Eben noch wollte er mein Auto verschrotten, jetzt wollte er mir ernsthaft für fast siebenhundert Mark neue Reifen verkaufen.

»Kann man nicht einfach neue Schläuche einziehen?«

»Wenn Sie meinen ...«, er kratzte sich mit ölverschmierten Fingern in den Ohren. »Schläuche muß ich aber erst bestellen, kann ein paar Tage dauern.«

Ich erregte mich nicht über diese versuchte Erpressung, verkniff mir auch eine Bemerkung wie »Mafiamethoden« – vielleicht war ich zur Zeit übersensibel. Noch ein paar Tage öffentlicher Personennahverkehr würden mich nicht umbringen.

»Gut, Meister, tun Sie das. Bestellen Sie die Schläuche.«

»Was ist mit den Scheiben?«

Ich hatte noch genug Folie. Erst mal sehen, ob der Wagen noch bis zum Herbst durchhielt.

In der Klinik lief alles normal. Ich bekam sogar die Gelegenheit, meine Schulden bei Marlies etwas abzubauen. Sie hatte eine Praxisvertretung und mußte pünktlich weg, ich versprach ihr, am Nachmittag auch auf ihre Laborergebnisse zu warten und gegebenenfalls zu reagieren. Zweimal schlenderte ich mit eher fadenscheinigen Begründungen zur Blutbank, aber Margret war wirklich zu Hause geblieben.

Zum Mittagessen kam ich ziemlich spät, die Cafeteria war bis auf ein paar Leute aus der Zentralsterilisation leer und die Fertiggerichte unter den Warmhaltelampen weitgehend zu Trockenkost geschrumpft.

Ich war nicht der einzige, der heute spät zum Essen kam. Ich hatte gerade das Schnitzel ziemlich sauber von der eingetrockneten Zigeunersoße abpräpariert, als Professor Dohmke auftauchte. Da ich der einzige Doktor weit und breit war, hätte es seltsam ausgesehen, hätte er sich nicht zu mir gesetzt. Er hatte sich für einen ehemals frischen Salat entschieden.

»Herr Hoffmann, guten Appetit. Da haben Sie ja überhaupt keine Vitamine dran! Sie essen spät. Viel zu tun?«

»Ausreichend zu tun, Herr Dohmke. Es würde mir Sorgen machen, hätten wir nicht genug zu tun.«

»Da haben Sie recht, Doktor. Ich denke, wir werden alle wieder besser schlafen, wenn der Senat endlich entschieden hat, welche Kliniken Betten abbauen müssen und welche ganz geschlossen werden.«

Ausgelastet durch meine detektivischen Bemühungen, hatte ich kaum die täglich neuen Gerüchte verfolgt. Die Zeitungen waren voll davon. Mal hieß es, alle konfessionellen Kliniken sollten geschlossen werden, dann waren die konfessionellen wieder gänzlich von der Streichliste verschwunden. Irgendwo lief schon ein Hungerstreik von Schwestern und Pflegern. Eigenartig, daß wir bisher auf keiner Streichliste aufgetaucht waren.

Dohmke erzählte noch ein paar belanglose Sachen, aber irgendwann war ihm sein Vorrat an Kliniksmalltalk ausgegangen, und ich mußte auch etwas zur Unterhaltung beisteuern. Unverfängliches wollte mir partout nicht einfallen.

»Hat man eigentlich die Ursache für den Brand bei Care-Clean gefunden?«

Dohmke war damit beschäftigt, ein paar vermatschte Tomaten aus seinem Salat auszusortieren.

»Nichts Konkretes, soweit ich weiß. Die Feuerwehr vermutet irgendwas Elektrisches, einen Defekt an den Leitungen oder so. Es reicht wohl eine kurze Überlast, daß die Computer in Brand geraten.«

Ich bemerkte, daß es schon ein unglückliches Zusammentreffen gewesen sei, am selben Tag hier in seinem Büro ein Virus und alle Daten im Computer gelöscht und gleichzeitig der Brand in der Allee der Kosmonauten und auch da die Computer futsch.

»Ja, Hoffmann, kann man wohl sagen. When it rains, it pours«, wie der verstorbene Dr. Bredow demonstrierte auch Dohmke gerne seine Weltläufigkeit. »Für Frau Krüger nicht lustig. Aber zum Glück hatte Dr. Bredow auf seinem Computer nur ein paar Unterkonten geführt.«

Und Dohmke dürfte ziemlich froh sein, daß diese Unterkonten nicht mehr existierten. Gern hätte ich ihm verraten, daß ich ihm mit einer kompletten Kopie dieser sogenannten Unterkonten aushelfen könnte. Aber er war mit seinen Gedanken auch schon weiter, getreu der Devise »think positive«.

»Wissen Sie, man muß immer auch die positive Seite sehen. So ein Datenverlust ist auch die Chance, einige Sachen anders anzupacken. Dr. Bredow hatte natürlich recht, wir müssen sparen, die Krankenkassen werden bald über jede Stunde Liegezeit Rechenschaft fordern. Die Frage ist nur, wo ich spare, an welcher Stelle. Vielleicht war es keine so gute Idee, ständig an den Gehältern der Mitarbeiter zu drehen, die Zulagen und die Überstundenbezahlung zu streichen. Das muß doch auf die Dauer demotivieren, finden Sie nicht?«

Natürlich fand ich das auch. Aber Dohmke ließ mir keine Zeit, seinen Gedanken zuzustimmen.

»Warum soll denn ein Doktor, dem ich ständig sein Gehalt kürze, sich zum Beispiel noch einen Kopf um das Arzneimittelbudget auf seiner Station machen? Und, das sage ich Ihnen, Doktor, da liegen noch riesige Einsparpotentiale, mehr als in den Gehältern.«

Jetzt sortierte er die gekochten Eier aus dem Salat und schob sie zu den zermatschten Tomaten auf den Tellerrand. Wahrscheinlich hatte er sein Cholesterinbudget für den Tag schon überschritten.

»Natürlich nicht auf Kosten der Patientenversorgung, aber Sie wissen doch, wie Ihre Kollegen denken. Kaum ist ein bißchen Fieber da, gibt's ein Antibiotikum, und natürlich muß es das neueste sein – Kostenfaktor zehn oder sogar hundert. Wahrscheinlich hätte ein Halswickel genügt. Ich denke, es geht um Motivation. Diese Einsparungen könnte man an euch Doktors weitergeben. Bredow war zu sehr Verwaltungsmensch. Er hat nie kapiert, daß man gute Leute auch gut bezahlen muß und sehr gute Leute sehr gut. Besonders Leute, die hier mit vollem Einsatz dabei sind, mit Haut und Haaren. Da können Sie sicher sein, Dr. Hoffmann, da wird sich einiges ändern. Wer es verdient, soll gut verdienen, sehr gut verdienen.«

Sein Piepser meldete sich. Dohmke ging zum nächsten Telefon, machte ein bedeutendes Gesicht und verschwand. Als ordentlicher Mensch räumte ich seinen halbleeren Salatteller mit ab.

Was er gerade von sich gegeben hatte, war im Prinzip vernünftig. Sicher könnte die Klinik ohne Nachteile für die Patienten eine Menge Geld einsparen. Verstanden aber hatte ich, daß es klug von mir gewesen sei, meine Detektivspielchen einzustellen, und daß meine Diskretion honoriert würde.

Mein Kliniktag endete mit einer Überraschung. Die Tankstelle rief an, ich könne meinen Wagen abholen, die Sache mit den Schläuchen hätte schneller geklappt als erwartet.

Als ich nach Hause kam, schaute ich mich in meiner Wohnung um. Ich mußte Dohmke recht geben – eine kleine Gehaltsaufbesserung würde auch meiner Wohnung guttun.

21

Mit meinen Schöner-Wohnen-Überlegungen war der Tag noch nicht vorbei – ich habe allerdings vergessen, was ich eigentlich vorgehabt hatte oder womit ich gerade beschäftigt war, als das Telefon klingelte.

»Es ist etwas Schlimmes passiert. Kannst ... du bitte gleich ... kommen?«

Ich erkannte Margrets Stimme, aber sie klang sehr fremd. Sie war von einer fast körperlich spürbaren Dringlichkeit, aber mit einem Unterton, daß eigentlich alles egal wäre. Ich fuhr sofort zu ihr.

Margret öffnete mir. Sie trug, was man eben am Abend allein zu Hause so anhat. Ihre Haare waren nicht frisch frisiert, aber auch nicht unordentlich. Nur ihre Augen wirkten größer als sonst, als würde sie eigentlich eine starke Brille tragen.

»Danke, Felix. Komm rein.«

Ich folgte ihr ins Wohnzimmer. Sie hatte einen Gast. Auf ihrer Couch saß unser gemeinsamer Freund Professor Dohmke, der mir erst heute mittag eine Gehaltsaufbesserung in Aussicht gestellt hatte. Er stand nicht auf, um mich zu begrüßen. Tatsächlich nahm er überhaupt keine Notiz von mir. Mit leicht nach vorne gebeugtem Oberkörper schien er seine Schuhe zu studieren. Es dauerte einen Moment, bis ich die zwei kleinen Löcher erkannte, die, umgeben von einem nicht sehr auffälligen Blutrand, das Muster seines Hemdes unterbrachen.

»Gibt dir keine Mühe, Felix. Er ist tot.«

Ich tastete nach seiner Halsschlagader und sah ihm in die Augen. Sie hatte recht. Allenfalls unser tüchtiger Dr. Vogel hätte eine Wiederbelebung versucht.

»Ein Unfall?«

»Nein, kein Unfall. Ich habe das Schwein erschossen.«

Margret sah nicht viel besser aus als der tote Dohmke. Und ihre Stimme klang wie tibetanischer Singsang, ohne jede Modulation. Da für Dohmke nichts mehr getan werden konnte, ging ich in die Küche, Pfefferminztee suchen. Wirkt bei jedem Problem, hat meine Mutter immer gemeint.

Was sollte ich sagen? Sicher hatte sie recht, daß Dohmke ein Schwein war. Und klar auch, daß wir das Problem Überbevölkerung nicht hätten, wäre der Abschuß aller Menschschweine erlaubt. Aber wer garantierte mir, daß dann nicht auch ich zum Abschuß freigegeben wäre?

Ich war etwas ratlos. Sollte ich die Polizei anrufen? Oder erst einmal einen Rechtsanwalt, zum Beispiel meinen Freund Burghard? Oder hatte Margret mich geholt, damit ich ihr helfe, die Leiche verschwinden zu lassen?

Inzwischen kochte das Wasser, und ich hatte die Beutel mit dem Pfefferminztee gefunden. Ich goß für uns beide auf. Zur Sicherheit je zwei Beutel.

Margret saß auf dem Sessel gegenüber Dohmke und starrte an die Zimmerdecke.

»Wirklich, Felix, er hat es verdient. Er hat meinen Geliebten umgebracht.«

»Vorsicht, heiß!«, ich gab ihr die eine Tasse und setzte mich zu ihr. »Ich glaube nicht, daß Dohmke allein deinen Geliebten in den Tod getrieben hat. Bredow hat sich doch selbst ganz schön in die Ecke manövriert, mal abgesehen von euren Blutkonserven aus der Ukraine. Du weißt, er hat illegal mit Klinikgeldern spekuliert und einen Haufen Schulden dabei gemacht, und schließlich hat er die Klinik an die Russen-Mafia verkauft, als Geldwaschanlage. Das waren vielleicht ein paar mehr Bälle, als er gleichzeitig in der Luft halten konnte.«

Margret nippte abwesend an ihrem Pfefferminztee, wahrscheinlich hätte ich ihr genausogut Altöl in die Tasse geben können.

»Du hast alles rausbekommen, nicht wahr?«

»Das weiß ich nicht, aber immerhin, daß es nicht nur um die Blutkonserven geht.«

Margret studierte weiterhin die Zimmerdecke.

»Dohmke hat dich unterschätzt.«

»Hat er das? Jedenfalls hat er mir heute durch die Blume eine kräftige Gehaltserhöhung angeboten.«

»Das ist ihre Taktik. Erst Geld, dann Drohungen. Dann immer neue Wünsche an deine Kooperationsbereitschaft. So war das auch bei Knut.«

Einen Moment saßen wir schweigend da. Ein Stilleben mit einem Toten. Ich zuckte zusammen, als Margret wieder sprach.

»Ich habe nicht gesagt, daß er Knut in den Tod getrieben hat. Er hat ihn umgebracht. Er oder Boris oder ihre Leute. Es war Mord.«

Ich verstand, daß sie ihre Tat irgendwie rechtfertigen mußte, und sei es auch nur sich selbst gegenüber.

»Woher willst du das wissen?«

»Du, du selbst hast es mir gesagt.«

Ich wußte nicht, was sie meinte.

»Erinnerst du dich? Du hast mir erzählt, wie du ihn gefunden hast in dieser Nacht. Ich werde deine Worte nie vergessen. Du hast mir gesagt, was ich Dohmke bestellen soll: ›Und wenn er fragt, warum er das glauben soll, dann sag ihm, weil ich keine Lust habe, mich eines Tages wie dein Freund Bredow mit den Händen in den Hosentaschen an meinem Gürtel aufgehängt zu finden.‹ Genau das hast du gesagt.«

Es stimmte.

»Findest du es nicht etwas eigenartig, daß jemand die Hände in die Hosentaschen steckt, wenn er sich erhängt?«

Es war mir etwas seltsam erschienen, richtig. Ich hatte noch überlegt, ihm wenigstens die Hände aus den Taschen zu holen.

»Das ist die Art, wie die russische Mafia Leute umbringt, die ihr Geld veruntreut haben.«

»Mit den Händen in den Hosentaschen?«

»Ja, Boris hat mir das früher einmal erzählt. Es ist wie bei den Pfadfindern oder beim Ku-Klux-Klan. Männer brauchen immer eine Geheimsprache. Will die Mafia jemandem drohen, legen sie ihm eine tote Ratte vor die Tür oder ins Auto. Wenn sie einen Verräter umbringen, schneiden sie ihm das Glied ab und stecken es ihm in den Mund. Wenn einer ihrer Leute sich selbst mit Geld bedient hat, schneiden sie ihm die Hände ab. Es sei denn, es soll nach Selbstmord aussehen. Dann stecken sie ihrem Opfer nur die Hände in die Hosentaschen.«

Ich muß etwas ungläubig geschaut haben.

»Keine Angst, Felix, Irrtum ausgeschlossen. Dohmke hat es mir vorhin selbst bestätigt.«

Sie erzählte. Dohmke war heute abend hier aufgekreuzt, um sie zur Räson zu bringen, wie er sich ausgedrückt hatte. Sie solle ja nicht auf irgendwelche dummen Gedanken kommen. Sonst würden sie es mit ihr genauso machen wie mit Bredow.

»Warum sollten sie Bredow umgebracht haben?«

»Weil er aussteigen wollte. Er hatte genug. Natürlich war er ursprünglich froh, als sie ihn nach der Katastrophe mit den Optionsscheinen aus der Klemme geholfen haben. Danach hatte er keine wirkliche Wahl mehr. Plötzlich war er nur noch der Buchhalter ihrer genialen Geldwaschmaschine. Und Angst bekam er, als er merkte, daß sich jemand an seinem Computer zu schaffen gemacht hatte«, Margret nahm noch einen Schluck von dem Pfefferminztee und starrte in die Tasse. »Wir wollten weg, weit weg. Er hat eine kleine Rente für uns in die Schweiz überwiesen, und das hat ihn das Leben gekostet.«

Obwohl mir Bredow leid zu tun begann, war ich erleichtert. Das neuerliche Loch in Bredows Buchhaltung klärte sich auf. Die drei Millionen in der Schweiz! Keine schlechte Altersrente.

»Wie haben sie das gemerkt?«

Ich meinte, fast einen Anflug von Lächeln auf Margrets erstarrtem Gesicht wahrzunehmen.

»Sie haben gar nichts gemerkt. Knut hat das sehr geschickt gemacht. Und sie hätten es wahrscheinlich auch erst lange nach unserem Verschwinden herausbekommen. Es war einfach Pech. Wie gesagt, das meiste Geld hat Knut in Zürich angelegt. Ein paar hunderttausend Mark hatte er aber auf eine Bank auf den Cayman Islands überwiesen, sozusagen als Startkapital, da wollten wir als erstes hin. Aber die Bank auf den Cayman Islands gehört der russischen Mafia, Freunden von Boris! Ist das nicht verrückt? Die haben sich dafür interessiert, woher die Überweisung kam. Damit konnte niemand rechnen, aber das tun diese Mafiabanken immer. Die gehen davon aus, daß es sich bei solchen Überweisungen in der Regel um Schwarzgeld handelt, und schauen, ob nicht eine kleine Erpressung drin ist.

Trotz Knuts Vorsicht konnten sie die Überweisung bis in die Klinik zurückverfolgen und haben sich bei Boris erkundigt. Das war's.«

Arme Margret. Statt mit ihrem Geliebten den karibischen Sonnenuntergang zu genießen und sich über die beste Anlagemöglichkeit für drei Millionen zu unterhalten, saß sie mit mir und dem erschossenen Dohmke in ihrer noch lange nicht abbezahlten Eigentumswohnung.

»Als Dohmke, Boris und seine Gorillas hier neulich auftauchten, haben sie nicht nur nach dir gefragt, sondern wollten auch das Konto in Zürich aus mir herausprügeln. War aber zwecklos – ich weiß die Bank, aber den Zugangscode kenne ich selbst nicht.«

Wieder schwiegen wir uns an, bis Margret fragte: »Weißt du, was das schlimmste ist? Ich habe schuld an allem.«

»Was redest du, Margret?«

»Es ist so. Ich war es, die Boris mit seinem Blut überhaupt erst in die Klinik gelassen hat.«

»Du hattest ein Sommerloch ohne Blutkonserven. Das hast du mir selbst erzählt.«

»Das gibt es aber fast jeden Sommer. Erst durch mich hat Knut erfahren, wieviel billiger diese Konserven sind. Der Klinik-etat! Mein Gott, war der wichtig! Hätte Knut doch wenigstens auf eigene Rechnung gearbeitet! Ich habe diesen Leuten den Schlüssel für die Klinik in die Hand gegeben.«

Ich sah das anders. Erst durch Bredows Pleite mit den Optionsscheinen war die Tür zur Klinik offen wie ein Scheunentor. Margret hörte mir kaum zu, sie wollte noch den Rest der Geschichte loswerden.

Dohmke hatte ihr alles erzählt, offenbar, um seine Macht und sein Geschick zu demonstrieren. Tatsächlich hatte er nach meinem vorlauten Bericht über Mischa in jener Morgenkonferenz die Aufdeckung des Blutgeschäftes gefürchtet und mit sanftem Druck und dem USA-Ticket bei Schreiber für einen neuen Totenschein gesorgt und die Sektion verhindert.

Richtig ernst war es geworden, als Bredow unsere Manipulationen an seinem Computer bemerkt hatte und Dohmke bezichtigte. Der erkannte sofort die Gefahr. Als ich dann überall nach der Akte von Mischa fragte und er von meinen Besuchen in der Pension Elvira und bei CareClean erfuhr, kannte er auch seinen Mann. Nur brachten ihm weder der Einbruch seiner Gorillas bei mir noch seine Kundschafter Margret und Astrid Sicherheit, wieviel ich wußte oder welche Beweise ich hatte.

Also wollte er mich mit der Blutspur beschäftigen, um mich von der Entdeckung der ungleich wichtigeren Geldwäsche abzuhalten. Er nahm an, daß ich wegen Margret die Blutgeschichte nicht an die große Glocke hängen würde. Natürlich gingen auch die »100 ml« Kalium pro Stunde auf Dohmkes Konto. Der Zwischenfall sollte mich warnen, unter Druck setzen und als Arzt diskreditieren. Zur Sicherheit hatten sie noch mit dem Virus in Bredows Computer und dem Brand in der Allee der Kosmonauten alle Unterlagen verschwinden lassen. Dohmkes Rechnung wäre wahrscheinlich aufgegangen – hätte er nicht auch gegen Celine antreten müssen.

Nun war er tot. Professor Dohmke war Opfer seines Netzes aus Täuschung und Erpressung geworden. Und schließlich auch Mord. Celine hatte wieder recht behalten: Es gibt immer nur zwei Motive, Geld und Liebe.

»Woher hast du überhaupt die Pistole?«

»Von Boris – habe ich dir doch neulich erzählt. Nach Knuts Beerdigung.«

Stimmt, hatte sie mir erzählt. Sie sollte den guten Boris damit über den Haufen schießen, falls er sie jemals wieder schlagen würde. Was würde der nun dazu sagen, daß es seinen Partner erwischt hatte?

»Wie soll es jetzt weitergehen, Margret? Wie kann ich dir helfen?«

Margret starrte auf den toten Dohmke. Sie sprach so leise, daß ich sie kaum verstand.

»Mach dir um mich keine Sorgen, Felix. Ich bin mit mir selbst im reinen. Es ist mir vollkommen klar, was ich getan habe, und es war richtig. Ich wollte dir nur alles erzählen«, sie erhob sich. »Entschuldige mich, mir wird schlecht.«

Sie verschwand im Badezimmer. Ich überlegte noch, ob ich ihr einen weiteren Pfefferminztee machen sollte, da wurde mir bewußt, was für ein verdammter Idiot ich war. Ich stürzte zum Badezimmer – zu spät. In diesem Moment krachte schon der Schuß.

Ich glaube, es dauerte nicht sehr lange, bis die Polizei erschien. Aber lange genug, um zu dem Schluß zu kommen, daß ich ein noch größerer Trottel bin, als ich mir insgeheim manchmal eingestehe. Man braucht nicht Arzt zu sein, um sich vorzustellen, wie psychisch instabil jemand sein muß, der eben gerade einen anderen Menschen umgebracht hat.

So viel Blödheit gehört verboten! Ich hätte als erstes die Pistole an mich nehmen müssen. Und selbst mein AIP-Freund Harald hätte Margret in dieser Verfassung nicht einfach alleine ins Bad gehen lassen! Ich stand noch unter Schock, als ich der Polizei die Tür aufmachte.

Es waren zwei normale Streifenpolizisten, zum Glück nicht meine Freunde vom Einbruch. Die beiden waren ruhig und konzentriert und machten einen ganz professionellen Eindruck. Erst sahen sie nur Dohmke, aber ich konnte ihnen den Anblick von Margret nicht ersparen. Es hatte sich auch zu ihr herumgesprochen, daß direkt vom Mund in Richtung Hirn der sicherste Schußwinkel ist.

Sie fragten mich, ob ich etwas verändert hätte. Hatte ich. Ich hatte in die Badewanne gekotzt. Sie nickten verständnisvoll und legten mir Handschellen an. Das sei Routine, meinten sie. Dann schwiegen wir uns an, bis die Kripo eintraf.

Es kam ein Pärchen, eine Frau Kommissar und ihr Azubi, schien mir. Nach und nach ging die Party dann richtig los, Polizeiarzt, Spurensicherung, ein Hauptkommissar Müller. Es wurde fotografiert, nach Fingerabdrücken gepinselt und mit einem Staubsauger nach Flusen gesucht. Sie nahmen meine Fingerabdrücke und untersuchten meine Hände auf Schmauchspuren.

Ich durfte meine Geschichte ein paarmal erzählen und schilderte, wie ich den Abend erlebt hatte. Es war nicht zu erkennen, ob sie mir glaubten. Immerhin nahmen sie mir die Handschellen ab, nachdem sie mich durch den BKA-Computer gejagt hatten.

Hauptkommissar Müller kam bald auf den kritischen Punkt: das Tatmotiv. Aber ich hatte inzwischen Zeit gehabt, mir die Antwort zu überlegen, und ließ Mafia, Geldwaschanlage und vorgetäuschten Selbstmord unerwähnt. Später könnte ich immer noch auf posttraumatischen Schock plädieren.

»Es hat wahrscheinlich mit dem Selbstmord unseres Verwaltungsdirektors Dr. Bredow angefangen, vor drei Wochen. Er und die Tote waren seit einiger Zeit ein Paar, eine ziemlich feste Beziehung. In der Klinik glauben wir, daß Dr. Bredow dem Streß seiner Aufgaben nicht mehr gewachsen war. Als Verwaltungsdirektor arbeitete Dr. Bredow eng mit dem ärztlichen Direktor zusammen, das war Professor Dohmke. Und Dohmke hat sicher erheblichen Druck auf Bredow ausgeübt, Sie kennen die aktuelle Finanzsituation im Gesundheitswesen. Margret war überzeugt, daß Dohmke letztlich mit diesem Druck ihren Geliebten in den Tod getrieben hat.«

»Hat sie Ihnen das gesagt?«

»Es war jedenfalls klar, daß sie Dohmke für den Tod von Dr. Bredow verantwortlich machte.«

»Hatte Frau Steinmayer eventuell noch andere Motive?«

»Sie hat zumindest angedeutet, Dohmke habe ihr nach Bredows Tod nachgestellt.«

Was ja nicht ganz falsch war, wenn auch in etwas anderem Sinn.

Hauptkommissar Müller machte sich keine Notizen. Dazu hatte er wohl Frau Kommissar und ihren Azubi.

»In welcher Beziehung standen Sie zu Frau Steinmayer?«

Die Frage hatte ich erwartet. Außerdem war anzunehmen, daß sie sich in der Klinik umhören würden.

»Wir waren befreundet.«

»Sehr eng befreundet, Dr. Hoffmann?«

»Wir hatten einmal eine engere Beziehung, vor etwa zwei Jahren. Nicht sehr lange. Seitdem sind wir Freunde.«

»Wer hat diese Beziehung damals beendet?«

Was stellte Hauptkommissar Müller sich vor? Daß ich, rasend vor Eifersucht, erst Margrets neuen Geliebten Dr. Bredow, dann Professor Dohmke und, nachdem Margret mir für diese

Liebesbeweise nicht dankbar gewesen war, auch noch sie umgenietet hatte?

»Eigentlich hat niemand die Beziehung beendet. Sie ist irgendwie ausgelaufen, hatte sich überholt.«

Hier saßen wir, inmitten von zwei Leichen, und trotzdem antwortete mein Stolz! Hatte Hauptkommissar Müller mir das abgekauft? Er ritt jedenfalls nicht weiter auf dem Punkt herum. Seine nächste Frage traf mich unvorbereitet.

»Wissen Sie, woher Frau Steinmayer die Waffe hatte?«

Zur Sicherheit entschied ich mich für ein klares Nein. Ich glaube, das Timing stimmte. Die Antwort kam nicht zu schnell und nicht zu langsam.

»Wußten Sie überhaupt, daß Frau Steinmayer eine Waffe besaß?«

»Nein.«

Jetzt erschienen die Herren mit den verschließbaren Metallwannen und nahmen Dohmke und Margret mit. Ein Anblick, der mir die Endgültigkeit dessen, was geschehen war, erst richtig bewußtmachte. Ich begann unkontrolliert zu zittern. Hauptkommissar Müller verzichtete auf den Satz, daß ich die Stadt nicht verlassen darf. Vielleicht gibt's den nur im Film. Immerhin sagte er, ich möchte mich weiter zur Verfügung halten und morgen meine Aussage zu Protokoll geben und unterschreiben. Frau Kommissar und ihr Azubi sollten mich nach Hause fahren. Eine menschliche Geste, dachte ich.

War es aber nicht. Als sie mich in meiner Wohnung ablieferten, fragten sie höflich, ob sie meine Kleidung zur Untersuchung haben dürften. Ja, auch die Unterwäsche. Frau Kommissar blieb draußen, aber der Azubi paßte auf, daß ich ihm auch die richtigen Klamotten in seine Plastiktüte steckte. Hatte ich mir heute morgen frische Unterhosen angezogen?

Frau Kommissar hatte sich sicher inzwischen bei mir umgesehen. Aber Bredows Computerauszüge waren bei Celine und die Kopie von Mischas Akte auf der Intensivstation.

Insgesamt hatte ich noch dreimal das Vergnügen mit Hauptkommissar Müller. Ob zu seinem Bedauern oder nicht, als möglichen Täter mußte er mich bald streichen. Schmauchspuren fanden sich massenweise an Margrets Händen, nicht an meinen, ebenso verhielt es sich mit den Fingerabdrücken auf der Pistole. Das einzige, was sie an meiner Kleidung gefunden hatten, war meine Kotze.

Frau Kommissar und ihr Azubi trieben sich ein paarmal in der Klinik herum und bekamen bestätigt, daß Margret nach Bredows Tod in eine tiefe Depression gerutscht war. Meine Andeutungen über Dohmkes Bemühungen um Margrets Zuneigung sahen sie erhärtet, als sie bei Dohmke die Papiere für das Golf-Cabrio fanden, das er gekauft und auf Margrets Namen zugelassen hatte.

Trotzdem, Hauptkommissar Müller schien mir nicht ganz glücklich mit den Ergebnissen zu sein, insbesondere hinsichtlich der Motive. Aber er fand keinen konkreten Ansatzpunkt. Für die Akten hatte er einen relativ runden Fall, die alte Dreiecksgeschichte mit tödlichem Ausgang für alle Beteiligten. Überzeugt oder nicht – wichtig war, daß die Akte mit einem halbwegs glaubhaften Tathergang abgeschlossen werden konnte.

Sie hatten sicher noch genug Fälle aufzuklären und waren dankbar für die zwei Striche in der Rubrik »aufgeklärt«, wichtig für die Statistik. Warum soll es bei der Polizei anders laufen als in der Klinik, wo wir auch Patienten als gesund entlassen, ohne daß wir zu einer befriedigenden Diagnose gekommen waren. Ich stellte mir den Abschlußbericht von Hauptkommissar Müller zu den Todesfällen Dohmke/Steinmayer ähnlich wie meine Arztbriefe in solchen Fällen vor: Er stimmte nicht, war aber in sich logisch und überzeugend.

Ich fürchtete nicht wirklich, daß man mir die Toten anhängen würde. Mein Problem war, mit meiner Schuld fertig zu werden, und die Frage, was aus meiner Klinik werden würde.

In der Nacht nach dem Tod von Margret und Dohmke hatte ich mich zu Celine geflüchtet, unmittelbar nachdem Frau Kommissar und ihr Azubi mit meinen Klamotten abgezogen waren.

Celine, die nicht zu übertriebener Dramatik neigt, empfing mich mit zutiefst erschrecktem Gesichtsausdruck.

»Um Gottes willen! Was ist passiert?«

Ich erzählte ihr den gesamten Abend bei Margret, lange und ausführlich, inklusive meiner wenig imposanten Rolle.

»Felix, du hast Margret nicht die Pistole gegeben, und abgedrückt hast du erst recht nicht. Hättest du ihr die Pistole abgenommen, hätte sie sich eben aus dem Fester gestürzt oder vor einen Zug.«

Das war nett gemeint, und ich wollte es auch hören. Aber es stimmte nicht. Meine Folge von Ursache und Wirkung sah anders aus: Mit meinen Nachforschungen zu Mischas Tod und der Blutkonserve, ganz bestimmt aber mit unserem ersten Einbruch in seinem Büro, hatte ich bei Bredow eine Drei-Millionen-Panik ausgelöst, die schließlich zu seiner Ermordung führte. Mein Opfer Nummer eins. Und mein Bericht über Bredows Leiche mit den Händen in den Hosentaschen hatte Margret dazu gebracht, Dohmke zu erschießen. Opfer Nummer zwei. Und mit beidem zusammen hatte ich ihren Selbstmord ausgelöst, mein Opfer Nummer drei.

Wie gesagt, Hauptkommissar Müller hatte in der folgenden Woche noch ein paar Fragen an mich. Immer wieder stand ich vor der Frage, ob ich ihm mehr erzählen und den Verbrechern mit Bredows Computerausdrucken das Handwerk legen sollte. Doch mir gefielen die Konsequenzen nicht: Zum einen würde mein weiteres Leben wahrscheinlich von einem Zeugenschutzprogramm abhängen, keine beruhigende Perspektive nach allem, was man in entsprechenden amerikanischen Krimis liest. Konsequenz Nummer zwei wäre mit Sicherheit die Schließung der »Mafia-Klinik«, wir würden gar nicht erst auf die berüchtigte Schließungsliste kommen. Der Senat von Berlin wäre hoch erfreut über eine so einfache Lösung. Und ich wäre schuld am Verlust von über fünfhundert Arbeitsplätzen! Wer gab mir das Recht, über das Leben von fünfhundert Leuten zu entscheiden?

Ich war nicht sehr glücklich in diesen Tagen.

Den Anruf, der mich kurz nach Müllers Nachricht erreichte, daß der Fall abgeschlossen sei, hatte ich erwartet. Nach meinem letzten Besuch im Handelsregister erstaunte mich die Person des

Anrufers nicht, sein Name war dort als Gründungsmitglied jener ehrenwerten Firma aufgeführt: Professor Dr. Kindel, von mir verehrter Chefarzt der Kardiologie, jetzt nach eigener Aussage Hobbyfotograf und eifriger Hörer des Polizeifunks. Ich hatte niemandem davon erzählt.

Wir müßten uns, sagte er, dringend treffen. Er hätte etwas Wichtiges mit mir zu besprechen. Unser Treffen fand in der Lebensmittelabteilung des KaDeWe statt, wo ich fürs nächste Wochenende die Zutaten für den ersten Versuch mit meinem Wouk zusammensuchen wollte. Ich bin kein Fan der Lebensmittelabteilung im KaDeWe, aber ich war nun auch kein Fan mehr von Kindel.

Das Gespräch war kurz und verlief erwartungsgemäß. Kindel sagte, daß er und Dohmke mich in den letzten Wochen sehr genau beobachtet hätten. Und daß er verstehen könne, daß mir einige Abläufe in der Klinik wahrscheinlich nicht ganz geheuer gewesen seien. Er könne mir aber garantieren, dies alles geschehe nur, um das Überleben der Klinik und unsere Arbeitsplätze zu sichern.

»Ich bin hoch erfreut, daß Sie meine Ermahnung neulich, immer an das Wohl der Klinik zu denken, beherzigt haben. Leicht hätten Sie mit einer unbedachten Aussage die Untersuchungen der Polizei in die falsche Richtung lenken können.«

Das hat er tatsächlich gesagt: »in die falsche Richtung lenken«, welche Chuzpe! Ich glaube, er rückte, als ich endlich die Dose mit der Kokosmilch gefunden hatte, mit seinem Angebot heraus: Beteiligung an der Firma »General Services«, deren Höhe noch abzusprechen sei.

Ich blieb erstaunlich cool: »Das muß ich mir überlegen.«

»In Ordnung, Dr. Hoffmann, aber überlegen Sie nicht zu lange. Ich hätte Sie sehr gern bei uns ihm Boot. Aber es gibt auch Anteilseigner, die Ihnen weniger gewogen sind.«

Ich versprach, mich bald zu melden, und konnte mir vorstellen, wie sich die anderen Anteilseigner meine weitere Behandlung vorstellten.

»Eine Frage noch, Herr Kindel. Was haben Sie eigentlich neulich bei CareClean gemacht?«

»Fotos für die Versicherung. Jemand muß schließlich für unseren Schaden aufkommen«, antwortete er, lüftete auf altmodische Art seinen Pepitahut und verschwand.

Die Unverschämtheit und Geldgier dieser Leute war tatsächlich unglaublich – bei ihnen wurde auch noch das selbstgelegte Feuer zu einem Versicherungsschaden! Aus meinem Zorn wurde veritable Wut. Was dachten diese Leute sich eigentlich? Einfach alles und jeden kaufen? Darüber vergaß ich die Kokosmilch an der Kasse.

Im Parkhaus des KaDeWe begann ich mich dafür zu interessieren, wie hoch diese Leute wohl meinen Preis einschätzten. Und wie hoch wäre der Preis, für den ich tatsächlich zu haben wäre? Sicher, ich würde einer alten Dame nicht ihren heruntergefallenen Fünfzigmarkschein klauen, aber was wäre mit zum Beispiel einer Million steuerfrei auf den Cayman Islands? Diese Million lungerte vermutlich sowieso nur auf irgendeinem Konto herum. Warum dann nicht auf meinem Konto?

Als ich mein Auto startete, stellte ich mir vor, daß ich dann auch Mitglied in diesem ehrenwerten Verein sein würde. Dazu hatte ich wenig Lust, und vollends keine, als ich mich an Bredow im Fensterrahmen erinnerte.

Ich mußte mich wieder einmal entscheiden und stand mit meinem Problem ziemlich alleine da. Mit Sicherheit wollte ich in diese Entscheidung Celine nicht mit hineinziehen.

Letztlich fiel die Wahl gar nicht so schwer, ging es jetzt doch in der Hauptsache um mich. Schon an der Gedächtniskirche beschloß ich, gleich morgen mit Hauptkommissar Müller zu sprechen. Ich war auch ohne eine Million auf den Cayman Islands ganz zufrieden mit meinem Leben.

Allerdings rief ich Hauptkommissar Müller dann doch nicht an. Statt dessen Professor Kindel, der mich zu meiner Entscheidung beglückwünschte. Gleich danach machte ich einen Termin mit Beate aus, ich brauchte jetzt eine tüchtige Steuerberaterin. Schließlich würde ich Gesellschafter der Firma »General Services« werden.

22

Die Gesellschafterversammlung der Firma General Services fand in den renovierten Räumen der Firma CareClean statt. Neue Möbel, neue Fenster, neue Computer. Trotzdem hatte sich noch ein leichter Brandgeruch im Haus gehalten. Ich traf als letzter ein.

Die Firma hatte zur Zeit fünf lebende Gesellschafter. Sie saßen um einen neuen Konferenztisch in dem Büro, in dem ich in den letzten Wochen zweimal Professor Dohmke getroffen hatte. Persönlich kannte ich nur Professor Kindel, der mich zufrieden lächelnd den anderen Herren vorstellte. Boris Schukow, mit dem er mich zuerst bekannt machte, war tatsächlich der Mann, den ich hier nach dem Brand mit Dohmke zusammen gesehen hatte. Ich konnte Margret keinen Vorwurf machen – Boris war ein gutaussehender Mann um die fünfzig mit kräftiger Statur und angenehmer Stimme. Er habe viel über mich gehört und freue sich, mich endlich kennenzulernen.

Im Prinzip kannte ich auch den dritten Mann am Tisch, wenn auch nur von gelegentlichen Fotos in der Zeitung. Arthur Roth, Staatssekretär beim Senator für Gesundheit. Er begrüßte mich mit Wahlkampflächeln und war endlich die Erklärung, warum unsere Klinik auf keiner Bettenstreichliste oder gar Schließungsliste aufgetaucht war. Die beiden anderen Herren murmelten irgendwelche slawischen Namen und zeigten keine Begeisterung für ihren prospektiven Partner.

Der Konferenztisch war rund, und doch war Boris Schukow eindeutig das Alpha-Tier in diesem Verein. Er überließ es allerdings Professor Kindel, eine kleine Begrüßungsrede für mich zu halten.

»Ja, lieber Herr Hoffmann, wir danken Ihnen, daß Sie gekommen sind. Und ich darf Sie noch einmal im Namen aller hier beglückwünschen, daß Sie sich entschlossen haben, mit uns zusammenzuarbeiten. Herr Schukow hat schon erwähnt, daß wir Ihre Schritte in den letzten Wochen genau beobachtet haben und, ich darf sagen, zeitweise mit Bedenken. Sie haben in dieser Zeit einen gewissen Einblick in unsere Firma bekommen, aber das komplette Bild fehlt Ihnen. Und das hätte bei Ihnen leicht zu falschen Schlüssen führen können, mit fatalen Konsequenzen nicht nur für diese Firma, sondern, und das ist ganz wichtig, für das Überleben unserer Klinik. Denn das, lieber Herr Hoffmann, ist der zentrale Punkt, das zentrale Anliegen unserer Firma: das Überleben unserer Klinik zu sichern.«

So weit war bestimmt jedes Wort ehrlich – keine Frage, sie würden alles tun, um ihre wunderbare Geldwaschmaschine am Laufen zu halten.

»Was Sie nicht wissen können, Dr. Hoffmann, ist, daß die Klinik ohne die Hilfe von General Services sehr wahrscheinlich nicht mehr existieren würde. Dr. Bredow hat die Klinik im letzten Jahr durch ein paar unglückliche finanzielle Manöver in den Bankrott getrieben. Sie säßen heute auf der Straße und die über fünfhundert Mitarbeiter der Klinik mit Ihnen. Natürlich, Herr Hoffmann, sind wir hier nicht die Wohlfahrt oder die barmherzigen Samariter. Wir sind Geschäftsleute, die gezeigt haben, daß man auch in diesen Zeiten knapper Gelder eine Klinik wirtschaftlich und sogar mit Gewinn betreiben kann.«

Es war kein System zu erkennen, wann Kindel mich »Dr. Hoffmann« nannte und wann ich »Herr Hoffmann« war. Es diente jedenfalls nicht der Unterscheidung von Wahrheit und Lüge, denn bis jetzt hatte er, soweit ich das beurteilen konnte, immer noch nicht gelogen.

»Es wird einige Zeit dauern, bis Sie alle Vorgänge in unserer Firma verstehen werden. Tatsächlich wird das gar nicht in jedem Fall notwendig sein. Wir möchten Sie ja nicht als Berater für Finanzen oder unsere anderen Geschäftsfelder gewinnen, wir möchten uns Ihren medizinischen Sachverstand sichern. Wir brauchen Sie, insbesondere nach dem Ausscheiden von Herrn Dohmke und Herrn Bredow, als Mittler zwischen uns und der Klinik.«

Ausscheiden! Das war eine nette Umschreibung. Er fuhr unbeirrt fort.

»Diese Position erfordert nicht nur Sachverstand, sondern auch Fingerspitzengefühl und Diskretion. Und beides haben Sie erfreulicherweise in den letzten Wochen gezeigt.«

Professor Kindel war mit seiner kleinen Rede fertig. Ich wartete, ob Boris oder unser Herr Staatssekretär noch etwas mitzuteilen hätten. Offensichtlich aber erwartete man jetzt ein paar Worte von mir.

»Wie haben Sie sich meine Mitarbeit vorgestellt?«

Es blieb vorerst dabei, daß Kindel redete.

»Sie werden Oberarzt, mit entsprechender Gehaltserhöhung. Wichtiger aber ist, daß Sie Gesellschafter bei uns werden.«

»Sie würden mir also Anteile an Ihrer Gesellschaft überschreiben?«

»Wie ich Ihnen neulich erklärt habe.«

»Und wie hoch wäre dieser Anteil?«

»Es wäre der Anteil von Dr. Bredow beziehungsweise Frau Steinmayer. Sieben Prozent.«

»Würde ich irgendwelche Einlagen in die Firma machen müssen?«

»Ihre Einlage ist Ihre Kompetenz, Ihr Sachverstand. Und Ihr guter Wille.«

Ich schaute mir meine zukünftigen Partner an. Sie sahen wie ganz normale Geschäftsleute aus, kein Hauch von Unterwelt.

»Sieben Prozent, sagen Sie. Darf ich fragen, was das etwa pro Jahr bedeuten würde?«

Wieder antwortete Kindel.

»Das läßt sich im Geschäftsleben nie so genau sagen. Aber gehen Sie bitte von einer Summe aus, die Ihren Einsatz für die Firma mehr als aufwiegen wird.«

»Aber es gibt doch sicher Zahlen aus dem letzten Jahr?«

An dieser Stelle schaltete sich nun doch Boris ein.

»Nun, Dr. Hoffmann, mit genauen Zahlen aus dem letzten Jahr gibt es ein Problem. Wie Sie wissen, hatten wir hier neulich ein Feuer. In allen Büros. Bis auf wenige Ausnahmen sind dabei alle Unterlagen verbrannt, und auch die Computer, in denen die Daten gespeichert waren.«

Es wurde Zeit, meinen Trumpf auszuspielen.

»Wissen Sie, meine Herren, da kann ich Ihnen helfen. Nichts wäre mir unangenehmer, als unsere zukünftige Beziehung auf fehlenden Daten aufzubauen. Ich bin in der glücklichen Lage, Ihnen eine komplette Liste Ihrer geschäftlichen Aktivitäten zu übergeben, soweit sie die Klinik und die Firmen CareClean, Hospital Catering Service und Flecklos betrifft. Einen Moment bitte.«

Ich ging zur Tür und bat Celine und Beate herein, die im Vorzimmer gewartet hatten. Die Herren Gesellschafter sprangen auf, jedoch nicht, um den Damen ihren Stuhl anzubieten.

Boris fand seine Sprache als erster wieder.

»Das ist hier kein Kindergeburtstag, Dr. Hoffmann, wo man noch ein paar Freunde aus der Nachbarschaft mitbringt. Dies ist eine vertrauliche Sitzung. Wenn Sie etwas mit diesen Damen zu klären haben, dann tun Sie das bitte draußen.«

Ein Stuhl war am neuen Konferenztisch von CareClean frei geblieben. Bredows? Dohmkes? Ich setzte Celine und Beate auf die zwei freien Stühle und blieb stehen. Beate hatte inzwischen an jeden Platz einen dünnen Schnellhefter gelegt.

»Bitte setzen Sie sich wieder, meine Herren. Die beiden Damen repräsentieren meinen geschäftlichen Sachverstand, deshalb werden sie bleiben. Ich darf Sie bitten, sie anzuhören.«

In stillem Protest nahmen meine Gesellschafter in spe wieder Platz.

»Vor sich finden Sie eine Zusammenstellung der relevanten Zahlen der letzten beiden Jahre, soweit es die Beziehungen zwischen der Klinik und Ihrer Firma beziehungsweise deren Töchtern wie CareClean und so weiter betrifft. Diese genaue Buchhaltung verdanken Sie Ihrem Dr. Bredow. Sie kam uns in die Hände, noch bevor dieser Virus unglücklicherweise Ihre Daten gelöscht hat. Sie sehen also, es gibt kein Problem, über genaue Zahlen zu sprechen.«

Beate zeigte keine Nervosität, im Mittelpunkt der Aufmerksamkeit einer kriminellen Vereinigung zu stehen. Vielleicht ist man das als Steuerberater gewöhnt.

»Was haben sie dir angeboten, Felix?« fragte sie.

»Sieben Prozent der Gesellschaftsanteile.«

»Das wären, auf das laufende Jahr hochgerechnet, zirka siebenhunderttausend Mark.«

Die Summe wurde von den Herren am Tisch nicht bestätigt, aber es gab auch keinen Widerspruch.

»Findest du das akzeptabel?« wollte ich von Beate wissen.

Ich stand zwischen Celine und Beate, meine Hände jeweils auf einer ihrer Kopflehnen.

»Nein, ich finde das auf keinen Fall akzeptabel.«

Erneut griff eine erhebliche Unruhe um sich. Kindel war rechtschaffen empört.

»Dr. Hoffmann, darf ich Sie darauf hinweisen, daß Sie dieser Firma bis jetzt nur Schwierigkeiten bereitet haben? Aber wir sind uns hier einig, daß wir nach Leistung bezahlen. Das heißt, daß Ihr Anteil an der Firma durchaus steigen kann, je nachdem, was Sie für die Firma leisten. Und vergessen Sie die Oberarztstelle nicht.«

»Freut mich, daß hier noch das Leistungsprinzip hochgehalten wird, Herr Kindel. Aber Sie irren, wenn Sie meinen, ich sei bisher noch nicht für die Firma tätig geworden. Wenn Sie bitte Seite acht in dem Schnellhefter vor Ihnen aufschlagen.«

Ich gab ihnen etwas Zeit, die richtige Seite zu finden.

»Es handelt sich hier um schriftliche Erklärungen Ihrer Partner aus der Pharmaindustrie. Sie erklären, daß sie hinsichtlich der von ihrer Firma bezogenen Blutkonserven und Blutprodukte keinen Zweifel hatten, daß es sich um deutsche Blutkonserven handelte, und daß sie, wenn dies nicht der Fall sein sollte, die Geschäftsbeziehungen sofort abbrechen werden.«

Zum erstenmal an diesem Vormittag erwachte nun auch unser Herr Staatssekretär zum Leben.

»Das können die nicht machen!«

Die menschliche Gier ist tatsächlich grenzenlos – es war erstaunlich, wie sehr sich Staatssekretär Roth erregte, er lief hochrot an. Das Blutgeschäft macht nur zweihunderttausend Mark im Jahr aus, eine lächerliche Summe im Vergleich zu den anderen Geschäften dieser Herren.

»Warum, meinen Sie, können die das nicht machen, Herr Staatssekretär? Denken Sie eventuell an die Gelder, die laut

Buchhaltung Dr. Bredow auf bestimmte Konten als sogenannte Ausgleichszahlungen überwiesen wurden? Davon ist bei diesen Firmen nichts bekannt. Haben Sie denn Belege über solche Zahlungen? Ich darf Sie an jene unglückliche Nacht erinnern, in der Ihre Unterlagen hier verbrannt sind.«

»Seien Sie sich da nicht so sicher, daß wir keine Unterlagen mehr haben«, mischte sich Kindel ein.

Diese Bemerkung trug ihm einen ziemlich bösen Blick von Boris ein. Zumindest also hatte Boris irgendwo noch die Namen, vielleicht auch die Beträge. Für meinen Plan war das egal, es war nur wichtig, daß wir ziemlich komplette Unterlagen hatten.

»Na schön, sagen wir, Sie haben noch Aufzeichnungen über die Geschäfte mit Ihren Freunden von der Pharmaindustrie. Wollen Sie Ihre sogenannten Ausgleichszahlungen zurückfordern? Wegen Nichteinhaltung von Verträgen klagen? Anzeige erstatten?«

Kindel meinte, ich könne mir nach dieser Aktion nun selbst leicht ausrechnen, wie es mit dem Wert meines Geschäftsanteiles aussähe, nachdem ich die Geschäftsgrundlage der Firma in Frage gestellt hatte.

»Herr Kindel, ich soll doch Gesellschafter in Ihrer Firma werden, Ihr Partner. Da sollten wir uns auf ein wenig mehr Offenheit verständigen. Sie wollten mich in den letzten Wochen glauben machen, es ginge nur darum, daß Frau Steinmayer auf Ihre russischen Spenden ein neues Etikett aufklebt und sie mit neuen Begleitpapieren weiterschickt. Ich will Ihnen sagen, Herr Kindel, was ich über dieses Blutgeschäft denke. Ich denke, Ihr Partner Boris Schukow ist an den Geldern aus dieser Sache gar nicht interessiert. Er braucht das Blutgeschäft nur noch, um die Beteiligten in der Klinik zusätzlich unter Kontrolle zu halten. Er würde wahrscheinlich sogar einen Dreh finden, Sie mit dieser Sache hochgehen zu lassen, ohne sein eigentliches Geschäft mit unserer Klinik zu gefährden.«

Zum zweitenmal entschied Boris, daß er eingreifen müsse.

»Na schön, Dr. Hoffmann. Ich habe mir Ihr kleines Dossier hier angeschaut. Und ich gebe zu, Ihre Unterlagen sind etwas umfangreicher, als wir gedacht hatten. Kommen wir doch wieder zum Kern unseres Treffens. Sagen Sie uns doch bitte, welchen Anteil an dieser Firma Sie für sich angemessen fänden. Vergessen Sie nicht, daß wir vernünftige Geschäftsleute sind. Aber, Dr. Hoffmann, bringen Sie uns bitte nicht in eine Situation, in der wir nach einer anderen Lösung als der, Sie als Gesellschafter bei uns zu beteiligen, suchen müssen. Ich würde das bedauern.«

Ich war erstaunt über sein Deutsch mit korrekten Relativsätzen.

Celine hatte bisher geschwiegen, entwickelte aber nach Boris' Drohung diese roten Flecken auf ihrem Brustansatz. Vielleicht war sie auch nur wütend, ich jedenfalls hatte eine Heidenangst. Natürlich, Drohungen waren zu erwarten gewesen, aber ich stützte mich noch fester auf die Stuhllehnen der beiden.

»Wissen Sie, Herr Schukow«, und ich hoffte, daß nur ich das Zittern in meiner Stimme hörte, »Sie hatten bisher Glück. Dr. Bredow hat zwar alle Aktivitäten der Firma akribisch dokumentiert, hat aber einen großen Fehler gemacht. Er hat keine Kopie seiner Datei einem Anwaltsbüro übergeben oder sonstwo hinterlegt, nicht einmal seine Geliebte Margret hatte irgendwelche Unterlagen. Seien Sie versichert, meine Herren, daß ich solche Fehler nicht mache. Gehen Sie bitte davon aus, daß alles sofort an die Staatsanwaltschaft geht, sollte mir etwas zustoßen. Und dasselbe gilt für die beiden Damen hier.«

Kindel startete einen ziemlich lahmen Versuch.

»Ich halte es für einen Fehler, so sensible Unterlagen in die Hände eines fremden Rechtsanwalts zu geben.«

»Netter Versuch, Herr Kindel. Sie könnten mir sicher einen Rechtsanwalt Ihres Vertrauens empfehlen. Nur wer sagt Ihnen, daß die Unterlagen bei einem Rechtsanwalt sind? Wäre nicht auch ein Bankschließfach möglich? Oder eine E-mail bei einem Provider, die automatisch an eine bestimmte Adresse abgeschickt wird, wenn ich diesen Befehl nicht täglich mit einem bestimmten Paßwort widerrufe?«

Professor Kindel schaute etwas hilflos. Mit Rechtsanwalt und Bankschließfach konnte er etwas anfangen, aber E-mail, Server und Provider müssen sich für ihn nach Teufelswerk angehört haben. Boris hingegen schien kaum irritiert. Er war weiter der ruhige Geschäftsmann, der in einem vernünftigen Gespräch eine vernünftige Lösung für ein geschäftliches Problem sucht.

»Ich wollte nicht mißverstanden werden, Dr. Hoffmann. Aber ich wiederhole gerne meine Frage. Ich hatte Sie gefragt, welchen Anteil an dieser Firma Sie gerechtfertigt fänden.«

»Die Frage ist leicht zu beantworten, meine Herren«, alle Köpfe wandten sich Beate zu. »Dr. Hoffmann fordert die vollständige und hundertprozentige Übertragung aller Anteile an der Humana-Klinik GmbH, der Firmen CareClean, Hospital Catering Service und Flecklos auf seinen Namen. Er wird diese Firmen mit allen Aktiva und Passiva übernehmen, per Bilanz heute, über deren Zahlen wir uns noch abstimmen müssen. Kein Interesse besteht bei Dr. Hoffmann an dem Haus Uhlandstraße 141 und der Spedition Eurotrans. Im Gegenzug werden alle Unterlagen über diese Firmen, die sich in unserem Besitz befinden, vernichtet.«

So hatten wir das abgesprochen. Schließlich, was sollte ich mit einem Haus in der Uhlandstraße? Ich brauchte auch keine Speditionsfirma, ich hatte in nächster Zeit keinen Umzug vor. Und wenn unser Manöver hier nicht klappte, müßte es sowieso ein Umzug ans Ende der Welt sein.

Nun brach endgültig ein Aufstand mit wüsten Beschimpfungen und Drohungen los. Beate wartete geduldig ab, bis sich die Aufregung etwas gelegt hatte.

»Unser Angebot gilt drei Tage. Sollten Sie sich nicht in der Lage sehen, es anzunehmen, gehen die Unterlagen an die zuständigen Behörden. Ich lasse Ihnen die vorgefertigten Verträge hier. Änderungen sind nicht vorgesehen.«

Wir hatten zwar unseren Auftritt in der Allee der Kosmonauten mit den hinterlegten Unterlagen ganz gut abgesichert, waren aber trotzdem froh, als wir die Konferenz lebend verlassen hatten. Celine mußte sofort auf die Toilette, und wir alle hatten plötzlich Hunger. Heute nahm ich Luigi seine Begeisterung für Celine und Beate nicht übel, sie hatten wirklich eine großartige Vorstellung gegeben.

Boris, Kindel und Co. blieb keine große Wahl. Entweder sie überschrieben mir die Gesellschaft, oder sie mußten uns umbringen. Das wäre zwar unvernünftig, weil sie dann mit ihrer Firma hochgehen würden. Nur, wer konnte uns garantieren, daß die Jungs vernünftig sind? Außerdem, fiel uns bei näherem Nachdenken ein, könnten sie uns mit etwas Nachdruck fragen, wo wir unsere Rückversicherung hinterlegt haben. Sie könnten auch einen von uns entführen, und die Unterlagen wären das Lösegeld. Oder einfach einen von uns umbringen, das würde die beiden Überlebenden sicher motivieren, ihre Haltung zu überdenken. Vielleicht war es doch keine so brillante Idee gewesen, Celine und Beate in die Allee der Kosmonauten mitzunehmen.

Nach ein paar Gläsern Soave stand unser Beschluß fest. Bis die ehrenwerte Gesellschaft sich entschieden hatte, mußten wir gemeinsam abtauchen. Beate schlug vor, das nächstbeste Flugzeug zu nehmen. Wurde abgelehnt. Boris brauchte nur seine Gorillas an den Berliner Flughäfen zu postieren, außerdem hinterlassen Flüge jede Menge Dokumentation.

»Irgendwohin mit dem Auto«, war mein Vorschlag.

Wurde auch abgelehnt. Autos kann man beobachten, und ein Leihwagen hinterläßt auch Spuren. Celine, immer mit Sinn fürs Praktische, schlug den Spreewald vor, Schlepzig, Hotel »Zum grünen Strand der Spree«.

»Ich habe da letztes Mal meinen Fön vergessen. Wir nehmen die Bahn und zahlen erst im Zug. Kein Mensch kann in Berlin alle Bahnhöfe überwachen.«

So landeten wir noch am selben Tag im Spreewald. Ich rief in der Klinik an, auch ein Arzt ist nicht immer gesund. Celine hatte sowieso Sommerferien. Wieso Beate einfach in den Spreewald fahren konnte, entging meiner Aufmerksamkeit.

Torsten Römer holte uns am Bahnhof ab. Es war zwar mitten in der Woche, trotzdem hatte er nur ein Zimmer für uns frei. Großes Doppelbett und nicht sehr große Couch. Mein Vorschlag war einfach und gerecht: Die Mädels sollten jeden Abend losen, wer mit zu mir ins Bett darf. Der Mehrheitsbeschluß fiel anders aus: Ich mußte auf die Couch. Nur einmal, nachdem ich unterwegs beiden das Fahrrad repariert hatte, durfte ich für eine Rückenmassage in ihre Mitte. Als ich ihre Massage ein angenehmes Vorspiel nannte, schmissen sie mich aus ihrem Doppelbett.

In den Nächten nahm ich wieder Schlaftabletten, und an den Tagen drangen wir zu Fuß, mit dem Fahrrad und mit dem Kanu immer weiter in die verwunschene Zauberwelt des Spreewaldes ein. Russen-Mafia, Klinik, Mord und Entführung gerieten ein bißchen in den Hintergrund.

Am dritten Tag hatte ich Blasen an Händen und Füßen und ließ Celine und Beate ihre geplante Acht-Stunden-Wanderung alleine machen. Ich hatte ohnehin noch etwas zu erledigen, von dem die beiden nicht unbedingt wissen mußten, und borgte mir den Wagen von Torsten Römer. Tatsächlich war ich rechtzeitig zum Abendessen zurück.

Die beiden Mädels begrüßten mich ziemlich aufgeregt.

»Guck mal, was wir Tolles gefunden haben!«

In wunderschönen Farben schillerten verschiedene Exemplare von Pecten opercularis, Avicula semisagitta, Cytherea meretrix und Lima squamosa. Meine Überraschung hatte, wenn auch mit etwas Verspätung, noch geklappt. Die beiden Frauen hatten die Südseemuscheln gefunden, die ich vor Wochen am Ufer vergraben hatte. Ich gratulierte ihnen zu diesem sensationellen Fund und sparte meinen Triumph für eine andere Gelegenheit.

Von wechselnden Telefonzellen aus riefen wir täglich bei Rechtsanwalt und Notar König an. Den hatten wir aus dem Telefonbuch herausgesucht und bei ihm die Verträge mit Boris und Co. hinterlegt. Die Aufzeichnungen über die Firma General Services und Bredows Buchhaltung hatten wir übrigens tatsächlich mit den entsprechenden elektronischen Anweisungen und einer E-mail an Hauptkommissar Müller bei meinem Provider im Internet deponiert, dem Celine mit meinem Laptop die tägliche Lebendmeldung übermittelte.

Rechtsanwalt König mag sich über seine neuen Klienten etwas gewundert haben, aber es ging um einen normalen Vertrag über die Änderung der Gesellschafteranteile einer Firma. Und er sollte auch nur den Anruf der Partner entgegennehmen, da seine neue Klientel gerade ein paar Tage verreisen mußte.

Am Freitag, einen Tag nach meinem kleinen Privatausflug, hatten sich unsere Vertragspartner bei ihm gemeldet. Ich war nicht überrascht. Sie seien einverstanden und schlugen den nächsten Montag für die Unterzeichnung der Verträge vor. Wir feierten mit Champagner und blieben noch übers Wochenende im Spreewald, wechselten zur Sicherheit allerdings nach Lübbenau. Torsten war nicht böse. Montag morgen fuhren wir zurück nach Berlin. Ihren Fön hatte Celine wieder vergessen, aber sie wollte sowieso bald zur weiteren Muschelsuche zurückkommen.

Montag abend war ich Eigentümer, alleiniger Gesellschafter und Geschäftsführer der Klinik, daneben der Firmen CareClean, Hospital Catering Service und Flecklos. Und wir erfreuten uns alle drei bester Gesundheit.

Wie fühlt man sich als Klinikbesitzer? Ich jedenfalls fühlte mich nicht gut. Was sollte ich plötzlich mit der Verantwortung für meine Kollegen, die Schwestern, die MTAs? Für eine ordentliche Belegungsstatistik? Für die Verhandlungen mit den Krankenkassen und der Landesregierung? Für den Bettenbedarfsplan und für einen ausreichenden Vorrat an Klopapier in einer Klinik, die noch nicht einmal Gewinn machte!

Vor dem Treffen in der Allee der Kosmonauten hatte ich mit Celine und Beate die Strategie besprochen. Teil eins unseres Planes hatte erstaunlicherweise geklappt. Nun mußte Teil zwei umgesetzt werden. Nie im Leben wollte ich Eigentümer, alleiniger Gesellschafter und Geschäftsführer unserer Klinik sein!

Immerhin setzte ich in meiner kurzen Zeit als Alleinherrscher in aller Stille und mit Beates Hilfe zwei Entscheidungen durch. Bei CareClean, Hospital Catering und Flecklos ordnete ich die Bezahlung der Mitarbeiter nach Tarif an. Eigentlich wollte ich die Dienstleistungen wieder unter das Dach der Klinik zurückholen, aber Beate lehnte ab. Outsourcing sei flexibler.

Die zweite Sache war eine kleinkarierte Rache, die ich mir einfach gönnen mußte. Ich ließ die fette Kadersekretärin von ihrem bequemen Fünfbeinbürostuhl bei CareClean herunterholen und in unseren Hol-und-bring-Dienst versetzen. So durfte sie den ganzen Tag Blutproben ins Labor bringen, Akten aus dem Archiv zur Station holen, Röntgenbilder durch die Gegend tragen. Aber nach wenigen Tagen meldete sich die Dicke krank, und dann brachte sie ein Attest.

Auch mein letzter Versuch, aktiv in die Klinik einzugreifen, schlug fehl: Michael Thiel lehnte mein Angebot, die Leitung von Kliniklabor und Blutbank zu übernehmen, ab. Schade, immerhin wäre er Nachfolger seines Erzfeindes Professor Dohmke geworden. Aber er wollte lieber weiter im eigenen Labor mit hübschen MTAs seiner Wahl arbeiten.

Niemand in der Klinik ahnte in dieser Zeit, daß ich der eigentliche Chef war. Tagsüber machte ich meine Arbeit als Stationsarzt, nachts besprach ich mit Beate das Klinikmanagement. Sie hatte in der Kanzlei, in der sie als Steuerberaterin arbeitete, Urlaub genommen, und war jetzt unsere kommissarische Verwaltungsdirektorin. Sie rief dann auch die große Personalversammlung für Stufe zwei unseres Planes ein.

Beate hatte meine diffusen Vorstellungen zur Neuorganisation der Klinik zu einem vermittelbaren Konzept verarbeitet, das sie auf dieser Personalversammlung überzeugend vorstellte. Die Mitarbeiter waren sprachlos, nicht einmal ein Raunen ging durch die Reihen.

Sie sollten Gesellschafter der Klinik werden, die Klinik sollte in ihren Besitz übergehen. Sie würden selbst verantwortlich sein für die Wirtschaftlichkeit ihrer Arbeit und für ihre Gehälter.

Nein, ohne Mitwisser hatte ich das nicht ausgeheckt. Ich hatte Marlies von der IIIc, Heinz Valenta von Intensiv, Schwester Elke von meiner Station und Frau Krüger aus dem Vorzimmer von Professor Bredow, nachmals Dohmke, auf meinen Plan eingeschworen. Die waren es dann auch, die auf der Personalversammlung das Haus von der Idee überzeugten. Ahnungsloser Verein, niemand fragte, wie das alles gekommen war. Eine gute Woche später hatte Berlin sein erstes selbstverwaltetes Krankenhaus, und ich, so war meine Hoffnung, endlich meine Ruhe.

Wenn ich auch mit der Umsetzung unseres Planes in der Klinik ganz zufrieden war, hatte die Lösung doch einen erheblichen Schönheitsfehler – und der hieß Boris Schukow, Professor Kindel und Freunde. Immerhin, wir hatten ihnen finanziellen Schaden zugefügt, aber sie waren nicht im Gefängnis, wo sie hingehörten, und würden wahrscheinlich schon bald eine neue Geldwaschanlage finden. Hatte ich also letztlich versagt? Nur, was wäre geschehen, hätte ich mein geplantes Gespräch mit Hauptkommissar Müller geführt? Mit einigem Glück hätte ich vielleicht bis zur Installation eines Zeugenschutzprogramms für mich überlebt. Und dann?

Es ging ja nicht nur um einen neuen Namen oder einen neuen Führerschein. Was war mit meiner Promotionsurkunde? Meiner Approbation? Meiner Facharztanerkennung? Und wie wollte man meine Altersvorsorge auf die neue Identität übertragen? Überall müßten Leute eingeweiht werden, mit der Folge von immer mehr Löchern in meinem Schutzschirm. Denn eines ist klar – die russische Mafia besteht nicht nur aus Boris und Co. Und die Klinik? Die Klinik wäre im Rahmen der Berliner Bettenreduktion mit Sicherheit geschlossen worden.

Ich hatte das Böse nicht besiegt. Aber selbst wenn ich Boris und Genossen hinter Gitter gebracht hätte, wären sie schnell durch einen neuen Boris und neue Genossen ersetzt worden. Ich glaube, ich kann unser Vorgehen vor mir verantworten. Man kann das Böse nicht ausrotten, weder in uns selbst noch in der Welt. Es ist wie das Unkraut im Garten. Man kann nur versuchen, es in Schach zu halten. Indem man es immer wieder ausgräbt, oder, indem man ihm etwas entgegensetzt. Bei allen Schwächen eines selbstverwalteten Klinikmodells ist es im Gegensatz zu dem hierarchisch organisierten Modell schwerer korrumpierbar. Außerdem blieb mir nach dem Schicksal von Bredow und Dohmke der Trost, daß sich diese Herrschaften in der Regel gegenseitig weit effektiver ausschalten, als das unserer Justiz jemals möglich sein würde.

Ich war zwar skeptisch, ob es mit der selbstverwalteten Klinik klappen würde, aber immerhin hatte ich Beate überredet, ihren Job in dem Steuerbüro aufzugeben, sie wurde Verwaltungsleiterin unserer Klinik. Und sie würde sich Mühe geben, unser Modell zum Erfolg zu führen.

Am nächsten Sonntag bekamen wir wieder einmal einen richtig heißen, wolkenlosen Sommertag. Celine und ich gönnten uns einen faulen Tag im Strandbad Wannsee. Ich döste vor mich hin. Unsere Welt ist chaotisch, und sie wird Tag für Tag chaotischer. Der zweite Hauptsatz der Thermodynamik stimmt. Wie kann man dieses Chaos wenigstens für das eigene Leben etwas ordnen? Ich fragte Celine, ob wir heiraten sollten.

In diesem Moment traf mich ein Fußball. Ich hatte nur geträumt. Lange genug, um wieder die Vorzeichen eines Sonnenbrandes zu spüren. Celine kam gerade mit fohlenartigen Sprüngen aus dem Wasser, sich der Anmut ihres Körpers und ihrer Bewegungen kaum bewußt. Letztlich sollte ich Dohmke, Bredow, Boris und der ganzen Bande dankbar sein, sie hatten uns einander viel näher gebracht. Und in Celines Augen war ich jetzt ein richtiger Achtundsechziger, fast ein Held. Die Sache hatte sich gelohnt.

Würde eine Heirat, eine Familie gründen, wirklich Ordnung in das Chaos des persönlichen Mikrokosmos bringen? Ich habe erhebliche Zweifel. Und was würde Celine sagen, wenn ich sie tatsächlich fragen würde? Sie würde wahrscheinlich nur lachen und das Thema wechseln. Oder nicht? Ich werde es nie erfahren. Wahrscheinlich jedenfalls.

PS: Ich habe mir meinen Bericht über die Wochen nach Mischas Toteinlieferung noch einmal durchgelesen und muß zugeben, daß ich bei der Sache ziemlich gut wegkomme. Wie Jesus den Tempel von den Geldwechslern habe ich meine Klinik aus den Fängen einer geldgierigen Clique befreit und sie in die Verantwortung derer gelegt, die sie mit ihrer Arbeit am Leben erhalten. Ein wirklich ideales Ergebnis eines absolut selbstlosen Handelns.

Mir fallen da allerdings ein paar Ungereimtheiten auf. Zum Beispiel, stimmt es wirklich, daß allein durch meine Drohung, ihre Geschäfte publik zu machen, Boris und Co. ausreichend eingeschüchtert waren, um klein beizugeben? Wäre nicht eher zu erwarten gewesen, daß wir Bredows Schicksal teilen müßten, als Warnung für ähnlich penetrante Kandidaten? Und warum, fällt mir auf, bin ich eigentlich so kurz über jenen Tag hinweggegangen, als ich bei unserem zweiten Besuch im Spreewald Celine und Beate alleine ihre Tageswanderung machen ließ, weil ich »ohnehin noch etwas zu erledigen« hatte, von dem Celine und Beate nicht unbedingt wissen mußten?

Es gibt da einen Zusammenhang: Richtig, es geht um die drei Millionen, die dank Bredow herrenlos auf einem Konto in Zürich herumlungerten. Ich habe einen Bericht über die menschliche Unersättlichkeit geschrieben. Irgendwie muß es sich bei der Habgier (in der amerikanischen Unabhängigkeitserklärung liebevoll als »pursuit of happiness« umschrieben) um eine Art Urinstinkt handeln, warum also sollte ich davon frei sein? Sollte ich mir nicht eine kleine Belohnung für meine Mühen verdient haben?

Margret konnte Dohmke und Co., aber auch mir, den Namen der Bank in Zürich verraten, nicht aber den Zugriffscode für das Geld. Meine Annahme war einfach: Kein Mensch möchte sich hundert verschiedene Paßwörter merken, und wir wußten das Paßwort, mit dem Bredow seine Dateien in der Klinik geschützt hatte. Es schien mir einen Versuch wert. Also habe ich mir an jenem Tag im Spreewald das Auto von Torsten für eine Fahrt zum Flughafen Leipzig ausgeborgt (Berlin schien mir weiterhin zu riskant), den Morgenflug über München nach Zürich genommen und die Züricher Kredit- und Handelsbank aufgesucht.

Ich hatte mir die Sache schwieriger vorgestellt. Aber nicht nur, daß Dr. Bredow auch hier tatsächlich das Paßwort »Minister« gewählt hatte, mehr noch schien es den Herren der Kredit- und Handelsbank nicht besonders außergewöhnlich, daß ich die drei Millionen gleich in bar mitnehmen wollte. Schon am frühen Nachmittag war ich zurück auf dem Flughafen Leipzig.

Gut zwei Millionen hatte ich bereits auf dem Rückflug erfolgreich verplant. Doch mir kamen Zweifel. Wie lange würde es dauern, bis auch Boris Schukow und Co. den drei Millionen auf die Spur kämen, aber nur noch ein gelöschtes Konto finden würden? Spätestens dann hätte meine Drohung mit den hinterlegten Beweisen ihr Haltbarkeitsdatum sicher überschritten. Auf ihre kriminelle Art sind Boris und Co. Geschäftsleute, also beschloß ich, mein Handgepäck mit den vielen schönen Scheinchen lieber in eine Lebensversicherung bei diesen Geschäftsleuten zu investieren als in eine sehr kurze Zukunft.

Gleich von Leipzig aus fuhr ich deshalb nach Berlin und zahlte meine drei Millionen in die etwas spezielle Lebensversicherung ein. Deshalb war ich auch nicht überrascht, daß Rechtsanwalt und Notar König uns bei unserem nächsten Anruf die Bereitschaft der Gegenseite zur Überschreibung der Gesellschaft mitteilen konnte.

Schade um das Geld. Deshalb fühlte ich mich wirklich nicht verpflichtet, die angelaufenen Zinsen auch noch abzuliefern. Will sagen, eine hübsche Reise mit Celine nächstes Jahr war drin. Irgendwohin, wo es tolle Muscheln gibt.

Ehrlich, Herr Kindel, Herr Schukow, Herr Roth, jetzt habe ich wirklich alles gesagt! Die Buchhaltung von Dr. Bredow habe ich genauso vernichtet wie meine Aufzeichnungen dazu. Und diesen Bericht hier bekommen nur Krimi-Leser in die Finger. Aber ich denke, da brauchen Sie sich keine Sorgen zu machen: Die Geschichte glaubt sowieso niemand!

Noch ein letztes PS: Staatssekretär Roth ist noch immer Staatssekretär beim Senator für Gesundheit, und man gibt ihm berechtigte Chancen, nach der nächsten Wahl selbst zum Senator aufzusteigen. Nicht zuletzt wegen der ihm zugeschriebenen Initiative, daß Berlin nun seine erste, von ihren Beschäftigten selbstverwaltete Klinik hat. Seine Rede aus diesem Anlaß wurde von allen lokalen Zeitungen abgedruckt und in Auszügen deutschlandweit übernommen.

Dank

Selbstverständlich ist dies eine erfundene Geschichte. Die Wirklichkeit ist wie immer wahrscheinlich viel schlimmer. Und ebenso selbstverständlich handelt es sich bei den Leuten in dieser Geschichte nicht um real existierende Personen. Ich hoffe aber, daß deren reale Vorbilder sich trotz veränderter Namen und veränderter Zusammenhänge in den miesen Charakteren meiner Geschichte wiederfinden – schon dann hätte sich die Arbeit gelohnt.

Unverändert ist alleine der Name Torsten Römer, der tatsächlich gemeinsam mit seiner Frau Anja das Hotel »Zum grünen Strand der Spree« in Schlepzig (Spreewald) betreibt und dessen Besuch ich nur empfehlen kann.

Noch habe ich ein paar Freunde, und denen möchte ich danken: Von Diko stammt der Hinweis auf das kollektive Bedürfnis der Gestauten, im Stau auf der Autobahn austreten zu gehen. Von Hartmut kamen Tips zur schnellen Gewinnmitnahme auf dem Geldmarkt, deren Befolgung wohl nicht unbedingt zu empfehlen ist. Manfred hat mich beraten, wie man den Paßwortschutz eines Computers austricksen kann, und Burghardt hat mich über Gesellschaftsrecht informiert. Euch wenigstens habe ich von meiner Rachsucht verschont.

Besonders aber möchte ich den Menschen danken, die mich moralisch unterstützt haben: Axel Bedürftig, Wolfgang Aschenberg, Dieter Kolb und Manfred Oehme. Dr. Axel Bedürftig hat schließlich den Weg zum Piper Verlag geebnet, wo ich das Buch gut aufgehoben finde. Dafür meine ausdrückliche Dankbarkeit.

Christoph Spielberg

Denn wer zuletzt stirbt

Roman. 248 Seiten. Serie Piper

»Jeder Mensch hat das Recht zu sterben!« Da muß Dr. Felix Hoffmann, der in der Humana-Klinik nun die Abteilung für die Nachsorge meist alter Menschen leitet, seiner betagten Tante zustimmen. Doch er kann nicht an Zufall glauben, als ihm der Kauf einer Wohnung angeboten wird, die genau dem Patienten gehört, den er gerade erst erfolgreich ins Leben zurückgeholt hat. Als er dieser Spur folgt, muß er erkennen, daß hier jemand mit großer krimineller Energie Profit aus dem Ableben alter Menschen schlägt. Und zwar jemand, der nicht gewillt ist, sich dabei von Dr. Hoffmann stören zu lassen.

Ein spannender und hochauthentischer Krankenhaus-Krimi eines Insiders, der auch »Die russische Spende« schrieb – 2002 ausgezeichnet mit dem Friedrich-Glauser-Preis für das beste Debüt und von der Presse hochgelobt.

05/1429/01/L

Thomas Perry

Sicher ist nur der Tod

Roman. Aus dem Amerikanischen von Elke Link. 403 Seiten. Serie Piper

Zwölf Millionen Dollar stehen auf dem Spiel. Denn genau diese Versicherungssumme soll Ellen Snyder an ihren angeblichen Kunden ausbezahlt haben. Nun fehlt von ihm und Snyder jede Spur. Ihr ehemaliger Geliebter John Walker und der Ex-Polizist Max Stillman sollen sie ausfindig machen – die heiße Spur führt sie in ein Dorf, in dem sie die Drahtzieher vermuten. Doch was sie dort entdekken, übersteigt jede Vorstellungskraft: eine ganze Gemeinde, die dem Verbrechen verfallen scheint, und sie geraten in den Strudel einer gigantischen Verschwörung.

»Ein rasanter Kriminalroman mit einem außergewöhnlichen, fast komischen Ermittlerduo.«
Buchkultur, Krimi 2002

05/1416/01/R